In Patagonia

Bruce Chatwin

巴塔哥尼亚高原上

[英] 布鲁斯·查特文 著　沈勤 译

人民文学出版社
PEOPLE'S LITERATURE PUBLISHING HOUSE

图书在版编目（CIP）数据

巴塔哥尼亚高原上 / (英) 布鲁斯・查特文著 ; 沈勤译.
-- 北京 : 人民文学出版社, 2022
（远行译丛）
ISBN 978-7-02-017407-2

Ⅰ. ①巴… Ⅱ. ①布… ②沈… Ⅲ. ①游记 – 作品集
– 英国 – 现代 Ⅳ. ①I561.65

中国版本图书馆CIP数据核字(2022)第153915号

责任编辑　**卜艳冰　何炜宏　郃莉莉**
装帧设计　**汪佳诗**

出版发行　**人民文学出版社**
社　　址　**北京市朝内大街166号**
邮政编码　100705

印　　制　**山东新华印务有限公司**
经　　销　**全国新华书店等**

字　　数　250千字
开　　本　890毫米×1240 毫米　1/32
印　　张　11.875　插页5
版　　次　2022年10月北京第1版
印　　次　2022年10月第1次印刷

书　　号　978-7-02-017407-2
定　　价　89.00

如有印装质量问题，请与本社图书销售中心调换。电话：010-65233595

PATAGONIA
Valdivia
RÍO NEGRO
Bahía Blanca
Carmen de Patagones
S. Antonio Oeste
Puerto Montt
Norquinco
Epuyén
CHILOÉ
Cholila
Leleque
Esquel
Pto Madryn
Peninsular Valdes
Gaimán
Trelew
Trevelin
Arroyo Pescado
VALLEY OF THE MARTYRS
Río Pico
CHUBUT
CHONOS
ARCHIPELAGO
Puerto Aisén
Sarmiento
Valle Huemeules
Comodoro Rivadavia
ATLANTIC
OCEAN
CHILE
Perito Moreno
Paso Roballos
Puerto Deseado
Golfo de Penas
SANTA CRUZ
San Julián
MT FITZROY
WELLINGTON ISLAND
Puerto Santa Cruz
FALKLAND ISLANDS
C. Buen Tiempo
El Turbio
Last Hope Sound
Puerto Natales
Río Gallegos
Cabo Virgenes
San Gregorio
Cape Pilar
DESOLATION ISLAND
Punta Arenas
Gente Grande
Porvenir
Río Grande
N
Abra Channel
TIERRA DEL FUEGO
STATEN ISLAND
Cape Froward
Ushuaia
Harberton
DAWSON ISLAND
Beagle Channel
Puerto Williams
NAVARINO ISLAND
Murray Narrows
HOSTE ISLAND
PACIFIC
OCEAN
HERMIT ISLAND
CAPE HORN

序　言

1974年12月，三十四岁的布鲁斯·查特文乘坐夜间巴士离开布宜诺斯艾利斯，向南边而去，开始了一段由临阵脱逃的记者化身成为二十世纪后期最具风格与原创性作家之一的旅程。同年，几乎是同一天，我离开学校去布宜诺斯艾利斯当一个牧牛工。在布宜诺斯艾利斯的南部，平原一直、一直延伸到巴塔哥尼亚。

那年，我十七岁，青春在我身上烙下了印记。我的脑袋里空无一物，十个月后，我回到了拥挤而狭小的英格兰。我立刻就将苍蝇、马鞍疮和无聊抛诸脑后，迫不及待地想要回到南美去。

六年后，我给自己创造了一个机会，我越过了内格罗河和丘布特河，来到了火地岛。军政府在路边竖起了标语——“了解巴塔哥尼亚是我们的责任”，但这些努力应者寥寥。在布宜诺斯艾利斯的一位作家看来，巴塔哥尼亚“只是一片空旷——一条各种文化交融的小巷，一个相当无聊的地方”。

一天早上，在特雷利乌以西、尘土飞扬的灌木丛中等公共汽车时，我找出了一本随身携带的书，这本平装本承载了三次巴塔哥尼亚之旅的折痕印记与脚注笔记，而我今天的姿态，相信很快就会被新一代背包客竞相重复。

我从未听说过这位作者，但他的这本书，是我能找到的关于我的目的地的唯一一本当代作品。我打开第一页，读了第一段，真的，就是这样。

巴塔哥尼亚并不是地图上一个精确的地区，这是一个广阔而模糊的领域，涵盖了阿根廷和智利境内总共 90 万平方公里的土地。界定这个地区最有效的方法是以土壤形态——当看到巴塔哥尼亚起伏的山地时，你就知道这是巴塔哥尼亚了，那是冰川遗留下来的玄武岩砺石；当看到木瓜草时，你就知道这是巴塔哥尼亚了，低矮的灌木就是这植物显性的花朵。巴塔哥尼亚也可以用当地的气候来描述，狂风肆虐的天气从 10 月一直持续到 3 月，这风——用查特文的话说，“把人剥得精光”，也令安托万·德·圣埃克苏佩里的飞机无法向前飞行，反而倒退。

从达尔文开始，旅行者们就已经留意到了这片土地的荒凉，它唤醒了人们的想象力。一无所有的巴塔哥尼亚令所有的力量都集中于大脑。在特雷利乌的博物馆里，我发现了一位古板的威尔士先驱者的日记——1877 年 7 月，在内陆徒步旅行的约翰·默里·托马斯，用他褪色的铅笔写道：“昨晚我梦见哈里特了，我们在卧室里，我们接吻了，很甜蜜。分别不足一晚，但我就在梦中见到了她。”

在巴塔哥尼亚，与世隔绝的人们很容易将自身的特质进一步夸大：喝酒的人酗酒，虔诚的人祈祷，孤独者会变得更为孤独，有时，这甚至是致命的。汤姆·琼斯曾在蓬塔阿雷纳斯担任英国领事，在他 1961 年的回忆录《巴塔哥尼亚全貌》中，他写道：“我说不清，究竟是因为巴塔哥尼亚沉闷而粗粝的天气，或是一整天的工作后营地里的孤寂生活，还是某次酗酒后的悔恨，但我确实知道，那些非常亲近的人里，有超过二十个人自杀了。”

十九世纪六十年代后期，第一批来自福克兰群岛[①]的牧羊人来到了这里。至今，坚持祖辈们留下的文化，这种生活依然深深吸引着他们的后代。巴塔哥尼亚横跨两个国家，而这里的许多居民也过着同样分裂的生活——他们经常花大力气，用来复刻他们逃离的那个环境。山谷越是偏远，对原来家园的重建就越忠于原样。在盖曼[②]，威尔士人保留了他们的语言和赞美诗。在里奥皮科，德国人种植着羽扇豆和樱桃树。在萨缅托，布尔人继续晒（原驼）肉干。正如查特文在他的日记中所写的那样——“人们离伟大的文明中心越远，复刻重建的杜巴利夫人[③]的幻想世界就越普遍”。

巴塔哥尼亚的大部分地区都是贫瘠的，但从另一个方面来说，这是一片极为富饶的土地。正如查特文很快发现的那样，穿越巴塔哥尼亚的旅行是“最令人瞠目结舌的经历，因为无论你出现在何处，都会有个古怪兮兮的人给你讲述一个神奇的故事。在我到达的每一个地方，我并不需要寻找故事，故事自己会来找你……我想，当地的风可能也与此有些关系。”

与科隆群岛[④]一样，巴塔哥尼亚的地图几乎与早期没有什么不同，上面依然画着蓝色的独角兽、红色的半人马、抓着大象的秃鹰，还有巨人。今天，这片土地仍然热衷于自诩“巨人之地”。“不是斐迪南·麦哲伦提到的那些巨人，”汤姆·琼斯写道，“而是那些

---

① 阿根廷称作马尔维纳斯群岛（Islas Malvinas）。

② 盖曼（Gaiman）是阿根廷中部丘布特省的城镇，在特雷利乌以西15公里，建于1874年。

③ 指法王路易十五的情妇杜巴利夫人（Madame du Barry，1743—1793）。

④ 又称加拉帕戈斯群岛（Galápagos），位于太平洋东部、接近赤道的火山群岛，今属厄瓜多尔。

男人和女人，其中许多是英国人，他们使这片广袤、荒凉和狂风肆虐的土地变得繁荣、文明，适合人类居住。”即便在今天，这片土地上仍然散落着恐龙的骨头和一些恐龙时代活生生的遗物——他们住在离最近的人行道六十公里的地方，谈论着“联盟”“小伙子”和“另一边”。每个人看起来都有七英尺高，古古怪怪的。梦想在这里繁荣。（这或许可以解释为什么泰德·特纳[①]和西尔维斯特·史泰龙都在这里购置了房产。）“巴塔哥尼亚是独一无二的，”特雷西塔·布劳恩-梅南德斯（Teresita Braun-Menéndez）说，她的家族在十九世纪为开拓该地区做出了巨大的努力，“它孤独而壮丽，这里，什么事都可能发生。”

像许多人一样，我读《巴塔哥尼亚高原上》时体会到了这本书对内容的增色添彩。我读过赫德森、达尔文和卢卡斯·布里奇斯的作品，但没有人像查特文那样，印证了我心目中的巴塔哥尼亚。

在拥挤的伦敦，我找到了作者。我的借口是我想要获得巴塔哥尼亚下一任国王——那个法国人的电话号码。但其实，我就是想见见查特文。

那些日子里，我有记日记的习惯。1982 年 1 月 19 日，我写下了：“和布鲁斯·查特文见面的那个早晨，我终于找到了他在伊顿广场的起居兼卧室两用的小租屋：一辆自行车靠在墙边，地上散落着福楼拜的书。他比我想象的要年轻，看起来更像个波兰难民：松

---

① 泰德·特纳（Ted Turner，1938—　），美国电视新闻人，有线电视新闻网的创办者。

松垮垮的裤子，个子瘦弱的，长着淡金色的头发和蓝色的眼睛，五官轮廓很深，措辞犀利。他刚刚交付了一份手稿，这是一本围绕着克莱罗①附近一平方英里的地区展开故事的小说，在那里两个与世隔绝的家族一直争斗不休，却不知道，外面的世界已经经历了两次世界大战。”查特文说起话来就像只鸟一样，非常有趣且孩子气，他的阅读量也很惊人。“最大的骗子，往往有最好的鉴定真品的眼光，这不是很奇怪吗？”

他的书让人联想起一个四肢疲软的苦行者和特雷利乌周围的沙漠。你会以为查特文是个沉默寡言的人，他会说的最长的句子就是“我明白了”。可实际上，他后来告诉我：“最令我开心的，就是愉快的、旧式的、絮絮叨叨的闲聊。”和查特文见面之后，我才在纳塔莱斯港遇到了一位女士，她也承认：“那位布鲁斯先生，他话挺多，非常多。”又或是，在爱丽丝泉②，一位人类学家抱怨道：“他话多得要命。”从我进入他的小阁楼公寓的那一刻起，他就开始喋喋不休。几分钟内，他就提供了阿劳坎尼亚和巴塔哥尼亚王国国王的电话，他是个患有青光眼的烟斗烟民，还曾在布瓦颂格郊区经营着“自由法学院”。查特文还给了我克里特岛国王的号码，他是阿兹特克帝国国王的后裔，也是波士顿的一位吉他手，还自认为他就是上帝。

作为回报，他希望我能帮助他了解阿根廷。

查特文的文学天赋之一，就是能令读者对他想象中的场景感同身受。而现实中，他也具备同样的能力。他的第一任编辑弗朗西

---

① 克莱罗（Clyro），威尔士波伊斯拉德诺郡的一个偏远村庄。

② 爱丽斯泉（Alice Springs），旧称斯图尔特，澳大利亚中部的一个城市。

斯·温德姆（Francis Wyndham）如此评价他："他令你投身于那个时刻，仿佛一切都并不止是想象。人们融入了那个场景，尽管，只有他在说话。"查特文非常擅长从陌生人那里攫取他们最精彩的故事，并建立起非比寻常的联系。这正是我们第一次见面时的情景。

很快，他就从我这里得知，当我还是一个住在布宜诺斯艾利斯的少年时，我会大声朗读博尔赫斯的作品给盲人听；以及，我们在马丁内斯①的房子的保镖都是特种空勤团的退伍士兵，他们曾把手榴弹放在我幺弟的写字台上；还有一个我在萨尔塔②听说的故事，一个名叫戈梅斯③的阿根廷独立英雄，南美人披风的颜色就是由他而来——黑色代表了戈梅斯的死亡，而红色则代表了他的士兵所流的鲜血。

戈梅斯的故事给予了查特文灵感，他以此亲自教导我如何说服他人，以自己的眼光看待世界。

实际上，当时我就穿着一件一模一样的披风，而戈梅斯，据我所知，是苏格兰威米斯氏族④的拉丁裔，所以，这披风的颜色很可能来自威米斯花纹呢格。查特文瞪大了双眼，他挥舞着手，解释说，他当下正在做一项关于红色的研究。加里波第⑤在为邻国乌拉

---

① 马丁内斯（Martínez），阿根廷东部城市，由布宜诺斯艾利斯省管辖。

② 萨尔塔（Salta），阿根廷城市，位于阿根廷西北部安第斯山脉脚下，是萨尔塔省的首府。

③ 指马丁·米格尔·德·戈梅斯（Martín Miguel de Güemes，1785—1821），阿根廷军事领袖，在阿根廷独立战争中保卫了阿根廷西北部。

④ 威米斯（Wemyss）氏族，一个低地苏格兰氏族。姓氏源自苏格兰盖尔语"洞穴"（uaimh），1842 年，威米斯氏族宣布了自己红底黑格的花纹呢格，成为该氏族的标志。

⑤ 指朱塞佩·加里波第（Giuseppe Garibaldi，1807—1882），意大利将领、爱国者与政治家，被称为称"意大利统一的宝剑"。

圭的独立而战时，曾从蒙得维的亚的一个仓库偷走了一些这种披风，而后，在返回意大利的舰船上，将披风剪开缝制成了他的“红衫军”制服，这因而激发了欧洲革命设置的路障上飘扬的红旗，并最终抵达并占领了克里姆林宫的上空——我了解这些典故吗？

不，我并不知道这些，但离开了他的住处后，我认真笃信，苏格兰花纹呢格与社会主义的红旗之间有着密不可分的联系。

还有一个令我兴奋的原因——他答应与我一同前往南安普敦①朝圣，去看看阿根廷独裁者罗萨斯将军②的墓，在流放中，他成为了一个奶农，并死于汉普郡；他当权时，将戈梅斯的披风格作为他的“红衫军”的制服，那是一支令人闻风丧胆的高乔③骑兵队。

从那时起，我们每年会见上两三次。去朝拜罗萨斯将军墓的事，间或会出现在我们的对话中，但南安普顿就在那儿，我们随时可以去，不着急。而与此同时，查特文去了澳大利亚、印度和中国。我很高兴，有那么一次，我成功邀请了他、巴尔加斯·略萨和博尔赫斯，一起上了一个关于南美文学的 BBC 电视节目。他不喜欢接受采访，那是他在电视节目上为数不多的一次露面。当我在等候博尔赫斯一起进入录音室时，查特文开始了他旁若无人、热情洋

---

① 南安普敦（Southampton；Soton），英国英格兰东南区域汉普郡的港口城市，南面和西南临索伦特海峡。

② 指胡安·曼努埃尔·德·罗萨斯（Juan Manuel de Rosas，1793—1877），阿根廷省长时代的霸主，南美第一个考迪罗主义的独裁统治者，出身于大农牧场主家庭，在 1829 年至 1832 年、1835 年至 1852 年统治布宜诺斯艾利斯省。

③ 高乔人（Gaucho）是印第安人和西班牙人的混血儿，生活在潘帕斯草原、格兰查科和巴塔哥尼亚高原。罗萨斯将军统治期间，他的私人防卫部队主要由高乔人组成。

溢的讲话。“他真是个天才！不带上一本博尔赫斯，你哪儿都去不了，这就像收拾时带上你的牙刷。”站在我旁边的博尔赫斯喃喃道：“多不卫生啊。”

我们去拜访罗萨斯的坟墓之后，查特文就过世了。他死后不久，罗萨斯的遗骨被大张旗鼓地运回布宜诺斯艾利斯，重新安葬在雷科莱塔公墓。1992 年，我与查特文的遗孀伊丽莎白一起参观了新墓，之后，与她一起南下，重访查特文曾经的足迹。我想查特文会对罗萨斯传闻的最新篇章感兴趣的，罗萨斯在南安普敦的坟墓在闪电战[①]中摧毁，还有几头徘徊在附近的牛，也死在了袭击中。布宜诺斯艾利斯装饰精美的墓穴中，安放的很可能只是一头被炸死的牛的骨头。布鲁斯·查特文总是被边境国家所吸引：在世界的边缘，模棱两可地夹杂在两种文化之间，不同于两种中的任何一种。在南非，我遇到了一位诗人，他说查特文的作品，就像是他曾被一个不存在的国家流放一样。“不管在哪儿，他都像在流放中。”他的妻子伊丽莎白说。当他在布宜诺斯艾利斯登上公共汽车时，那是他的又一次逃亡之旅。

他辞职离开了苏富比拍卖行，去爱丁堡大学学习考古学，又早早地离开爱丁堡去撰写一本关于游牧民族的书，后来，他绝望地搁置了自己的手稿，去《星期日泰晤士报》当记者。1974 年 11 月，他带着三千五百美元作开销，来到了纽约，“一时冲动”开始研究

① 在二次世界大战期间，英国皇家空军的主力战斗机在南安普敦设计、研发并试飞，诺曼底战役后，南安普敦码头还处理着大量同盟国的军备补给，因而在 1944 年期间，南安普顿成为德国空军的偷袭目标，空袭一直持续到 1944 年末。

古根海姆家族[①]的故事。

一个月后，一封盖着利马邮戳的信寄到了伦敦，出现在了他编辑的办公桌上：“我已经干了我一直扬言要做的事。我突然厌倦了纽约，并逃来了南美。过去的一周，我一直在利马，住在一个表妹家里，今晚就要去布宜诺斯艾利斯了。我打算在巴塔哥尼亚中部过圣诞节。我正在为自己写一个故事，这是我一直想写的东西。”

在信里，他接着说道，这个故事“可能很了不起，但我得以自己的方式去做”。这个故事的暂名“一块雷龙残骸”，与童年时期的一件珍品有关——那是他祖母的表哥从世界的尽头寄到伯明翰的一份结婚贺礼。故事开头的段落奠定了全书的风格：

> 在我祖母的餐厅里，有一个玻璃柜，柜子里有一小块皮，这是一块厚实的、皮革质地的皮，上面有一簇簇粗糙的红色毛发。这块皮被生锈的大头针钉在一张卡片上，卡片上用褪色的黑色墨水写了些文字，但当时我还太小，看不懂那些字。
>
> “那是什么？”
>
> “一块雷龙的皮。”
>
> ……在我的人生中，我从来没有像想要那块雷龙皮一样，渴望过任何东西。

① 古根海姆家族是一个有着阿什肯纳兹犹太人血统的美国家族。该家族以其成功的采矿业及冶炼业而闻名世界，后期以其慈善事业及对现代艺术和航空业的贡献知名，其中包括古根海姆基金会、古根海姆航空试验室和古根海姆艺术馆。

事实上，那片“雷龙”的残骸是从一头磨齿兽或大树懒的皮上切下来的，查特文的父母在1961年搬到斯特拉福德的时候把它扔掉了，但查特文从未遗忘它的出产地，那是——发生核战争时最安全的避难所、他计划中逃避什罗普郡寄宿学校的地方，巴塔哥尼亚也是查特文在爱丁堡的学习中研究过的几个部落的栖息地。查尔斯·托马斯关于丘布特省的威尔士人的讲演，还有关于查尔斯·达尔文被火地岛的雅加人所震惊的演讲，是那时为数不多的让他热血沸腾的演讲。1972年12月，爱尔兰的设计师兼建筑师艾琳·格雷①重新点燃了查特文的“童年迷恋”——在拜访格雷在巴黎的公寓后，他写信感谢她令他“度过了多年来最愉快的周日下午”。当时已经九十三岁的格雷，在墙上挂着一张她用水粉画的巴塔哥尼亚的巨幅地图。查特文指着地图说：“那是我一直想去的地方之一。”那也曾是格雷雄心壮志的目标。如果她还年轻，她会去合恩角看看。“代我去那里吧，”她用法语说，又转为了英语，“替我去看看。”后来，查特文说：“那几乎是促使我踏上行程的决定性原因之一。”

查特文不介意给人一种他去了巴塔哥尼亚四个月并快速完成了这本经典作品的错觉。但实际上，这背后有他多年的知识积累。尽管《巴塔哥尼亚高原上》是一夜成名的，可查特文确实经历了一段艰苦的学徒生涯。在查特文的南美之旅中，写作《选择游牧》的“糟糕体验”一直困扰着他，他花了好几年来写这本书，但乔纳森·卡普出版社的编辑汤姆·马施勒（Tom Maschler）读了五十

① 艾琳·格雷（Eileen Gray，1878—1976），出生于爱尔兰的法国建筑师，同时也是家具设计师以及现代主义建筑运动的先驱。

页之后，认定这本书无法出版。（“这书太糟了，乏味贫瘠。读起来很费劲，想必，写起来也很痛苦。”）这一次，查特文决定在写完之前，都保持沉默。“在作品写完之前告诉任何人你正在写的内容，都是致命的错误，因为——第一，你不该这么做；第二，你让人隐约对此产生了兴趣，他们就会试着告诉你，该怎么写。”

但他写的是本什么样的书？这个问题困扰着编辑和评论家。正如巴塔哥尼亚并非一个有确切边界的地区，查特文的这本“特别古怪的书”，如他自己所言，并不属于任何一个简单的类别。是游记吗？历史小说吗？报道文学吗？书里的内容都是真实的吗？即便不是，又有什么关系呢？

在美国版出版之前，查特文给他的经纪人写了一封信，要求将《巴塔哥尼亚高原上》从旅行类图书中剔除。他希望美国版的简介能说清楚四个要点，在他看来，这些是理解这本书的核心：

1. “巴塔哥尼亚是一个人从原住地能步行到达的最远的地方。因此，这是人类永不停歇的探索的象征。从这片土地被发现开始，它就像月球一样影响着人类的想象力，在我看来，甚至比月球更为强大。”

2. 这本被《每日电讯报》评价为“非常不正统”的书，实际上，它的形式与文学本身一样古老：“在偏远的土地上寻找奇特的动物”。

3. 他更乐意于让读者选择两种旅行方式：一种是在1975年前往巴塔哥尼亚；另一种则是“象征性的发现之旅——对永不停歇的躁动和放逐流放的深思”。

4. 书中的每一个故事段落，都是因为同一个理由被选中——诠释流浪以及流放的某些方面，例如：当你陷入困境时，会发生什么。整部作品，应该能成为该隐和亚伯神话的某种诠释。

他的信清楚地表明，查特文是带着一个已经成形的想法来到阿根廷的——延续他那被遗弃的游牧手稿（伊丽莎白称之为“那本可怜的书”），继续将旅行作为隐喻，尤其像是拉格伦勋爵[①]那样模范式的年轻英雄，他们踏上远航之旅，并与怪物战斗——这种旅程是人类最早期故事的骨血，他是这么对阿根廷记者乌基·戈尼（Uki Goni）说的：这是“亘古不变的，文学作品中的普遍原则”。但他想写的作品是这原则下，一种诙谐幽默的表述。在伊阿宋在寻找金羊毛的地方，他寻找着祖母柜子里的那头野兽。如果可以的话，至少要找到一块残片作为替代品。

诙谐幽默是一种保护色，掩盖了查特文继续对流浪与流放进行探索研究的真实愿望。只不过，这一次，他选择了具体的故事来表达他的主题，而不是令《选择游牧》夭折的那种抽象表述。

“最令你着迷的是人？”戈尼问。

“是的，最终，还是人。我花了很久才意识到这一点。”布鲁斯在巴塔哥尼亚常常遇到像他一样，漂泊无根的讲故事的人——逃避刑罚的逃犯，政权更迭的失败者，甚至可以被简单概括为“英格兰的囚犯”的人们。这个地区对那些患有波德莱尔所说的恶疾——“对在家的恐惧”的人来说，都是一块吸引力巨大的磁石。因而，那名录上有：疯癫的内衣推销员、大师、自学成才者、天才、土匪、衣衫褴褛但美貌出众的女子、被放逐的流浪者——阿拉伯人，他们

① 指第一代拉格伦男爵，英国皇家海军小猎犬号的船长罗伯特·菲茨罗伊上尉。

“在吧台上放了一小株薄荷，用来追忆未曾谋面的家乡”。

巴塔哥尼亚常被视为无主之地——正如那位三十四岁的法国律师所宣称的——也因而成了律师心目中完美的自立为王之地，巴塔哥尼亚也因而成了查特文描绘他论点的宏伟而无界的背景。他会暗中争辩说，巴塔哥尼亚不仅仅是他自己躁动不安的舞台，也是所有人类躁动的根源。

在查特文重塑万物的眼光下，一片狂风席卷而过、布满了玄武岩砺石、木瓜草灌木的沙漠，变得截然不同。查特文的笔下，几乎没有关于巴塔哥尼亚独特景观的描写，他的书里却充斥着其他国家的室内装帧描述。书中没有太多土生土长的巴塔哥尼亚人，也没有太多作者的信息，他总是戏谑地隐身在字里行间。保罗·索鲁（Paul Theroux）很想知道：“他是怎么从一处到达另一处的？他是如何认识这个人或是那个人的？生活可不像布鲁斯笔下的那么简洁美妙。”例如，你在书里绝对找不到查特文曾被智利军方逮捕的任何蛛丝马迹，或者他对年轻的钢琴家“安塞尔莫”的引诱——这些，都是像索鲁那样的旅行作家笔下的主要故事内容。相反，你会发现柯勒律治的《古代水手之歌》、达尔文的进化论、莎士比亚的凯列班、但丁的地狱、柯南·道尔的《失落的世界》、斯威夫特笔下的布罗布丁纳格巨人、爱伦坡的《阿瑟·戈登·皮姆的故事》都起源于巴塔哥尼亚。甚至连人类本身，也流着源自巴塔哥尼亚血脉的血。

1月21日，查特文被困在巴霍卡拉科莱斯[①]的小村庄里，他

① 阿根廷南部圣克鲁斯省的一个自治市以及附近的村庄地区。该地区的西班牙语名（Baja Caracolles）的意思是：在蜗牛的下面。

写了封信给他的妻子。他被困在这偏僻的地方，但他已经抵达了目的地。

最亲爱的E：

不知多少次，我开始动笔写信，但都半途而废了。现在我被困在这里，至少要三天。因为我向治安官吐露了一些关于自己的事情，而他，带着钥匙跑掉了。

写下这封信的时候，我正置身于最经典的巴塔哥尼亚景色中。一家保龄球馆或是小商贩聚集的旅店，坐落在一个无关紧要的十字路口，道路四通八达，通向的都是一片荒芜。长长的吧台是薄荷绿色的，蓝绿色的墙壁上挂着冰川的图片，窗外，一排伦巴第白杨树被风吹成了差不多二十度的倾角，远处，是翻滚着的灰色潘帕斯草原（褪色的草丛是黄色的，但根系是黑色的，就好像漂染过的金发），草原上狂风呼啸，云层飞掠而过。

以往的旅程中，我从未想过、做过这么多。巴塔哥尼亚正如我所预料的——甚至可能更甚——激发出人类猛烈的爱与恨。现实中，它当然也无比壮丽，这是一片渐变色的台地以及峭壁，这些峭壁都曾是史前海洋的悬崖，山壁间满是直径10英寸的贝壳化石。往东，是拔地而起的安第斯山脉以及绿松石色的明亮湖泊（也有些湖泊是乳白色，或是浅浅的淡玉色），岩石也呈现出超乎想象的颜色。就好像造物主一直在这里搅动着那不勒斯冰淇淋[①]。想象（像我一样）攀登一座2000

① 传统的意大利冰淇淋，由香草、草莓和开心果冰淇淋组成，颜色对应意大利国旗的绿、白、红三色，因推测起源于意大利的那不勒斯而得名。

英尺高的峭壁，眼前是香草、草莓和开心果色交替的带状条纹，宽达100英尺甚至更宽。想象面对一面高地湖泊，一侧的岩壁是明亮的紫色，另一侧则是亮绿色，还有龟裂的橙色泥土以及白色的边缘。你得是一个地质学家才能真正欣赏这一切。还有，没有比这里更让人切实感受到史前动物的地方了。有些时候，史前动物甚至比当下的动物更为鲜活。人人都在谈论蛇颈龙和鱼龙。我遇到了一位出生于立陶宛的老先生，他前几天发现了一只恐龙，却丝毫不以为意。他更在乎的是他的飞行员执照，八十五岁的他，可能是世界上最年长的单人执飞的飞行员了。他年轻的时候，曾梦想成为一名鸟人①。

我也陷入了对这些消失了的野兽的迷恋，两天前，我爬上了一道骇人的悬崖来到一个古老的湖泊湖床上……在那里，我狂喜地发现了一组雕齿兽的甲壳碎片。雕齿兽就此取代了我心目中磨齿兽的地位——拉普拉塔博物馆里存有六只几乎完整的雕齿兽骨骼化石——这是一种身长达9到10英尺的巨型犰狳，它的每一片甲壳看起来都像是日本菊的样子。而我发现的最有趣的、将令所有考古学家都大跌眼镜的，是那堆甲骨中间，有两把绝对是人工打造的黑曜石匕首。如今，雕齿兽通常认为是被人类灭绝的，但一直没有找到什么证据支持。

这里见不到印第安人，有时会看到一些长着鹰一样的侧脸轮廓的特维尔切人，也就是古早的巴塔哥尼亚人，但殖民者的清洗干得很彻底，这令这片土地充满了被诅咒的气质。

---

① 指翼装飞行运动，这种人体飞行运动项目使用特殊跳伞装备——翼装。

除了我喜欢的原驼，这里的动物并没什么特别之处。年轻的雄性原驼被称为丘伦戈（chulengo），它们长着最好的皮毛，一种脏兮兮的棕白相间的颜色。还有一种罕见的叫“于默尔”[①]的鹿，以及美洲豹（比想象中更常见，但很难被发现）。不然，还有小犰狳，以及随处可见的野兔和最迷人的臭鼬，臭鼬的个头很小，黑色的皮毛上有白色的条纹，我遇到的那只根本没有冲我喷臭气，而是从我手里拿走了一块面包皮。

这里的鸟类非常出众：安第斯山脉里的秃鹫、黑白相间的兀鹫、美丽的灰鹞（非常温驯），以及我心目中最佳鸟类奖的得主——黑颈天鹅；泥滩上有火烈鸟——这里的品种更偏橙色一些，以及巴塔哥尼亚白草雁（当地人不恰当地称之为鸨[abutarda]），还有各种各样的鸭子。

这里的景色与职业（牧羊）如此统一，你会误以为，这里的人们也一样沉闷。但我曾在圣诞节那天听到，一个偏远的威尔士小教堂里唱起了《听啊！天使高声唱》；我曾和一位苏格兰老人（尽管他从未去过苏格兰）一起用餐，品尝了柠檬凝乳馅饼，他自己制作风笛，还穿着苏格兰短裙来与我进餐。我曾借住在一位前瑞士女星家里，她嫁给了一位瑞典卡车司机，住在巴塔哥尼亚最偏远的山谷里，用日内瓦湖的风景壁画装饰她的房子。我和一个认识屠夫卡西迪和黑杰克帮[②]其他成员的

① 一种鹿角的雄性马鹿变种。

② 指美国西部亡命之徒“黑杰克”托马斯·爱德华·凯彻姆（Thomas Edward Ketchum）的帮派，他的两个女儿也是亡命之徒，并且是屠夫帮一些成员的女朋友。

人共进了晚餐；我曾和一个德国人一起喝酒，致敬巴伐利亚的路德维希国王，他的屋子和生活方式完全就像是格林童话里的样子。我曾与一位失去了双腿的乌克兰医生谈论曼德尔施塔姆的诗作。我拜访了查理·米尔沃德的农场，和劳工们一起喝马黛茶直到凌晨三点（顺便说一句，马黛茶也是一种令我爱恨交加的饮品）。我拜访了一位仿照梭罗的《瓦尔登湖》和《农事诗》生活的诗人隐士。我聆听过巴塔哥尼亚考古学家激动人心的叙述，他宣称：1. 存在巴塔哥尼亚独角兽；2. 火地岛曾存在一种身高 80 厘米的史前人类（火地岛猿人）。

这里有大量精彩的、足以成书的内容——从 1920 年的无政府主义者叛乱（没错，是受到了巴枯宁的启发），到对黑杰克帮和屠夫卡西迪的追捕、巴塔哥尼亚昙花一现的王国、失落的恺撒之城、穆斯特斯①的旅程、对印第安人的猎杀，等等，等等。这就是所有我需要的。

再也没有比 1976 年 8 月他交给他的经理人的梗概更好的手稿摘要了。在四个月的时间里，他不仅发掘了自己写作上的才华，也发现了巴塔哥尼亚作为写作主题的魅力。

“这本书非比寻常、与众不同——它自成一派。”乔纳森·开普出版社的经纪人，在写给汤姆·马施勒的推荐信中如是写道。马施勒本以为收到的是那本关于游牧民族的书。“而后，我读了这本书，”他把这事描绘为他“出版生涯中最激动人心的十大‘事件’

① 指乔治·查沃斯·穆斯特斯（George Chaworth Musters，1841—1879），英国皇家海军指挥官和旅行家。

之一”，并说，“我读了这本最终我出版代理了却与我原本代理的那本书毫无关系的作品。”

这本书在英国售出了六千册，并立即迎来了众多好评，格雷厄姆·格林[①]称赞这是他“最喜欢的旅行类作品之一”。在美国版出版一个月之后，这本书获得了“豪森登奖”——这甚至有些超出了马施勒的预期。查特文在顶峰出版社（Summit Press）的编辑是吉姆·西尔弗曼（Jim Silberman），他在读到了保罗·索鲁在《泰晤士报》上热情洋溢的书评后，以五千美元的价格买下了美国版的版权。“这本书的版权在市场上待售，但没有人要。我去参加母公司的一个销售会议，母公司的负责人走过来跟我说：‘你知道你的单子上有一本书是卖不出去的。’我说：‘我知道你说的是哪本书，但你错了。’”

然后，一个又一个批评者站了出来。

查特文在写给伊丽莎白的信里说：“美国的评论令我大跌眼镜。倒不是说我指望完全没有讨厌鬼跳出来指手画脚，但他们把这书和《格列佛游记》《走出非洲》《日升之处》[②]《黎凡特修道院》[③]、吉卜林的《旅行书简》[④]这些相提并论，真是有失分寸。”《滚石》甚至还画

① 指亨利·格雷厄姆·格林（Henry Graham Greene，1904—1991），英国小说家、剧作家、评论家。

② 指英国旅行作家和历史学家亚历山大·威廉·金莱克（Alexander William Kinglake）的第一本文学作品，该书记录了1834年秋金莱克偕同友人萨维尔前往土耳其和黎凡特的旅程。

③ 指英国旅行家和外交官罗伯特·寇松（Robert Curzon）1849年出版的作品，该书讲述了1837年他参观了阿索斯山的圣保罗修道院并从那里拿走了两本珍贵的古籍。

④ 指吉卜林在北美、亚、非各地的旅行笔记《从大海到大海》中的《旅行书简》，收录了他1889年从印度出发，途经缅甸、中国、日本和美国的返英途中所写的文章。

了一幅漫画，画中作者手里端着一杯茶，头戴着圆顶礼帽在巴塔哥尼亚的土地上游走。“真正打动我的，是罗伯特·泰勒（《波士顿环球报》）——‘这本书重现了一些启迪人心的回忆，就好像普鲁斯特品尝到他的玛德莱娜蛋糕时一样’——终于！有人能明白了。”

法国作家、巴塔哥尼亚驻法国领事让·拉斯帕伊（Jean Raspail）表现出了最大的热忱。在读完了这本书之后，他“情绪激动”地带来了又一个奖项，并写道：“谨代表1863年的阿劳坎尼亚和巴塔哥尼亚王国国王奥雷利耶–安托万一世陛下，授予您巴塔哥尼亚的第一个文学大奖。”

查特文的第一本书和他祖母的珍宝柜一样，在九十七个章节里以独到的眼光收集了众多精彩的故事。尽管他坚持认为他遵守了传统的文学形式，但大多数读者都持不同意见。而在书商们眼中，这本书开创了一个全新的类别：新非虚构类。

同时，他人他作对这本书的影响也显而易见。这本书的暂用名《巴塔哥尼亚旅行记》间接承认了奥西普·曼德尔施塔姆（“我的偶像之一”）举足轻重的影响。查特文曾在《星期日泰晤士报》的艺术部门大声朗诵他的《亚美尼亚行记》，并震惊了他的同事们。

1979年4月14日，曼德尔施塔姆的译者克拉伦斯·布朗（Clarence Brown）写信给查特文，问他是否意识到：“似乎能从书中这样那样的短语以及人物或风景的描写里，窥见奥西普·曼德尔施塔姆的精髓。”查特文是这么回复的：“当然，《亚美尼亚行记》是我唯一的、最大的灵感之源——甚至更胜于我眼中所见的一切。也可能，对我的影响有点太多了——‘像骷髅一般惨白的卷心菜’，诸如此类……然而，我绝无半点抄袭之意（显然，我完全沉迷于《亚美尼亚行记》一书）。直到我发现我引用了‘额头风琴般的褶皱’，我才惊慌失措地给我的文字编辑打电话，但她告诉我，为时已晚，而且，所有的作家或多或少都是个抄袭者。”

查特文也没有避讳他借鉴了其他俄罗斯作者。克拉伦斯·布朗翻译的《时代的喧嚣》[①]让他“发现”了伊扎克·巴别尔[②]这样的作家（“不久之后，我就开始了写作”）。在写作时，他沉浸于屠格涅夫和契诃夫的作品里：盎格鲁–阿根廷人为了保住自己在城中的享乐生活，而牢牢守着自己的庄园样子，活脱脱就是《樱桃园》里的故事。

而后是美国作者：埃德蒙·威尔逊[③]的旅行日记与《黑色、棕色、红色与橄榄色》，乔治·盖洛德·辛普森[④]的《与奇迹同席》，当然还有海明威的短篇小说。除了《亚美尼亚行记》，查特文的背包里还装着海明威的《在我们的时代里》。

法国摄影师卡蒂埃–布列松的影响则要隐晦一些，查特文热衷于用摄影术语向他的朋友科林·瑟布伦（Colin Thubron）描述他的冒险之旅：“我打定主意要把自己当作文学界的卡蒂埃–布列松，就像在拍摄他的快照，咔嚓，就是那样。”在某个地方停留太久的话，照片就会变得模糊不清。

---

① 曼德尔施塔姆 1925 年出版的散文集。

② 伊扎克·巴别尔（Isaac Babel，1894—1940），苏联犹太裔小说家、戏剧家，作品包括《红色骑兵军》和《敖德萨故事集》。

③ 埃德蒙·威尔逊（Edmund Wilson，1895—1972），美国作家和文学评论家。

④ 乔治·盖洛德·辛普森（George Gaylord Simpson，1902—1984），美国古生物学家，研究已灭绝的哺乳类动物以及它们在大陆之间的迁徙。

查特文的快照密集且清晰，而且拥有一种将他的拍摄对象精简到黑白肖像般的魔力。“就像看着你自己的护照照片，”大卫·布里奇斯说，他在书中被称为比利·菲利普斯，“并不那么花哨，但确是事实。”谈到《巴塔哥尼亚高原上》一书对巴塔哥尼亚地区的影响，布里奇斯说：“如果没有冒犯任何人，那显然，你写出来的也不是什么值得写的东西。”布里奇斯深知他所说所言的真意：他的父亲卢卡斯·布里奇斯，正是关于火地岛的第一部经典著作《地球最远端》的作者。他说：“我从未见过任何作家能在他之后留下一片祥和欢乐。有些人趾高气扬，可他们的傲气就像屋顶上的鱼一样荒谬，他们对于自己存有幻觉，而摄影师的镜头只捕捉真实。”

在南部地区，查特文打破幻觉的做法，显然冒犯了一些人。在盖曼的威尔士聚居区，人们对他的打算一无所知。当他们在查特文的书里读到他们自己时，就像被巴塔哥尼亚的风凛冽地吹过一般。这些都是私农以及虔诚的教徒，他们的祖先来到巴塔哥尼亚，本就是为了逃避像查特文这样的英国人的——这个长着大额头和蓝眼睛的年轻人，忽然跑进了他们的村子，穿着绿色的百慕大短裤，操着一口响亮的公立学校的口音。他们不习惯接受审视，他们憎恶查特文对待他们的方式，他没有告诉他们，他的镜头正在工作，而且在他们毫不知情的情况下捕捉了他们生活的情景，并将之浓缩成了一些生动的细节。这一过程中，有些人觉得查特文是窃取了他们的私密时刻，并将这些时刻保存在散文铸就的玻璃罩子里，供世人参观。他们在沙漠里的日子并不容易，可查特文只是走马观花地路过，并以二十世纪的眼光描述他们的困境。他夺走了博尔赫斯笔下的那种私密感——“不知为何，我拯救了我自己的内核”。不仅如此，他的故事里，他们像原住民一样高大——那些巨足的巴塔哥尼亚印第安人，传说中足有11英尺高，不剥皮就生吞老鼠，还以女性一码长的乳房为傲。

前英国领事汤姆·琼斯的女儿是最反感这本书的人，每当查特文的名字出现在媒体上时，她都会透过信件开火，列举出对他“可耻的”作品的种种抱怨。达芙妮·霍布斯（Daphne Hobbs）并没有《巴塔哥尼亚高原上》——“我不会玷污我的书架的”。但她认定查特文歪曲事实以使其故事更具可读性的想法，应该能引起一些当地历史学家和一两个英国评论家的共鸣，他们怀疑查特文的一些“雷龙”实际上都是“磨齿兽”。她经常写信给《布宜诺斯艾利斯先驱报》，宣称查特文的作品“虽然含有一些真实的元素，但完全夸大其词，在某些情况下，甚至可以称为彻头彻尾的谎言”。

查特文也向迈克尔·伊格纳季耶夫（Michael Ignatieff）承认了这一点：“我曾做过一个实验，计算了一下我写的关于巴塔哥尼亚的书中的谎言。事实上，结果还不算太糟——并没有许多。”

有些错误，查特文如果意识到，一定会纠正的，其中有几个可能要归咎于他那不怎么样的西班牙语。（例如，在蓬塔阿雷纳斯的西里西亚博物馆，他把被谋杀的教士的名字弄错了：应该是胡安·西尔维斯特罗神父而不是皮斯通神父。）有些错误则可能源于他的仓促。（关于巴塔哥尼亚的共识是，这片区域并不始于内格罗河岸，而是自科罗拉多河以北120公里处开始。）但出人意料的是，纯粹捏造的案例少之又少。查特文对阿根廷评论家克里斯蒂安·库普奇克（Christian Kupchik）说道：“书中所写的一切都发生了，当然，先后顺序有所不同。”他向伊格纳季耶夫坦承的那些“谎言”

其实源于他的浪漫主义，就像他把普通的不锈钢椅子描述为“密斯·凡德罗的作品”，或是让里奥皮科的某位乌克兰护士成为他心爱的曼德尔施塔姆的拥趸，而不是阿加莎·克里斯蒂的忠实读者。这些，都是他的艺术表现手法。查特文写的既不是政府报告，也不是旅游手册。他的书构建的是一段间或被打断的旅程，在文字与时间之间迂回曲折。作为一个寓言大师，他汲取了每个故事的精髓，并进行了独具特色的创作。总的来说，他并没有对真相做任何删减，而是给它增添了些许色彩。他的描述并不是半真半假，而是完全的真实，再添加了一半他的想象。他的成就，并不是描绘了巴塔哥尼亚的真实面貌，而是创造了一种名为巴塔哥尼亚的景象——一种全新的观察方式，一种全新的世界观。而在这个过程中，他也重塑了自我。

与作者一样，查特文的《巴塔哥尼亚高原上》一书，令人们很难保持中立态度。在佩里戈尔的一座城堡里，阿劳坎尼亚和巴塔哥尼亚王国国王对我说：“一本不幸的书。”在举起香槟酒杯为“阿劳坎尼亚和巴塔哥尼亚的自由！”致辞后，他简短地与我交谈，身边围绕着他流亡宫廷的臣民们，在他们中间，《巴塔哥尼亚高原上》这本书，就像一个铅球一般沉重而坠落。

而《巴塔哥尼亚高原上》这本书，也具有一种解放意义。1995年，在作者去世六年之后，盖曼是一片尘土飞扬的淡红色砖房的地区，其中两间房子是茶室。这个地区只剩下不到2000人还在使用威尔士语，这语言几近失传。而在教堂摩利亚的墓地里，创始人的墓碑倾斜了一定的角度，饱经摧残的塑料玫瑰在阳光下熔化。那时，这个地方正渐渐被沙漠吞噬。

而今，这个村庄在贝特利教堂之外新建了更多的房子。这里现在有七间茶室，其中有一间牧场风格的“加的夫[1]”茶室，是1995年11月为了威尔士王妃戴安娜的来访而新建的。每年1月，威尔士合唱团每周两次为大批游客进行表演，其中有500名美国人是乘坐“冠达”游轮沿着海岸南下而来的。盖曼在地图上牢牢地在占据了自己的位置，查特文书中关于这个地方的那八页内容，每到游轮停靠在马德林港的那个夜晚，船上的讲师都会引用。

“我们应该写一些带着《巴塔哥尼亚高原上》来这里的外国佬的故事，”合唱团中的法比奥·罗伯茨·德·冈萨雷斯说，“那本书是他们的《圣经》。”

尼可拉斯·莎士比亚[2]，2006年

---

① 加的夫（Cardiff），英国威尔士首府。

② 尼可拉斯·莎士比亚（Nicholas Shakespeare，1957—　），英国小说家和传记作家。他曾在英国广播公司担任记者，而后在《泰晤士报》担任艺术助理和文学编辑，在《每日电讯报》和《周日电讯报》担任文学编辑。1989年，他在南美创作的小说《爱莲娜·席尔维斯的憧憬》获得了萨默塞特·毛姆奖和贝蒂·崔斯克奖，1995年出版的《楼上的舞者》获得了美国图书馆协会奖。

1

在我祖母的餐厅里，有一个玻璃柜，柜子里有一小块皮，这是一块厚实的、皮革质地的皮，上面有一簇簇粗糙的红色毛发。这块皮被生锈的大头针钉在一张卡片上，卡片上用褪色的黑墨水写了些文字，但当时我还太小，看不懂那些字。

“那是什么？”

“一块雷龙的皮。”

我母亲只知道两种史前动物的名字——雷龙和猛犸象。她知道这不是猛犸象的皮，猛犸象来自西伯利亚。

我知道，雷龙是一种因大洪水而灭绝的动物，它太大了，挪亚没法将它带上方舟。在我的想象中，那是一头毛茸茸的笨重生物，长着爪子和尖牙，眼睛里闪烁着邪恶的绿光。有时，雷龙会踏破卧室的墙，将我从睡梦中惊醒。

这只雷龙生活在南美洲的巴塔哥尼亚，那里，是世界的尽头。数千年前，它在冰川上滑倒，沿着蓝色的寒冰一路滑落，掉落到谷底并被安稳地囚禁于此。我祖母的堂兄，水手查理·米尔沃德，在那里找到了它。

查理·米尔沃德船长的商船沉没在麦哲伦海峡的入口处，他在沉船中活了下来，并在附近的蓬塔阿雷纳斯定居下来，在那里经营着一个维修船只的船坞。我想象中的查理·米尔沃德是一个像神一样的男人，他高大、强壮，沉默寡言，长着黑色的络腮胡和凶狠的蓝眼睛。他斜戴着水手帽，水手靴的上沿翻折下来。

看到冰封的雷龙那一刻，他就知道该怎么做了。他把雷龙分解成一块块，装进加了盐的木桶里，然后送往南肯辛顿①的自然历史博物馆。我脑海中浮现出这样一幅画面：血肉与盐和冰混合在一起，印度工人成群结队，与一排排木桶一起，沿着海岸铺开——一副宏伟但毫无意义的工作景象；在热带的航行过程中，雷龙开始腐败，到达伦敦时只剩下一堆残渣；所以今时今日，我们在博物馆只能看到一副骨架，完全没有血肉。

幸运的是，查理给他的堂妹，我的祖母，寄了一块雷龙皮的碎片。

我的祖母住在一栋红砖房子里，房子的前面有一整排斑斓黄色的月桂树，尖顶山形墙的屋顶上有高大的烟囱，花园里种满了深红色的玫瑰。房子里，总是充满了教堂一般的气息。

除了祖母的体形，我对她的记忆并不太多。我会趴在她宽阔的胸前，或者恶作剧般看着她是否能从椅子上站起来。她的墙上挂着荷兰画作，画上人物黄油色的胖面孔藏在白色的羽绒领子里。壁炉架上有两个日本人偶，人偶红色和乳白色相间的眼睛向外凸起，我会和人偶玩耍，或者和另外一只德国铰链式猴子玩偶玩耍，但我总是会缠着祖母说："我想要那块雷龙的皮。"

在我的人生中，我从来没有像想要那块雷龙皮一样，渴望过任何东西。祖母说，有一天，她会把它送给我。当祖母去世之后，我

---

① 南肯辛顿（South Kensington），英国伦敦市中心偏西部的一个地区，是伦敦著名的富人区。

说：“现在那块雷龙皮是我的了！”

可我的母亲说：“哦，那个东西，我想我们已经把它扔了。”

几年之后，故事的真相才浮现。查理·米尔沃德船长找到的动物并不是雷龙，而是磨齿兽①或者大地懒②。他从未找到过完整的标本，甚至也没有找到过完整的骨架，他在智利巴塔哥尼亚的“最后的希望”③峡湾的洞穴里，找到的只是一些因为寒冷、盐分和干燥而保存下来的一些皮毛和骨头。他将这些藏品寄往英国并出售给了大英博物馆。这个版本并不那么浪漫，但它的优点是真实。

尽管失去了雷龙皮，我对于巴塔哥尼亚的兴趣却保留了下来。冷战时期的新闻，点燃了我对地理的热情。二十世纪四十年代后期，我们生活在克里姆林宫的“食人族”的阴影下，人们有时错将他的胡子当作牙齿。我们都听过关于他正在计划战争的演讲，我们看过欧洲城市的民防演讲，里面展示了完全或者部分被摧毁的区域，这些区域一个连着一个，中间毫无空隙。民防讲师穿着卡其

---

① 磨齿兽（Mylodon，学名 Paramylodon）是一种已灭绝的地懒属动物，分布于智利巴塔哥尼亚地区和南美洲南部的阿根廷。体长大约是 3—4 米，最早可以追溯到上更新世，灭绝于约公元前 1 万年。

② 大地懒（Giant Sloth，学名 Megatherium）又叫大懒兽、美洲大地懒，它生活在更新世的中美洲和南美洲，距今 10 万～ 1 万年。体形与亚洲象差不多，是最大的地懒。约 8000 年前，大地懒和美洲的很多大型哺乳动物一起神秘地灭绝了。大地懒的化石最早于 1788 年在阿根廷被发现。它们的体形比树懒大 500 倍，体重可达 4 ～ 5 吨，是冰河时代全美洲仅次于猛犸象、乳齿象的第三大陆生兽类。

③ “最后的希望”是一个从埃伯哈德峡湾的入口一直延伸到智利的巴尔马塞达峰的内海湾。1557 年西班牙航海家胡安·拉德列罗用西班牙语“最后的希望”（Última Esperanza）命名此处，因为他觉得这是他找到麦哲伦海峡入口的最后的希望了。但这个海峡的尽头是冰川，而不是麦哲伦海峡。

布短裤，他的膝盖凹凸不平，肤色苍白。我们看到的一切都让人绝望。

接下来，我们读到有关钴弹的故事，它比氢弹更威力强大，一系列的连锁反应就可以轻易地抹平整个地球。

我从我姨妈的颜料盒里，认识了钴蓝色。在马克西姆·高尔基①的年代，她住在卡普里岛②上，并且画了许多裸体的卡普里岛男孩的画作。后来，她全部的画作都是宗教题材的，她画了许多圣塞巴斯蒂安③的画作，那些作品总是有一个钴蓝色的背景，一个漂亮的年轻人，他的脚总是被箭钉在地上。

因而，在我的脑海中，钴弹总是被描绘成一片蓝色的云海，云层的边缘向外辐射出火舌，而我自己，独自一人站在一片绿色的海岬上，审视着蓝色云海向前推进。

然而，我们仍希望能幸存下来。我们成立了一个迁徙移民委员会，期望在地球的某个角落生存下来。我们研究了季风的风向以及原子尘的模型，核战争将在北半球爆发，所以我们将目光投向了南面。我们排除了太平洋岛屿，因为岛屿会成为囚笼。我们也排除了澳大利亚和新西兰，最后，我们将目光锁定在巴塔哥尼亚，这，是世界上最安全的地方。

---

① 马克西姆·高尔基（Maxim Gorky，1868—1936），苏联无产阶级作家、诗人、评论家和政论家。

② 卡普里岛（Capri）是意大利的海中岛屿，位于那不勒斯湾南部，东距索伦托半岛 14 公里。

③ 圣塞巴斯蒂安，天主教圣徒，是一位殉道圣人。他被罗马帝国皇帝戴克里先下令乱箭射死，奇迹般地，箭没有杀死他。他的尸体被埋葬时，人们发现他还活着。在艺术和文学作品中，他常被描绘成双臂捆绑在树桩上被乱箭所射。

我看见一幢低矮的木屋，瓦楞屋顶，矗立在暴风雨中，木屋里，壁炉里的木柴燃烧着，墙上摆满了上好的书籍，当全世界都在爆炸中化为灰烬时，这里还有一个可以居住的地方。

后来，斯大林去世了，我们在教堂里唱颂赞歌。但我仍然保留着关于巴塔哥尼亚的想法。

2

布宜诺斯艾利斯的历史写在电话簿中。庞贝·罗曼诺夫，埃米利奥·隆美尔，克雷斯皮纳·D. Z. 德·罗斯，拉迪斯劳·拉德斯威，还有伊丽莎白·玛尔塔·卡尔曼·德·罗斯柴尔德——从字母R的列表中随机抽取的五个名字，一齐讲述了一个蕾丝窗帘背后关于流亡、醒悟和焦虑的故事。

我到达布宜诺斯艾利斯的时候，那是夏日里天气美好的一周，商店里都是圣诞装饰品。在奥利沃斯①，庇隆陵墓刚刚对外开放；在参观欧洲银行金库之后，伊娃②的状态良好。一些天主教徒为希特勒念了一段追思弥撒，他们正在期待一场军事政变。

白天，这座城市笼罩在银灰色的污染中颤抖着。晚上，男孩和女孩在河边散步，他们强壮而衣着光鲜，头脑空空，手挽手地走在树下，说笑着，红色的花岗岩栏杆将他们与红色的河水隔开。

夏天，富人们会锁上他们的公寓，镀金的家具上覆盖着白色的防尘布，成堆的行李箱堆在大厅里。整个夏天，富人们在他们的庄

① 奥利沃斯（Olivos），阿根廷东部城市，距离首都布宜诺斯艾利斯22公里。

② 即伊莎贝尔·马丁内斯·德·庇隆（Isabel Martínez de Perón），本名为玛丽亚·埃斯特拉（María Eva Duarte），阿根廷政治人物，也即著名的庇隆夫人——艾娃·庇隆、伊莎贝尔·庇隆、艾薇塔都是都她的称呼。她原为芭蕾舞剧团演员，后来嫁给流亡的阿根廷前总统胡安·庇隆。胡安·庇隆第三次当选为阿根廷总统时，伊莎贝尔担任副总统。丈夫去世后她继任总统，成为世界历史上第一位女总统。

园里休闲度日。更为富有的人会去乌拉圭的埃斯特角城①，在那里，遭遇绑架的可能性要小得多。另一些有钱人，他们被称为运动人士，宣称夏天是绑架的“禁猎期”，一些“运动游击队”甚至会租赁度假别墅，或者去瑞士滑雪。

午餐时，我们坐在一张罗萨斯将军的高乔人画像下面，那是一幅德拉克洛瓦的追随者雷蒙德·蒙沃辛②的作品，画像中，这个高大的男性侍从，像猫一样躺在血红色的斗篷上，摆出顺从而诱惑的姿态。

我想着：“信任一个法国人，才能看透关于高乔人的那些谣言。”

一位女性小说家坐在我的右边，她说，孤独是唯一值得研究的问题。她讲述了一位国际小提琴家的故事，小提琴家在一场巡演的间隙来到了中西部的一家汽车旅馆，故事将围绕着床、小提琴和小提琴家的木质假腿展开。

几年前，她与欧内斯托·格瓦拉③相识，那时格瓦拉还是一个衣衫褴褛的年轻人，正努力在社会上立足。

这个城市一直让我想起俄罗斯：秘密警察的车上架满了天线；

---

① 埃斯特角城（Punta del Este），又译作“东角”，是乌拉圭南部海岸的游览和疗养城市，坐落在向大西洋突出的狭长半岛上，被誉为“南美洲的迈阿密”。

② 雷蒙德·蒙沃辛（Raymond Monvoisin，1790—1870），法国艺术家、画家，出生于波尔多，在欧洲得到评论家的青睐后，他受到智利政府的邀请，1848 年来到智利指导成立了绘画学院。他的作品对智利社会产生了决定性影响，使其接受了欧洲尤其法国时尚的风格。

③ 欧内斯托·格瓦拉，即切·格瓦拉，古巴革命的核心人物之一，社会主义古巴的主要创始人及领导人。

女人们在尘土飞扬的公园里，张开双腿地坐着舔着冰淇淋；同样的盛气凌人的雕像；仿佛馅饼皮花边一样的建筑；一样的并不笔直的道路，创造出一种通向不知何处的、无尽空间的错觉。

不是苏维埃的俄国，而是沙皇年代的俄国。巴扎罗夫①也可以是阿根廷人，《樱桃园》②也可以是阿根廷式的故事。也有像俄国那样，贪婪的塔吉③、腐败的官员、进口的杂货和心向欧洲的地主们。

我与一个朋友分享了我的想法。

“很多人都这么说，”他说，“去年，一个年老的白人流亡者来到我们这个地方。她非常激动地想要参观每个房间，当我们走到阁楼的时候，她说——啊！我知道！这就是我童年的样子。”

---

① 巴扎罗夫（Bazarov），俄国作家屠格涅夫的长篇小说《父与子》中的人物，他是一名平民出身的医科大学生，受友人贵族子弟基尔沙诺夫的邀请，大学毕业后到其父的田庄做客，巴扎罗夫的民主主义观点同基尔沙诺夫一家的贵族自由主义观点发生了尖锐的冲突，在这场挑战俄国传统观念思想的冲突中，巴扎罗夫占了上风。

②《樱桃园》是俄罗斯剧作家安东·契诃夫的剧作，讲述了一位俄罗斯贵族女士与其家人的故事。他们的宅邸拥有一个著名的樱桃园，在宅邸将要被拍卖抵押债款前，他们回到了家乡，最终却什么也没做，樱桃园里的樱桃树被砍倒，他们也离开了家乡。

③ 塔吉指俄国的富农阶级，特指在俄罗斯帝国后期一些拥有土地和耕牛的富农阶层。

3

我坐火车去拉普拉塔参观南美洲最好的国家历史博物馆。在车厢里，有两名常见的男权主义的受害者——一个瘦弱的黑色眼眸的女子，另一个看起来不太健康的十几岁的女孩，她总是紧紧抓着那女子的衣服。她们的对面坐着一个男孩，他的衬衫上印着绿色的花纹。我又仔细看了一眼，原来那些弯弯曲曲的花纹都是刀锋。

拉普拉塔是一座大学城，墙上大多数涂鸦都是1968年5月遗留下来的旧作，其中有些却不同寻常："伊莎贝尔·庇隆，或死亡！""如果艾薇塔还活着，她会创立城市游击队！""英国海盗之死！""最好的知识分子就是死去的知识分子。"

银杏树沿着小巷，穿过贝尼托·华雷斯①的雕像一直延伸到博物馆的台阶前。阿根廷的国家代表色——蓝色和白色，在旗杆上飘动着。但属于格瓦拉的红色在古老的外墙上和山形墙上蔓延，张牙舞爪地像要吞没整栋建筑。一名青年男子抱臂站在门前，说："博物馆因故停止开放。"一个来自利马的秘鲁印第安人垂头丧气地站在那里，最终，我们一起成功地说服了那名青年，愧疚感令他允许

---

① 贝尼托·华雷斯（Benito Juárez，1806—1872），墨西哥民族英雄，1858年到1872年间曾5次出任墨西哥总统。华雷斯一生为捍卫墨西哥民族的独立、墨西哥国家统一、政治民主和社会进步作出了巨大贡献，墨西哥人尊崇他为民族英雄。

我们进入博物馆。

在第一个房间里，我看到一只在巴塔哥尼亚发现的大恐龙，以发现者立陶宛移民卡西米尔·斯拉佩里命名。我看到那些雕齿兽[①]和巨型犰狳，它们看起来就像游行的装甲车，每一块骨板上都有日本菊一样的印记。我看到拉普拉塔鸟的标本立在 W.H. 赫德森[②]的肖像画旁边。最后，我找到了从"最后的希望"峡湾的洞穴里发现的巨型树懒和磨齿兽的一些残骸——爪子、粪便，带着肌理的骨骼，以及一块皮。那块皮和我童年记忆中的一样，上面长着红色的毛发，大约有半英寸厚，中间嵌着白色的软骨，看起来像是长了毛的花生脆。

拉普拉塔是弗洛伦蒂诺·阿梅吉诺[③]的故乡，他是一位孤独的、自学成才的学者，来自一个热那亚移民家庭，生于 1854 年，去世时正担任国家博物馆馆长。他从小就开始收集化石，后来开了一家名为艾尔·格利普当特的文具公司。再后来，化石取代了文具占据了整家公司，但彼时阿梅吉诺已因其多产的著作和奇特的化石收藏而闻名世界了。

他的弟弟卡洛斯忙于探索巴塔哥尼亚的峭壁，而弗洛伦蒂诺则

---

① 雕齿兽（Glyptodon）是一种从化石中发现的犰狳状食草哺乳动物，生活在上新世、更新世期间的南美洲，包括从阿根廷的彭巴斯草原、乌拉圭到巴西一带。属于贫齿类动物，雕齿兽属，除下部外整个躯体包在由骨片形成的甲壳内。这个目下包括食蚁兽、树懒、已灭绝的地懒及犰狳。雕齿兽堪称哺乳动物中的"铁甲武士"，成熟的雕齿兽身体全长约 4 米，背部最高达 2.5 米。它们身上的坚硬盔甲直径经常大于 2 米，保护着它的身躯。

② 全名威廉·亨利·哈德森（William Henry Hudson，1841—1922），阿根廷作家、博物学家和鸟类学家。

③ 弗洛伦蒂诺·阿梅吉诺（Fiorino Ameghino，1853—1911），阿根廷博物学家、古生物学家、人类学家和动物学家，以在阿根廷潘帕斯草原尤其是巴塔哥尼亚发现的化石以及在美国西部发现的化石而闻名。

端坐家中整理化石。他拥有惊人的想象力，可以用最少的牙齿或者爪子残骸重塑出巨型动物的形象。他也有缺点，他用古怪的名字为这些巨型动物命名——他将某只动物命名为“弗洛伦蒂诺·阿美尼亚纳”，而另一只则叫“拉普拉塔深海”。他像所有第二代移民一样热爱自己的国家，而有时，他的爱国主义会令他冲昏头脑。在某个问题上，他全盘接受了科学界的观点：

大约五千万年前，当大陆架板块移动时，巴塔哥尼亚的恐龙与比利时、怀俄明州或蒙古的恐龙并无不同。恐龙灭绝后，热血的哺乳动物取而代之。研究这一现象的科学家们提出了北半球的新物种的一个起源地假说，这些新物种从那里开始遍布全球。

第一批到达南美洲的哺乳动物是些奇特的物种，现在它们被称为南方有蹄目和古蹄兽目。它们抵达之后不久，海水冲破了巴拿马地峡，它们被孤单地流放在南美大陆上，与其他物种隔离开来。没有掠食动物的骚扰，南美大陆上的哺乳动物形成了各种奇怪的形态。巨大的树懒、箭齿兽、大地懒和磨齿兽，还有豪猪、食蚁兽和犰狳，滑距骨目①、闪兽目②和长颈驼③（就像长着长长躯干的骆

---

① 滑距骨目（Litopterna）是一类已灭绝的有蹄类，生存于第三纪。它们普遍有三趾，其中有一种单趾像马的形态。下文提到的长颈驼就是距今最近的滑距骨目成员。

② 闪兽目（Astrapotheria）是已灭绝的有蹄哺乳动物，闪兽目其下有轮齿兽，其外观像乳齿象，有约 3 米长。是从始新世一直延续到中新世的大型食草类哺乳动物。

③ 长颈驼（Macrauchenia）是滑距骨目的一种有蹄动物，也名滑距兽，它有长四肢，每肢上有三趾，长颈驼的外观就像没有驼峰及有一个短象鼻的骆驼。最古老的化石可追溯至约 700 万年前，于更新世晚期灭绝，是唯一在南北美洲生物大迁徙中存活下来的滑距骨目动物。这种史前动物只在南美洲发现过，最早的骨骸由查尔斯·达尔文在小猎犬号之旅中发现。

驼）。而后，巴拿马海峡的陆桥重新浮出水面，一群更有能力的北美哺乳动物，如美洲狮和剑齿虎，冲向了南方大陆，很多本土物种因而灭绝。

阿梅吉诺博士不喜欢这种门罗主义[①]的动物学版本。一些南方的物种确实成功对抗了北美的入侵潮，例如小型树懒来到中美洲，犰狳到达了得克萨斯州，豪猪到达加拿大（这充分证明了所有的入侵都会带来反向的入侵）。但阿梅吉诺并不满足于此，他完成了一张年表以对自己的国家尽忠述职。他歪曲了有关的证据，论证所有的热血哺乳动物都发源于南美洲，并随后向北迁移。此后，他深陷于自己的理论中无法自拔，他发表了一篇论文，提出人类本身就是从南美洲诞生的；也正因此，在某些圈子里，人们将阿梅吉诺与柏拉图和牛顿相提并论。

① 门罗主义（Monroe Doctrine），美国总统詹姆斯·门罗发表于1823年的一种思想观点，是一项关于美洲大陆控制权的美国外交政策。

4

我离开了拉普拉塔的动物墓场，大量拉丁语的林奈氏命名法[①]令我有些头晕目眩，为了赶回布宜诺斯艾利斯，我前往巴塔哥尼亚车站搭乘南下的夜班车。

我醒来的时候，汽车正驶过低山丘陵。天空呈现出一片灰色，山谷中弥漫着薄雾。麦田从绿色变为黄色，在牧场上黑牛正在吃草。汽车不断地穿过柳树林和草原。大牧场的房屋在杨树林和尤加利树林背后，看着像是变小了。有些房子的屋顶是波浪形的，但大多数的屋顶是整片的涂成红色的金属板。最高的那些桉树树顶被风吹得一片凌乱。

九点半的时候，汽车在一个小镇停了下来，这就是我期望能遇到比利·菲利普斯的地方。他的祖父是巴塔哥尼亚的先驱，直到今天，他还有堂兄弟住在巴塔哥尼亚。小镇上满是一座座砖石平房和商店，每座房屋上都有一个悬垂的檐口。广场曾是市政花园，现在那里立着解放者圣马丁将军[②]的青铜半身像。花园周围是柏油路的街道，但侧面来的风，将沿街的鲜花和青铜像都蒙上了白色的

---

① 即卡尔·冯·林奈发明的双名命名法，又称二名法，依照生物学上对生物种类的命名规则所给定的学名之形式，常以斜体表示。

② 指何塞·德·圣马丁（José de San Martín，1778—1850），杰出的军事统帅、南美洲思想家、政治家、拉丁美洲独立战争的领袖之一，他将南美洲南部从西班牙统治中解放，是阿根廷的民族英雄。

粉尘。

两位农夫将他们的小车停在酒吧外面，喝着玫瑰红葡萄酒。一位老人抱着他的马黛茶[①]水壶。在酒吧的后面是胡安·庇隆与伊莎贝尔·庇隆的画像，庇隆身着蓝白相间的肩带，看起来衰老而又颓废；另一张艾薇塔和胡安的画像，则显得更为年轻而危险一些；第三张像上，罗萨斯将军的脸颊两侧留着胡子，嘴角微微向下。庇隆主义的画像总是非常复杂。

一位老妇人递给我一个硬邦邦的三明治和一杯咖啡。不出所料，她说，去找菲利普斯先生的时候，我可以把背包留在这里。

"菲利普斯先生的家有点远，他住在山里。"

"多远?"

"八里格[②]。但你可能会遇到他，早上他常常会来城里。"

我四处询问，但当天早上没有人见过外乡人菲利普斯。我找了一辆出租车并与司机讨价还价起来。他是一个瘦弱、开朗的人，我猜想他应该是个意大利人。他似乎很喜欢讨价还价，随后，他离开去买汽油。我的视线越过圣马丁将军的铜像，并将我的包裹放在人行道上。出租车开了回来，意大利人兴奋地跳了出来，说："我看到外乡人菲利普斯了，在那里，你走这条路。"

他毫不介意将失去一单生意，我有些喜欢这个国家了。

一个穿着卡其色连体装的矮胖男子从街上走来，他脸上带着孩子气的快乐，满头的头发都竖立了起来。

---

① 马黛茶（Mate），又被称为巴拉圭茶、阿根廷茶、巴西茶，是一种传统的南美洲草本茶，富含咖啡因，其主要成分为巴拉圭冬青。

② 里格，旧制长度单位，1 里格约等于 3 英里或 4 公里。

"比利·菲利普斯?"

"你认识我?"

"我猜的。"

他笑着说道:"跟我一起回家吧。"

我们开着他的皮卡车出发了,乘客一侧的车门卡住了,我们不得不在生锈的车厢内挤作一堆,让一个满脸皱纹的巴斯克人①上了车,他在农场做一些奇怪的工作并且有些单纯。这条路穿过平整的乡间农场,黑色的亚伯丁安格斯牛聚集在风力泵的周围。围栏被维护得很好,每隔五英里左右,我们就会经过一个大牧场巨大而招摇的大门。

"这一片都是百万富翁,"比利说,"我住在牧羊区,我的羊毛收成只够做些毛衣,那里的草场和水源不够供养大的羊群。要是发生严重的干旱,我就会一贫如洗。"

比利驶下了主道,向着苍白的山群而去。云雾渐渐散去,在山丘之外,我看到了一连串的山脉,和云雾一样的银灰色,阳光照在山脉的轮廓上,它们仿佛会发光一般闪亮。

"你来这儿是找达尔文,还是来看我们?"比利问道。

"我是来见你的,但达尔文也在这儿?"

"不久前他还在这里。从这里你能看见内华达山脉,就现在,在最左边。达尔文去布宜诺斯艾利斯了,我还没去过,我的新农场的工作太多了。"

道路开始爬坡,蜿蜒曲折。在一间农舍的门口,比利打开了车

① 巴斯克人(Basque),西南欧民族,主要分布在西班牙比利牛斯山脉西段和比斯开湾南岸,其余分布在法国及拉美各国。

门，一条狗向我们冲了过来，跳上了驾驶室，蹲坐了下来，一脸严肃地紧咬着牙。

“我的邻居都是意大利人，”比利说，“整个地区已经被意大利人占领了，这些人都是四十年前从边境上的一个村庄过来的。记住，所有热情的庇隆主义者都不值得信任，他们的哲学很简单：像苍蝇一样繁殖，然后再来抱怨土地改革。一开始，他们的农舍都大小合适，可之后他们不得不一直将农舍拆分开。你看到那边那栋房子了吗？”

道路忽然到了一个陡坡，整个乡间都被我们抛在了身后。一整片田野被岩石山丘环绕，在阳光的照射下闪闪发光。所有的农舍都由一堆堆的杨树木桩搭建而成，除了一幢崭新的白色屋子，完全没有使用任何木材。

“那家人刚刚分了家。老人死了，两个儿子大吵一架。大儿子得到了最好的土地并造了新房子。小的那个在当地政治圈里很活跃，想要染指最好的外乡人牧羊场。我也只是勉强能维持运营罢了，没有余力再做什么装饰了。我们可是阿根廷公民，在这片土地被可恶的意大利村庄淹没之前就在这儿了。”

“这就是我家了。”他说。

我们停车让巴斯克人下车走下山路。菲利普斯的房子是一座预先搭建而成的小屋，有两个房间，坐落在一个光秃秃的山坡上，宽大的窗户外是一片美景。

“别介意安妮玛丽，”比利说，“每次有客人来，她都有些大惊小怪，总是慌慌张张的，她好像觉得有客人来就意味着家务活。她实在不擅长家务。别放在心上，她其实很乐意有客人来访。”

"亲爱的，我们有客人来了。"他喊道。

我听到她说："有客人来了么？"

然后，卧室的门猛地关上了。比利看起来有些不高兴，他拍了拍狗，我们聊了两句关于狗的话题。我看着他的书架，上面都是最棒的著作，他一直在读屠格涅夫的《猎人笔记》，我们又聊了聊屠格涅夫。

一个男孩在门口探了一下头，他身上穿着蓝色长裤和一件刚洗过的衬衫。屋子里有客人，这显然令他有些惶恐，他含住了自己的拇指。

"尼克，来，过来打个招呼。"比利说。

尼克跑回卧室，门再次被关上了。最后，安妮玛丽出来和我握了手，她看起来精神而有礼。她有些不明白她父亲为什么会邀请我来家里。

"我们这儿一片混乱。"她说。

当她微笑时，她的笑容生动又丰富。她的身材健康而瘦削，黑色的头发剪得很短，皮肤晒成健康的黑色。我非常喜欢她，但她一直在谈论着"我们省"，她曾在伦敦和纽约工作，她知道事物应该有的样子，并总是在为之道歉："如果早知道你要来，我们就可以……"

我告诉她没关系，这些都不重要。但我能看出来，这些对她很重要。

"有客人来，我们需要一些肉来准备午餐，"她说，"不如你们带尼克去农场，我把这里整理一下。"

尼克回去换了他为了我而特地换上的衣服，我和比利就在那里等他。在第一块草场上，我们看到了一些棕色的、长尾巴的鸟。

“那是什么鸟，尼克？”比利问道。

“大阪鸟（Ouraka）。”

“这书里最丑的鸟。”比利说。

“这些是泰罗泰罗[①]。”尼克说。

一对黑白相间的鸻鸟惊起，盘旋在我们头顶上，尖叫着有入侵者。

“这讨人厌的叫声，这些鸟讨厌人类，真的讨厌人类。”

这条小径穿过一片草丛，来到一座空旷草场上伫立风中的农场建筑前。一个名叫迪诺的瘦弱孩子从混凝土房子里跑出来，和尼克一起在院子里玩，大喊大叫着。院子里有一个满是黏糊糊的绿色液体的羊饮水塘，比利大声地叫他们远离水塘。

“运气糟透了，”他说，“两个月前，邻居的孩子在我们的羊饮水塘里溺水身亡。周日的午餐后那对父母喝醉了。感谢上帝，那个母亲再次怀孕了——这是第九次了！”

男孩的父亲走出来，将帽子丢给比利。比利吩咐他宰只羊。我们环顾农场，看了看那些毛衣、新来的公羊和那台麦考密克拖拉机。

“你知道，以这里的汇率，那机器我们花了多少钱吗？我可买不起第二台了。你知道在这儿，我们祈祷什么吗？我们祈祷灾祸——如果欧洲的冬天很冷，那羊毛的价格就会上涨了。”

我们走到果园里，迪诺的父亲将死羊拴在一棵苹果树上，他的

① 泰罗泰罗鸟，学名凤头距翅麦鸡，分布于北美洲和中美洲的部分地区，是乌拉圭国鸟。

狗正扒拉着草丛中的羊肠吃。迪诺的父亲把刀架到羊脖子上，羊头掉落在他的手中，他将死羊固定在树枝上，切下一条羊腿，交给了比利。

回木屋的路上，尼克问我他是否可以拉着我的手。

我们回家后，安妮玛丽说：“我不知道你对尼克做了什么，通常他不喜欢我们的客人。”

5

那天晚上，比利开车送我去布兰卡港①，路上我们为了一头公牛，去拜访了一个苏格兰人。

桑尼·乌克哈特的农场位于一片平坦的土地上，距离主干道大约三英里。自突袭印第安人②以来，这个农场已经在家族中传承了四代。我们在路上一共打开了四道门闸。除了泰罗鸟之外，夜晚一片静谧，我们将鸟群惊起，它们成了一片黑色隆起的丛林，我们的车灯在其中闪耀。

苏格兰人把狗叫了回去，带着我们沿着一条狭窄的绿色走廊，走进一个高大漆黑的绿色房间，整个屋子里只有一个灯泡亮着。维多利亚式的平扶手安乐椅围绕着炉火，湿漉漉的威士忌杯子在法国抛光剂的作用下，闪烁着一圈光环。墙上挂着穿衬裙的苗条的绅士和女士们的照片。

桑尼·乌克哈特是个编着辫子的男人，他金色的头发向后拢去，并在中间分开。他的脸上和喉结上长着雀斑，脖子后面满是纵

① 布兰卡港（Bahía Blanca），阿根廷海港城市，位于布兰卡湾北岸，是阿根廷最大的小麦输出港。

② 19 世纪初，巴塔哥尼亚北部原住民过着牧牛或掠夺当地乡村的游牧生活，19 世纪 30 年代，罗萨斯将军几次发动军事攻击，企图消灭进行抵抗的原住民部落，尤其是 1859 年，他率领 3000 名战士袭击了巴伊亚布兰卡，这成为后来阿根廷政府扩大控制区域到巴塔哥尼亚地区的沙漠征服的前奏，直到许多原住民被军事力量驱逐到保留地。

横的晒伤痕迹，水蓝色的眼睛里布满了血丝。

他和比利谈完了公牛的生意，比利说起了农产品的价格和土地改革，桑尼或摇头或点头。他坐在一个火炉边，喝着他的威士忌。作为一个苏格兰人，他保留了血脉中对苏格兰短裙和风笛的朦胧记忆，但那是上一代的庆祝方式了。

他的叔叔和婶婶从布宜诺斯艾利斯来照顾他，他婶婶对我们的到来很是高兴。她做了烘焙，拿来了一个蛋糕，蓬松柔软的蛋糕外面覆盖着红色的糖霜。她切了几大块蛋糕，然后将它们放在带着银叉的精美瓷盘上。尽管早先我们已经吃过晚饭了，但盛情难却。她为桑尼也切了一块。

“你知道我不吃蛋糕。”他说。

桑尼有个妹妹，她是布宜诺斯艾利斯的一名护士。他们的母亲去世后，她回到了家里，但她总是与桑尼的劳工争吵。劳工是个印第安混血儿，他住在他们家里。桑尼的妹妹不喜欢劳工的刀，以及他在餐桌上用刀的方式。她知道劳工对桑尼并不好，他们大部分时间都在喝酒，有时他们甚至整晚整晚地喝，第二天又睡上一天。她努力想要改变家里的情况，让气氛更开朗一些，但桑尼说：“这家就该保持这个样子。”

某天晚上，他们两个都喝醉了，劳工侮辱了桑尼的妹妹。她吓坏了，惊慌失措地把自己锁在房间里。她担心会发生更糟糕的事，之后她就回到城里去做原来的工作了。

桑尼和劳工在她离开后打了一架，邻居们说当时的情况甚至可能变得更糟糕。之后，桑尼的叔叔和婶婶就来了，但他们也无力买下和打理农场。幸运的是，他们的积蓄足够在布宜诺斯艾利斯郊区一个不错的社区买一间小平房，但那是一个英国人的社区。

叔叔与婶婶正喋喋不休，桑尼则默默地啜饮着威士忌。他希望劳工回到家里来，尽管他什么都没有说，但你可以感受到桑尼想要劳工回来的心情。

6

布兰卡港是到达巴塔哥尼亚沙漠之前最后一个大城镇。比利把我送到公交车站附近的酒店。酒店的酒吧是绿色的，灯火通明，挤满了玩扑克的男人。一个乡村男孩站在吧台旁，他脚步蹒跚，却像高乔人一样高高扬起头。他长得很好看，一头黑色的鬈发，但他已经喝得烂醉了。店主的妻子带我去看了一间闷热的房间，墙被漆成紫色，房里有两张床。没有窗户，门外是一个被玻璃屋笼罩着的小院子。这房间非常便宜，而女主人也没提起我需要和人共住。

我半梦半醒之间，那个乡村男孩走进了屋子，倒在另一张床上，又坐起来呻吟着作呕，他断断续续地吐了一个小时，随后在床上打起鼾来。那天晚上，呕吐物的气息和打鼾的声音令我整夜无法入睡。

因而，第二天，当我们开车穿过沙漠时，我睡眼惺忪地望着银白色的云朵在天空中盘旋，成片的灰绿色荆棘像汪洋一样在草场上翻涌，形成一片又一片的灌木丛。白色的尘埃从盐田中升起、蔓延，远处的地平线上，陆地和天空交融在一起，一片空洞无色。

里奥内格罗省是巴塔哥尼亚的起点。中午，公共汽车穿过河上的铁桥，停在一个酒吧外面。一位印第安妇女和她的儿子在这里下了车。她和她的行李占据了两个座位。她嚼着大蒜，戴着纯金做的耳环，编满辫子的头上戴着一顶硬挺的白帽子。当她把自己和包裹都挪到街上时，她儿子的脸上掠过一阵莫名的恐惧。

村里的固定房屋是用砖砌的，房顶上是黑色的管道和一堆堆缠绕的电线。砖房区域以外，是印第安人的棚屋，那些屋子都是用包装箱、塑料板和麻布袋拼建起来的。

一个男人走在街上，棕色毡帽的帽檐压在脸上。他带着一个袋子，沿途扬起白色的尘土，如云雾一样缭绕在他身边。他走到乡间，几个孩子正躲在门口折磨着一只羊羔。从某间小屋传来收音机的声音，交杂着脂肪加热时发出的嘶嘶声。一条粗壮的手臂从屋里出现，将一根骨头扔给了一条狗。那狗接住了骨头，然后悄悄地溜走了。

这些印第安人是来自智利南部的移民工人，他们是阿劳卡尼亚印第安人①的后裔。一百年前，阿劳卡尼亚人非常凶悍勇敢。他们将自己的身体涂成红色，剥敌人的皮，还吞食尸体的心脏。阿劳卡尼亚男孩的教育包括了曲棍球、马术、酒精、傲慢和性，过去的三个世纪，他们将西班牙人吓得魂不附体。十六世纪时，阿隆索·德·埃尔西拉②将他们的故事写成了一部史诗，命名为《阿劳卡尼亚》。而后，伏尔泰读了这篇史诗，将阿劳卡尼亚人作为"高

---

① 阿劳卡尼亚（Araucania）是历史上南美洲的西班牙殖民者对马普切人的旧称，作为南美洲南部主要印第安人部落之一，马普切人是智利和阿根廷最大的印第安部族，生活在智利中南部和阿根廷西南部。殖民时代之前的马普切文明影响到北至阿空加瓜河、南到奇洛埃岛的范围。这是一个分布广泛的种族，由各种各样的族群组成，但这些族群有着共同的社会结构、经济结构以及共同的宗教与语言。

② 阿隆索·德·埃尔西拉（Alonso de Ercilla，1533—1594），文艺复兴时期西班牙诗人、军人。出生于马德里，16世纪50年代，在阿劳卡尼亚和秘鲁作战期间，创作了史诗《阿劳卡尼亚》，描绘了这次战争的场景。

贵的野蛮人”[1]的代表民族。如今，阿劳卡尼亚人依然强悍，但假如他们能把酒戒了的话，他们就更强大了。

村庄的外面是玉米和南瓜的灌溉种植园，以及樱桃和杏子果园。沿着河流，柳树被风吹得枝条飞扬，露出银色的枝干背面。印第安人一直在切割柳条，树上满是新鲜的白色刀口，空气中弥漫着柳树汁液的味道。安第斯山脉的融雪令河水高涨，水流湍急，冲刷着岸边的芦苇，沙沙作响。紫色的燕子正在追逐虫子，当它们飞到悬崖之上时，风抓住了它们，并在一个又一个颤抖的气流漩涡中将它们甩了回来，再次回到河面上方。

悬崖从渡轮港口上垂直升起，我爬上了一条小路，站在悬崖顶部望向智利的方向。我看见河流，闪闪发光地流过骨白色的悬崖，河流两侧则满是祖母绿的植被。远离山崖的地方是沙漠，那里一片寂静，只有风呼啸着穿过荆棘丛、吹过枯死的杂草，没有任何生命的迹象，只有一只鹰，还有一只黑色甲虫正在白色的石头上缓缓爬行。

巴塔哥尼亚沙漠并不是沙子或者沙砾组成的沙漠，沙漠上布满了长着灰色叶子的低矮灌木丛，这些灌木被碾压时会散发刺鼻的气味。与阿拉伯沙漠不同，巴塔哥尼亚没有任何过剩的戏剧化精神，但它确实在人类的历史上占据着一席之地。巴塔哥尼亚的阴暗特质令查尔斯·达尔文欲罢不能，在《小猎犬号航海记》的总结中，他试着解释了，为什么看过了诸多奇迹，这片“干旱的荒地”依然牢

---

① “高贵的野蛮人”，是一种理想化的土著、外族或其他民族形象，他们尚未被文明污染，因此代表着人类天生的良善，也是一种文学作品中的定型角色。

牢占据着他的思绪。

十九世纪六十年代，W.H. 赫德森来到里奥内格罗，寻找在他拉普拉塔的家附近徘徊的迁徙鸟类。多年以后，在他诺丁山的寄宿公寓里，他回忆起了这一段旅程，并写就了一本分外安静与理智的书，对比之下，他的著作令梭罗[①]看起来像是个捣蛋鬼。赫德森在《巴塔哥尼亚的闲散度日》中用一整个章节来回答达尔文先生的问题，他的结论是，巴塔哥尼亚沙漠的流浪者在这里发现了原始的平静，他们也被称为“最简单的野蛮人”，而这种平静，仿佛也与“上帝治世”[②]极为相似。

赫德森在巴塔哥尼亚的日子，里奥内格罗是一个不同寻常的王国的北部边境，在巴黎流亡法庭上，这个王国至今仍占据着一席之地。

---

① 指亨利·戴维·梭罗（Henry David Thoreau，1817—1862），美国作家、超验主义哲学家，代表作《瓦尔登湖》。

② 上帝治世（Peace of God），是 10 世纪末至 13 世纪天主教会推动的一项运动，旨在确保无法自卫的非战斗人员免受封建贵族的暴力侵害，在一定程度上促使了西欧社会秩序的好转。

7

一个细雨绵绵的十一月的下午，阿劳卡尼亚和巴塔哥尼亚王国的菲利普王子殿下，邀请我参观他在鱼贩街区（Faubourg Poissonière）的公关公司。为了到达目的地，我不得不穿过《马克思主义报》报社，一家正在上演《匹诺曹历险记》的电影院，以及一家出售巴塔哥尼亚狐皮和鼬皮的商店。一同出席的还有历史学者考特，这位魁梧的法裔阿根廷年轻人，穿着一件有王室徽章纽扣的外套。

王子殿下穿着一身棕色斜纹软呢套装，个子不高，抽着烟斗，石楠木烟斗摆动在他的下巴附近。他刚从东柏林出差归来，手中轻蔑地挥舞着一份《真理报》。他向我展示了一部正在寻求出版的长篇手稿；两张阿劳卡尼亚公民的照片，他们正举着他们的蓝白绿三色国旗；一则法院的法令，允许 M. 菲利普·布瓦里在他的法国护照上使用他的王室头衔；来自休斯敦萨尔瓦多领事的一封信，承认他是流亡中的国家元首；以及他与庇隆总统、艾森豪威尔总统（他曾为总统授勋）以及阿兹特克帝国的冒牌继承者蒙特祖马王子[①]的

① "蒙特祖马"（Montezuma）来自蒙特祖马一世与二世，两者均是古代墨西哥阿兹特克的君主，其中蒙特祖马二世曾一度称霸中美洲，最后被西班牙殖民者征服，阿兹特克文明就此灭亡。一百多年后，蒙特祖马二世的曾孙于 1627 年被西班牙国王封为"蒙特祖马伯爵"，后经多次改号，又升为蒙特祖马·德·图尔腾戈公爵，他的后代世袭爵位至今。

来往信件。

告别时，他给了我《阿劳卡尼亚的深入研究笔记》的副本，其中包括了莱昂·M.德·穆林–普耶伯爵的研究，阿劳卡尼亚的《王室传承》以及埃及授勋的孟菲斯与米斯拉伊姆勋章。

“每次我尝试新的事物的时候，”王子殿下说，“我都有所收获。”

8

1859年的春天，律师奥雷利耶–安托万·德·图南[①]关闭了他在佩里格[②]的贺拉斯街上的灰色办公室，他回头看了一眼拜占庭风格的大教堂，动身前往英格兰，他抓紧手中装着两万五千法郎的手提箱，那是他家族联合账户中所有的财产，而他的这番举动无疑加速了家族的覆灭。

他是农夫的儿子，在家里排行第八，他的家乡在拉方特村庄附近，是一个名叫拉谢兹的村子。如今他三十三岁（正好是天才早亡的年龄），单身汉，共济会成员，据说他的血统能追溯至某位高卢罗马参议员，因而，他在名字的中间添加了一个“德”。他迷离的眼睛与黑色的发须相得益彰，他总是作上流装扮，衬托着他挺拔出色的身段，凭借着毫无根据的远见与勇气行事。

因为伏尔泰的作品，他进入了埃尔西拉的史诗中，关于木的那个诗节，并进而了解了智利南方未开化的部落：

健壮且不留胡子，

① 奥雷利耶–安托万·德·图南（Orélie-Antoine de Tounens，1825—1878），法国律师和冒险家，他在1860年11月17日和1860年11月20日通过两项法令宣布阿劳卡尼亚和巴塔哥尼亚两地独立，并自称为阿劳卡尼亚和巴塔哥尼亚国王。

② 佩里格（Périgueux），法国西南部城市，法国历史文化名城。

肌肉发达而曲线起伏的身材，
强壮的四肢，钢铁般的意志，
敏捷、开朗、无所畏惧，
活泼、大胆、勇猛过人，
因磨炼而更耐心和坚强，
如凡人般，食五谷，知冷暖。

马夫缪拉①成为了那不勒斯的国王。波城②的律师贝尔纳多特③成为了瑞典国王。奥雷利耶-安托万深信，他会赢得阿劳卡尼亚的人民选举，成为这个年轻而充满活力的国家的国王。

他登上了一艘英国商船，冬天，商船绕过合恩角④，最后在智利沙漠海岸的科金博⑤靠岸。在那里，他与一位泥瓦匠同住在小木屋里。很快，他得知，阿劳卡尼亚正面临与共和国的最后一次交

---

① 指“缪拉王子”，1804年，拿破仑皇帝授予他的姐夫若阿尚·缪拉（Joachim Murat）以王子头衔，缪拉以杰出的骑兵指挥官和勇武绝伦的战士而闻名，但屡立战功之前，他只是一个马夫。1808年，缪拉被封为那不勒斯国王。

② 波城（Pau）是法国南部的城市，位于比利牛斯山区，靠近西班牙边境。是法国国王亨利四世、下文提到的卡尔十四世及其他名人和王室成员的出生地，有“国王之城”的雅号。

③ 指瑞典王国及挪威王国贝尔纳多特王朝的开国君主卡尔十四世，本名让-巴蒂斯特·贝尔纳多特（Jean-Baptiste Bernadotte），1818年至1844年在位。他出身于律师家庭，14岁开始在波城的律师事务所作学徒，直到17岁时入伍。而后他随拿破仑征战，晋封法国元帅，并于1810年被选为瑞典国王卡尔十三世的养子，成为瑞典王储，1818年卡尔十三世去世后，他加冕成为瑞典国王与挪威国王。

④ 合恩角（Cape Horn），智利南部合恩岛上的陡峭岬角，位于南美洲最南端，是太平洋与大西洋的分界线。

⑤ 科金博（Coquimbo），智利中北部的港口城市，同名大区的首府。

锋，很快，他与阿劳卡尼亚的酋长玛尼尔建立了鼓舞人心的同盟，10月，他越过了他王国的边界——比奥比奥河[①]。

与他同行的是一名翻译和两个法国人，MM·拉谢兹和德方丹，他的外交和司法大臣，这两个虚构的官员，是以谢兹[②]和大喷泉命名的，实际上，他们与国王陛下就是一体的。

奥雷利耶–安托万与他的两位隐形官员一起，穿过了一片开满了猩红色花朵的原野，遇到了一个年轻的牧马人。这个男孩告诉他们，玛尼尔已经死了，并带他们去拜见继任的酋长克拉庞。法国人高兴地发现，印第安人和他一样厌恶“共和国”这个说法，他对另一个事实却一无所知——在死前，与美洲印第安人恒久的迷思一样，酋长玛尼尔预言了将会有一个留着胡子的白种人，随着战争和奴隶制的终结而到来。

奥雷利耶–安托万为阿劳卡尼亚人的热忱所鼓舞，宣布建立君主立宪制的王国，而王权将在他的家族中世袭。他以自己蜘蛛般的王室签名签署了这份文件，大胆地由德方丹作为一切的见证人，并将文件副本寄给了智利总统和圣地亚哥的报纸。三天后，一名精疲力竭的骑士在连续两次穿越安第斯山脉之后，带来了新的消息：巴塔哥尼亚人承认了这个王国。于是，奥雷利耶–安托万签署了另外一份文件，将整个南美洲的范围从南纬42°一路扩张到合恩角。

国王为自己的伟大成就所震惊，他回到瓦尔帕莱索的一个寄宿公寓里，开始忙于宪法、武装部队、连通波尔多的航线和王国的

① 比奥比奥河（River Bio-Bio），智利中南部河流，智利第二大河流，发源于安第斯山脉的加耶图埃湖和伊卡尔马湖，注入太平洋。

② 谢兹（Chèze），法国南部上比利牛斯省西南部的一个市镇。

国歌（国歌最后由瓦尔迪维亚的吉列尔莫·弗里克爵士创作而成）。他给家乡的《佩里戈尔报》[①]写了一封公开信，鼓吹“新法兰西”[②]是一片满是矿石资源的肥沃土地，并宣称阿劳卡尼亚将弥补法国在路易斯安那和加拿大的损失，却只字未提这片土地上到处都是印第安战士。另一篇《日报》的文章则称，“新法兰西”像他们的前客户德·图南先生一样鼓舞人心。

九个月之后，身无分文的奥雷利耶–安托万，为一成不变的现实所刺伤，带着一匹马、一匹骡子和一个名叫罗萨莱斯的仆人回到了阿劳卡尼亚。在雇用这个仆人的时候，他犯了一个常见的游客的错误——将五十比索误认为了十五比索。在他们到达的第一个村庄，他的臣民都喝醉了，但清醒过来之后，他们传递了消息并召集各部落的人。国王向部落人民谈起自然法和国际法，印第安人以“万岁”回应。一群赤身裸体的骑兵在国王身边围成了一圈，他披着棕色斗篷，头上戴着白色饰带，举起手以经典的拿破仑手势致敬。他展开三色的国旗，大声呼喊道：“统一的部落万岁！同一个首领的领导！同一面旗帜的指引！”

自那时起，国王开始梦想建立一支三万名战士组成的军队，并以武力迫近王国的边境。战争的喧嚣自丛林中响起，卖私酒的游商慌忙逃回文明地区。河对岸，白人殖民者看到了升起的烟雾，惊恐之中向军队发出了信号。与此同时，罗萨莱斯给他的妻子写了一张只有她一人能破译的便条，其中写到了他绑架法国冒险家的计划。

---

① 佩里戈尔（Périgord）是法国的一个传统地区，也是历史上的一个行省，大致对应今天的多尔多涅省。

② 阿劳卡尼亚和巴塔哥尼亚王国的别称。

无人护卫的奥雷利耶-安托万穿过了定居点，某天午餐时他停了下来，坐在河边陷入了沉思，他忽略了林中罗萨莱斯正与一群全副武装的人在交谈。忽然，一个重物压在他的肩膀上，一双手抱住了他的手臂，更多的手伸了过来，拿走了他身边的财产与所有物。

智利枪骑兵胁迫着国王骑马前往省会洛桑赫莱斯[①]，并把他带到了总督唐·考内罗·萨维德拉面前，这位总督是当地的贵族地主。

“你说法语吗?”囚犯问道。一开始，他主张自己作为国王的权力，但最后，他提出要求，希望能返回家中。

萨维德拉总督对奥雷利耶-安托万的务实表示了赞赏。“然而，”他说，“我要将你作为一个普通的罪犯送上法庭，这样，才能以儆效尤。”

洛桑赫莱斯的监狱阴暗潮湿，当他睡觉的时候，守卫们在他面前挥舞着灯笼。他感染了痢疾。他在湿透的稻草床垫上翻来覆去，深恐自己会上绞刑架。在间或清醒的时候，他定下了王位继承人的顺位安排：“我，奥雷利耶-安托万一世，单身，因上帝的恩典、国民意志，至高无上的君主权力……”在胡桃林里的集会中，王位将传给他年迈的父亲，而后依次是他的兄弟们，以及他们的子嗣。

之后，他的头发开始脱落，他统治王国的意志也随之而去了。

在胁迫之下，奥雷利耶-安托万放弃了他的王位，法国领事M. 卡佐特设法将他弄出了监狱，并送到了一艘法国军舰上。安排

---

① 洛桑赫莱斯（Los Ángeles）是智利的城镇，位于该国中部，由比奥比奥大区负责管辖，也是比奥比奥省的首府

给他的供给非常有限，但海军学员们邀请他同桌一起用餐。

他被流放至巴黎，在那里，他的头发长了回来，更黑更长，他对于统治的野心也狂妄自大地膨胀了起来。他在回忆录中写道："路易十一在佩罗讷①之后、弗朗索瓦一世在帕维亚②之后，对于法国王权的掌握都未曾减少"。然而，他的命运与其他混乱的王国国王并无二致：传奇式的流浪并试图重归国土；在破旧的酒店里举行的庄严仪式；为了糊口而赠与他人的称号（他一度曾将圣瓦丁公爵、士麦那大学和其他科学机构的成员——安东尼·赫米尼兹·德拉·何萨任命为宫廷大臣）；在吸引金融人士和退伍老兵方面取得了一定成功；以及坚定不移地相信君主是上帝的等级原则的化身。

他曾三次尝试返回他的王国，三次，他都来到了里奥内格罗河上，试图穿越安第斯山脉，但他的三次企图都被挫败，并被遣送回法国。第一次，印第安人背叛了他，第二次，警惕的阿根廷州长看穿了他短发墨镜的伪装以及M. 尚·普拉特的假名。第三次的故事有着不同的版本，一说是高乔人持续不变的肉食造成了他的肠道堵

① 佩罗讷（Péronne）是法国皮卡第大区索姆省的一个市镇，属于佩罗讷区佩罗讷县。1468年查理十一世与贝里公爵查尔斯在佩罗讷会见，在谈判过程中查尔斯因路易十一煽动列日人民叛乱谋反而大发雷霆，路易十一被囚禁并签署了一份屈辱的条约，被迫放弃了许多土地，并在列日帮助查理镇压当地起义。

② 帕维亚，这里指1525年的帕维亚之战，在此战中，法国王室统帅波旁公爵夏尔三世·德·波旁因与法国国王弗朗索瓦一世的家族矛盾，愤而出卖国家，率领部分法国军队及一支哈布斯堡王朝军队在帕维亚城下袭击由弗朗索瓦一世亲自带领的法国军队，法军大败，弗朗索瓦被俘，罗马神圣帝国的查理五世将他囚禁在马德里，弗朗索瓦一世为了获得自由，最终签署了马德里协议，割让勃艮第、布列塔尼等领土给意英两国。但弗朗索瓦一世一回到法国，就宣布撕毁条约，不但拒绝割让土地给查理和英国，还继续出兵和查理作战。

塞，另一说，则是共济会成员因他背弃誓言而对他下了毒。总之，1877 年，他出现在布宜诺斯艾利斯医院的手术室里，看起来病入膏肓。一艘海军货船将他送回了波尔多，他去了图尔图瓦拉克[①]，他侄子尚恩在那里做屠夫。那痛苦的一年里，他在村庄里当点亮街灯的灯夫，而后，于 1878 年 9 月 19 日去世。

此后，阿劳卡尼亚王国与巴塔哥尼亚王国的历史，更像是法国资产阶级的痴迷，而非南美的政治故事。在图南家族没有继承人出现的情形下，一个名叫古斯塔夫·阿喀琉斯·拉维亚德的人出现了，并自称阿喀琉斯一世。他是兰斯[②]土生土长的法国人，他的母亲在当地经营着一家名为“青蛙城堡”的洗衣房。他是波拿巴主义者[③]、共济会成员、酩悦香槟的股东、防空气球的专家（他倒是有几分像），他还是魏尔伦[④]的一个熟人。他以自己的企业——南方星座皇家协会资助他的招待会，他的宫廷一直留在巴黎，但在毛里求斯、海地、尼加拉瓜和波尔旺德尔设有领事馆。当他向梵蒂冈示好的时候，一位智利主教说道：“这个王国只存在于醉酒的白痴心中。”

第三任国王是安东尼·克罗博士，安东尼二世，他曾是巴西佩德罗一世的医生，并在继位一年半之后在法国阿斯尼埃去世。他是

---

① 图尔图瓦拉克（Tourtoirac），法国多尔多涅省的一个人口稀少的小镇，面积仅 25.43 平方公里。

② 兰斯（Reims），法国东北部城市，著名的宗教文化中心，自 11 世纪起，法国国王都必须到这个“加冕之都”受冕登基。在法国历史上，共有 25 位国王在兰斯圣母大教堂加冕，被称为“王者之城”。

③ 又名波拿巴派（Bonapartism），拥护拿破仑一世和拿破仑三世及其政策，并在法兰西第一帝国和第二帝国被推翻后拥立波拿巴家族成员统治法国。

④ 魏尔伦（Paul Verlaine，1844—1896），法国象征派诗人。

一位耶罗尼米斯·博斯[1]风格的业余版画家，也是发明家、《檀香匣》作者夏尔·克罗[2]的兄弟。

克罗的女儿继承了王位，并传给了她的儿子雅克·伯纳德先生，伯纳德是第二位入狱的阿劳卡尼亚国王，他因替维希政府效力而获罪。

伯纳德的继任者 M. 菲利普·布瓦里谦虚地冠以世袭王子的称号，并将拉谢兹的房子修复，作为一处度假居所。

我问他是否知道吉卜林的故事《要做国王的人》[3]。

“当然。”

“吉卜林的主人公比奇和德维托也都是共济会成员，你不觉得奇怪么?”

王子说：“这绝对只是巧合而已。”

---

① 耶罗尼米斯·博斯（Hieronymus Bosch，1450—1516），荷兰画家，被认为是 20 世纪超现实主义的启发者之一。

② 夏尔·克罗（Charles Cros，1842—1888），法国诗人和发明家。《檀香匣》（*Le Coffret de Santal*）是他出版于 1873 年的诗集。他对通过电报传输图形和制作彩色照片等科学领域很感兴趣，他还构思出一种录制声音并重现的方法，并清楚地描述了该方法的原理，他的构思出现在爱迪生发明制造出留声机之前，尽管两人并不了解彼此的工作。

③《要做国王的人》是吉卜林 1895 年发表的浪漫冒险小说。故事里叙述两个招摇撞骗的英国浪子在印度闯荡，决定找一个落后地方自立称王。他们看中阿富汗边境一个偏僻地区，历经千辛万苦到了那里，被当地土著看成是神，最后成为国王。两人开始振作起来，不为金钱，只为建立他们自己真正的国家。最后虽被土著识破，仍慷慨赴死，成就自己高贵国王的身份。

9

我离开里奥内格罗，向南前往马德林港[①]。

1865年，一百五十三名威尔士殖民者乘坐含羞草号[②]双桅帆船而来，在这附近登陆。他们这一群穷困的人，正在寻找“新威尔士”，他们都是来自拥挤的煤矿区的难民，独立运动的失败者，是被议会禁止进入学校的威尔士人。他们的领导人寻遍全球，只为找一片未被英国人染指的广阔土地。他们选择巴塔哥尼亚是因为这里绝对偏僻的位置，以及当地恶劣的气候。他们并没打算发家致富。

阿根廷政府将丘布特河[③]沿岸的土地给了他们。从马德林出发，穿越四十英里荆棘密布的沙漠，才能到达那里。而当他们最终抵达时，他们认定，这片土地是上帝而非政府的恩赐。

马德林港是一座由破旧的混凝土建筑、马口铁的平房和仓库以及被风吹得扁平的花园组成的小镇。镇上有一座柏树围绕着的黑色大理石墓碑。圣埃克苏佩里街道的存在仿佛在提醒着人们，《夜

---

① 马德林港（Puerto Madryn），阿根廷东部城市。

② 含羞草号（Mimosa）是一艘双桅帆船，1853年在苏格兰的阿伯丁建造，原设计并不是一艘客船，1865年，含羞草号经改装后，将第一批威尔士移民带到了南美洲，在巴塔哥尼亚建立了殖民地和定居点。

③ 丘布特河（Chubut River），阿根廷南部河流，源自里奥内格罗省的安第斯山脉，大致向东南流，注入大西洋。丘布特河下游流域受其灌溉之利，有肥沃的农业区，出产苹果、樱桃等水果。

航》[1]中提到的暴风雨曾经出现在此地。

我沿着滨海大道前行，眺望着海湾周围悬崖峭壁勾勒出的灰色直线，这灰色比海洋和天空的灰色略微要浅一点。海滩也是灰色的，上面零星散落着企鹅的尸体。海滩的中央是一座纪念威尔士人的混凝土纪念碑，它看起来更像一个掩体的入口，两侧雕刻着寓意着野蛮与文明的青铜浮雕。野蛮的那一侧是一群特维尔切[2]的印第安人，他们赤裸上身，露出后背大片的肌肉。代表文明的威尔士人则是一群留着灰色的胡子、扛着镰刀的年轻人，以及胸部丰满的女孩和婴儿。

晚餐时，戴白手套的服务员端上盘子，一大块烤焦的羊肉差点从盘子里跳了出来。一幅巨大的画占满了餐厅的墙壁，画面上一个高乔人正赶着牛群走向金红色的落日。一个传统风格的金发女郎放弃了她面前的羊肉，坐在那里涂抹着指甲油。一个醉醺醺的印第安人走了进来，喝掉了三壶葡萄酒。他的眼睛就像是在他皮革般粗糙的脸上开了道缝隙，在他通红的脸上闪闪发光。而他喝酒的容器，是一只做成企鹅形状的绿色塑料罐子。

---

① 《夜航》是法国作家、《小王子》作者安托万·德·圣-埃克苏佩里创作的第二本小说，出版于 1931 年。小说写了某个夜晚，三架邮政飞机分别从巴塔哥尼亚、智利和巴拉圭，一起飞往布宜诺斯艾利斯，其中一架由于遭遇飓风而坠毁。

② 特维尔切（Tehuelche），巴塔哥尼亚的土著人民，泛指巴塔哥尼亚和潘帕斯的土著居民，分为南北两支，各有自己的方言，北特维尔切人为骑马牧民，南特维尔切人则是以步行为其特征。Tehuelche 这个词来自马普切语，意为“勇敢的人”“粗犷的人”或“贫瘠土地上的人”。该族的现存人口居住在阿根廷与智利的南部边境附近。

10

我乘坐夜班车前往丘布特河谷。第二天早上，我抵达了现今的威尔士-巴塔哥尼亚地区的中心，盖曼村。山谷大约五英里宽，在白色的峭壁悬崖之间，灌溉农田和白杨树防风林交错成网状——仿佛一个微型的尼罗河谷。

盖曼村的老房子是由红砖砌成的，带有推拉窗和整洁的菜园，经过修剪的常春藤沿着门廊的形状生长。这里的屋子被叫做“伟大的残骸”——鹪鹩①的巢穴。房子的里面被粉刷成白色，搭配棕色的门和抛光的黄铜把手，以及祖父辈流传下来的座钟。威尔士的殖民者几乎没有带来什么财产，但他们从未放弃过家族传承的时钟。

琼斯太太的茶馆位于村庄的尽头，桥梁越过了礼拜堂的地方。她院子里的李子熟得刚好，花园里种满了玫瑰。

“亲爱的，我无法动弹，”她冲我大声说道，“你得到厨房来和我说话。”

她是个矮胖的八十多岁老太太，倚靠在一张精致的餐桌前，桌上堆满了乳酪柠檬挞。

“亲爱的，我一步也动不了。洪水以后，我就患上了关节炎，

---

① 鹪鹩，小型鸣禽，身长在10—17厘米之间，又名蒙鸠。常于夏时生活在潮湿密林和灌木丛中，冬时迁至低山区和平原地带，多在海拔700米以上的山地阴暗潮湿的密林中做巢。分布于南美、北美、欧亚大陆及北非。

瘸了腿。只能靠人背着走。”

琼斯太太指着厨房的蓝色墙裙上方，洪水曾经停留的水线。

“我就被困在这里，水一直淹到我的脖子。”

大约六十年前，她从北威尔士的班戈市离开，从那以后，她再也没有离开过这个河谷。她还记得我在班戈认识的一家人，她说：“真想不到，这世界真小。”

她说：“看着现在的我，你一定不会相信，当初我可真是个美丽的姑娘。”她说起了一个来自曼彻斯特的小伙子，他送给她的花束，他们的争吵，以及登船离别的那个时刻。

她问我：“威尔士那里的人怎么样？士气是不是低落了？”

“是的，士气低落。”

“我们这里也一样。都是因为杀戮。你永远也不知道这一切何时会终结。”

琼斯太太的孙子帮忙经营着茶馆。他自己也吃了不少的蛋糕。他用英语称呼他的祖母“奶奶”，但除此以外，他一句英语或威尔士语也不会说。

我睡在德莱戈奇小旅馆，这里由意大利人经营，直到深夜，自动点唱机上还在放着那不勒斯的歌曲。

11

清晨，我沿着一条白杨树成荫的小路走向贝塞斯达[①]。一个农夫向我迎面走来，随后，他带着我去拜访他的兄弟阿伦·鲍威尔。我们转上一条小路，一间农舍藏在柳树的庇荫下。一条威尔士牧羊犬先是冲着我们吠叫，后来，它又开始舔我们的脸。一间低矮的泥砖房，房子装着推拉式窗户和铁皮屋顶，院子里堆放着一驾马车和一些老旧的机械。

阿伦·鲍威尔个子矮小，脸上布满了阳光和狂风造就的褶皱。他的妻子有着光亮的脸颊，总是笑个不停。他们家的客厅漆成了蓝色，里面有一个威尔士风格的梳妆台，上面贴着来自威尔士的明信片。鲍威尔夫人的大表哥已经离开了巴塔哥尼亚，回到了威尔士。

她说："他的日子过得不错，现在已经是大德鲁伊[②]了。"

他们的祖父辈来自卡纳冯[③]，但她却说不出卡纳冯具体的位置，这个地方并没有标记在她的威尔士地图上。

她说："地图是印在茶巾上的，也就不能指望太多了。"

---

① 贝塞斯达（Bethesda），威尔士比较常见的小村庄名。

② 大德鲁伊是戈赛德（威尔士吟游诗人集会）主持人的头衔，是凯尔特人的祭司、法师或预言者，负责主持祭祀等重要仪式。

③ 卡纳冯（Caernarfon），位于威尔士西北部的一座城市，以卡纳冯城堡而闻名，在爱德华时代，小镇与城堡充当了北威尔士的行政中心，防御工事规模宏大，是英国较大规模的城堡之一。

我指给她看卡纳冯的位置，她一直想弄清楚家乡的所在。

鲍威尔家有一个叫埃迪的男孩和一个女孩。他们有五头牛，一小群绵羊，一块种了土豆、南瓜、玉米和向日葵的农地，还有一片菜园、果园和荆棘林。他们有一匹年幼的母马驹，还有母鸡、鸭子和狗。细纱机的后面是一排猪圈，有一头猪身上长了疮疤，我们给它上了药。

那天很热，鲍威尔夫人说："我们还是别工作了，来聊聊天吧。让我们来点烤肉。"她去了谷仓，用红色和白色的格子桌布摆好了桌子，埃迪点燃了火炉，而他的父亲则去了地下储藏室。他从羊的残骸上切下一片羊肉，割下肥肉，扔给了狗。他把羊肉固定在十字形铁质的烤肉架上，然后将架子插在地上，斜垂着对着火焰。之后，我们就着一种叫萨鲁穆艾拉——"盐水"的酱汁品尝烤羊肉，那酱汁是由醋、大蒜、辣椒和牛至叶调制而成的。

鲍威尔夫人说："这酱汁解腻。"

我们喝了清爽的桃红葡萄酒，阿伦·鲍威尔说起了沙漠中生长的草药。

他说："那草药能治百病。"这是他的祖父母从印第安人那里学来的，然而，现在已经今非昔比。

"甚至连鸟都不一样了。大阪鸟是三十年前从布宜诺斯艾利斯来的，你看，事物随着鸟类的变化而变化，我们也一样。"

葡萄酒令我们昏昏欲睡。午饭后，埃迪将他的卧室让给我午睡。那房间的墙壁漆成了白色，房间里有一张白色的床和一个灰色的衣柜。除此以外，房间里唯一的东西，就是架子上对称放着的马刺和马镫了。

12

盖曼村学校校长的太太向我介绍了钢琴家。他是一个瘦弱而紧张兮兮的男孩，他的脸干燥粗粝，双眼则被大风吹得湿漉漉的。他有一双通红而结实的手，威尔士合唱团的女士们收养了他，并教会了他合唱团的曲目。他上过一点钢琴课，而今，他正要出发去布宜诺斯艾利斯的公立音乐学院学习。

安塞尔莫和他的父母一起住在杂货店后面。他的母亲喜欢自制意大利面，她是个德国女人，总是爱哭。她会因为她的意大利丈夫发脾气而流泪，当安塞尔莫准备离家去学习时，她又流下了眼泪。她把所有的积蓄都用来购买那台钢琴，而现在安塞尔莫要离开了。当她丈夫在家时，家里是不允许有钢琴演奏声的，而今，这台钢琴将就此陷入沉寂，而她的眼泪也尽数落在了意大利面上。然而，内心深处，她为安塞尔莫的离开而暗自高兴，她仿佛已经看见，他戴着白色领结，众人为他起立鼓掌的画面。

圣诞节时，安塞尔莫的父母和哥哥一起去海边度假，留下他一人独自练习钢琴。他的哥哥是一个汽车机修师傅，他娶了一个强壮的印第安女孩，这姑娘总是瞪着眼看人，仿佛对方是个疯子。

安塞尔莫对欧洲文化充满热情，那种流亡者的热情真实而又狭隘。当他的父亲禁止他弹奏钢琴时，他就将自己反锁在屋里，阅读琴谱，或者是音乐百科全书中伟大的作曲家们的生平故事。他正在学习演奏李斯特的作品，问了我许多问题——关于埃斯特庄园[①]以及李斯特与瓦格纳的友谊故事，而我并没有答案。

威尔士人小心翼翼地为他举行了洗礼。首席女高音送给他一个水果蛋糕作为圣诞礼物，男高音是位年轻的农夫，也是安塞尔莫在埃斯特福德节[②]的同伴，他送给他一个画着企鹅、海狮和鸵鸟的盘子。安塞尔莫非常喜欢这些礼物。

他说："我能为他们做的就是演奏。现在，我要演奏《悲怆奏鸣曲》了，好吗？"

他的房间空荡荡的，德国式的白墙搭配着蕾丝窗帘。房子外面，风吹起了街道上的尘土，也吹歪了白杨树。安塞尔莫去橱柜里拿出了一尊贝多芬的白色半身石膏像，他把石膏像放在钢琴上，开始了他的演奏。

演奏非常出色，我想从这里开始往南，我再也听不到更完美的《悲怆奏鸣曲》了。而后，安塞尔莫说："现在我要弹奏肖邦了，可以吗？"他用肖邦的石膏像取代了贝多芬。

"你想要听华尔兹还是玛祖卡舞曲[③]？"

"玛祖卡。"

---

① 埃斯特庄园（Villa D'Este）：文艺复兴中期三大名园之一，位于意大利的蒂沃利，位于罗马以东约30公里。因其气候温和且附近多森林，自罗马帝国时期就是上流阶层的休养地。李斯特在1865年至1885年间多次拜访了埃斯特庄园，并创作了三首钢琴音乐，两首音乐剧挽歌，题为《埃斯特庄园》《埃斯特庄园的水上嬉戏》，描绘了庄园中的场景。

② 埃斯特福德节是关于威尔士文学、音乐和表演的文化节日，渐渐演变成威尔士的一种聚会，节日上有歌唱、音乐和朗诵比赛等。

③ 玛祖卡舞曲（Mazurka）是波兰乡土舞曲的一种，具有轻盈、飞快的风格，节拍大多为每小节三拍。肖邦一生共出版了57首玛祖卡舞曲作品，因而在整个钢琴音乐文献中，提起《玛祖卡》，首先想到的就是肖邦。

"我想我应该演奏我最擅长和喜爱的曲目。这是肖邦创作的最后一首乐曲。"

他演奏了那首肖邦临终前在病榻上写的玛祖卡舞曲。大街上的风呼啸着，乐曲在钢琴上方徘徊，就仿佛树叶轻拂在墓碑上方，——你清楚地看见，你正与天才同处一室。

13

卡拉道克·威廉姆斯先生在车站当了二十多年的站长，当他去旧礼拜堂把大煮锅拿出来给孩子们煮茶开茶话会时，圣诞节也就正式到来了。他碰巧朝河的方向望了一眼，看到了一具裸露的男性尸体，全身浮肿，刚好卡在了一棵倒下的柳树树干上。那可不是威尔士人。

警察说："可能是个游客。"

我和安塞尔莫去戴维斯家的农场"石头小屋"过了一天，这里是威尔士-巴塔哥尼亚地区最初的一百英亩土地的一部分。戴维斯是鲍威尔家的近亲，但他们的境况要好一些。除了智利劳工以外，这个农场供养了他们全家六个人：戴维斯太太、她的儿子艾福尔，艾福尔的妻子和两个儿子，以及艾福尔的单身汉弟弟厄安。

戴维斯老太太住在这栋五间屋子的大房子里。她是一个身材矮小的老太太，脸上挂着友善的笑容，头发扎成了辫子。你能透过外表，看到她坚强的内心。下午，她坐在风吹不到的东侧门廊上，看着蜀葵和牡丹一天天变化。自她1913年嫁到这里来之后，客厅里的一切都保持着原样。墙壁依然是枫红色的，壁炉架上还放着那两个来自谢菲尔德[①]的装饰盘子——那是他们的结婚礼物，旁边是两

① 谢菲尔德是英国历史上重要的工业城市，位于英格兰南约克郡。

个瓷器做的八哥狗。梳妆台的一侧挂着已经褪色的照片，照片上是她丈夫的父母，他们来自费斯廷约格[①]，哪怕她离开后，那照片也会一直挂在那儿。

老戴维斯先生去年去世了，享年八十三岁。她还有厄安陪着她，厄安是一个勇敢的人，长着一双浅棕色的眼睛和深红色的头发，脸颊上长着雀斑，看起来总是挺高兴的样子。

“是的，”戴维斯夫人说，“厄安还没有结婚，但他热爱唱歌，他是个优秀的男高音。在埃斯特福德节他打败了所有人拿到了冠军，安塞尔莫给他伴奏来着，他们是一对很好的搭档。那男孩的钢琴弹得太棒了。我很高兴厄安把盘子送给安塞尔莫做礼物，那可怜的孩子看起来孤单又悲伤。没有家人的支持，在丘布特生活，可不是一件容易的事情。”

“没错，厄安总有一天要结婚。但他能和谁结婚呢？这里年轻的姑娘可不多。如果他的妻子和其他人吵架了呢？如果农场无法养活两个家庭呢？他和他的兄弟将不得不分家，那太可怕了。有一家人必须离开农场，在其他地方从头来过。”

戴维斯夫人希望，她有生之年，这一切不会发生。

艾福尔·戴维斯和他的家人住在三间房子里最小的那间泥砖屋里。他个子高大挺拔，微秃，双目凹陷。他是个虔诚的教徒，梳妆台上摆放着威尔士圣经协会的小册子。艾福尔·戴维斯并不觉得世事如人们所说的那么糟糕。

农场的工作都由艾福尔和厄安完成，其中最艰苦的是挖掘用

① 费斯廷约格是威尔士格温内思郡的一个社区，包含了几个村落。

于灌溉的沟渠。智利劳工从没干过挖掘的活，他在农场种自己的豆子，做些零工挣钱来买他的糖和马黛茶。他从没回去过智利，农场里的人都猜想，他是不是在那里犯下过什么命案。

艾福尔·戴维斯的太太天生乐观，她的父母都是热那亚人，她长着一头黑发，一双蓝色的眼睛，还有与当地气候格格不入的玫瑰粉色肌肤。她夸赞所有的事物："这漂亮的一家子"——尽管孩子们都长得很丑；"这美好的天气"——尽管正下着倾盆大雨。一切不够美好的事物，都因为她的赞颂而变得美好。她尤其赞美威尔士社区的美好，她讲一口威尔士语，并用威尔士语歌唱。但是，作为一个意大利人，她无法将自己的孩子培育成为地道的威尔士人。他们觉得山谷区很无聊，想到美国去。

格温妮丝·摩根说："这是个问题。当威尔士人与外国人结婚时，威尔士的传统就消失了。"格温妮丝·摩根还单身未婚，金色的头发扎成圆髻，她希望能保留威尔士山谷原本的模样。然而，她不得不承认："一切都终将消逝。"

而对艾福尔·戴维斯太太来说，遥远的是关于意大利的梦，尤其是威尼斯的梦。她曾见过威尼斯和叹息桥一次，当她说出意大利语的"叹息"一词时，你能感受到她对意大利的渴望。丘布特离威尼斯太遥远了，而威尼斯是她所知道的最美丽的所在。

喝完茶后，我们一起去布莱恩-克鲁教堂唱赞美诗。艾福尔带着他的妻子和母亲坐上了敞篷卡车，而我们其他人则坐上了一辆道奇车，这是艾福尔的父亲在十九世纪二十年代买的，它还能开，但当时这车运行得比今天好多了。

建于 1896 年的布莱恩-克鲁教堂坐落在一片田野中。六名穿着深色西服、戴着平顶帽的威尔士人在红色砖墙前排成一排，而妇女们则在副楼准备下午茶。

安塞尔莫弹奏了脚踏风琴，风声呼啸着，雨水拍打在玻璃上——这三者合成了一首尖锐的三重奏。威尔士人们唱起了约翰·卫斯理[①]的赞美诗，以及《上帝对威尔士人的承诺》这样悲伤的歌曲，这里有声音高亢的高音部和女高音，以及后排老人的咆哮声——那是几乎已经无法走路的休伯特·劳埃德·琼斯先生，带着花朵装饰的草帽的劳埃德·琼斯夫人，被昵称为“肥妈”的克莱德温·休斯太太，还有南·哈蒙德和戴·摩根。戴维斯一家和鲍威尔一家都到了，甚至连那个被叫作“野孩子”的奥斯卡·鲍威尔也在——他穿着一件T恤，上面画着一条威尔士龙，四周围绕着一圈红色的威尔士语文字。

弥撒结束了，老人们聊着天，孩子们在靠背长凳之间玩着捉迷藏。而后，我们都进屋开始喝茶，这是今天我们第二次喝茶了，但圣诞节本来就是该喝茶的一天。女人们从黑陶茶壶里给众人倒茶，戴维斯太太带来了一个披萨，威尔士人都试着尝了一下。安塞尔莫和厄安这对好友，欢笑着聊着天。安塞尔莫充满了活力，但那是虚构的活力，他模仿着威尔士人饱经风霜的脸上那鲜明而雀跃的神情。

---

① 约翰·卫斯理是18世纪一位英国圣公会神职人员和基督教神学家，他是卫理宗的创始者。

14

安塞尔莫建议我去见一下诗人，他说：“那是位大师。”这位诗人独自居住在河流的一条孤独的支流旁，一个杂草丛生的杏园里，一座两个房间的小屋中。他曾经在布宜诺斯艾利斯教文学，四十年前，他来到巴塔哥尼亚，从此留了下来。

我敲了敲门，诗人醒了。外面下着淅淅沥沥的小雨，等候他梳洗的时候，我就站在门廊那里，看着他那群宠物蟾蜍的栖息地。

他的手指紧紧抓住了我的手臂，他目光明亮而热烈地凝视着我。

“巴塔哥尼亚！”他叫嚷着，“她是个冷酷无情的女人。她是个女巫，她布施咒语！她把你抱在怀里，永远也不会放手。”

雨水叮叮当当地落在铁皮屋顶上。此后的两个小时里，对我而言，他就是我的巴塔哥尼亚。

房间里阴暗而布满了灰尘，房子的最里面，木板和包装做成的架子已不堪重负，上面堆满了书籍、矿石标本、印第安手工制品和牡蛎化石。墙上挂着一只布谷鸟时钟、潘帕斯[①]印第安人的石版画

① 指潘帕斯草原（pampas），分布在拉普拉塔平原的南部，是南美亚热带湿润气候下的高草草原，包括乌拉圭、阿根廷东部、巴西南部等地区，面积约 76 万平方公里；“潘帕斯”源于印第安克丘亚语，意为“没有树木的大草原”。

以及另外一幅《高乔人马丁·菲耶罗》[①]。

他说："印第安人比高乔人骑马骑得更好，他们棕色的四肢！赤身裸体地骑在马上！印第安孩子在学走路之前就学会了骑马，他们与马匹浑然一体。啊！我的印第安人啊！"

他的桌子上堆满了杏仁壳和他最喜爱的书籍：奥维德的《哀歌》、《农事诗》[②]、《瓦尔登湖》、皮加费塔[③]的《麦哲伦航行日记》、《草叶集》、《马丁·菲耶罗》、《紫土》[④]，以及他特别钟爱的布莱克的《天真与经验之歌》。

他擦拭了一下灰尘，递给我一份他的长篇诗歌《丘布特河最后的洪水》的印本，这印本是在特雷利乌[⑤]私印的，在这首亚历山大诗行韵体的诗歌中，同时包含了他对于洪水的描写，以及对于新建堤坝工程的赞美。他的一生中发表了两卷诗集——《大地之声》和《滚石》，后一本诗集的名字，来源于覆盖在巴塔哥尼亚的潘帕斯草

---

① 《高乔人马丁·菲耶罗》是《马丁·菲耶罗》上部。《马丁·菲耶罗》全诗分上下两部：《高乔人马丁·菲耶罗》和《马丁·菲耶罗归来》，是阿根廷民族文学的瑰宝，一部具有代表性的民族史诗。

② 指维吉尔的《农事诗》。全诗共 4 卷，每卷五百余行，分别写种谷物、种橄榄和葡萄、畜牧、养蜂等农事。

③ 指安东尼奥·皮加费塔（Antonio Pigafetta，1491—1534），意大利水手，文艺复兴时期欧洲探险家，麦哲伦环球航行的参与者，他写的《麦哲伦航行日记》是麦哲伦船队环球航行时的航海日记资料，最早于 1524 年至 1525 年之间出版。

④ 指英国作家 W.H. 赫德森的小说《紫土》，19 世纪创作于乌拉圭，讲述了年轻的英国人理查德·兰姆在未征得父亲许可的情况下与阿根廷少女帕奎塔结婚，被迫与新娘逃往乌拉圭，并在乌拉圭卷入了高乔人的冒险、加入叛军游击队等的经历。在小说的结尾，叙述者解释了标题："我将我的书叫做《紫土》。对于一个沾满子民的鲜血的国家，还能有更合适的名字吗？"

⑤ 特雷利乌（Trelew）是阿根廷巴塔哥尼亚地区丘布特省的一座城市。

原上的、自冰川滚落而来的鹅卵石。从写作技巧上而言，这是一部惊人的作品，他将恐龙灭绝的故事以林奈命名法的拉丁语和西班牙语押成了韵脚。

他递给我一杯自制的黏糊糊的开胃酒，请我坐在椅子上，给我念了一节，充斥着手势和假牙的碰撞声，这是关于巴塔哥尼亚地质变化的沉重的诗歌。

我问他现在在写什么。他幽默地笑了笑。

“我的产量有限。正如 T.S. 艾略特曾说过的那样——这首诗不着急。”

雨停了，我该走了。诗人的蜂巢里，蜜蜂正在嗡嗡作响。他的杏子快熟了，呈现出淡淡的阳光金色。蒲公英般的云团从眼前飘过，田野上，有几只毛绒绒的白色山羊。

15

我向诗人挥手告别，沿着丘布特河西的道路，向着安第斯山脉前行。一辆卡车停了下来，驾驶室里已经坐了三个人，他们正要去山上运送干草。一整晚，我都在卡车后面颠簸着，黎明时分，尘土覆满我的全身，我望着阳光洒在山顶的冰盖上，远处高大的山坡上，白色的和黑色的南山毛榉林①勾勒出分明的线条。

当我们驶入埃斯克尔②时，环绕着小镇的狭窄的棕色山丘上，林火正燃烧着灌木丛。我在大街上一家绿色的餐厅里用餐，一个锌制的柜台从房间的一头一直延伸到另一头，柜台一段的玻璃展示柜里放着牛排、肾脏、羊排和挂满了香肠的烤架。这里的葡萄酒有一点酸，装在企鹅状的酒罐里。每张桌子上都放着坚硬的黑色帽子。高乔人穿的靴子像手风琴和黑色的庞巴恰一样皱巴巴的。（庞巴恰是一种宽松的裤子，当年在克里米亚战争中，法国陆军的轻步兵兵团留下了一些。）

一个两眼通红的男子离开了他的朋友，向我走来：“我可以和您聊两句吗，先生？”

---

① 南山毛榉（Notofagus antarctica），又名南极山毛榉或南极假山毛榉，落叶乔木，原产于智利和阿根廷，外形与北半球温带和亚热带地区的山毛榉属相似。

② 埃斯克尔（Esquel）是阿根廷中部的城镇，位于丘布特省。

“坐下来喝一杯吧。”

“您是英国人吗？”

“你怎么知道的？”

他说：“这我可有一套了。你和我老板的血统一样。”

“为什么不是威尔士人？”

“我能分得出威尔士人和英国人，而你是英国人。”

“是的，我是英国人。”

他很高兴，冲他的朋友嚷嚷着：“你们看，我真的有一套。”

这人向我介绍了英国人的种马场，那马场坐落在往乡下二十英里的地方。他说：“那是位马卡诺多。”意思是，那是个好人，一位完美的英国绅士。

吉姆·庞森比的农场是一座小型的山丘农场，冬天他在山谷放牧，而夏天牲畜就在山上吃草。海福特公牛①在他农场的草地上吃草，巨大的鹭鸟散落在牛群中间，这些鸟有着黄色的前胸羽毛和粉红色的巨大脚爪，叫声忧郁而刺耳。

那座低矮的房子坐落在一片白桦树林中。一个西班牙女人来应门。

她说：“我丈夫正在帮助主人挑选表演用的羊，他们在剪羊毛的棚屋里。”

吉姆·庞森比毫无疑问是一位英国绅士，他中等身材，留着浓密的灰白头发和精心修剪的胡子。他有一双冷冷的蓝色眼睛，脸上规则地布满了充血的血管，他的肚子因为饮食而微微隆起。他的装

① 海福特牛（Hereford）产于英国英格兰南部的赫里福德郡，是世界上最古老的早熟中小型肉牛品种。

扮都经过精心策划：棕色人字花呢的诺福克夹克[①]、硬木纽扣、开襟卡其衬衫、精纺长裤、玳瑁的双焦眼镜，以及精心打磨和抛光的鞋子。

他正在他的马种登记簿上做笔记。他的工人安东尼奥身穿全套高乔人的装束，一把刀或是牧人腰刀斜插在他的后腰处。他正赶着一群澳大利亚美利奴羊从他的雇主面前经过。

公羊群在自身的羊毛和雄性气概的重压下喘息着，它们嚼着苜蓿草，早已放弃了与自己的肥胖抗争——这肥胖与饮食毫无关系。最好的羊都穿着一身棉质外衣以避免尘土的侵害，安东尼奥得解开这层外衣，而英国人则伸手进去，抓出一把五英寸长的奶油黄色的羊毛。

他问我："你从古老帝国的哪个地区而来？"

"格洛斯特郡。"

"格洛斯特郡，啊！格洛斯特郡！在北部，对吗？"

"在西面。"

"该死的，是的，在西面。我们在奇彭纳姆，你可能没听过这地方，在威尔特郡。"

"奇彭纳姆距我大约十五英里。"

"那可能是另一个奇彭纳姆。在那个古老的国家近况如何？"他改变了话题，避免了接着聊地理，"事情进展得不太顺利，对吗？真令人遗憾！"

---

① 诺福克夹克（Norfolk jacket），19世纪60年代在威尔士亲王（后来的爱德华七世）的圈子里流行起来的一种男装外套，得名源于诺福克公爵或诺福克郡。

16

我在劳工宿舍里过夜，那是个寒冷的夜晚。他们给了我一张简易的小床，一件黑色的冬季斗篷当作被子。除了这些斗篷、背囊、马黛茶茶具和刀子之外，劳工安东尼奥身无长物。

早晨，白色的四叶草上堆积着厚重的露珠。我沿着小径走向威尔士人的特雷维林镇①——磨坊之家。在山谷的下方，铁皮的屋顶正闪闪发光。我找到了磨坊，这看起来就是一个普通的维多利亚式磨坊。然而，在村庄的外缘，我看见一些奇怪的木结构建筑，这些建筑的屋顶倾斜成各种不同的角度。我走近一点，发现其中一栋建筑是一个水塔，水塔上方飘扬的横幅上写着："巴哈伊②研究所"。

横幅上方探出一张黝黑的脸："你好？"

"我只是路过。"

"进来吧。"

特雷维林的巴哈伊研究所里有七个人，一个来自自玻利维亚的黑人，他个子矮小但肌肉发达，还有六名之前在德黑兰大学学习的学生，而他们中现在只有一个在研究所里。

---

① 特雷维林（Trevelin），阿根廷巴塔哥尼亚地区的一个城镇，位于丘布特省西部埃斯克尔以南 22 公里。

② 指巴哈伊信仰，1863 年由巴哈欧拉创立于伊朗，其基本教义可概括为"上帝唯一""宗教同源"和"人类一体"。

“所有人，”玻利维亚人轻轻笑道，“他们都非常虔诚。”

说话时，他正用锡罐做一个临时的旋转诱饵，想去湖里钓鱼。而波斯人正在享受淋浴。

这些波斯人是以他们信仰的宗教的传教士身份来到巴塔哥尼亚的。他们非常富有，把这里填满了来自德黑兰中产阶级的诱惑——酒红色的土库曼地毯、精美的靠垫、黄铜托盘，和上面印着《列王纪》① 场景的烟盒。

波斯人名叫阿里，他结束淋浴冲了出来，套着一件长袍，他黑色的头发散落在他病态的白色肌肤上。他有着一双如糖浆般的大眼睛，胡子下垂着。他重新躺倒在一堆靠垫上，让黑人去洗碗，和我聊起了世界局势。

他说：“波斯是一个很贫穷的国家。”

我说：“波斯是一个非常富裕的国家。”

“波斯也许是一个富裕的国家，但美国人掠夺了她的财富。”阿里笑了起来，露出了他的牙龈。

他主动要求带我参观研究所。他们的图书馆里的书籍都是巴哈伊文写就的，我记住了两本书的名字——《神的愤怒》② 和《写给狼之子巴哈伊·乌拉的书信》，图书馆里还有一本《写作指南》。

阿里问我：“你的宗教信仰是什么？基督教？”

---

① 《列王纪》是波斯民族的史诗，由10世纪末及11世纪初期的著名诗人菲尔多西用波斯文所著，记录了从远古神话时期到7世纪的波斯萨珊王朝灭亡这4000多年间波斯帝国的神话传说和历史故事，以及50多位帝王的统治。

② 《神的愤怒》是英国小说家杰克·希金斯在1971年以笔名“詹姆斯·格雷厄姆”发表的小说。

“今天早上我没有任何特别的宗教信仰。我信仰的是步行者之神，如果你路走得够多，那么你不需要任何其他的神祇。”

黑人听到我这么说很高兴。他打算步行去河边钓鱼的。

“你喜欢我的朋友吗？”阿里问，“我喜欢他，他是个好人。”

“他也是我的朋友。”

“我相信如此。”

“他是我很好的朋友，”他抬起头凑近我，“这就是我的房间了。”他打开了一扇门，房间里有一张一张双人床，枕头上放着一个毛绒玩具娃娃，墙上挂着一根皮带，上面挂着一把大弯刀。阿里将刀拿了下来，在我面前比划着。

“啊！我要杀了所有不虔诚的人。”

“把刀放下。”

“英国人都是异教徒。”

“我说了，把刀放下。”

“我只是开个玩笑。”他说着，并把刀挂了回去。

“这是个危险的地方，阿根廷人很危险。我还有一把左轮手枪。”

“我可不想看你的手枪。”

随后，阿里带我去观赏了他的花园。巴哈伊信徒在打理雕塑和花园装饰上别具天赋，而玻利维亚人则在花园中铺就了一条夸张的小道。

“现在，你该走了，”阿里说，“我累了，我们要睡觉了。”

但玻利维亚人并不希望我离开。这天天气晴好，他很想去钓鱼，在那个早晨，回到床上睡觉是他最不感兴趣的事情。

17

米尔顿·埃文斯是特雷维林重要的居民，他是这座小镇的创始人的儿子。他今年六十一岁了，圆滚滚胖鼓鼓的，为自己的英语而自豪。他最喜欢说的话是："再给我来一份马尿。"然后，他不会说英语的女儿就会把啤酒拿给他。他会说："啊，马尿！"然后将瓶子一饮而尽。

他的父亲约翰·埃文斯从含羞草号下船的时候还只是个婴儿。他是他们那一辈人中第一个学会像印第安人一样骑马的人，不然，对他而言，周旋于野外工作、礼拜堂和下午茶之间，就有些不那么方便了。他在安第斯山脉旁建立了乡村，挣了些钱，建造了磨坊。磨坊建好之后，他带着家人去威尔士旅行了一年。米尔顿在费斯廷约格[1]上过学，他有一个关于在桥上钓鱼的漫长的故事。

他把我带到他父亲的马的墓碑处，那是一块被白色圈起来的地，里面种着金盏菊和圣诞树。碑文是这么写的：

> 这里，长眠着我的马，艾·马拉加马拉，1883年3月14日，在我们从安第斯山脉回来的路上，它从印第安人手中救了我的命。

[1] 费斯廷约格（Festiniog），是威尔士的格温内思地区的一个聚居区，包含几个村庄。

那个三月的月初，约翰·埃文斯与他的三个同伴——休斯、帕里和戴维斯一起骑着马向西前往丘布特山谷。那是一座古老的传奇城市，最近有些金矿的谣言从那里流传出来。他们住在一个友善的酋长的帐篷里，看到乡野里的草木开始生长，眺望着安第斯山脉上的山峰。吃光了全部的食物后，他们决定返回。路上，马蹄被尖锐的石头割破，他们只能一瘸一拐地继续往前走。他们在马上坐了三十六个小时，帕里和休斯垂头丧气的，缰绳松松垮垮地垂着。而埃文斯要强壮一些，他还射中了两只野兔，于是，四个人在那天晚上的食物有了着落。

第二天下午，他们穿越了一片布满细密白沙的山谷，听见了身后传来的马蹄声，约翰·埃文斯驱使着艾·马拉加马拉躲开了身后袭来的印第安长矛。他回头一看，帕里、休斯和戴维斯却都已经倒在了马鞍上，长矛穿透了他们的身体。艾·马拉加马拉跑得比印第安人的马更快，但在跑到忽然开阔的白沙谷尽头时，马匹却硬生生地在陡峭的岩壁前停了下来。身后的印第安人还在紧追不放，埃文斯只能再次加速冲刺，艾·马拉加马拉干净利落地跳过了二十英尺宽的峡谷悬崖，沿着岩屑堆滑下，逃远了。印第安人发现他们的猎物是一个勇敢的人，于是，停了下来。

四十个小时之后，埃文斯骑马抵达了威尔士殖民地，并向当地的执政官刘易斯·琼斯报告了山谷里的凶案。

执政官说：“但是约翰，印第安人是我们的朋友，他们不可能杀害威尔士人的。”

然而，之后，刘易斯·琼斯听说阿根廷人去巡逻了印第安人的领地，他知道埃文斯说的都是实话。埃文斯带着一队四十名威尔士人前往出事地点。当他们靠近时，鹰群受惊飞起，露出了还在原地的尸体残骸，死者的生殖器被割下，塞进了他们自己的嘴里。刘易斯·琼斯对约翰·埃文斯说："上帝保佑了你，你才能免于惨死。"

他们带走了遗骸并埋葬了他们，并在那个位置建起了大理石纪念碑，上面写着那个地点的名字。"这里将诞生无数的奇迹……"——来自蒙哥马利①的神秘女孩安·格里菲斯②在她的赞美诗中写道，她生活在偏远的山地农场里，也年纪轻轻就去世了。

"你是来找工作的么？"米尔顿·埃文斯问。刚巧到了午餐时间，他用小刀插起一块烤肉，递了给我。

"我并不是特地来找工作的。"

"有意思。你让我想起了鲍比·道斯，他和你一样，是一个在巴塔哥尼亚徘徊的英国年轻人。有一天，他走到一个大农场里，对农场主说：如果你给我工作，你就是圣人，你的妻子也是圣人，你的孩子是天使，而你的狗是世界上最好的狗。但是那农场主说他不请人。于是，鲍比说：你是婊子的儿子，你的妻子是婊子，你的孩子是猴子，而我如果抓住那只狗，我会一直踢它的屁股直到它七窍流血。"

米尔顿讲这个故事的时候一直在笑，而后，他讲起了第二个故事，那是一个关于牧羊人库珀的故事。第二个故事是关于治疗疥癣

① 蒙哥马利（Montgomery），威尔士波伊斯县的一个城镇和聚居区。

② 安·格里菲斯（Ann Griffiths，1776—1805），威尔士诗人，卫斯理宗的基督教赞美诗的作者，她的作品都用威尔士语写成，反映了她热切的基督教信仰和丰富的《圣经》知识。

的，其中最重要的段落是“在羊嘴里放一块糖，用力吸它的屁股，直到你尝到甜味”。他把故事重复了两遍以确保我听懂了。我实在不想听第三遍了，于是，我撒了谎。

我告别了米尔顿，他继续整理他的干草。而后，我从埃斯克尔出发向北，前往一个名为埃普延的小村落。

18

那天晚上很热，天色已经很晚了，埃普延镇上的那家商店的老板正在擦拭他的柜台，这里的柜台充当着吧台的角色。内塔先生是个满脸皱纹的小个子男人，他的皮肤白得有些异样。他紧张地看着他的客人们，暗自盼望他们能早点离开——他的妻子正在床上等着他。围绕着院子的房间里都一片漆黑，只有商店里有一个电灯泡正发出淡黄色的光，笼罩在绿色墙壁前一排排的瓶子和马黛茶包裹上。屋顶的横梁上悬挂着一串串的辣椒、大蒜，马鞍、马嚼和马刺，在屋顶上投射出犬牙交错的阴影。

稍早一些的时候，那八个高乔人看着像是要离开了。他们的马匹都绑在栅栏上，正咯咯地咬着牙、踱着步。但每当内塔将柜台擦拭干净后，总有一个高乔人将湿漉漉的杯子或瓶子砸在柜台上，再点上一轮酒。内塔让他的儿子给他们送酒。他拿起一个鸵鸟毛做的掸子，焦虑不安得擦拭着架子上的物品。

只要把喝醉的高乔人放上马鞍，他们就可以安坐在马上，一路让马把他带回家。但前提是，你得冒着风险把他放到马鞍上。内塔觉得，这危险的一刻就快要到来了。最年轻的那个高乔人满脸通红，双肘支撑在吧台上，他的朋友们的腰间都别着刀，这会儿都好奇地看着他是否还能站得稳。

他们的领头人是个穿着庞巴恰的骨瘦如柴的男人，他黑色的衬衫领口敞开露出胸口，胸膛上布满了姜黄色的毛发，脸上长满了同色的胡髯。他长着几根长长的、尖锐的棕色牙齿，还有一个酷似鲨鱼鳍的鼻子。他走起路来仿佛一台保养得当的机器，并用嘲讽的眼光扫视着内塔。

忽然，他抓住了我的手，自我介绍说他叫提艾弗雷·布莱德。这些字眼从他的牙齿缝间挤了出来，有些含糊难辨，但从他说的某一句话中，我忽然意识到他是个阿拉伯人。他的鼻子就是最好的证明。埃普延实际是阿拉伯的殖民地——信奉基督教的阿拉伯人。在我的想象中，内塔其实是一名巴勒斯坦的店主，而提艾弗雷·布莱德则应该住在黑色的帐篷里。

“瞧瞧，”他问，“一个外国佬来埃普延干什么？”

“我想了解一个叫马丁警长的美国人的事，他四十年前住在这里。”

“哈！警长！”提艾弗雷·布莱德接着用西班牙语说道，“棒透了！我就知道！太妙了！你知道蛇颈龙的事么？”

“我听过那个故事。”

“太好了！”他大声吆喝了起来，开始讲述那段奇闻轶事，然后，那群高乔人都一起大笑了起来。

“真有意思，你提起了这个。你看见这个么？”他递给我一根长鞭，这是一种阿根廷式的马鞭，上面安着戴银色护套的手柄和皮带。“这曾经是马丁警长的。”

他给我指出了当年美国人的营地——拉古尼塔①的方向。他把

① 拉古尼塔（Lagunita）是美国加利福尼亚的一个人工湖的名字，1870年代建成，为了给附近的农场提供灌溉。此处的美国探险者应该是借用了这个家乡的湖的名字，来命名探险基地。

马鞭砸在了吧台上，而那个年轻人也靠自己站稳了。高乔人喝完了杯子里的酒，一齐冲出了商店。

我原本希望能在内塔先生家过夜的，但他却把我推出了商店，并闩上了门。发电机也停止了运作。我听见马蹄声四散进夜色中。我在灌木丛的后面睡了一宿。

19

拉古尼塔坐落在红色的砂石山脚下，它比池塘略微大一些，水深不超过一米。平静的水面倒映着水边沿岸生长的黑色柏树，黑鸭子在芦苇丛中游泳。这看起来无论如何也不像是一个会出现在世界各地头版头条上的地方。

在 1922 年 1 月的一个早晨，拉普拉塔国家动物园的负责人克莱门特·奥内利博士看到这封信放在他的书桌上：

亲爱的先生，

我知道您为保持公众对动物园的兴趣而担忧，我有一件事想提请您的注意，这绝对是引人入胜的事件，也将给您的动物园带来一种前所未见的生物。事情是这样的：前几天晚上，我在湖边的牧场上发现了一些动物足迹，就在我的狩猎营地附近。那足迹看起来像是沉重的手推车留下的轨道，草地被完全压平了，直到这会儿还没有复原。然后，在湖的中央，我看到了一只动物的头颅，乍一看，那像一种新品种的天鹅，但水面的漩涡让我深信，水中这动物的身体一定和鳄鱼差不多。

我写信给您是希望能得到您的物质支援，例如船、鱼叉等（我们可以在当地建造所需的船只）。另外，万一我们无法活捉这只动物，就需要您寄送防腐液过来。如果您对此有兴趣，可以将东西寄往佩雷斯·加比托基金会，以完成此次探险。

期待您能尽快回复，并致以我最诚挚的问候。

马丁警长

这封信的作者是一位来自得克萨斯州汤格林县的冒险家，他以警长自居，并戴着带有星星和警徽的帽子来证明这一点。1900年间，他来到了巴塔哥尼亚，看上去仿佛是欧内斯特·海明威一般，带着一匹白色的母马，在一个阿尔萨斯人的陪伴下，“比约伯[①]更凄惨”地在山上漫步。他坚信巴塔哥尼亚是美国西部的延伸，他在溪流里淘金，有几个冬天，他到特雷维林镇上与约翰·埃文斯同住，用肮脏的金块置换面粉。他是个训练有素的枪手，他冲河里的鳟鱼开枪，用警察局长官惯用的那种烟盒，并且有习惯脱掉女士们的高跟鞋的习惯。

马丁警长为来到安第斯山脉这一侧的所有探险家提供他的向导服务，也可以充当酒友。在某一次探险中，他帮忙发掘了蛇颈龙的化石，那是一种与现代海龟为近亲的小型恐龙，它长着像天鹅一般的长颈。而今，他正提议要捉一只活的蛇颈龙做标本。

奥内利召开了新闻发布会，宣布即将进行一场蛇颈龙的狩猎。一位贵妇花费一千五百美元购置了相关装备。两名从梅赛德斯医院逃脱的年老囚犯将与这猛兽搏斗。蛇颈龙还出现在了探戈和卷烟的

① 约伯是《圣经·旧约·约伯记》的中心人物，是游牧民族的酋长，他是个正直良善的富人，在几次巨大灾难中失去了人生最珍贵的事物，包括子女、财产和健康。他努力想理解遭受苦难的缘由是什么。

命名中。当奥内里建议要对这动物进行防腐处理时，赛马俱乐部表示，希望获得首展权，然而，这引起了动物保护协会的唐·伊格纳西奥·阿尔巴拉辛的谴责。

与此同时，这个国家正因即将到来的大选而陷入瘫痪，这次选举将决定激进派的总统伊波利托·伊里戈延①博士能否继续留任，而蛇颈龙也成功地以右翼派别的象征性动物的方式，投身其中。

两家受国外资本影响的报纸刊登了蛇颈龙的故事。《民族报》肯定了狩猎工作的准备情况，并预祝一切顺利。而《新闻报》则要更热情一点："这种不同寻常的生物的存在已经引发了国外的瞩目，这是件了不起的大事，拥有这种非比寻常的生物，毫无疑问将令巴塔哥尼亚名声大噪。"

外国媒体蜂拥而至，来到布宜诺斯艾利斯。泰迪·罗斯福②的狩猎伙伴埃德蒙·海勒③写来了一封信，希望能为美国自然历史博物馆要一块蛇颈龙的皮，以纪念他的老朋友。宾夕法尼亚大学宣称，一组动物学家已经整装待发，随时可以前往巴塔哥尼亚，还补充说，如果真的捕捉到这一动物，那么它最适合待在美国。《德普拉塔报》评论道："很显然，这个世界是为北美洲更大的荣耀而创造的，也即是我们所说的门罗主义。"

---

① 伊波利托·伊里戈延（Hipólito Yrigoyen，1852—1933），阿根廷政治人物，曾两次出任阿根廷总统，被称为"贫民之父"，任内推行了一系列政治改革，包括改善工作条件、规定工作时间、引入公众教育系统等。

② 指西奥多·罗斯福，昵称泰迪，第26任美国总统。

③ 埃德蒙·海勒（Edmund Heller，1875—1939），美国动物学家，曾任美国动物园和水族馆协会的主席。

蛇颈龙成为了送给左派的选举大礼。猛兽杀手克莱门特·奥内利被塑造成为新的帕西法尔、罗英格林①或是齐格菲②。《山地报》宣称，驯养后的蛇颈龙也许将对“魔鬼之地”的居民大有用处，这是暗指上个月在南巴塔哥尼亚地区发生的劳工起义③，而阿根廷军队对其实行了残暴的镇压。另一篇文章的标题则为“安第斯山脉的巨龙”；民族主义主义者拉·弗朗达写道：“这种千年的、金字塔般的、世界末日一样的动物，发出像圣母一般的声响，通常出没于那些烂醉的外国佬的乳白色幻觉中。”

关于那支配备了巨大针筒的探险队是否真的抵达了那片湖，人们众说纷纭。但对于当时在岸边的人们来说，他们确信那动物根本不存在。随着发现蛇颈龙的希望消逝，人们生出了新的希望——希望在巴塔哥尼亚的高原上，像柯南·道尔笔下的《失落的世界》一样，找到传说中的恐龙。

马丁警长于1936年在诺昆科河地区逝世，那个地方是他心目中私有的克朗代克河区④，充满了淘金梦、饥饿和戒酒性谵

---

① 帕西法尔（Parsifal），中世纪圣杯传说中的英雄人物，传说帕西法尔通过种种考验，最后成为了“纯粹的骑士”。罗英格林（Lohengrin），帕西法尔之子，是圣杯的骑士，他乘坐天鹅的船，救下了一个永远无法问他身份的少女。

② 齐格菲（Siegfried），德国史诗《尼伯龙根之歌》中的英雄，他由于沐浴龙血，刀枪不入，全身只有肩上一处被菩提树叶盖住的区域没有沐浴龙血，成了他的致命弱点。

③ 这里的起义指巴塔哥尼亚叛乱，又称为巴塔哥尼亚惨案，1920年至1922年间，阿根廷圣克鲁斯省的巴塔哥尼亚地区的农村工人农民发动罢工起义，随后发生暴力镇压事件。

④ 克朗代克（Klondike），加拿大西北部育空地区的一个区，位于阿拉斯加以东。在育空河的一条小支流，克朗代克河畔，因1897年到1898年的克朗代克淘金热而知名。

妄[1]。他的墓地上立着一个木制的十字架，上面写着 M.S. 的缩写标志。然而，这个十字架被来自布宜诺斯艾利斯的一个纪念品猎人偷走了。马丁警长与一位印第安女子所生的儿子，如今成日醉醺醺地生活在在埃尔博尔松[2]，他自认子承父业，继承了父亲的得克萨斯州警长身份，总是带着他父亲的星星标志。

我从埃普延出发，徒步前往靠近智利边境的定居点乔利拉[3]。

---

① 又称震颤性谵妄（Delirium tremens，缩写为 DTs），或称酒性谵妄，是一种急性脑综合征，多发生于酒精依赖患者，长期酗酒后，突然断酒或突然减量导致的精神障碍，症状包括定向力障碍、幻视、恐怖症幻听、恐惧、高热、震颤等。

② 埃尔博尔松（El Bolsón），阿根廷西部城镇，位于内格罗河省。

③ 乔利拉（Cholila）是阿根廷的一个小镇，位于巴塔哥尼亚的丘布特省，坐落在安第斯山脉脚下，镇西北有同名的湖泊乔利拉湖。

20

“来，”她说，“感受一下吹来的风。”

我把手放在墙上，感受到气流吹过灰泥掉落的裂缝。这小木屋是北美风格的，在巴塔哥尼亚，他们用完全不同的方式筑造木屋，而且也不会用灰泥填补缝隙。

小屋的主人是一位智利印第安女子，名叫塞普尔韦达。

她说：“冬天糟透了，我用塑料盖满了墙，但风把那塑料吹走了。先生，这房子又旧又破，破破烂烂的。我明天就要把它卖了。我想要一栋混凝土的房子，这样风就不会吹进来了。”

窗上的玻璃破了，塞普尔韦达夫人用纸板封上了客厅的窗户。她用报纸填补墙上的缝隙，但旧的花墙纸依然隐约可见。她是个勤奋、贪心的女人，矮矮胖胖，对丈夫和破烂的小屋都有诸多不满。

塞普尔韦达先生喝多了酒，正迷迷糊糊地半坐半躺在厨房的炉灶旁。

她问：“你要买这房子吗？”

“不，”我说，“但不要贱卖你的房子。有些北美绅士肯花高昂的价格买你的房子，然后一片一片地把它运走。”

她说：“这张桌子来自北美洲，还有橱柜和炉子也是。”

她明白这小屋因来自北美洲而与众不同。她说：“这房子以前一定很漂亮。”

带着我四下转转的时候，塞普尔韦达夫人还在忙着拆散她年长的女儿和一位年轻的公路工程师。他开着一台崭新的皮卡，看着像是兜里有几个钱的样子。他和女孩在院子里手牵着手，对着一匹拴在柳树上的老马笑个不停。第二天，她步行回乔利拉的时候，与我擦肩而过，她一边哭泣，一边独自穿过潘帕斯高原。

21

小木屋的筑造者个子敦实，长着沙色头发和罗马人般短小的鼻子，1902 年间他已经不再年轻，手指也正渐渐变细。他举止随和，脸上总是挂着戏谑的笑容。这里对他而言，一定仿若家乡般亲切，乔利拉与他的故土犹他州的某些地方一样，都是空气清冽、土地开阔的乡村，有着黑色的台地和蓝色的山脉，灰色的灌木丛中长出黄色的花朵，野外，雄鹰将残骸清理干净，而风则将人吹得原始而粗犷。

第一个冬天他独自一人，但他热爱阅读，因而开始向他的英国邻居借阅书籍。在犹他州时，他偶尔会去一位退休教师的牧场拜访。他尤其钟爱中世纪的英国历史和苏格兰部落的故事。写作对他来说有些苦难，但他确实挤出时间给故乡的一位朋友，写了下面这封信：

乔利拉镇 10 号，丘布特河谷

阿根廷共和国

1902 年 8 月 10 日

戴维斯夫人

犹他州阿什利地区①

① 阿什利地区（Ashley，Utah）指阿什利森林，是美国的一处国家森林保护区，位处犹他州东北部。

亲爱的朋友，

我猜你以为我忘记了你或是我已经去世了，但我还活着，每当我想起我的老朋友时，你总是我第一个想到的人。听到我来到这个国家的消息你可能会有些惊讶，我在这里已经两年了。美国对我来说，有点太小了。我停不下来，我想多看看这个世界，我已经看遍了整个美国，我觉得一切都还不错。在我游遍美国后的几个月，我去看望你，并看到了跳绳的照片……我的一个叔叔去世了，给我们一家三个人留下了三万美元，于是，我拿到了一万美元，开始旅行，多看看这个世界。我走遍了南美洲最好的城市和地区，直到我来到了这里。我定居的这片乡村是这么美好，我想我可能会永远地留在这里，我一天比一天更爱这个地方。我有三百头牛、一千五百只羊和二十八匹好马，我雇了两个工人，有一幢四个房间的屋子，我还有仓库、马厩、鸡舍，和一群鸡。我就缺个厨子了。我一个人住，整天一个人待着，因而觉得很孤单。我的邻居们不值一提，而且这个国家只讲西班牙语，我的西班牙语讲得还不太好，所以没办法与他人谈论这个国家最新、最核心的丑闻，当我无法和他们聊这些话题时，所有的对话都显得苍白无力。但这片乡野是一流的，这里唯一的行业是畜牧业（就在这片草原上），绝对不会被淘汰，而我也从未见过比这里更好的草场，这里还有许多地方未被开发，还有数百英里的处女地。这里也是绝佳的农业区域，各种各样的谷物和蔬菜无需灌溉就自然地生长着。我住在安第斯山脉的脚下，这里远离文明，所有的土地都是草原和沙漠，非常适合畜牧业，可如果要耕种就需要灌溉土地，但这里的山脉间有足够多的富饶土地，足够来这里的所有人生活几百年。这里距离阿根廷首都布宜诺斯艾利斯一千六百英里，距最近的铁路或海港都有四百英里，但其实，我们离太平洋的海岸也就一百五十英里。以往，要去智利，我们要穿过被认为无法穿越的安第斯山脉，但去年，我们发现智利政府开掘了一条横贯山脉的公路，这样，明年夏天我们只需要四天就能到达智利的蒙特港了。这对我们来说实在是太有益了，因为智利是我们的牛肉市场，在那里肥美的牛肉只有这里十分之一的价格，而且，其他补给品在智利也只卖这里三分之一的价格。这里的气候比阿什利谷地温和得多。夏天很美，没有阿什利那么热，到处都是及膝高的草，山上有好几股清澈的山泉。但这里的冬天非常潮湿，令人讨厌，因为大部分时间都在下雨，但有时我们这里也会下很大的雪，只是总下不久，而且这里也不够冷，不会结冰，我从未在这里见过超过一英寸厚的冰……

信中提及的过世的叔叔，就是在 1900 年 9 月 10 日抢劫内华达州温尼马卡市第一银行的“狂野帮”[①]的一员。这封信的作者是绰号“屠夫卡西迪”的罗伯特·勒罗伊·帕克，当时正名列平克顿侦探社[②]通缉犯悬赏榜的首位。所谓的“一家三口”是指他们的

① “狂野帮”（Wild Bunch Gang）是一伙在印第安人领地上定居的美国犯罪分子，19 世纪 80 年代活跃于美国西部，抢劫银行和商店、阻碍火车，由于团伙成员常常穿着长披风，又被称为俄克拉荷马州长骑兵。

② 平克顿侦探社（Pinkerton）是一家美国私家侦探社兼保全公司，由苏格兰人艾伦·平克顿于 19 世纪 50 年代创立，当时，平克顿本人因为声称成功阻止了暗杀林肯的行动而声名大噪。

小帮派，由“屠夫卡西迪”本人、绰号“日舞小子”的哈利·阿朗佐·隆格巴以及隆格巴的情妇艾塔·普莱斯组成。戴维斯夫人是“屠夫”最好的朋友埃尔萨·莱的岳母，而埃尔萨一直热衷写作。

22

他曾经是个好孩子，一个活泼友好的男孩，热爱他的家庭和他家杨树林中的小木屋。他的父母都来自英国，并跟随杨百翰①和他的手推车，徒步穿越了平原，从爱荷华城来到了盐湖城。安妮·帕克是一个紧张而又神经兮兮的苏格兰女人，她的丈夫马克斯简单淳朴，当他家的田产不足全家糊口时，马克斯开始运输木材赚些外快。

他们家那幢两个房间的小屋至今仍在犹他州的瑟克尔维尔。牲畜栏和小牧场也还在那里，罗伯特·勒罗伊就是在那里第一次骑的小牛。他种下的杨树至今仍然整齐地站列在果园和鼠尾草丛之间的灌溉沟渠旁。他是家里最年长的孩子，具有严格的忠诚感和公平竞争意识。他在摩门教②的束缚下积攒着怒火（他也感觉到了教中的腐败）。他梦想成为一个牛仔，还沉迷于廉价小说中杰西·詹姆斯③的传奇故事。

---

① 杨百翰（Brigham Young，1801—1877），又译布里根姆·扬。1847年7月24日，为了逃离遭受的迫害，杨百翰带领一批信仰摩门教的白人教徒穿过大半个美国，来到一个与世隔绝的地方，当时作为他们的先知杨百翰说："就是这个地方。"于是这些人就定居在盐湖城。

② 摩门教（Mormons），又作"耶稣基督后期圣徒教会"，但摩门教不属于基督信仰各宗派运动的任何一个分支，自成一派，其在信仰内容上与基督教有别。

③ 杰西·詹姆斯（Jesse James），历史上有名的美国强盗，也是"詹姆斯-杨格"团伙最有名的成员。去世后，他就被刻画成一个民间传说人物，更时不时被误描绘成一个枪决能手。

十八岁时开始，他将畜牧公司、铁路和银行视为自己的宿敌，并说服了自己，是法律的判定错了。1884年6月的一个早晨，他尴尬又羞愧地告诉他的母亲，他打算去特柳赖德①的一个矿山工作。母亲将祖父的蓝色旅行毯和一罐蓝莓果酱给了他，他亲吻了在摇篮中哭泣的幺妹卢拉，就此离开，从他们的生命中消失了。马克斯·帕克回到家里后，才发现了事情的真相，——他的儿子与一个叫麦克·卡西迪的年轻人偷走了一些牛，从此一直被通缉。

罗伯特·帕克借用了卡西迪的名字，骑马踏入了视野广阔的、充满了皮革气味的新生活。（"屠夫"是一把借来的枪的名字。）19世纪80年代是他的新手期，是《牛肉富矿》②的时代，得克萨斯长角牛③遍布山脉地区；是牛仔们过着印第安"僧侣"生活的时代（男女比例10:1）；是牛男爵④支付着微薄的薪水并向股东们支付四成股息的时代；是夏安俱乐部⑤的香槟早餐的时代，英国公爵将他

---

① 特柳赖德（Telluride），美国科罗拉多州的一个镇，位于圣米格尔河畔，圣胡安山脉的西麓。1858年首次发现金矿，采矿业开始发展，1978年矿山停止运营。

② 《牛肉富矿》（*Beef Bonanza*）是美国教育家、律师和历史学家詹姆斯·桑克斯·布里斯宾（James Sanks Brisbin，1837—1892）的著作。19世纪80年代美国得克萨斯州的牧场和养牛业格局发生变化，牧牛行业逐渐被大型牧场掌控，1881年，布里斯宾出版了《牛肉富矿：如何在平原上致富》一书，吸引了北欧和美国东海岸的金融投资者加入了西部的畜牧业。

③ 得克萨斯长角牛（Texas Longhorn）是一种以其特有的长角而闻名的牛。这种牛来源于哥伦布的第二次环球航行，西班牙殖民者将这种牛从伊比利亚半岛带到美洲。

④ 牛男爵（Cattle Barons）是一种用以称呼当地商人和地主的历史性名称，他们通常拥有许多肉牛的大型牧场，影响力巨大。19世纪后期，也用来指代牛仔、牧民或牧场主。

⑤ 夏安俱乐部（Cheyenne Club），在19世纪末期，美国畜牧组织怀俄明州种畜者协会（WSGA）建立了夏安俱乐部，主要由来自东海岸的英国和欧洲家庭的年轻人创立，成为最富有和最独特的场所之一。

们的牛仔称为“牛役”，而他们的牛仔则称公爵为“兄弟”；许多英国人在西部闲逛，一个牛仔给他的美国雇员写信道：“你小子留着负责另外一个牧场的英国佬太嫩了，我们只能宰了那个狗娘养的。你走了之后，没发生什么事……”

而后，1886年到1887年的“白冬”① 摧毁了四分之三的家畜。自然灾害结合贪婪，催生出一种全新的牛仔亡命之徒，失业和黑名单令催生了他们的偷窃竞赛，成为四处躲藏的罪犯。在布朗山谷② 和狭小山谷③ 中，他们加入了职业亡命之徒的队伍，像黑杰克·凯彻姆④、变态哈里·特雷西⑤、平底鼻子乔治·库里那些罪犯盘旋于此，还有哈维·洛根，那个写日记记录下自己所犯谋杀案的罪犯。

那些年里，屠夫卡西迪是个酒鬼、牧马人、独行侠、领头人和兼职的银行抢劫犯；最令警长们恐惧的是他在最后一项上的成就。1894年，警察以偷了一匹价值五美元的马的罪名，将他关进了怀

---

① 特指1886年至1887年的冬天，那年冬天的极端寒冷杀死了许多牛只，引发了牛只价格暴跌和牧农的破产，对美国西部及其养牛业产生了重大影响，标志着开放式牧场时代的结束，并导致了整个畜牧业的重组。

② 布朗山谷（Brown's Hole）是美国科罗拉多州格林河沿岸的一个孤立山谷，在19世纪末20世纪初成为亡命之徒的避风港。

③ 狭小山谷（Hole-in-the-Wall）是怀俄明州约翰逊县大霍恩山脉的一个偏远的山谷通道，19世纪末20世纪初，“狭小山谷帮”和“狂野帮”曾在山谷中的一间小木屋里会合。

④ 黑杰克·凯彻姆（Black Jack Ketchum，1863—1901），原名汤姆·爱德华·凯彻姆，曾是一名牛仔，后来成为犯罪分子，1894年，他与一伙同伴抢劫了开往新墨西哥州戴明市的火车，火车上装载了大量工资。1901年，他因火车抢劫未遂而被处决。

⑤ 哈里·特雷西（Harry Tracy，1875—1902），美国旧西部的一名亡命之徒，与下文提到的乔治·库里（Flat-Nose George Curry）和哈维·洛根（Harvey Logan）一样，都是屠夫卡西迪黑帮和狭小山谷黑帮的成员。

俄明州立监狱，而那罪名并不属实，这项判决令卡西迪从此憎恶法律。而后，1896 年到 1901 年间，他的火车抢劫团伙（通常被称为“狂野帮”）进行了一系列完美的犯罪，令法律、平克顿的侦探们和铁路长时间处于混乱的状态。关于他的奇闻轶事从不间断——《亡命之徒的踪迹：屠夫卡西迪的宝藏》电影场景沿途令人屏息的美景；击毁电线杆上的玻璃导体；抢劫房东来为寡妇支付房租。农场主们都热爱卡西迪，他们很多都是摩门教徒，因为一夫多妻而被认定违法。农场主给卡西迪提供食物、住处、不在场证明，有时甚至把自己的女儿交给他。如果是在今天，屠夫卡西迪将被视为革命者，然而，他并没有任何政治组织的意识。

屠夫卡西迪从未杀害过任何人，他的朋友们却是经验丰富的杀手，他们犯下的命案总是令他充满懊悔。他憎恶但不得不依靠哈利·隆格巴和他置人死地的枪法，这个来自宾夕法尼亚州的德国人长着一双邪恶的蓝色眼睛，脾气暴躁。他也试着改过自新，但平克顿侦探社对他的悬赏实在金额不菲，而他的特赦申请也石沉大海。索萨利托①每发生一起新的劫案，他的刑期就随之增加，他改邪归正的代价也渐渐令他无力承受。人们传言，狂野帮在女人和赌桌上挥霍他们的不义之财，但这只是故事的一半——他们还有另外一项更大的花销：马匹。

抢劫的艺术在于迅速逃跑脱身，而卡西迪的抢劫则依赖于优良纯种马的接力。他的马贩子商人是一个叫克莱奥法斯·陶德的人，来自一个旧金山的爱尔兰移民家庭，克莱奥法斯的父亲是一位

① 索萨利托（Sausalito），美国加利福尼亚州马林县下属的一个城镇。

专职的耶稣会神职人员，因而他从小就被逼迫着向祭坛和忏悔室俯首帖耳。他的神职授任典礼一结束，他就在教士服上绑一把左轮手枪，骑着他的赛马从他的父母和神父们身边疾驰而过，令他们大受惊吓。那晚，在索萨利托，他再次沉醉在向对他开枪的第一个人致以最后的礼拜的乐趣中，而此前很早，他就已经开始体会这种乐趣了。陶德逃离了加利福尼亚，在犹他州的绵羊溪峡谷定居，在那里，他为罪犯和亡命之徒豢养马匹。当骑手能在马匹的双耳之间架起枪支并开火射击的时候，陶德的马匹就达到了可以出售的标准了。马匹的速度则来自田纳西州纳什维尔的卡文迪种马①，这其中的成本则被转嫁给了他的客户们。

1900年前后，法律和秩序终于来到了美国的最后一道边境线上。执法者们买下了自己的良种马，终于解决了无法在速度上超越亡命之徒和城市黑帮的问题。武装黑帮冲出了布朗山谷，平克顿侦探社的侦探们带着装满游骑兵的棚车，而屠夫卡西迪目睹了他的朋友们或死于酒吧斗殴，或被雇用枪手干掉，又或者消失在监狱里。有一些黑帮分子签字加入了美国军队，将自己的才能运用于古巴和菲律宾那些海外之地。但对于卡西迪而言，等待他的则是毋庸置疑的死刑判决，或者，逃亡阿根廷。

19世纪70年代，牛仔中流传着一个说法，高乔人的土地上，

---

① 卡文迪在这里指威廉·约翰·亚瑟·查尔斯·詹姆斯·卡文迪-本廷克（William John Arthur Charles James Cavendish-Bentinck），第六代波特兰公爵。1886年至1892年以及1895年至1905年之间，他担任过骑兵长官——英国王室的一个重要官职，所有与马匹、君主的猎犬，以及种马、马厩、马车房等等都在这一职位的管辖范围内。

怀俄明州的通缉犯将获得赦免。牛仔中的艺术家威尔·罗杰斯①写道："他们希望雇用北美的牛仔来替代当地人，土著太慢了。"屠夫卡西迪相信在那里他可以免于被引渡的命运，他最后的两次抢劫都是为了筹集旅费。在温尼马卡劫案②之后，狂野帮的五名首领兴高采烈地在沃斯堡③拍摄了他们的集体照，并给经理寄送了一张。（那张照片至今仍保存在经理办公室里。）

1901年的秋天，卡西迪在纽约遇见了"日舞小子"和他的女朋友艾塔·普莱斯。艾塔年轻美貌，才华横溢，吸引着她的男人亦步亦趋。她在平克顿侦探社的通缉令上标明，她曾是丹佛的一名学校老师；也有传闻说，她的父亲名叫乔治·卡佩尔，是一名侨居美国的英国人，父姓卡佩尔，所以女儿给自己起名叫普莱斯④。以詹姆斯·莱恩和哈里·A.普莱斯夫妇的名义，这"一家三口"出现在歌剧院和剧场中。他们在蒂芙尼店给艾塔买了一块金表，然后乘坐蒸汽船"士兵王子"号前往布宜诺斯艾利斯。抵达之后，他们住在了欧罗巴大酒店，拜访了土地局局长，并因而获得了位于丘布特的一万两千英亩的原始土地。

他们问："那里有土匪吗？"听到"没有"的回答时，他们很

---

① 指威廉·佩恩·阿黛尔·罗杰斯（William Penn Adair Rogers，1879—1935），美国喜剧演员、杂技演员、牛仔，他也是报纸专栏作家和俄克拉荷马州的社会评论员。

② 指1900年9月19日，"狂野帮"突袭并抢劫了内华达州温尼马卡（Winnemucca）的第一国民银行，劫走了32640美元。

③ 沃斯堡（Fort Worth），美国得克萨斯州的第六大城市，位于达拉斯以西30英里，是得克萨斯州东北部工商业城市、交通枢纽，也是著名的家畜、棉花和谷物市场。

④ 普莱斯（Place）是将父姓卡佩尔（Capel）的字母调换顺序而来。

高兴。

几周后，来自埃斯克尔的威尔士警察专员米尔顿·罗伯茨在乔利拉的帐篷里发现了他们。当看见他们已经给轻巧的纯种马配上了马鞍，他不由得觉得有些奇怪。由信件里可知，第一年的冬天，屠夫是独自一人待在那里的。他从英国邻居那里买来了绵羊，填满了自己的农场。到了六月，在瑟克尔维尔[①]预先搭建好的更大的棚屋，运到了农场。

隔年，平克顿侦探社的弗兰克·迪马奥侦探根据温尼马卡的照片，追踪他们来到了乔利拉，但蛇和丛林的传言令他推迟了前往巴塔哥尼亚的旅程——这传言也许就是他自己散播的。于是，屠夫"一家三口"在乔利拉安稳地生活了五年，他们建造了一座砖瓦房屋和一家乡村商店（这家店现今属于阿拉伯商人），并由"另一个北美人"负责管理。

当地人以为他们是平和的普通人，在乔利拉，我遇到了他们邻居的孙女布兰卡·德·盖雷斯女士，她三年前去世时留下了这张纸条：

> 他们不善交际，但他们做的都是正确的事情。
>
> 他们经常在我们家留宿。莱恩比普莱斯要外向一些，他参加了定居点的节庆活动。在雷泽那州长首次访问时，普莱斯用她的吉他弹奏了桑巴舞曲，莱恩与唐·文图拉·索利斯的女儿一起跳舞。从没有人疑心过他们是逃犯。

---

① 美国有多处瑟克尔维尔（Circleville）地名的城市，这里应该是指俄亥俄州匹克威县的县城瑟克尔维尔。

平克顿侦探社给布宜诺斯艾利斯的警察局长写了信："这些人最后还是会铤而走险，在阿根廷进行抢劫，这只是个时间问题。"

他们说对了。

除了资金不足以外，这个三口之家也沉迷于抢劫的艺术，金盆洗手令生活变得索然无味。也许，是朋友哈维·洛根的到来刺激了他们，他从田纳西州的诺克斯维尔监狱中脱身，用藏在靴子里的一根金属丝勒死了狱警，以安德鲁·达菲的名号现身巴塔哥尼亚——这也是他曾在蒙大拿州用过的别名。

1905 年，重聚后的狂野帮突然发难并抢劫了位于圣克鲁斯[①]南部的一家银行。1907 年的夏天，他们在圣路易斯[②]的梅赛德斯小镇上的国家银行故技重施。似乎是哈维·洛根一枪射穿了银行经理的脑袋。艾塔则穿着男人的衣服出现在队伍中，布兰卡·德·盖雷斯的话辗转证实了这一点——"那位女士剪短了她的头发，戴着假发"。

1907 年 12 月，他们匆匆忙忙地将乔利拉的农场卖给了一个牛肉集团，并四散匿迹于安第斯山脉中。邻居们再也没有听说过他们的消息，关于他们离开的缘由，我听到了许多不同的版本，其中最不寻常的说法是，艾塔厌倦了这里的生活，又因为阑尾的病痛而不断抱怨，坚持要去丹佛进行手术。这故事还有另一种解读——阑尾不过是婴儿的委婉说辞，而孩子的父亲是年轻的英国人约翰·加德

① 圣克鲁斯省（Santa Cruz），位于阿根廷南部，巴塔哥尼亚地区。

② 圣路易斯省（San Luis），位于阿根廷中北部，该省首府为同名城市圣路易斯。

纳，他因为健康的原因而留在巴塔哥尼亚放牧。传言说，哈维·洛根不得不把他从孩子的身边带走，遣回到他爱尔兰的家中。

1924年间，艾塔显然是居住于丹佛的。（她女儿很可能是一个名叫贝蒂·韦弗的野心勃勃的女孩，1932年间，在被捕入狱之前，她在堪萨斯州的贝莱普莱进行了十五次惊人的银行抢劫案。）在犹他州的阿什利山谷，我遇到了一位老人，他坐在门廊的摇椅上，他记得在1908年见过屠夫卡西迪，但如果那一年他们确实回到了美国，那他们的行程必然十分仓促。因为那一年的12月，这两名亡命之徒都曾在玻利维亚的康科迪亚锡矿为一个叫希伯特的人工作。

关于这两名大盗之死的经典记载最早刊登于1909年12月，西部诗人阿瑟·查普曼①在《麋鹿杂志》上描写了他们在偷盗了矿工工资之后，在玻利维亚的圣文森特的遭遇。那是一个对于电影制片人来说再理想不过的场景：碎石铺就的庭院里到处都是骡子的尸体，勇敢的骑兵队长在追捕亡命之徒时开了枪，几乎不可能的奇迹发生了——日舞小子先中弹受伤，而后屠夫的子弹射穿了他的脑袋，亲手误杀了同伴的卡西迪最终举枪自尽，饮弹而亡。画面的最后一幕，是玻利维亚的士兵在其中一具尸体上找到了艾塔的蒂芙尼手表，成就了这一剧目的终曲。

没有人知道查普曼的故事从何而来，这版本甚至可能就是来自屠夫卡西迪本人。毕竟，他的目的就是“死”在南美，并以全新的名号重出江湖。处死了切·格瓦拉的已故总统雷内·巴里恩托斯

① 亚瑟·查普曼（Arthur Chapman，1873—1935），20世纪早期的美国诗人、报纸专栏作家和作家。他的作品创造出了一个被称为牛仔诗歌的美国诗歌流派。

是一个狂热的西部史爱好者，他亲自调查了圣文森特的这起枪击事件。他亲自拷问了村民、挖掘出墓地中的尸体、检查了军队和警察的档案，最终得出结论——整个事件都是子虚乌有。平克顿侦探社也不相信这个故事，他们有自己的版本：微不足道的证据表明，这“一家三口”在1911年，齐齐毙命于一场与乌拉圭警察的枪战中。三年之后，众人都深信屠夫卡西迪已经死了。如果屠夫还活着的话，这毫无疑问正是他想要的结果。

他的朋友们对南美的传闻嗤之以鼻，他们宣称屠夫从不参加枪战。而1915年起，成百上千的人见过或自以为他们见过屠夫卡西迪：他在墨西哥为潘乔·比利亚①筹措军火；在阿拉斯加与怀亚特·厄普②一起探矿；乘坐着福特T型车③在西部探险；探访旧日的情人（她们印象中的屠夫发福了不少）；或在旧金山的“狂野西部秀”中现身。

我去拜访了屠夫卡西迪归来的主要证人——他的妹妹卢

---

① 潘乔·比利亚（Pancho Villa，1878—1923），又名弗朗西斯科·比利亚，1910年至1917年墨西哥资产阶级革命中著名的农民领袖，墨西哥民族英雄。1910年在奇瓦瓦州领导起义，成为推翻波费里奥·迪亚斯政权的主力之一。1913年与卡兰萨联合推翻乌埃尔塔的独裁统治。1914年进军首都墨西哥城。1915年因卡兰萨进袭而败退入北部山区。1923年被暗杀。

② 怀亚特·厄普（Wyatt Earp，1848—1929），美国西部的传奇警长，传奇枪手。他最知名的故事是，在亚利桑那州墓碑城，厄普与兄弟还有患有肺结核的挚友达克·哈勒帝四人，为了铲除一个邪恶的帮派，而进行了西部史上有名的“农场大决斗”。美国很多西部片都以厄普和他的传奇警长生涯为题材，如以他本人为名的电影《墓碑镇》等。

③ 福特T型车是美国福特汽车公司于1908年至1927年推出的一款汽车产品，它的面世使1908年成为工业史上具有重要意义的一年：T型车的量产，以其低廉的价格使汽车作为一种实用工具走入了寻常百姓之家，美国亦自此成为“车轮上的国度”。

拉·帕克·贝滕森，一位九十多岁依然直率且精神奕奕的老妇人，一生为民主党服务的人士。她确信她的兄弟在 1925 年的秋天回到了瑟克尔维尔，与家人一起吃了蓝莓派。她相信，三十年代末，他在华盛顿死于肺炎。另外一种说法是，他以退休铁路工程师的身份死于东部的城市，留下了两名已婚的女儿。

23

离乔利拉不远处，有一条狭窄的铁路通往埃斯克尔。那个火车站仿佛是个摆设。售票员一脸酗酒的酒鬼样，他的办公室里放着一张照片，照片里的青年中产男子梳着光滑的背头，面目柔和，因为谋杀菲亚特的高管而被通缉。那个铁路工作人员穿着有金色饰带的浅灰色制服。站台上，立着卢安圣母①的神龛，护佑着来往的旅者。

这台列车大概有八十年的历史了，德国制造的引擎有一个高大的烟囱和红色的轮毂。头等舱里，食物已经渗入了家具中，整个车厢散发着隔夜的野餐气息。二等舱干净明亮，木板座椅被漆成了豌豆绿色，车厢的中间还有一个烧木材的炉子。

一个男人正在煮着他的马黛茶，炉火上放着他蓝色的珐琅茶壶。一位老妇人正对着她最喜欢的天竺葵喃喃自语。两名来自布宜诺斯艾利斯的登山者坐在一堆设备中，他们聪明、愤世嫉俗，挣着微薄的薪水，对美国的一切都心灰意冷。车厢里其余的乘客都是阿劳卡尼亚的印第安人。

随着两声汽笛和一阵颠簸，火车启动了。当列车驶过时，鸵鸟从轨道上四散跑开，羽毛像烟雾一样翻涌着。灰色的山脉在热雾中

---

① 卢安圣母（the Virgin of Luján）是圣母马利亚在 16 世纪的形象标志，该形象最著名的呈现是在阿根廷的卢安大教堂里。

忽隐忽现。地平线上时不时地出现一辆辆扬起尘土的卡车。

一个酩酊大醉的印第安人走过时与登山者对视了片刻，开始骂骂咧咧。我坐在那里，观看了这一段南美洲历史的缩影——那个来自布宜诺斯艾利斯的青年男子默默忍受了印第安人的骚扰三十分钟，而后他忍无可忍地站了起来，把印第安人推回到自己的座位上。

那个印第安人低下头："好的，先生。好的，先生。"

印第安人的定居点总是沿着铁路散布，以确保醉汉能安然返回家中。那个印第安人到站了，攥着他剩下的一点杜松子酒，他跌跌撞撞地走下了火车。破烂的圆形酒瓶反射着波光荡漾的阳光。一个穿着黄色防风衣的男孩也下了车，他好心地搀扶着醉汉。躺在门廊里的狗跑了过来，热情地舔遍了他的脸。

24

在整个安第斯山脉南部，你都会听到人们用西班牙语讲述“美国强盗”的故事。我从亚森西奥·阿贝翁[1]的西班牙语著作《巴塔哥尼亚马车夫的回忆录》第二卷中摘录了以下这段：

> 1908年1月（也就是在屠夫卡西迪卖掉了乔利拉的产业一个月之后），一名男子骑马经过潘帕堡[2]的时候，路过了一队旅人，这四个人带着一群热血马——三个外国佬和一个智利劳工。他们带着木质枪把的温彻斯特步枪，其中一个女扮男装。那个旅行者只当他们是衣着奇特的异乡人，并未多加留意。

那天晚上，三名骑手驻留在拉马塔的克鲁兹·阿贝翁酒店，那是两个北美佬和一个智利人，那个女人没有和他们在一起。他们宣称正在寻找土地，矮个子自称鲍勃·埃文斯，性格开朗而健谈。他说着一口流利的西班牙语，并与阿贝翁的孩子们一起玩耍。另一

---

① 亚森西奥·阿贝翁（Asencio Abeijón）是一位阿根廷作家，他致力于新闻事业，曾担任两份报纸的编辑，还是1968年成立于里瓦达维亚·科莫多罗的《巴塔哥尼亚报》的编辑团队中的一员。

② 潘帕堡（Pampa del Castillo）是位于丘布特省的阿根廷小镇。它最初是作为里瓦达维亚·科莫多罗的火车站和YPF石油营地而诞生的，位于里瓦达维亚海军准将城以西42公里处。

个高个子皮肤白皙，沉默寡言而冷酷阴险，他的名字叫威利·威尔逊。

早餐后，外乡人向阿贝翁打听里瓦达维亚海军准将城①里最好的酒店。他们将智利人留下来照料马匹，两人小队接着向城镇继续出发。在石油繁荣到来之前，海军准将城还只是一个夹在悬崖与大海之间的小地方。在小镇的某条路上，坐落着慈幼院②教堂、瓦斯康格达酒店和一家综合商店“拉胡森之家”，这家商店同时也充当了银行。美国人与当地富庶的居民一起饮酒，重申了他们购买土地的想法，并在镇上住了一周。某个早上，当地的警官发现他们在沙滩上开枪射击。他们与探员唐·佩德罗·巴罗斯开玩笑道：“就只是练练手。”警官检查了他们的温彻斯特步枪，并笑着把枪还给了他们。

美国人骑着马回到了拉马塔。鲍勃·埃文斯给阿贝翁的孩子们分发了太妃糖果。隔天早上，他们又再次出发，这次，他们带上了智利人和他们的马。而阿贝翁发现他的电话线已经被剪断了。

2 月 3 日的下午一点，海军准将城的天气炎热多风，镇上的人们正在吃午餐。威尔逊和埃文斯将他们的备用马拴在了小镇外的拴马桩上，然后骑马来到了拉胡森之家。埃文斯堵在了主入口处，而

① 里瓦达维亚海军准将城（Comodoro Rivadavia），阿根廷南部巴塔哥尼亚地区丘布特省最大的港口城市，1901 年始建，原为该地区的羊毛输出港，后因附近发现石油，发展成为全国石油生产和出口的中心。

② 慈幼院是鲍思高慈幼会的简称，成立于 1857 年的天主教组织。意大利人圣若望·鲍思高在意大利北部的都灵创立了男修慈幼会，旨在普及平民教育、救助失学青年，后发展为儿童、青年福利与教育机构，近年亦涉足于高等教育。在拉丁美洲，慈幼会一直致力于帮助街头儿童获得福利与教育。

威尔逊和智利劳工则来到了卸货的入口。他们下了马，由智利人牵着。路人听到两伙人发生了些口角，而后智利人跑开了，在马后蹦来跳去地躲避着子弹，威尔逊开枪射穿了他的胳膊，子弹打穿了智利人的肩膀，他向后跌倒，摔进了扎好的羊毛堆中。

巴罗斯探员听到枪声赶来，看见威尔逊用一只手捂着胸口弯曲着身子。威尔逊嚷嚷着："那只猪打中了我。"巴罗斯叫他去警署解释一切，威尔逊拒绝了，而后他拔出了枪，蓝色的双眸闪闪发光。埃文斯大喊着："住手，你个蠢货！"他策马从探员和威尔逊两人之间冲过，他撞了巴罗斯一下，探员也倒下去跌进了羊毛堆。

美国人解开了他们的备用马匹，骑上马，冲出了镇子。巴罗斯警探冲到警察署，拿起冲锋枪一通胡乱扫射。四名骑警追了上去，但跟丢了。当天晚上，有巴斯克人听到美国人围坐在篝火旁，用手风琴自弹自唱。

而在海军准将城，那个劳工被关进了监狱。行动前的最后一刻，他向威尔逊提出要多分一些酬劳。

我从埃斯克尔出发，向南前行，继续追寻关于威尔逊和埃文斯的第二个故事。

25

通往佩斯卡多河[1]的古老轨道横穿过荆棘树丛，河流的绿色水线自群山中蜿蜒而出，铁轨向着河流尽头的芦苇湖一路延伸。一群火烈鸟飞了起来，耀目的橙色与黑色相间，它们自水面抬起双腿，在蓝色的河面上画出白色的线条。河岸旁，一片岩石嶙峋的地上堆满了废弃的旧瓶子与锡罐，这些都是丘布特的威尔士贸易公司留下的残骸。

1909 年 12 月 29 日下午，贸易公司的经理，来自巴拉的前田径运动员，盖·阿帕翁离开了商店，穿过空地回家喝茶。他的双臂都缠着绷带，那是因为前不久的夜里，他刚刚赤手空拳扑灭了一场无法解释的火灾。几分钟后，他的助手博比·罗伯茨，一个有些愚笨的宗教狂热者，打电话给他说威尔逊和埃文斯来店里买卡车了。这两人是他们的老主顾了，在安第斯山脉，他们被称为马车夫和神枪手。

阿帕翁走了回去，发现埃文斯正压在哭闹不休的博比·罗伯茨身上，而威尔逊则用枪指着他，带他回到了办公室，并命令他打开保险箱。

“保险箱里什么也没有。”阿帕翁说。

---

① 佩斯卡多河（Arroyo Pescado）是一条阿根廷境内的河流，是贝尔梅霍河的支流。

但是威尔逊并不上当，他知道贸易公司正等着一批委托黄金债券，用来买今年产的羊毛。阿帕翁打开了保险箱，给他看里面的几张银行票据。

他说："这些是印第安人的，你不走运，债券还没到。"

威尔逊答应不拿走印第安人的钱，他大声呼叫埃文斯准备离开办公室，然而他的马刺被印第安地毯缠住了，他摔倒的时候，威尔士人跳了起来压到他身上。即便双手绑满了绷带，阿帕翁还是抓住了威尔逊的猎枪并试图开枪，然而，那把枪没有扳机——威尔逊改造了枪支的机械，将扳机去掉了。威尔逊伸手抓过绑在脖子上的微型左轮，射穿了阿帕翁的心脏。

这两个亡命之徒向南骑行前往他们在里奥皮克[①]的营地。追随着这个故事的气息，我也随之返回到了主干道上，一辆羊毛卡车停在路边捎上了我。司机身穿绣着粉红玫瑰花的黑色衬衫，他的录音机放着贝多芬的《第五交响曲》。眼前的风景一片空旷，夕阳下，山丘变成了金色和紫色。电线杆的脚下，我们看到一个站立的身影。

---

① 里奥皮克（RíoPico），阿根廷丘布特省的一个小镇。

26

他正向南旅行，他金色的头发盖在他的脸上，他晃了晃脑袋把头发甩回脑后。他的身姿如少女般柔软，为了遮掩变色的牙齿，他收回了脸上的笑容。他说，他是一名矿工，正在寻找可以工作的矿场。

他拿着从旧版的《国家大百科全书》撕下的一页，那页书上画着一张地图，标明了阿根廷各处的矿场。而里奥皮克那里，有一座金矿。

他曾是旧金山海特–阿什伯里地区①最早的“花童”②之一。某次，当他饿肚子时，他在海特街的人行道上捡起了一个吃掉一半的好时巧克力块。这件事仿佛已经烙印在了他的记忆中，他提起了很多次。

在旧金山的时候，他定期服用美沙酮③，但自从开始在矿场工作之后，他戒毒了。他说，矿场里有一种元素之力，而挖矿给了他

---

① 海特–阿什伯里（Haight-Ashbury）是加利福尼亚州旧金山市的一个地区，以海特街和阿什伯里街的交叉路口而命名。该社区是 20 世纪 60 年代嬉皮和反主流文化的主要中心之一。

② 花童（Flower Children），最初是嬉皮士的代名词，尤其在 1967 年的“夏日之恋”期间聚集在旧金山及其周边地区的理想主义年轻人中。大众传媒沿用了这个说法，并用它广义地指代嬉皮士人群。

③ 美沙酮（Methadone），一种鸦片类药物，适用于缓解疼痛以及维持治疗，或用于帮助戒毒人士摆脱鸦片依赖。

安全感。在亚利桑那州的一个矿场工作之后，他有了住处和一份足够维生的薪水，直到那些可恶的税务官来向他追讨税款。他说："我受够了，我要去南美，到那里在找一个矿场。"

我们帮着司机换了一次轮胎，他在哥斯达黎加州郡①请我们喝酒。我向一个威尔士店主打听里奥皮克的矿场。他说那矿场五十年前已经关了，而最近的矿场是在阿佩莱格②的高岭土矿。

"'什么是高岭土？"

"白瓷土。"

"白什么？你是说白吗？白色的？天哪！白色的矿场！你说那个矿场在哪里？"

"阿佩莱格。"

"阿佩莱格在哪里？"

威尔士人说："往南一百公里。再往南，还有里约·比奥比奥③的一个矿场，但那里产的是褐煤④，你不会想在那里干活的。"

那个矿工没有钱，他的护照也被偷了。我请他吃了晚饭，早上，他说他要出发往南方去。老天爷，他会没事的，他只需要找到矿场就行了。

---

① 哥斯达黎加州郡（Gobernador Costa）是阿根廷南部丘布特省的一个小镇和乡村自治市。

② 阿佩莱格（Apeleg）是位于阿根廷南部丘布特省西南部的村庄和乡村自治市，根据阿根廷国家统计暨普查局（INDEC）的数据，截至 2010 年，当地有 126 名居民，十年间人口仅增加了 2.3%。

③ 里约·比奥比奥（RíoTurbio）是阿根廷南部圣克鲁斯省居尔艾克郡的一个城镇，该小镇是因煤矿开采而于 1942 年后期建立起来。

④ 褐煤，又名柴煤，是煤化程度最低的矿产煤。一种介于泥炭与沥青煤之间的棕黑色、无光泽的低级煤。化学反应性强，在空气中容易风化，不易储存和运输，燃烧时对空气污染严重。

27

里奥皮克的酒店被漆成了淡绿色，由一户犹太家庭经营，他们甚至没有最基本的利润概念。酒店的房间摇摇欲坠地围绕着一个院子而建立，院子里竖立着水塔，还插着朝天竖立的瓶子，瓶子里长着刺目的橙色百合花。店主是一位悲伤而勇敢的女人，她一身黑色，耷拉着眼睑，以犹太母亲的热烈情感哀悼着她离世的长子。他是位萨克斯风演奏家，在里瓦达维亚海军准将城里死于胃癌。她用荆棘剔着牙，嘲笑着徒劳挣扎的生活。

她的二儿子卡洛斯·鲁宾是一个肤色健康的男孩，有着闪闪发光的闪米特人的眼睛。他渴望外面的世界，不久之后他就会离开并消失。店主的女儿们穿着毛毡拖鞋在刷洗干净的地板走来走去。那妇人要求在我的房间里放上一条毛巾和粉色的天竺葵。

早上，我对账单满是疑惑。

“房费多少钱?”

“不用付钱。你不住的话，那房间反正也是空着。”

“晚餐多少钱?”

“不用付钱，我们又不知道你要来，我们只是做自己的饭而已。”

“那酒多少钱?”

“我们总是为旅客提供酒的。”

“那马黛茶呢？”

“没人为马黛茶付钱的。”

“那我能付什么钱呢？只剩下面包和咖啡了。”

“我不能跟你收面包的钱，但加了牛奶的咖啡，那是特别为异乡人准备的饮料，我会问你收那个的钱。”

太阳升起了。直立的烟囱里升腾起木柴的烟雾，里奥皮克曾经是德国新殖民地的一部分，这里的建筑都带着些德国风格。接骨木花的花簇挨着木板墙摩擦摇晃。酒吧的旁边停着一辆伐木用的卡车，正准备出发前往山上。

28

拉潘帕省[1]在距离里奥皮克二十英里的地方，这是抵达边境线之前最后的定居点。拉潘帕的北部耸立着一座火山锥[2]，这是一座堆满了骨白色的石砾和白雪的死火山。山谷中，绿色的河水湍急地流过白色的石头。每座小木屋都有一小片用木桩和荆棘围起来的土豆地，把牛群挡在外面。

拉潘帕有两个家族，帕特罗齐尼奥家族和索利斯家族，双方都指责对方偷盗牛只。然而，这两家都憎恶国家伐木公司，同仇敌忾之下，他们反倒成了盟友。

那是个星期天。上帝给帕特罗齐尼奥家添了一个儿子，他们正举办烧烤派对来庆祝。骑手们两天前就来了，他们把马拴在马棚里，套索和博拉斯[3]塞在马腹处，躺在白色的三叶草丛中，用皮革酒囊喝酒，用炉火取暖。阳光在山谷中撒下了一片片迷蒙的乳白色。

罗夫·梅耶是当天的屠夫，他是德国和印第安混血的高乔人。他瘦削而少言寡语，有一双深红色的有力的双手。他全身上下都穿

---

① 拉潘帕省（La Pampa）位于阿根廷南部，人口稀少。

② 火山锥是火山喷出物在喷出口周围堆积而形成的山丘。

③ 博拉斯（boleadoras）是一种在相互连接的绳索末端拴上重物制成的投掷武器，用于缠结动物的腿来捕获动物。

着巧克力般的棕色，从不摘下他的帽子。他用一把刺刀做成的匕首，匕首的圆形刀把是用黄色的象牙做的。他将每一只羊放在支架上，先给它们刮毛，直到羊在自己的白色羊毛堆衬托下，四脚朝天露出光泽的粉色肉体。然后，他将刀尖刺进羊的腹部，皮肤紧绷处，热烫的鲜血随之沾满他的双手。从他的脸上，你能看出他很享受这一刻——他的眼睑下垂，下嘴唇嘟哝着，从齿缝之间吸着气。他将羊的内脏都拉了出来，将羊肝和羊肾撇在一旁，将剩下的都丢给了狗。

他把五只羊抬到火堆上，将羊的尸体钉在铁质的十字架上，并将架子向着火焰的方向略微倾斜。

下午，风雪从安第斯山脉的方向吹来，当一个披头散发的梦想家将篝火点上之后，男人们开始玩掷距骨的塔巴[①]游戏。塔巴用牛的距骨做成，人们从十步开外的地方，将塔巴扔进一个用土或沙画的圆圈内。如果塔巴落在它的凹面上，那代表好运，玩家就赢得了游戏；如果落在圆滑的那面，则代表被骗了，也就是输了游戏；如果距骨立在了边缘处，则不输不赢。厉害的玩家清楚地知道要让塔巴后旋多少次才能落在好运的位置。输了的人当然要受到很多嘲笑。我的塔巴好多次都落在屁股上，因而输了不少钱。

天黑后，帕特罗齐尼奥家的人弹起了手风琴，而梦想家则用鼻腔音开始歌唱。女子们穿着印花棉布的裙子，而男子们离他们的伴侣们很远。

---

① 塔巴（taba），掷距骨，或称掷羊拐骨、掷髀石，使用羊的后胫距骨作玩具的抛掷游戏，在世界各地都有类似的形式。在南美，掷距骨被叫做塔巴游戏；在中国，类似的游戏叫做“抓石子”或“贝石”，中国将羊距骨称为羊拐，东北地区则沿用满语的叫法“嘎拉哈”。

29

一个名叫弗洛伦蒂诺·索利斯的男子主动提议骑马带我上山。他的脸晒得很亮堂，甚至显出红色，当他脱下帽子时，帽檐处的皮肤上有一条明显的红色与白色的分界线。他是个流浪者，没有妻子也没有固定居所，除了两匹光滑的克里奥尔马[①]、马鞍和一条狗之外，他一无所有。

几只有他名字印记的牛在边境崎岖的营地中漫步，但通常他都听之任之。他来这里是为了用牛只交换一些杂货，并留了下来参加烧烤派对。人群中他显得有些格格不入。他一整天都没有喝酒，却独自一人坐在溪水边，用草梗剔牙。

那天早上很冷，山顶上堆满了积云。索利斯穿上他的羊皮套裤，并给他的花斑马配上了马鞍。帕特罗齐尼奥家的人借给我一匹黑色的骟马，我们从浅滩处过河。水一直淹到这两匹小型马的腹部，但它们的步伐依然稳固。我们沿着陡峭的山谷骑行了一个小时，那条路在一片红色的岩石中蜿蜒向前，然后猛地折进了高大的丛林中。又一个小时之后，我们来到了悬崖旁。索利斯指着一堆正慢慢腐败成腐殖土的粗削的木材，说："这是拉莫斯·奥特罗的监狱。"

拉莫斯·路易斯·奥特罗是一个陷入困境的年轻人，他来自贵

---

① 克里奥尔马（Criollo）指乌拉圭、阿根廷、巴西和巴拉圭的本土马。克里奥尔马是世界上耐力最好的马之一，耐力仅次于阿拉伯马。

族家庭，他把高级的衣服穿到烂，热衷于清洗肮脏的垃圾桶。他讨厌女人，讨厌布宜诺斯艾利斯的沙龙氛围，并曾在巴塔哥尼亚作为一个偏远农夫而生活。某一年他为政府的测量团队工作，但当他的伪装被识破之后，他陷入了困境，他在驼背山地区①买下了潘帕奇卡保护区牧场，那个牧场坐落于平原和山脉的中间。

1911 年 3 月的最后一周，奥特罗和他的劳工昆塔尼亚驾着两匹马拉的平板马车前往保护区。在穿过蒂洛峡谷的时候，他们见到了两个正背道而驰的骑手。其中一个笑着向奥特罗挥了挥手，而另一个则在擦肩而过的时候，抓住了他的缰绳。这两个骑手都是美国人。

他们放跑了奥特罗的马匹，迫使他和他的劳工与他们一起骑马进山。在悬崖那里，美国人砍了一些树，造了一个牢笼，并用生皮将牢笼与板车绑在了一起。奥特罗特别讨厌那个威尔逊的金发高个，他把所有的重活都留给他的伙伴来干。

困在牢笼中的奥特罗了无生趣，而昆塔尼亚却因为恐惧而面黄肌瘦。他们的看守每天让他们出来两次，吃饭以及解决生理需求。这名团伙有好几名成员，都是外国佬，有美国人也有英国人。两周之后，某个看守不小心掉落了一根火柴。奥特罗捡起了火柴，在地上放了一把火，然后用余烬烧断了笼子上的生皮。那天晚上他抬起了一根木头，而那两个人已经逃走了。

重获自由的奥特罗变得歇斯底里和愤世嫉俗。他的兄弟们带着赎金赶来，而他却指控他们策划了对他的绑架。他并不是一个心智平和的年轻人。甚至警察都不相信他的说法，直到他带着警察来到

---

① 驼背山（Corcovado），又名基督山、耶稣山，正式名为科科瓦多山，山高 709 米，是里约热内卢著名的观光景点基督像所在地。

了悬崖处，而后，这个故事造成了全国性的轰动。

内政部长下令进行搜捕活动，以将安第斯山脉的亡命之徒追捕归案。1911 年 12 月，威尔逊和埃文斯来到里奥皮克，找德国人哈恩兄弟购买商铺。哈恩兄弟是这片殖民地的建立者，而他们警告自己的美国友人，边警正在这片区域巡逻。当时，威尔逊的手满是脓肿，他重装弹药盒的时候发生了走火爆炸。吉勒米娜·哈恩女士为他包扎了伤口，而后，两人又骑马回到了山里。

但埃文斯一直骚扰索利斯家的一个儿媳，女子的丈夫知道他们的营地所在，并给巡逻队带了路。当时埃文斯正在树下吃午餐，而威尔森正因手上的伤口而发着烧，躺在帐篷里。布兰科中尉在树后大喊："举起手来！"埃文斯开枪了，他打死了一名士兵，打伤了另一名士兵，受伤的这名二等兵名叫佩德罗·佩纳斯（他在 1970 年在罗森接受了采访，当时已经一百零四岁）。巡逻队开火反击，并射杀了埃文斯。威尔逊从帐篷里冲了出来，赤脚向树林中逃去，但士兵们将他也击毙在他朋友的身旁。巡逻队在尸体上发现了两枚金表和"一个漂亮女人"的照片（引自佩德罗·佩纳斯采访中的原话）。

骑马慢跑回拉潘帕省的路上，我忙着躲避小路上低矮的树枝，我的马鞍在马腹处断裂了，那匹马把我扔下了马背，我跌进了嶙峋的岩石中。当我从灌木丛中抬起头时，我看见索利斯哀伤的脸上露出了笑容。

"脚！"他稍后对帕特罗齐尼奥说，"当时我只能看见那外国佬的脚了。"

我的手被割得深可见骨，我们一路骑马回到里奥皮克来处理伤口。

30

推开旋转门，医生走了出来。她的腿看起来有些别扭。她有一双白皙的小手，和一头正变得灰白的金发。她用英语对我低声咆哮，但我知道她是俄罗斯人。她缓慢而流畅的动作，正是俄罗斯大块头的妇女避免看起来丑陋的风格。她眯起了双眼，仿佛她不想看到这一切。

她的房间里放着红色的垫子和红色的挂毯，墙上挂着两幅俄罗斯题材的画作，颜料涂抹出了流放者朦胧记忆中的风景：黑色松树和橙色的河水；光线在桦树林间跳跃，照射在俄式乡间邸宅的白色木板墙上。

她将所有的闲钱都花在了从巴黎的基督教青年会出版社订购来的书籍上：曼德尔施塔姆、茨维塔耶娃、帕斯捷尔纳克、古米廖夫、阿赫玛托娃、索尔仁尼琴——这些名字随着连祷文而回响、徘徊在她的舌尖。她从秘密出版物的再印版中追随着苏维埃批判者的颠沛流离，贪婪地搜寻着新流放者的消息。辛亚夫斯基[①]在巴黎发生了什么？在西方社会，谁又会成为索尔仁尼琴式的人物？

她的姐姐在乌克兰的一所学校当老师。医生经常给她写信，但

① 辛亚夫斯基（Sinyavsky），俄罗斯作家，持不同政见者。他经常以“亚布拉姆 · 特尔茨”为笔名写作，1965年苏联当局发现特尔茨就是辛亚夫斯基的笔名，他被控发表反苏作品，并在劳改营服刑6年。

多年来从未收到姐姐的只言片语。

我说巴塔哥尼亚令我想起了俄罗斯。里奥皮克毫无疑问有些像乌拉尔[①]吧？她皱着眉头。对她而言，里奥皮克一点也无法令她想起俄罗斯。阿根廷一无所有，只有羊群和奶牛，还有跟羊和奶牛没有什么不同的人类。而欧洲的西部同样一无所有。

“彻底堕落了，”她说，“西方活该被吞并。以英国为例，居然容忍同性恋，真是恶心！我觉得……对此我确信无疑……人类文明的未来掌握在斯拉夫人手中。”

谈话中，我对索尔仁尼琴有了些疑惑的保留意见。

“你又知道什么呢？”她突然转过去。我的言辞无疑是一种异端。索尔仁尼琴所写的是绝对的、夺目闪耀的真理。

我问她是怎么来到阿根廷的。

“战争期间我是一名护士，我被纳粹俘虏了。战争结束的时候，我发现自己置身西德。我嫁给了一个波兰人，他的家人在这里。”

她耸了耸肩，留给我许多遐想的空间。

然后，我想起了一个意大利朋友曾经告诉我的故事：战争结束时她还是个小女孩，住在帕多瓦[②]附近的村庄里。某天晚上，她听到村庄里有女人发出了尖叫。那尖叫让她的想象力蒙受了恐怖创伤，许多年后，她依然会在深夜醒来，听见一模一样的哭喊。很久以后，她向母亲询问那尖叫声的事，她母亲说：“那是俄罗斯的护

---

① 指俄罗斯境内乌拉尔山脉中、南段及其附近一带地区，多山地、丘陵。

② 帕多瓦（Padua）是意大利北部的一个城市，位于意大利北部的威尼托大区，为帕多瓦省的首府以及经济和交通要冲、农产品集散地、商业与工业中心。帕多瓦与威尼斯时常共同被视为帕多瓦威尼斯大都会区的一部分。

士，丘吉尔和罗斯福要把她们送回斯大林格勒去。她们正被送上卡车，而她们知道，回到家乡之后死亡就是她们的命运。”

医生的长筒袜下面，粉红色的假肢隐约闪现。她双腿膝盖以下都没有了，而截肢，也许正救了她的命。

她问：“你去过俄罗斯，你觉得他们会让我回去吗？我不介意共产党。为了回家，我愿意做任何事情。”

我说：“今非昔比了，现在有了缓和政策[①]。”

她想相信这是真的。然而，某种特殊的悲伤令她潸然泪下，她说：“缓和政策是为美国佬准备的，而不是我们。不，对我来说，回去还是不安全的。”

在这个定居点以外一英里处，还有另一位流放者。

---

① 缓和政策，最常用于指代苏联和美国之间的地缘政治紧张局势总体缓解的时期，特指 20 世纪 60 年代末至 70 年代末期间，美国与苏联在军备竞赛和外交立场的基本态度。

31

她在等我，满是灰尘的窗户后面是一张白色的脸。她微笑着，涂着口红的嘴舒展开来，仿佛在风中忽然飘起的红色旗帜。她的头发染成深褐色，有一双美索不达米亚式的静脉曲张的腿。她非凡的美貌如旧。

她一直在做糕点，将灰色的面团紧紧地握在手中。她的血红色指甲因而破裂和剥落。

她用法语说道："我喜欢烹饪。这是现在仅剩的我可以做的事情之一了。"

她的法语结巴而缓慢。当她忆起童年的俚语时，脸上闪烁着光芒。她拿起一张彩色的城市照片，并开始回忆起码头、街道、公园、喷泉和大街的名称——我们一起漫步在战前的日内瓦。

很久以前，她在歌剧院和咖啡馆音乐会上唱歌。三十年代初。她来到阿根廷，这片属于机遇和探戈的土地。她给我看她自己的歌曲《诺维亚·帕利达》的唱片，翻译过来，这歌名叫《苍白的新娘》。这乐曲是舒缓的华尔兹，绿色的唱片封面上是她的照片，摄于 1932 年，她穿着宽大白色领子的水手服，靠在白色的船围栏上，脸上挂着不一样的微笑。

某个不幸的命运转折点上，她嫁给了一个面如满月的瑞典人。两人将他们的挫折合二为一，游荡到了世界的尽头。命运的涡流中，他们在这里发现了他故乡马尔默[①]式样的完美小屋，它有着精巧的窗户和被铁锈刷上红色的竖木条墙。

十五年前瑞典人去世了，而她从未离开过里奥皮克。他们的儿子是名卡车司机。他穿着格子衬衣，脖子上系着一条红色的手帕，但当他放松下来时，他的脸上布满了北欧人的悲伤。

她的两个房间互相连通，一副塑料帘子分割开两个房间。她用视觉错觉的方式给帘子上漆，营造出仿若歌剧院绑着金色流苏的深红色天鹅绒窗帘般的效果。

她说："我能画一点画。"

她墙上的每一英寸都画着壁画，有些用的是油彩，有些则是用彩色蜡笔。

一片金色的阳光掠过潘帕堡，进入房间。阳光在夏日漂流的游艇帆上嬉戏，拂过在咖啡厅里挂着的日式灯笼上，照射在西庸城堡[②]的山间小屋和白杨小岛上。

她雕刻了木质小天使的脸庞，并用玫瑰色的颜料涂抹它们的脸颊，然后将小天使们装饰在房檐旁。某堵墙上有一小幅油画，一道阳光明媚的风景被一条黑色的深谷割裂，谷底满是骷髅和人骨，峡谷上方，悬着一座摇摇欲坠的桥。桥的中间站着一个小女孩，她吓得脸色发白，红色的头发正随风飘扬。她岌岌可危，但一个金色的

---

① 马尔默市（Malmö），瑞典第三大城市，波罗的海港口，斯康纳省首府，位于该省最南部。

② 西庸城堡（Château de Chillon），是一座雄伟的中世纪水上城堡，位于瑞士沃州的维托镇，四周环绕着日内瓦湖与阿尔卑斯山脉，它建立在日内瓦湖畔的岩石上，远观给人以漂浮在水面的奇异感觉，被称为建筑史上一颗奇异的珍珠。

天使盘旋在她身旁，并向她伸出了手。

“我喜欢这幅画，”她说，“这是我的守护天使。我的天使，一直在拯救我。”

钢琴旁边的谱架上放着一本《苍白的新娘》的曲谱。象牙色的琴键缺失的地方，黑色的琴键仿佛正在打哈欠。我注意到她的指甲并不是都涂了颜色，有些是红色的，而有些她却留空了。也许，她没有足够的指甲油来画满十指。

我离开了女高音的家，继续前进，去拜访德国人。

32

暴雨到来之前，风已经将雨水的气息吹到了山谷里，风闻起来是湿润的泥土和香料植物的味道。老太太停下了正在洗的衣服，将露台上的藤椅收了起来。安东·哈恩老先生穿上了他的靴子和防水服，走进花园去检查下水道，确保它们都干净通畅。农场的劳工从谷仓里拿出一个空瓶子走了过来，那位老太太在瓶子里装满了苹果奇恰酒①。那劳工早已酩酊大醉。两只红色的牛被套在货车车轭上，它们站在那里，准备迎接暴风雨。

老人在他的蔬菜园和花园里走来走去，花园里满是各具特色的一年生植物，在确认了即将到来的雨水将令植物都充分获益后，他回到了屋子里。那房子除了金属屋顶之外，所有的一切都与德国南部村庄的房子没有什么两样——半切的木材结构之间填满了白色石膏、灰色百叶窗、三杆式栅栏、磨砂地板，刷了漆的护墙板、鹿角的枝形吊灯和来自莱茵兰②的石版画。

安东·哈恩摘下他的粗花呢帽，把帽子挂在鹿角上。他脱下了靴子和帆布绑腿，穿上绳底的拖鞋。他头顶上的头发剪得平平

---

① 奇恰酒（chicha）原产于拉丁美洲，来自安第斯山脉和亚马逊地区。

② 莱茵兰（Rhineland），指德国西部莱茵河两岸的土地，作为地理名词，莱茵兰也蕴含政治与文化意义。它曾是普鲁士的省份，称为莱茵省或莱茵普鲁士，也就是今天北莱茵–威斯特法伦州、莱茵兰–普法尔茨州。

整整，他的脸色通红，皱皱巴巴的。一个绑着辫子的小女孩走进厨房。

“你想要你的烟斗吗，叔叔？”

女孩拿来了一个大号的海泡石①烟斗，从一个蓝白相间的罐子里拿了烟草，装满了烟斗。

“谢谢你。”

老人给自己倒了一大杯奇恰酒。当雨水猛烈地拍打着屋顶的时候，他跟我讲起了德国新殖民地，1905 年他的叔叔在这里定居，第一次世界大战之后，他紧随其后来到了这里。

“我能做什么呢？祖国的情况很糟糕。战争之前，每个家庭都想生更多的男孩。一个当兵，一个当木匠，两个留在农场。但 1918 年以后，德国到处都是来自布尔什维克的难民，连村庄里都挤满了。”

他的兄弟住在位于巴伐利亚州和符腾堡州边界处的家庭农场里。他们每月通一次信，但自 1923 年来，他们从来没有见过面。

“战争是历史上最大的错误。”安东·哈恩说。他沉迷于战争。“两个优等民族②互相攻击，彼此毁灭。英国和德国一起足以统治全世界。现在，甚至连巴塔哥尼亚都回到了印第安人的手中。真是可惜。”

---

① 海泡石是一种纤维状的含水硅酸镁，通常呈白、浅灰、浅黄等颜色，它有一个奇怪的特点，遇水时会吸收很多水从而变得柔软起来，而一旦干燥就又变硬。

② 优等民族是一个纳粹主义种族概念。在纳粹理论中，北欧人种是原始印欧人的纯正代表，纳粹宣称北欧人种是真正的雅利安人，优于其他欧洲民族。

他继续感叹西方世界的衰落，谈话中，他忽然提到了路德维希这个名字。

“疯王路德维希[①]？”

“国王？疯王？你说国王陛下疯了？在我家里？大逆不道！”

我的脑子转得飞快。

我说：“有些人称他为疯子，但当然，他是一个伟大的天才。”

安东·哈恩的心情难以平复。他站起来，抬起他大号的酒杯。

他说：“你和我一起来。”

我站了起来。

“敬我们的国王！敬欧洲最后的天才！我的民族的伟大随他一起而逝！”

老人家留我与他共进晚餐，但我拒绝了，两个小时前，我刚和女高音歌唱家一起吃了饭。

“不和我一起吃顿饭的话，你可别想离开我家。吃完饭，你想去哪里就去哪里好了。”

于是，我和他一起品尝了火腿、泡菜以及太阳煎蛋，我还喝了他的苹果奇恰酒，那酒太上头了。随后，我问起威尔逊和埃文斯的事。

“那两位是绅士，”他说，“他们是我们家的朋友，我叔叔安葬了他们。我的堂姐最清楚事情的来龙去脉。”

---

① 即路德维希二世（Ludwig II，1845—1886），维特尔斯巴赫王朝的巴伐利亚国王，被称为“疯王路德维希”“童话国王”“天鹅国王”。他以对艺术的狂热追求而著称，兴建了包括新天鹅堡在内的数座城堡。同时也是瓦格纳的忠实崇拜者和资助人，资助修建了拜罗伊特节日剧院，专门上演瓦格纳的歌剧。

那位老太太又高又瘦，泛黄的皮肤皱巴巴地堆在脸上，她满头的白发，刘海一直延伸到眉毛的上方。

“没错，我记得威尔逊和埃文斯。那年我才四岁。”

那是初夏一个炎热无风的日子。八十名边境警察一直在安第斯山脉追捕那群不法之徒。这些边警原来也都是犯罪分子，多数都是巴拉圭人；边警的队伍只接受白人或者基督徒加入。里奥皮克的每个人都喜欢那些美国佬，她的母亲吉列尔米纳女士就曾在自家厨房为威尔逊包扎手。他们原本可以轻而易举地逃亡智利的，可他们完全没料到印第安人会背叛他们。

“我记得他们带着尸体而来，”老太太说，“边警用牛车将尸体运来，他们就躺在这里，就在这门外头。高温令尸体都膨胀了，味道难闻极了。为了不让我看见后面的事，我妈妈把我带回了房里。后来，边警砍掉了他们的脑袋，抓着头发提着脑袋走到台阶上，问我妈要酒精来保存尸首。嗐，纽约的报社想要他们的脑袋，每个出价五千美元。边警们想把人头送到美国去领赏金，我父亲气坏了，他叫嚷着让边警留下尸体和头颅，然后埋葬了他们。”

暴风雨正穿过此地，灰色的水柱落在山谷的远端。苹果园的四周长者一排蓝色的鲁冰花。有德国人的地方，就有鲁冰花。

在畜栏旁，一个粗糙的木十字架立在一个小土堆上，一株潘帕斯玫瑰的弯曲茎秆拔地而起，仿佛这地因墓穴而肥沃。我看到一只灰色的鹞正在空中翱翔和俯冲，它扫过的草丛和远处的积雨云一样，都变成了深红色。

老人走了出来，站在我身后。

他说：“没有人会愿意在巴塔哥尼亚投下原子弹。”

33

威尔逊和埃文斯是谁？

在不法之徒的那段黑暗历史中，一切皆有可能，但也有几条清晰的线索：

1910 年 1 月 29 日，警察局长米尔顿·罗伯茨写信给纽约的平克顿侦探社，描述了杀害盖·阿帕翁的凶手：埃文斯大约三十五岁，身高五英尺七英寸，个头粗壮，他红色的头发可能是假发。而威尔逊更年轻一些，大约二十五岁，身高大约五英尺十一英寸，个子矮小，皮肤晒得很黑，一头白发。他长着短小笔直的鼻子，走路的时候右脚有些外翻。

（同时还请记住，威尔逊才是那个神射手，而不是埃文斯。）

罗伯茨在信中补充说道：威尔逊是达菲（哈维·洛根）的同伴，他们曾在在巴塔哥尼亚和蒙大拿州抢劫过火车——唯一的可能，这就是 1901 年 6 月 3 日的瓦格纳火车大劫案[①]。这个犯罪团伙的成员包括：哈维·洛根、屠夫卡西迪、哈利·隆格巴、“德州高

① 指乔治·库里和一群人在蒙大拿州瓦格纳附近抢劫了一辆美国北方大铁路公司的火车，抢走了超过 6 万美元的现金而后四散逃跑。这次抢劫时，屠夫卡西迪和“日舞小子”已经前往南美，并没有参加，而下文提到的本·基尔帕特里克在逃亡中被捕，最终入狱。

个仔”本·基尔帕特里克[1]，还有马夫O.C.汉克斯和吉姆·桑希尔。

罗伯茨在信中将埃文斯、威尔逊、莱恩和普莱斯当作四个不同的人，但除了年龄的部分，他的描述完全吻合卡西迪和“日舞小子”的情况。这倒也不是什么难解之谜，威尔士警官从未亲眼见过这些歹徒，而我也发现，在巴塔哥尼亚，人们总是将别人的年龄低估十到十五岁。

然而，里奥皮克的坟墓显然与卢拉·贝滕森的兄弟归家的描述并不相符，除非，实际上真相是——据说屠夫卡西迪对犹他州的朋友们说，“日舞小子”在南美死于枪杀，而他侥幸逃脱，与一个印第安男孩一起，踏上了一段哈克贝利·芬[2]式的田园诗歌之旅。不久之前，我收到了来自布宜诺斯艾利斯的弗朗西斯科·华雷斯先生的信，似乎佐证了我的这个猜想。我离开之后，他去了里奥皮克，在那里，他听说埃文斯已经离开了边境，而埋在威尔逊旁边的应该是团伙里的另一个英国人。

---

① 本·基尔帕特里克（Ben Kilpatrick，1874—1912），美国旧西部末期的亡命之徒，“狂野帮”成员，因抢劫被捕并判刑15年，最终服刑10年，出狱后，他再次抢劫火车时，被人质反抗打死。

② 哈克贝利·芬是马克·吐温作品《哈克历险记》中的主人公。哈克贝利是一个聪明、善良、勇敢的白人少年，为了追求自由的生活，逃亡到密西西比河上。在逃亡途中，他遇到了黑奴吉姆，他们一起漂流在密西西比河上，过着自由自在的生活，两人成了好朋友。

34

我离开里奥皮克，抵达了一个苏格兰风格的农场。大门的告示用西班牙语写着“洛钦弗农场——1.444 公里”。门上的装饰华丽，门柱顶部矗立着一个蓟形的彩绘顶饰。

步行 1.444 公里之后，我来到了一座用金属波浪板搭建的房子，房子上建起了双山墙和高坡屋顶，从建筑风格上来看，用花岗岩似乎更合适一点。苏格兰人站在台阶上，身材魁梧坚毅，白发黑眉。他一整天都在赶羊，他的围场里一共放养着三千只牲畜。剪毛工约好了隔天早上上门。

“但即便说好了，你也不能确信他们一定回来。在这个国家，你甚至无法和人交谈。你不能说他们做得不好，否则他们就会收拾东西离开。你说他们任何不好的话，他们就能把母羊的胸脯割成丝带。是的，他们可不是什么剪羊毛工，他们那叫屠夫。”

他父亲曾是刘易斯岛①上的一名农夫，当大型绵羊公司兴起时，他就离家来到了这里。一家人在这里买了地，学了一点西班牙语，日子过得不错。他们将祖国苏格兰铭刻于心。

他穿着苏格兰短裙，曾经是皇家苏格兰慈善舞会②中的一名风

---

① 刘易斯岛（Isle of Lewis），苏格兰外赫布里底群岛中的北部岛屿。据历史记载，人类从 5000 年前就已经在这里定居、务农、渔猎与营建。

② 皇家苏格兰慈善舞会（The Royal Caledonian Ball），又名皇家喀里多尼亚舞会（“喀里多尼亚”为拉丁文中古苏格兰的称谓），每年在伦敦举行，为苏格兰慈善机构筹措善款。

笛手。他有一把从苏格兰带来的风笛，在巴塔哥尼亚漫长的冬天中，他又亲手打造了另一把。屋子里挂着苏格兰的风景画、英国王室的画像，以及卡希[①]拍摄的温斯顿·丘吉尔的照片。

“你知道他是谁吧？”

一罐麦金托什太妃糖[②]被虔诚地放在女王的画像下方。

他的妻子曾驾车与火车相撞，自车祸之后她就完全丧失了听觉。她还没学会唇语，与她对话，就必须在便笺纸上写下问题。他是她的第二任丈夫，他们已经结婚二十年了。她热爱英式精致生活，她喜爱银质的面包架，她喜爱美丽的亚麻布、新鲜的印花棉布和抛光的黄铜。她不喜欢巴塔哥尼亚，她讨厌冬天，也想念鲜花。

“有段时间，我的花园里什么也长不出来。鲁冰花长得很好，但我的康乃馨从来也没能挺过这里的严寒，我种得最多的都是一年生植物——花菱草、山字草、燕草和金盏花，可它们的命运总是难以预测。我很喜欢在花瓶里插麝香豌豆花，可今年这个品种简直就是一场灾难。我确信，鲜花能改善家里的氛围。”

“欸！”他喃喃道，“我一点也不关心那些该死的花。”

“你说什么，亲爱的？我说，他工作太辛苦了，他就不该一整

---

① 尤瑟夫·卡希（Yousuf Karsh），加拿大摄影师。他为丘吉尔拍摄的人物肖像，就是丘吉尔那张在二战中鼓舞了英国军队和盟军士气的照片。拍摄中，卡希提醒丘吉尔放下雪茄烟，被丘吉尔拒绝，于是他走上前，一边说对不起一边轻轻拿下了丘吉尔手中的雪茄，丘吉尔对他怒目而视，而这一幕也被卡希的镜头捕捉了下来，并成为英国人面对法西斯决不屈服的象征，卡希也因此爆红而名声大噪。

② 麦金托什太妃糖是 1890 年麦金托什糖果公司发明的一种糖果，诞生于英格兰的约克郡。

天都骑着马在农场里转悠。他不喜欢马，我才应该去围场里赶羊。住在布宜诺斯艾利斯那会儿，我一直爱骑马。”

“呸，她懂个屁！她在那些花里胡哨的大牧场骑过马，就以为自己可以赶羊了。”

“你说什么，亲爱的？”

“不过，她有句话没得说错。我从来都不喜欢马。但这会儿你也找不到人骑马替你干活。以前这个国家一切都挺好，你付钱，他们干活。现在我要是找个年轻男孩来，他随时就能抽身走人。我要是找那个上了年纪的劳工，他都八十三岁了，我得把他绑在马上才行。”

苏格兰人在山谷里生活了四十年，他的吝啬远近闻名。某年当羊毛的行情上涨时，他和妻子去了一趟苏格兰。他们住在一流的酒店里，在刘易斯岛上住了一个星期。在那里，他了解并熟悉了他母亲描绘的景象——海鸥、捕鲱鱼的渔船、石楠花以及泥炭，他感受到了故土的召唤。

如今，他想离开巴塔哥尼亚去刘易斯岛上过退休的生活。他的妻子也想离开，但并不是那么想去刘易斯。相较之下，她的健康状况要稍好一点。他对于离开毫无头绪，这些年羊毛的价格一直在下跌，而庇隆主义者[①]正在争夺这片土地。

隔天早上，我们站在屋外，沿着成排的电线杆线向远处眺望，

① 庇隆主义是指20世纪40年代阿根廷正义党创始人、前总统胡安·庇隆提出的一种属于“第三位置”的政治理念，以国家复兴和民族解放为主要内容，同时主张中央集权。庇隆主义者“政治主权、经济独立、社会正义”的口号，在一定程度上反映了当时工人群众要求民族独立和民主权利的愿望。

寻找着剪羊毛工人的卡车。草场的中央有一片平坦的泥地，正中间放着一个铁丝网笼。

“那里面是什么？”我问。

“哼！那靠不住的玩意儿！”

笼底蜷缩着一堆干枯的苏格兰蓟。

35

前往里瓦达维亚海军准将城的路上，我穿过了一片布满黑色石砺的沙漠，抵达了萨缅托山①。这是又一片尘土飞扬的金属建筑群，坐落在渐变绿松石一般的穆斯特尔湖②与黏液绿的克威尔瓦皮湖中间一条狭长的耕地上。

我走出城镇，来到石化树林。风泵疯狂地旋转着，一只泛着金属蓝色的苍鹭瘫倒在一根电缆下，血正沿着它的喙滴下，它的舌头不见了。大叶南洋杉的树干仿佛被送进了锯木厂一般，碎裂一地。

海军准将城附近住着许多布尔人③，他们常常在奥罗兹酒店相聚，共进午餐。他们大多名叫范特（小贩④）、维瑟尔（渔夫）、沃尔斯特（护林员）、克鲁格（小酒馆老板）、诺沃尔（北部小镇）、艾罗夫（小镇）、伯萨（讨厌鬼）和布卢恩（棕色），他们都是强硬的南非人的后裔。南非人于1903年移民到巴塔哥尼亚，他们深恶

---

① 萨缅托山位于智利巴塔哥尼亚地区，是安第斯山脉的一部分，山脉中有许多小型冰川。

② 穆斯特尔湖位于阿根廷巴塔哥尼亚地区，面积414平方公里。穆斯特尔湖与克威尔瓦皮湖中间的森格尔河内流盆地，靠近里瓦达维亚海军准将城，这里最早是8000名威尔士移民建立的殖民地。

③ 布尔人，下文阿非利卡人的旧称，是南非和纳米比亚的白人种族之一。以17世纪至19世纪移民南非的荷兰裔为主，融合法国、德国移民形成的非洲白人民族，说南非语，多数信仰基督新教，少数信仰天主教。

④ 范特，南非语中小贩的意思，下文的南非语名字大多类似，源于某种职业或者地理位置。

“联合王国国旗”①，敬畏上帝，庆祝誓言日②，并以荷兰改革宗③《圣经》起誓。他们从不与外部通婚，如果南美人走进屋子，女人们必须马上躲去厨房。马兰博士④上台后，他们中的许多人都回到了南非。

镇上最引人瞩目的居民是立陶宛人卡西米尔·斯拉佩利奇。五十年前，他在峡谷里发现了恐龙化石。现如今，他已经八十多岁了，头发和牙齿都掉光了，是现在世上最年长的飞行员之一。每天早上，他穿上白色的帆布飞行服，开着他的莫斯科人小汽车⑤晃悠到飞行俱乐部，把自己和他的古董单翼飞机一起扔进狂风中，这冒

---

① “联合王国国旗”，原文中为“杰克联盟”（Union Jack），指大不列颠及北爱尔兰联合王国国旗，在加拿大及某些英国海外殖民地同样具有官方地位。

② 誓言日（Dingaan’s Day），又名“安定日”或者“丁冈日”，每年的12月16日。这个节日是为了纪念1838年的这一天向北迁徙的南非布尔人（荷兰人后裔）打败祖鲁王丁冈、夺取了南非内陆大片土地而设立。1994年新南非政府成立后，这一天改名为“和解日”，寓意是希望南非黑白两大种族面向未来，和平共处。

③ 荷兰改革宗是16世纪宗教改革运动时期成立的荷兰国家教会，是新教运动时期与加尔文宗并重的天主教改革宗。荷兰殖民时期，荷兰改革宗传播到美国、南非等其他地区，而信奉荷兰改革宗《圣经》也成为世界各地荷兰移民社区的共同特征，也是南非白人民族主义的重要组成部分。在现代，荷兰改革宗并入荷兰新教教会，也称为荷兰归正教会。

④ 马兰博士即丹尼尔·弗朗索瓦·马兰（Daniël François Malan），南非种族隔离制度的制定者和实施者。他是南非国民党的创立者之一，于1948年至1954年任南非总理，马兰敌视非洲黑人，公开宣扬荷裔南非白人（布尔人）是“特殊”的民族。在担任总理期间，马兰政府制定了严格的种族隔离政策，招致广泛的国际谴责和制裁，这一政策直到1994年方才解除，但其影响一直延续到今天。

⑤ 莫斯科人汽车是成立于1930年的汽车制造厂生产的汽车，曾被认为是苏联汽车制造业的一面旗帜，首批产品于1947年面世，热销于当时的苏联市场。

险不过是为他增添了生活的乐趣。

风将他的鼻子擦得锃亮，泛出紫色。午餐时分，我看到他正用汤勺将俄式蔬菜汤送进嘴里，他的嘴巴就像脑袋上开了一个象牙色的孔洞。他的屋子里洋溢着波罗的海风情——鲜花窗帘、天竺葵，并摆放着特技飞行证书和尼尔·阿姆斯特朗[①]的签名照片。他全部的书籍都是立陶宛语的，这种印欧语系中的贵族语言，记录下他祖国独立计划的点点滴滴。

他的妻子已经离世，他善心地收养了一对印第安夫妇陪伴他的日常生活。那名印第安女子靠在墙上，怀里抱着正在喂奶的孩子，她用云母般闪闪发光的双眼凝视着我这个来访者。

卡西米尔·斯拉佩利奇天纵奇才，他曾经希望成为一名飞行家，现在，他期盼能飞往月球。

“我开飞机带你飞吧。”他说。

“有机会的话。”我说。

“我可以带你飞越佩恩蒂德彩绘沙漠[②]。”

飓风正在慢慢形成。坐在莫斯科人小汽车里时，我注意到他的双腿向两侧弯曲，形成一个完美的括弧形状，几乎无法控制汽车的脚踏板。

“我们还是别飞了吧。”我说。

---

① 尼尔·阿姆斯特朗（Neil Armstrong，1930—2012），美国宇航员，登月第一人，1969年7月，阿姆斯特朗在执行他的第二次也是最后一次太空任务阿波罗11号时，迈出了“人类的一大步”。

② 佩恩蒂德沙漠（Painted Desert），又译彩绘沙漠，是美国亚利桑那州北部的一个地理景观，由彩色缤纷的地层小丘组成，位于大峡谷的东边，有一部分在石化林国家公园中。

“那我带你去我妹妹家，她收藏了一些印第安箭头。”

车停在一座混凝土平房前，我们穿过花园的后门，在他妹妹种植的金盏菊花丛中，矗立着一个菲勒斯[1]图腾。

卡西米尔·斯拉佩利奇解释道：“那是恐龙的胫骨。”

他妹妹也上了年纪，脸上皱皱巴巴的。她是萨米恩托姐妹会的骨干成员，姐妹会自认为是一群考古学家，但她们并不是什么真正的学者，她们只是古物的收藏者。她们洗劫古代猎人们遗留在洞穴、宰杀点和湖岸旁的物品，每个女士都拥有自己的劳工网络，劳工们从营地里给她们带来战利品。“专业人士”痛恶地称她们为掠夺者。

而那个下午，波罗的海的流亡者却对一位威尔士女士热情周到。来访者看着她可恶的竞争对手，将包裹着宝物的白色纸巾打开，尽管她嘴里说着傲慢的言辞，眼神中却流露出羡慕之意。

卡西米尔·斯拉佩利奇的妹妹深谙如何激发对手的嫉妒心。她将箭头放在黑色天鹅绒上展示，并依次放上卡片，那些箭头如宝石般闪耀，尖锐得仿佛热带鱼。她的手指拂过箭头多棱的表面，天鹅绒上放着粉红色与绿色燧石点缀的平刃刀、波拉石、一个蓝色人偶，还有一些带鹰羽的箭矢。

“但我的藏品更好。”威尔士女人说。

“尺寸更大的藏品，可没这么漂亮。”立陶宛妇人说。

“我应该把我的藏品卖给总统，然后它们就会被陈列在国家博物馆里。”

---

① 菲勒斯（Phallus）是一个源自希腊语的词语，指男性生殖器的图腾，亦是父权的隐喻和象征。

“如果总统愿意买的话。”老妇人说。

卡西米尔·斯拉佩利奇觉得很无趣，我们走到了外面的院子里。

他说：“我可不喜欢那些死人的东西。”

“我也不喜欢。”

“那现在我们去干点什么？”

“去见见布尔人？”

“布尔人很难见到，不过我们可以试试。”

我们开车来到镇子的东边，布尔人的平房都在这头。斯拉佩利奇敲开了某间屋子的门，房子里的全家人都跑了出来，站在院子里，面容冷峻地瞪着英国人，一言不发。他又敲开了另一家，但门砰的一声就关上了。有一个威尔士男人愿意和我们聊几句，但他的布尔人妻子探出头来，倚靠在她红色的花园大门前，满脸不善。她说，除非我们给钱，她才会和我们交谈，而且还得有律师在场。

“不太友好噢。”我说。

卡西米尔·斯拉佩利奇答道：“他们是布尔人啊。”

36

在里瓦达维亚海军准将城里，我拜访了南方地区全能的天才，曼努尔·帕拉西奥斯神父。他居住的慈幼院，是一座藏身于悬崖与大海之间的混凝土建筑。

暴风雨扬起尘土，石油钻井平台上耀眼的灯光在建筑上投射出橘色的光芒。

一位教士站在小教堂的门洞里，正与两个男孩说话。他灰色的鬈发有着最漂亮的弧度，一阵大风掀起了他的教士服，露出了他苍白的双腿。

“请问，帕拉西奥斯神父在吗？”

他光滑的额头因为皱眉而产生了纹理，他看来有些焦虑。

“他不在。”

“他住在这里吗？”

“可他不见客。他正在工作，夜以继日。而且，”他压低了声音说，“他刚做完手术，癌症手术。他剩下的时间不多了。”

教士向我描述了这位巴塔哥尼亚博学者的不凡之处：帕拉西奥斯神父是神学、人类学理论和考古学博士，他也是海洋生物学家、动物学家、工程师、物理学家、地质学家、农艺师、数学家、遗传学家和标本制作师。神父精通欧洲四国语言以及六种印第安语，他正在撰写关于慈幼会的通史和一本关于新大陆《圣经》预言的专著。

"但这些文字该怎么办?"教士吃吃窃笑,"我们肩上责任重大!该怎么保护这件珍宝?又该如何出版这篇巨著?"

他啧啧咂舌:"你为什么要见他?"

"我听说他是印第安人方面的专家。"

"专家?他就是印第安人!好吧,我带你去见他,但我可不能保证他会见你。"

博学的神父无惧沙尘暴,他坐在柽柳林的树丛中,身边堆满了北美应用工程的手册。他戴着蓝色贝雷帽,穿着一件宽松的灰色西装,赛璐珞的假领子[①]紧箍着他玳瑁色的脖颈中。他把脚凳让给我,请我坐在他的脚边,并挥手示意他的同事坐在一张火灾中抢救出的破败的椅子上,然后看了一下手中银色的怀表。

"我有半个小时的时间,来给您讲讲巴塔哥尼亚的史前史。"

帕拉西奥斯神父与我分享了大量信息:统计数据、放射碳周期、人类与动物的迁徙、海洋退化、安第斯山脉的地壳运动,以及新出现的文物。他过目不忘,可以详尽地描述南方大陆的每一幅印第安岩画:"……在第二石化树林中,有一种独特的磨齿兽绘画……在平图拉斯河[②],你会看到古美洲驼的竞技表演,男人们都戴着菲勒斯帽……另一幅壁画绘制了皮加费塔描述的诱捕的场景……在波萨达斯湖[③],有一幅画是关于长颈驼与剑齿虎的殊死

① 由赛璐珞制成的可拆卸衬衫领。这种领子大多为白色,材质坚挺,可以用湿抹布擦干净,从而延长衬衫洗涤的间隔时间。

② 平图拉斯河(Río Pinturas),位于阿根廷巴塔哥尼亚地区,由圣克鲁斯省管辖,河道全长150公里,发源于安第斯山脉,注入德萨瓜德罗河。

③ 波萨达斯湖(Lago Posadas),位于阿根廷圣克鲁斯省西北部安第斯山脉南部边缘,靠近阿根廷和智利的边界。

搏斗……”

我一丝不苟地做着笔记。神父站在烧焦的椅子残骸旁，身体微微颤抖着。

“多么渊博！”他以西班牙语感叹道，“哦，天父啊！多么睿智！”

帕拉西奥斯神父微笑着往下说。我注意到，他不再对着我讲述，他凝望天空，仿佛正对着低垂的云层独白。

“哦，巴塔哥尼亚！”他吟道，“你不会向傻瓜透露你的秘密，来自布宜诺斯艾利斯的专家也好，北美的专家也罢，他们一无所知！他们的无能真令人惊叹。甚至，都没有一位古生物学家发掘出独角兽的骨头。”

“独角兽？”

“是的，独角兽。巴塔哥尼亚的独角兽和晚更新世①灭绝的巨型动物生活在同一个时期。最后的独角兽大约在公元前五六千年被人类猎杀灭绝。在波萨达斯湖，有两幅有关独角兽的壁画。其中一幅画中，独角兽如《旧约·诗篇》二十九章所描绘的那样，高举着它的犄角——‘你要高举我的角，犹如独角兽昂起它的犄角’。而另一幅画中的独角兽，正如《约伯记》中所描述的那样，正要刺穿猎人，并踏平潘帕斯草原上。”(《约伯记》三十八章二十一节中，描绘的是马匹“踏平山谷”，而在九至十节中，描写的是人们发现独

① 1932 年国际第四纪会议确定将更新世划分为早、中、晚三期，晚更新世为 126000 年（±5000 年）至 10000 年前，冰川主宰了其中的大部分时期，许多巨型动物在此期间灭绝，同时，现代人类淘汰了其他人类物种，足迹到达了世界各大洲。

角兽不适合拖犁。）

神父的讲座变成了一场梦幻之旅。马克桑人①的独木舟在智利南部的峡湾搁浅，他们攀登安第斯山脉，在穆斯特斯湖定居，并融入了土著印第安人。帕拉西奥斯神父还描述了他自己在火地岛的发现——一个真人大小的无头女人的雕塑，涂抹着红色赭土。

“哦，上帝！多么全知！”

“您有照片吗？”我问。

“当然，我有照片，”他笑了笑，说，“但那不是用来出版的。现在，让我来问你一个问题——人类是从哪个大陆出现的？”

“非洲。”

“错了！完全的谬误！在这里，在巴塔哥尼亚，这里，第三纪②的众生见证了安第斯山脉的形成。在非洲的南方古猿出现之前，人类的祖先就已经生活在火地岛了。还有，”他随口补了一句，“最后一次被发现是在 1928 年。”

“天才！”

而后，帕拉西奥斯神父描述了约希尔人的故事（他后来在一本学术期刊上发表了这个故事）：

约希尔人（印第安语）曾经——也许现在仍然——是一

---

① 马克桑人（Marquesans）指马克萨斯群岛的原住民，主要是波利尼西亚人。马克萨斯群岛位于太平洋中南部，19 世纪中期受到法国殖民，现为法属波利尼西亚一部分。

② 第三纪是新生代的最老的一个纪（距今 6500 万年～距今 260 万年），第三纪的重要生物类别是被子植物、哺乳动物、鸟类、真骨鱼类、双壳类、腹足类、有孔虫等，这与中生代的生物界面貌迥异，标志着“现代生物时代”的来临。

种没有尾巴的原始人类，有着黄绿色的苔藓状毛发，它们高约八十厘米，两足行走，生活在火地岛的豪什人[①]领地，总是拿着石头或短棍作为武器，白天住在南山毛榉树上，晚上会借着落单的猎人的篝火来取暖。约希尔人大概率是素食的，它们以野果、菌类和南美啄木鸟的主要食物金龟子为食。

现代有关约希尔人的第一个记载是1886年，豪什猎人尤伊默尔克在卡莱塔·伊里戈延狩猎鸬鹚时看到了一个约希尔人。最后一次记录，是1928年猎人派门的目击事件。而其中，最令人痛苦的遭遇是帕拉西奥斯神父的线人——印第安人帕卡，在第一次世界大战时期的某次遭遇。

帕卡当时正独自露营，约希尔出现在了他的篝火旁，帕卡听过约希尔危险的名号，于是伸手去拿自己的弓箭，但这只动物蹦跳着逃到了安全的地方。帕卡认定了如果睡着他会在梦中被杀，于是在躺下的时候，将上了膛的枪放在手边。约希尔又一次靠近，帕卡开了枪，听到了一声痛苦的尖叫。隔天早上，他在附近发现了尸体。令他惊恐的是，这只动物的身型特征与他最近去世的兄弟一模一样。他挖坟埋葬了那具尸体，帕卡不知道，那是一个约希尔，还是他又重新埋葬了他的兄弟。

"我决定了，"帕拉西奥斯神父总结道，"给这种生物命名为火地岛猿人，当然，这个名字是临时的。约希尔可能与来自丘布特的其他巴塔哥尼亚古人类——陆地矮猿属于同一物种，只有骨骼证据

① 豪什人（Haush），火地岛土著印第安人，居住在火地岛大岛米特尔半岛上。

才能澄清这个问题。”

“上帝啊！了不起的科学！”

“好了，”帕拉西奥斯神父说，“我想我们的调研已经完成了。”然后继续埋首于他的书籍中。

我离开了，为学者的灵感而惊叹。

“一个天才。”我的同伴说。我们一起穿过红柳林向大学校园走去。

“嘿，是我看错了，还是大学的门关上了？”

“关上了，”他说，“大学关闭了，各种各样的问题。”

墙上涂满了猩红色的拳头，以及某个无产阶级阵线的一些宣言。

“年轻人，”他摇摇头，“年轻人呐。”

礼拜堂的钟声响起。

“这会儿我该去做弥撒了，”他说，“告诉我，兄弟，你信奉哪种宗教？”

“新教。”

“不同的道路，同样的神祇，”他叹了口气，以西班牙语说道，“再见了，我的兄弟。”

37

现在，我有两个回到安第斯山的理由：参观查理·米尔沃德以前在休姆勒山谷的剪羊毛棚，以及寻找帕拉西奥斯神父的独角兽。我坐公共汽车前往佩里托莫雷诺[①]，到达镇上的时候正赶上沙尘暴。餐厅的老板是阿拉伯人，店里卖小扁豆和萝卜，并在吧台上放了一小株薄荷，用来追忆未曾谋面的家乡。我向他打听向北的交通方式。他摇了摇头。

“可能有几台智利卡车，但非常、非常少见。”

休姆勒山谷离这里还有一百多英里，但我决定冒个险。在镇子的边缘，有人在废弃的警察哨所上用蓝色油漆写下了“大猩猩庇隆”。哨所附近是一堆杜松子酒瓶——为了纪念一位死去的卡车司机，他的朋友们每次经过这里都会喝上一瓶。我走了两个小时、五个小时、十个小时。没有卡车。我的笔记传达了某种情绪：

> 走了一整天，两天，两个整天。灰色的道路笔直，尘土飞扬，一辆车的影子也不见。无情的风推着你走。有时你听到卡车的声音，你确信那是卡车，但那其实只是风的声音。有时你听到齿轮减速的声音，但那也只是风声。有时，风甚至听起

① 佩里托莫雷诺（Perito Moreno）是阿根廷的城镇，位于该国南部圣克鲁斯省。

来像是空载的卡车轰鸣着驶过一座桥。即便身后有卡车驶来，你也听不见；即便你是顺风而行，引擎声也会淹没在风里。你唯一能听见的声音是原驼[①]，它们发出像婴儿一边哭泣一边打喷嚏般的声音。你在一百码开外看到了它，一只单身的雄性，身披橘色的毛发，白色的尾巴高高竖起——它比美洲驼更高大、优雅。你听说原驼是腼腆的动物，这只却正因你而生气。你再也走不动了，铺好睡袋躺下，它保持着距离，在那里发出咕噜咕噜的哭泣声。早上它靠近了一点，但你受到惊吓的样子也吓到了它，于是这段友谊就此终结。你看见它在荆棘丛中跳跃跑远，就像帆船在顺风的海洋中起伏。

第二天更热了，风也更大。热浪将你击退，你的双腿被卷入热气，热风推压着你的肩膀。道路的两头都是灰蒙蒙的海市蜃楼。你看见魔鬼般的尘土扬起，虽然你知道这会儿不指望遇上卡车，但你确信那就是一辆卡车。间或有黑点向你靠近，你停下来，坐在路边等待，但那黑点从路旁的小径走开，你才意识到，那是羊。

第二天下午，确实来了一辆智利卡车。司机是个开朗的硬汉，他的脚散发着一股奶酪的味道。他喜欢皮诺切特[②]，总的来说，他

① 原驼，一种温顺的食草动物，是家养骆驼和羊驼的野生祖先，属于骆驼科，共有四个亚种，主要分布于阿根廷、玻利维亚、智利、巴拉圭和秘鲁。

② 指奥古斯托·何塞·拉蒙·皮诺切特·乌加特（Augusto José Ramón Pinochet Ugarte，1915—2006），曾任智利总统和陆军总司令，统治智利长达 16 年，下台后继续担任陆军总司令直至 1998 年。执政期间，皮诺切特在政治上实行独裁统治，制定 1980 年宪法，经济上进行新自由主义改革并取得显著成效，创造了智利经济奇迹。

对他的国家感到满意。

他带我去了布兰科湖，那里的湖水是暗淡的乳白色，远处的盆地里满是翠绿的植被，被一排蓝色的山脉隔在了外头。这就是休姆勒山谷。

查理·米尔沃德最后到访这里是 1919 年。酒吧老板记得他的胡子："大胡子。"她用西班牙语说道，并模仿起他拄着棍子一瘸一拐的样子。一个警察正在享受他傍晚时分的杜松子酒，酒吧老板要他开车送我去牧场。警察好脾气地同意了，但为了展现他的气魄，他回家带上了一把左轮手枪。

休姆勒山谷牧场刷着红色和白色的漆，到处都带着中央集权式管理的印记。南方的牧羊大亨梅嫩德斯·贝希蒂家族经营这里，第一次世界大战之后，他们与一位法国羊毛商一起从查理手中买下了牧场。牧场经理是个德国人，第一眼起他就不信任我，他怀疑我想对牧场宣示所有权，但他还是允许我在劳工宿舍过夜。

他们正在剪羊毛。剪毛棚里有二十个隔间和同等数量的剪毛机。精瘦的智利人赤裸着上身，他们的裤子被羊毛上的油脂摩擦得漆黑锃亮。蒸汽机驱动的传动带穿过整个工棚，周围满是活塞呼呼作响的声音、皮带拍打的声音、大剪刀的嗒嗒声，以及羊群咩咩的叫声。当年轻人将羊只的腿绑起来后，这动物的战斗意志就消失不见了，它们躺在地上，死沉死沉的，直到这场折磨彻底结束。而后，光溜溜的羊只肚子上布满了红色伤口，疯狂地跳到空中，好像跳过了想象中的栅栏，又像是奋力跃向自由。

那一天以红紫色相间的诡异而浓烈的落日收尾。晚饭的铃声响起，剪羊毛的工人放下剪子，冲向厨房。年老的厨师满脸和蔼的笑容，切给我半条羊腿。

“我吃不了那么多。”

“你当然吃得下。”

他把手放在胃部，对他来说，一切都已经结束了。“我得了癌症，”他说，“这是我最后一个夏天了。”

天黑之后，高乔人靠在马鞍上，仿佛饱餐后的食肉动物正在舒展身体。学徒们将白杨原木投入铁炉中，炉子上煮着两壶马黛茶。

一个男人主持了仪式，他把褐色的葫芦灌满热腾腾的茶，绿色的液体在葫芦颈处翻滚。男人们抚摸着葫芦，吮吸着苦涩的饮料，像其他男人谈论女人一样谈论着马黛茶。

他们给了我一张草垫，我蜷缩在地板上，试着入眠。男人们掷起了骰子，他们的话题变成了刀刃，他们拔出自己的刀，比较着刀刃的质量，用刀尖在桌子上敲打着。房子里仅剩下一盏风灯①的光，刀锋的影子在我头顶上方的白墙上跳跃。一位智利剪毛工喝得烂醉，他开玩笑地说起了他的刀能如何地对付外国佬。

另一个男人说：“最好还是让那外国佬睡到我房里去。”

---

① 风灯，一种古老的照明工具，用煤气做燃料，有防风罩可以防风防雨，多为手提。因骑马夜行时能挂在马身上，也叫马灯；沿海地区大部分用于船上，故称船灯。

38

一个布尔人载我回南方，穿过佩里托莫雷诺，去往费奥河，从这里往南就是火山荒地。他是一名兽医，他对其他布尔人毫不关心。

层叠褶皱的白色悬崖在地平线上翩翩起舞，地面上布满了水滴状的洋红色疙瘩。我与一帮公路人共度夜晚，他们的大篷车被一圈黄色的推土机围在中间。男人们正吃着油腻的油炸面包条，还分享给了我。庇隆的画像正对着人群傻笑。

公路帮里有一个姜黄色头发的苏格兰人，他长着一副投球手般的体格。他用浑浊的蓝眼睛凝视着我，目光中掺杂着好奇与痛苦，感受到了我们相似的种族背景。他名叫罗比·罗斯。

其他人都是拉美人或者印第安混血儿。

“这是个英国人。”其中一人说。

“苏格兰人。”我纠正道。

“是的，我是苏格兰人，”罗比·罗斯用西班牙语说道，他不会说英语，“我的国家才是正统的英国。”

对他来说，英格兰和苏格兰是不可分割的混合体。他首当其冲，承受了艰苦的使命，成为了其他人取笑的目标。

“他醉了，”某人用西班牙语说，又接着用英语说道，“他是个酒鬼。”

男人们并不觉得罗比·罗斯会生气。显然，他们以前也管他叫酒鬼。然而，这会儿，罗比·罗斯把紧握的拳头放在桌子上，紧盯着自己泛白的指关节。他脸上的血色消失殆尽，他颤抖着嘴唇，扑向某个男人的咽喉处，试图将他从篷车里拖出来。

其他人把他压在地上，他哭了起来。整个夜里，我都能听到他的哭声，而隔天早上，他甚至都不愿与另一个英国人对视。

39

八点的时候，一辆红色的旧奔驰卡车开进营地，司机停下车，来喝杯咖啡。他载着一车砖头正要驶往波萨达斯湖，顺便捎上了我。帕科·鲁伊斯十八岁，是个漂亮的男孩，长着洁白的牙齿和清澈的棕色眼睛。他的胡须和贝雷帽造就了他类似切·格瓦拉的样子。他不喜欢走路，开始有点啤酒肚了。

他父亲是名银行职员，凑钱给他买了这辆卡车。帕科热爱他的卡车，为它取名罗莎拉，西班牙语里“玫瑰”的意思。他擦洗、抛光他的车，用花边装饰了驾驶室。在罗莎拉的仪表盘上，他放了一尊卢安圣母像，一座圣克里斯多福①像，和一只塑胶企鹅，随着道路的起伏，那只企鹅上下晃动着脑袋。他把裸女画钉在车厢顶上，但莫名地，这些女孩都仿佛是抽象的概念，而唯有罗莎拉才是个实实在在的女人。

他和罗莎拉已经在路上三个月了。当她寿终正寝时，他应该能凑够钱买一辆新的罗莎拉，他们会一直这样行驶下去。帕科·鲁伊斯非常理想主义，他对赚钱没什么兴趣，喜欢人们说他是典型的高乔人。车队的其他成员帮助了他，教他说脏话，他最喜欢骂的脏话是西班牙语“鹦鹉洞”。

---

① 圣克里斯多福（Saint Christopher）受到天主教及正教会的敬礼，是旅行者或游子的主保圣人。

帕科给罗莎拉装的货物超载了，它的离合器打滑，轮胎又打了补丁，下坡的时候我们不得不慢速行驶。当我们行驶到一个小峡谷的中间位置时，他把离合器踩到最大，我们一路咆哮着冲向谷底。耳边传来嘶嘶的声响。

“王八蛋！冲啊！”

左内侧的轮胎爆胎了。帕科将罗莎拉停在砾石路肩上，车头向内倾斜，让斜坡可以减轻一些车轮的负重。他解开了备用轮胎并扔下了千斤顶，可这个千斤顶并不合用，因为他把自己的千斤顶——非常典型地借给了自己一个负担更重的朋友。这个小千斤顶把轮子高高举起，但举得还不够高。

于是，帕科在轮胎下面挖了一个洞，将车胎从轮毂上滑下来，但当他拆掉内侧的那个轮胎后，千斤顶的底部开始在路面上滑动。罗莎拉侧身打了个哈欠，车厢内的砖块开始移动了。

“这破棒子！乱七八糟的！”

我们等了七个小时，希望能遇到一辆卡车，然后我们等不下去了，于是又试了一次。帕科把千斤顶的底部用石头垫了起来，躺在车轴下干活。他身上沾满了油脂和灰尘，脸色通红，看起来快要发脾气了。他在车轴下面挖了一个更大的洞，用千斤顶把底盘顶起，甚至成功把两个轮胎都卸了下来。但轮毂歪斜着，他无法拧紧螺母。他启动了卡车，并尖声叫骂着：“臭婆娘……臭婆娘……臭婆娘……臭婆娘……臭婊子……臭婆娘……臭婆娘……”

我步行往最近的牧场求助，牧场主是一个九十多岁、牙齿都已经掉光了的马加拉人[①]。他没有千斤顶，我穿过灰色的灌木丛抄近路往回走，我能看到道路的线条和罗莎拉红色的车身。但走近一些，我发现它似乎又跑远了一点，但我在视线范围内找不到帕科。我跑了起来，我以为他被压在了车子下面，然后，我发现他坐在离道路很远的地方，吓得脸色苍白，发出呜咽声，小腿上一片瘀青。后来，他又试了一次，当千斤顶从车轴下滑落时，他的腿被擦伤了。现在才真的是一团糟——记住，你不能踢你所爱的女人。

① 马拉加人来自西班牙南部。马拉加是位于西班牙南部安达卢西亚的一个城市，被群山和两条注入地中海的河流所环抱，旅游业和农业发达。

40

公路帮那群人帮助了帕科和我，一天之后，我们开车抵达了波萨达斯湖。我们和一个好脾气但垂头丧气的卡斯蒂利亚人[①]住在一起，他是君主主义者，当国王离开马德里时他也离开了布尔戈斯[②]，宁愿住在别的共和国，也不愿回到自己祖国的共和国。

“独角兽，”他说，“著名的独角兽。我知道那儿，我们称它为印第安人之山。”他手指的方向穿过了泛滥平原的红柳树林，指向了横跨山谷入口的红色圆顶岩石。天空是冷冽的浅蓝色，两个黑点在空中盘旋，那是秃鹰。

“这里有很多秃鹰，”他说，“还有美洲狮。”

印第安人之山是一块玄武岩，点缀着红绿色的斑点，光滑得如同生了锈的青铜，岩石裂开了，一条条直线的裂纹布满了山体。印第安人坚定不移地以神圣的眼光选择了这个地方。在山岩脚下，我俯瞰着波萨达斯湖和普雷登湖，绿松石色的水线，穿过一道紫色的峡谷进入智利境内。在每道垂直的崖壁上，猎人们都用赭红色画上了追逐的动物。猎人也画了他们自己，小小的火柴人正精力充沛地

---

① 卡斯蒂利亚（Castilla）曾是西班牙历史上的一个王国，由西班牙西北部的老卡斯蒂利亚和中部的新卡斯蒂利亚组成。它逐渐和周边王国融合，形成了西班牙王国。现在西班牙的君主就是从卡斯蒂利亚王国一脉相传。

② 布尔戈斯（Burgos）是西班牙北部的一个城市，布尔戈斯省省会。建于9世纪，10世纪成为教区，11世纪成为卡斯蒂利亚王国首都。

跳跃着，这些壁画被认为已有一万年左右的历史了。

帕拉西奥斯神父的独角兽独占了一面岩壁，它的角高高昂起，宛若《旧约·诗篇》中的描绘。它有一个粗壮的脖子和逐渐变得纤细的躯干。

“这不可能太古老，”我想，“侧影看起来像是头公牛。”

但如果这壁画真的很古老，那么，它一定是一只独角兽。壁画的西方是一座敬奉供品的神龛——放着一罐雀巢的牛奶、一个躺在床上的女孩的石膏像、一个涂满了灰漆的指甲，和一些燃尽的蜡烛。

41

西班牙人的妻子给我打包了一份冷切肉作午餐。我向北走去，穿过这个被峡谷和台地分割的国家，这里，最不可思议的颜色蜂拥至地表。某处的岩石交替呈现出淡紫色、玫瑰粉和青柠檬绿。这里有一个鲜黄色的峡谷，里面布满了已灭绝哺乳动物的骸骨，它延伸向一个干涸的湖床，紫色的岩石环绕着湖床，牛头骨冲破脆硬的橙色泥壳，露在外面。

非自然的色彩令我头疼，但我看到一棵树——一棵黑杨树，这是人类的标点符号。我振作了起来。

一座土坯屋旁，一对干瘪的老夫妇正在晒太阳。那位妇人用拼贴画覆满了她房间的墙壁。周遭事物点燃了她的想象力，最核心的装饰是一尊日本艺妓的彩绘石膏头像，戴着圣母般的光环，长着阿根廷足球运动员般毛茸茸的大腿。在上方是一只陶制的鸽子，这原本是圣灵的象征，现在变作了一只天堂鸟，戴着蓝色塑料丝带的蝴蝶结，以及染了色的鸵鸟羽毛。她在罗萨斯将军的蜡笔画像旁，摆放了一张巴塔哥尼亚狐的照片。

妇人将她老伴的葫芦递给我，将我的瓶子灌满羊粪味的甜水，然后挥手致意，目送我走向穿越群山的小路。

砖红色的夕阳下，我来到了一个德国人的小屋。他和一个骨瘦如柴的印度男孩同住。两人正准备吃晚饭，他们正式地坐在桌边吃饭，他们的金属椅子是冰淇淋店的款式。两人拿着一模一样的刀，正砍着烤焦了的羊腿。他们既不彼此交谈，也不搭理我。德国人沉默着递给我一个马口铁的盘子。吃完饭，他又沉默着把我带到了谷仓，指了指角落里的一堆羊皮。

清晨，天阴沉沉的，雨云从智利那边汹涌而来。德国人伸长了手臂，指着黑色悬崖边上的一个缺口，随后，他的手腕颤动，又指向遥远处的山谷。我挥手道别，他把棕色的大手举向天空，张开五指。

我沿着马道穿过又短又硬的黄色草丛。某处，地上散落着白色的薄片，那是死去犰狳的甲壳。曲折的马道沿着台地蜿蜒向上，而后又向下通往一个满地枯树的棕色盆地。路的尽头是坐落在杨树林中的农舍。

农场主带着他的劳工走了出来，他是个高个子的年轻人，穿着一件带条纹的斗篷。他的黑马闪闪发光，马上挂的银饰品在他骑马时叮当作响。

“女人在厨房里，”他喊道，“让她们给你弄点咖啡。”

他的妻子和母亲坐在一间铺着白色瓷砖的厨房里。她们给我提供了咖啡、巧克力蛋糕、羊奶奶酪和加了香料的苹果冻。她们整日都坐在厨房里，只有在海军准将城里布施的那十天除外。我谢过两位女士，又步行了八英里。中午时分，我向下俯瞰，那是帕索·罗巴里奥农场罂粟红色的屋顶。

对面，布宜诺斯艾利斯湖高原向西延伸，它的城墙从一条翡翠绿的河流中升起，那是两千英尺的陡峭墙体，层层叠叠的火山地层，仿佛一面粉绿条纹相间的骑士旗一样展开。而在高原尽头，是四座山峰，在一条直线上互相堆叠：一座紫色的驼峰，一个橙色的柱子，一簇粉红色峰顶，还有一座圆锥形的死火山，夹杂着雪花的灰白色。

河流汇入吉奥湖，湖水是明亮浓稠的绿松石色，海岸是耀眼的白色，悬崖也是白色的，有些悬崖上水平分布着白色和赤陶色的条纹。湖的北边沿岸是清澈的蓝宝石色的水塘，一条带状的草场将蓝色与浓稠的绿松石色分开两边。成千上万只黑颈天鹅在湖面上盘旋，湖边的浅滩因为火烈鸟而染上了粉红色。

帕索·罗巴里奥看起来确实像是黄金城的站点，也许，它就是。

42

大约在1650年间，两名逃兵兼杀人犯的西班牙水手，从麦哲伦海峡开始，沿着安第斯山脉东侧攀爬后，在奇洛埃岛①的对面，跌跌撞撞地走出了森林。或许是为了转移总督对他们罪行的注意力，他们报告说有一座由银顶宫殿组成的城市，城市居民都是白人，讲西班牙语，是佩德罗·德·萨缅托②海峡殖民地的幸存者后裔。

水手的故事重新唤起了人们对特拉帕兰达③——魔幻的恺撒之城的兴趣，这是另一个隐藏在安第斯山脉南部的黄金之城，它是以塞巴斯蒂安·卡波特④的领航员弗朗西斯科·恺撒的名字命名的。

---

① 奇洛埃岛（Chiloé），智利南部太平洋上岛屿，东部隔科尔科瓦多湾与南美大陆相望，是智利最大的岛屿。1567年西班牙人从印第安人手中夺取并占有至1826年，这里成为智利王室在争取独立的战争中的最后据点。

② 佩德罗·德·萨缅托（Pedro de Sarmiento，1532—1592），文艺复兴时期欧洲历史学家和航海家。他曾游历秘鲁，著有《印第安人的历史》，描述印加人所遭受的暴力和不公。1581年12月，经验丰富的萨缅托率领西班牙海军远征队从加的斯启航，试图完成西班牙帝国殖民控制麦哲伦海峡的计划。远征队在耶稣之名海峡和唐费利佩国王市短暂建立了两个定居点，但由于水土不服、饥饿、疾病、恶劣天气，加之萨缅托在1586年沦为英国海盗的俘虏，这两个殖民定居点最终都失败了。

③ 特拉帕兰达（Trapalanda），即下文提到的恺撒之城，也被称为巴塔哥尼亚之城、流浪之城，是南美洲的一座神话城市。据说它位于智利和阿根廷之间安第斯山脉的巴塔哥尼亚某处，但没有证据证明它曾经存在过，而关于它的传说依然流传了200年。

④ 塞巴斯蒂安·卡波特（Sebastian Cabot），英格兰航海探险者。生于威尼斯，约1490年随父约翰·卡波特移居英格兰，参加1497年和（转下页）

1528年，他从河床处开始游荡，向北穿越整个国家，在越过安第斯山脉时，发现了一座闻名之城，那里遍地黄金，仿佛金子只是普通的建筑材料。由于他的发现，一个传说应运而生，一直到十九世纪，它依然点燃着人们的贪婪和希望。

数支探险队出发搜寻这座城市，许多单身流浪汉都在这一任务中失去了踪迹。十八世纪的记载将它定位在南纬45°以南（帕索·罗巴里奥位于南纬47°），这是一座山石垒砌的堡垒，位于火山的下方，蛰居在美丽的湖泊之上。城里有一条河，钻石河，河中盛产黄金和珍贵的宝石。这座城市大到需要两天才能穿越，一座吊桥守护着唯一的入口。建筑物由装饰宝石建造，门上镶满了珠宝；犁地的犁是银做的，最简陋的住所里也都是金银打造的家具。这里没有疾病，老年人死去时就像安然入睡一般。这里的居民戴着三角帽，穿着蓝色外套和黄色斗篷（在印第安神话中，这是至高无上的颜色）。他们种植辣椒，巨大的萝卜叶甚至可以用来拴马。

没有人亲眼见过这座城市。关于它的所在也没有什么定论：帕特莫斯岛①、圭亚那的森林、戈壁沙漠，或者须弥

（接上页）1498年两次到北美洲的航行。1508年率船朝西北方向寻找通往东方的航路，经冰岛、格陵兰岛到达北美洲的拉布拉多半岛，再沿海岸向南行驶到达今天的弗吉尼亚沿海，误以为发现的就是中国海岸。1526年受西班牙国王和商会之命，前往寻找通往东方的西北航路，但自作自张，在南美洲的拉普拉塔地区作了三年探险，以图找到传说中富藏的金银，最终无功而返。

① 帕特莫斯岛（Patmos）是希腊爱琴海上的一个小岛，位于伊卡利亚岛东南方。帕特莫斯岛是基督徒的朝圣之地，因岛上的“世界遗产”神学家圣若望修道院和默示录洞而闻名，同时也是希腊一个神学学派——帕特缅学派（Patmian School）之乡。

山[1]的北壁都各有说法——这都是些不毛之地。城市的名字也五花八门——名称同样多种多样：郁多罗[2]、阿瓦隆[3]、新耶路撒冷、天佑之岛。有幸见到它的人们都历经千辛万苦，才最终抵达。在十七世纪，两名西班牙凶犯证明了，不是厄则克耳[4]也可以将岩壁穹顶误认为天堂。

---

① 须弥山（Mount Meru）是佛教、耆那教、印度教宇宙论中最高的神山。相传是一座巨大的金山，作为宇宙的中枢，山上住着梵天、毗湿奴、湿婆、因陀罗等主神，此外还有乾闼婆、仙人以及其他神话人物。

② 郁多罗（Uttarakuru）为佛教中的“北俱卢洲”的音译，为婆罗门教与佛教神话中世界四大部洲之一，位于北方。梵语中郁多罗为高胜、福地的意思，那里的人民平等安乐，寿足千年。

③ 阿瓦隆（Avalon）是亚瑟王传说中的重要岛屿，凯尔特神话的圣地，古老德鲁伊宗教的中心信仰，又被称为下文中提到的“天佑之岛”或“赐福岛”。阿瓦隆是亚瑟王最终的栖息地，是彼世中的极乐世界，那里由九位仙后守卫，与希腊神话中赫斯珀里得斯的金苹果圣园以及犹太神话的极乐净土伊甸园极其相似。

④ 厄则克耳（Ezekiel）是《圣经》记载的一位祭司，罗马天主教中的先知，以色列人被掳到巴比伦时期，他眼见异象，并传达神的预言，其中就包括了眼见水晶似的穹苍，以及将穹苍上蓝玉一样的石头认作为神的宝座。

43

帕索·罗巴里奥农场的租户是个来自特内里费岛的加那利岛人①。他坐在粉红色的厨房里，黑色的时钟敲打着正点的钟声，他的妻子一脸冷漠，把舀起大黄酱②的勺子送到嘴里。房子里到处都是走道和空置的房间。在沙龙客厅里，一张镀金的长椅年久衰败，金漆斑驳剥落，掉在地板上。半个世纪以来都乐观劳作的管道已经倒塌，撒发出氨气的味道。

思乡情切的老人，依然期盼着重获失去的活力，他给花草、树木、耕作方法和海边阳光闪耀的山峰都起了名字。

冰雹砸在花园里的醋栗树丛上。

这对夫妇的女婿是个宪兵，他的工作就是守卫边境以及拘留羊只走私犯。他拥有健壮的运动员体格，但他额头风琴般褶皱的皱纹在抱怨着被压抑的野心与被困的不甘。

他的脑中充斥着远征与战斗。他谈起巴西丛林中的维京人，他说，一位教授发掘出了北欧神话的碑文。火星人一定是登陆了秘鲁并给印加人灌输了先进的文明，否则，要怎么解释他们高超的

---

① 加那利岛人（Canary Islanders），是一个拉丁语系的民族，这个族群定居在非洲西北部海岸附近的加那利群岛上。

② 大黄是多种蓼科大黄属的多年生草本植物的合称，叶柄肥厚，可食用，与水果、糖一起熬煮，制作成果酱或西式馅饼的馅料。

智商？

总有一天，他会把妻子送还给他岳父。他将驾驶着他的皮卡警车一路向北，越过巴拉那盆地[①]，经过巴西和巴拿马、尼加拉瓜和墨西哥，北美的女人都将成为他的囊中之物。

无法实现的梦想令他露出了苦涩的笑容。

“你为什么步行？”老人问，“你会骑马吗？这里的人讨厌步行者，他们觉得走路的都是疯子。”

“我会骑马，”我说，“但我更喜欢走路。自己的腿更可靠些。”

“我以前认识的一个意大利人，也说过这话。”

那个意大利人名叫加里波第，他也憎恶马和房子。他穿着一件阿劳卡尼亚披风，不带背包。他会步行至玻利维亚，再绕道前往海峡。他一天能走上四十英里，只有需要新靴子的时候才做工挣钱。

“我已经六年没见过他了，”老人说，“我猜秃鹰逮住了他吧。”

隔日早上，用过早餐后，他指了指对面高山上的一个平台。

“化石就是从那里来的。”

萨缅托的威尔士女人在这里发现了磨齿兽的骨头和长颈驼的下颌骨。我爬上那个平台，掩身在一块岩石的背面，躲避倾泻而下的雨夹雪，还吃了一罐不那么新鲜的沙丁鱼罐头。一个古老的海床被推挤到这里，到处是贝壳类的化石，湿漉漉的，闪闪发光，每个都有数百万年的历史。

我坐在那里想着各种鱼类，我想到了葡萄牙、缅因州的龙虾，

---

① 巴拉那盆地（Paraná），名称源自巴拉那河，是位于南美中东部的大型克拉通沉积盆地，约 75% 面积的盆地位于巴西境内，其余面积的盆地位于巴拉圭东部、阿根廷东北部和乌拉圭北部。

海鲈鱼和扁鲹，我甚至想到了鳕鱼。我的胃因为油腻的羊肉和过期的沙丁鱼而翻腾起来。

我跌跌撞撞地挨过不适，最后还是被一阵胃痛击倒了，倒下的时候我发现了一把黑曜石做成的刀，以及用犰狳鳞甲做成的盾牌，那是雕齿兽的甲片。我为自已的重大发现而高兴不已，迄今为止还没有人发现过雕齿兽的人工制品。然而后来，纽约的朱尼厄斯·伯德①先生向我保证道，我的雕齿兽在人类来到美洲之前就已经变成化石了。

我从帕索·罗巴里奥向东走，或者更确切地说，是迎着大风向东奔跑。我的皮包里塞满了骨头和石头。路的两边散落着空的香槟酒瓶，那是骑马回家的高乔人扔在那儿的，瓶标上用法语写着：圣西蒙公爵、夏桐城堡、法尔曼伯爵。

二月初，我回到海岸，抵达欲望港。

① 朱尼厄斯·伯德（Junius Bird，1907—1982），美国考古学家，1934年被任命为美国自然历史博物馆南美考古学馆长。他对生态学、气候和前哥伦布时期考古学的研究为他赢得了多个奖项。

44

欲望港的小镇以慈幼学院而闻名，该学院融合了多种建筑风格——从圣加仑修道院①，到多层停车场，还有露德圣母石窟②，和一个苏格兰大型乡间别墅式样和尺寸的火车站。

我和一群科学家一起住在海洋生物观测站，热情的科学家们挖掘沙虫，为海藻的拉丁名称而争论不休。观测站有一位常驻的鸟类学家，是个严肃的年轻人，他正在研究公驴企鹅③的迁徙。我们一直聊到深夜，争论我们人类的中枢神经中是否也镌刻了特定的旅程路线，这似乎是人类疯狂的躁动的唯一合理解释。

第二天早上，我们划船去了河心岛上的企鹅栖息地。以下，是鸟类学家所述：

麦哲伦企鹅④或公驴企鹅在巴西海岸附近的南大西洋越冬。11

---

① 圣加仑修道院位于瑞士东北部圣加仑州的圣加仑市。圣加仑修道院为加洛林王朝式大修道院最佳的典范，几乎包含了建筑史上重要阶段的所有建筑形式，但修道院仍给人一种整体和谐的感觉。

② 露德圣母石窟是旨在复刻并纪念天主教朝圣地——法国的露德圣母朝圣地的石窟。露德圣母朝圣地位于法国卢尔德，包括山洞本身、附近的流出露德圣水的泉流，以及若干教堂和宗座圣殿。

③ 公驴企鹅是生活在非洲西南岸的企鹅，在纳米比亚至南非近伊丽莎白港的阿尔哥亚湾的 24 个岛上都有群族。它们的胸部有黑纹及黑点，每一只公驴企鹅都有独具特色的斑点，仿佛人类的指纹。

④ 麦哲伦企鹅是温带企鹅中最大的一个种类，主要分布在南美洲阿根廷、智利和马尔维纳斯群岛沿海，也有少量迁入巴西境内。名字来自航海家麦哲伦，他于 1519 年第一次环南美洲航行时发现了这种企鹅。

月 10 日当天，欲望港的渔民们就会看到企鹅的先遣队逆流而上。这些企鹅驻扎在河心岛上，等待其他的伙伴。大部队将在 11 月 24 日抵达，并开始修葺它们的巢穴。它们喜欢明亮的鹅卵石，会收集一些来装饰巢穴的入口。

企鹅是一夫一妻制的，一生忠诚。每对企鹅夫妻都会对踏上领土超过一分钟的外来者进行驱逐。雌企鹅每次产卵一到三个。雌雄企鹅之间没有不同分工，它们都会去捕鱼，也轮流照顾幼崽。企鹅栖息地将在四月的第一周因为寒冷的天气而被遗弃。

刚孵化出的小企鹅被喂食到比父母更大的体型。我们看着它们摇摇晃晃，笨拙地走到岸边，一头扎进水里。十七世纪的时候，探险家约翰·纳尔伯勒爵士①站在我们今天同一个地方，说这些企鹅“仿佛一群穿着白色围裙的小孩子聚集在一起”。

信天翁和企鹅是我最不愿意捕杀的鸟类。

---

① 约翰·纳尔伯勒爵士（Sir John Narborough，1640—1688），英国海军少将和指挥官。他在英荷战争中表现英勇，1670 年至 1671 年间，他率领一支鲜为人知的探险队前往瓦尔迪维亚和巴塔哥尼亚探险，此次探险令他声名鹊起。

45

1592年10月30日，重达一百二十吨的欲望号一瘸一拐地踏上返航英国的旅程，船只抛锚停在了欲望港①的河道中，这是它七年来第四次到访这个地方，当初托马斯·卡文迪许②驾驶着他的旗舰荣誉号来到这里，就是以它的名字命名了这个港口。

现在的船长是德文郡人约翰·戴维斯③，他是那一代航海家中的佼佼者。他身后是三次北极航行，探寻西北航道的荣耀；他未来的日子里，还写了两本关于航海技术的著作，和六次与日本海盗战

① 欲望港（Puerto Deseado），又作德塞阿多港，现在是阿根廷南部圣克鲁斯省的一座城市。流入港口的河流名为德塞阿多河，即欲望河。该港口最早由麦哲伦率领的西班牙探险队于1520年发现，随后其他西班牙探险队也到达此地，包括上文提到的佩德罗·德·萨缅托。而后，如下文提到的，1586年托马斯·卡文迪许以自己的船只，将这个港口命名为欲望港，而港口的泊船点今天叫卡文迪什岬。

② 托马斯·卡文迪许（Thomas Cavendish，1560—1592），英国航海家、探险家，于16世纪中后期率领其船队成功实现环球航行，成为第二个完成此举的英国人。第一个完成环球航行的是英国人弗朗西斯·德雷克，而卡文迪许正是为了效仿德雷克对西班牙商船和港口的打劫而进行环球航行的。他的第一次航行不仅成功完成了环球航行，掠夺回来的西班牙黄金、丝绸和宝藏中也令他变得富有，回国后他被英女王伊丽莎白一世封为爵士。

③ 约翰·戴维斯（John Davis，1550—1605），英国航海家，1585年到1587年间，他三次探寻越过北极直通亚洲的西北航道，他的船队先后抵达过格陵兰、坎伯兰湾和纽芬兰岛。戴维斯不仅仅是个探险家，他更接近一个科学家，他保留了详细的航行记录，这些资料非常宝贵。他所绘制的加拿大北部海岸外的北极海域图，两个世纪以后仍在使用。

斗而来的致命剑伤。

戴维斯参与了卡文迪许的第二次“南海”航行。那次，舰队于1591年8月26日离开普利茅斯，船长乘坐大帆船莱斯特①号，船队中还有罗巴克②号、欲望号、讲究人号和黑色舰载艇号，最后一艘船载着菲利普·西德尼爵士③的尸体，并因此得名。

早期的成功令卡文迪许骄傲自大，对自己的船长和船员心生不忿。在巴西沿岸，他停下航程，并洗劫了桑托斯港的镇子④。一场风暴将船队从巴塔哥尼亚的海岸驱离，但他们仍然按照计划，在欲望港会合了。

舰队驶入麦哲伦海峡时，南半球的冬天已经到来。一个水手的鼻子被冻伤又被大风吹掉了。过了弗罗厄德角⑤，他们遭遇了西北风，只能躲进一个狭窄的海湾里，风在船舰的桅杆顶上呼啸而过。卡文迪许不情不愿地同意返回巴西补给，并于次年春天返航。

5月20日的晚上，在欲望港附近，舰队船长在没有预先告知

---

① 莱斯特（leicester）是英国的一座城市，英国的交通要地，英国的第十大城市。

② 罗巴克（Roebuck）是雄性獐鹿的意思，同时也是爱尔兰都柏林附近一座小镇的名字。

③ 菲利普·西德尼爵士（Sir Philip Sidney，1554—1586），英国伊丽莎白一世时期的廷臣、政治家、诗人、学者和军人，是伊丽莎白时代最重要的人物之一。他被认为是当时的模范绅士，著作《爱星者和星星》被认为是伊丽莎白时代最优秀的十四行诗，另一部作品《诗辩》将文艺复兴理论家的思想介绍到英国。他在社交活动中举止优雅，是理想主义的政治家和勇敢的军人，他还熟悉当时的艺术和科学。

④ 桑托斯（Santos）是巴西圣保罗州的一座港口城市，是圣保罗市的外港。

⑤ 弗罗厄德角（Cabo Froward）是南美洲大陆的最南端，位于麦哲伦海峡北岸，也是不伦瑞克半岛的最南端。1587年1月，卡文迪许因该地恶劣的气候、强风暴和暴雨而命名为Froward，即难以驾驭的意思。

的情况下改变了自己那艘船的航向。黎明时分，欲望号和黑色舰载艇号发现海面上就剩下他们两艘船了。戴维斯于是驾船前往欲望港的港口，以为卡文迪许船长会和之前一样，随后与他们会合。但卡文迪许已经踏上了前往巴西的航线，而后驶向圣赫勒拿岛①。某天，他死在了自己的船舱里，可能是因为中风。他留下了对戴维斯擅离职守的诅咒："这个混账害死了我。"

戴维斯并不喜欢船长，但他并不是叛徒。严酷的冬天过去后，他带领舰队再次南下寻找他们的船长。海洋风暴将两艘船吹到了一些未被发现的岛屿之间，这些岛屿，现在被叫做福克兰群岛②。

这一次，他们穿过海峡驶入了太平洋。在皮拉尔角③附近的一场风暴中，欲望号和黑色舰载艇号走散了，所有的人都倒下了，戴维斯只能独自掌舵，祈祷着能给他个痛快。当太阳冲破云层时，海峡的水域重归平静，戴维斯确定了航向，也重新坚定了自己的信念。

他驶回了欲望港，船员们发起了暴动，也感染了坏血病，他们的身上长满了虱子——"成群结队的虱子像豌豆一样大，没错，有些甚至像豆荚一样大"。他竭尽所能地修理了船只。幸存的船员们依赖鸡蛋、海鸥、小海豹、坏血病草④和一种叫做银钩边的鱼为

---

① 圣赫勒拿岛（St Helena），英属岛屿，离非洲西岸 1900 千米，离南美洲东岸 3400 千米。

② 福克兰群岛（Falklands），即马尔维纳斯群岛，位于南美洲东南海岸外，1592 年约翰·戴维斯带领舰队驶向太平洋时看到了这些岛屿，但没有登陆。

③ 智利火地群岛中的德索拉西翁岛的西北点，这个海岬被叫做皮拉尔角（Cape Pilar），是麦哲伦海峡的入口处。

④ 学名为岩荠，是被子植物门十字花科下的一个属。坏血病草既可生食也可煮熟，叶子富含维生素 C，由于坏血病是因饮食中缺乏新鲜蔬菜而导致，故对坏血病有一定治疗作用。

生，这些食物帮助他们恢复了健康。

海岸线外十英里处，有一个岛屿，原来的企鹅岛。在那里，水手们用棍棒杀死了两万只企鹅，这些鸟类没有天敌，它们对行凶者毫无防备之心。约翰·戴维斯下令将企鹅晒干和腌制，在船上的货舱里储存了一万四千只。

11 月 11 日，一队特维尔切印第安人袭击了舰船，他们“向空中抛撒灰尘，像野兽一样跳跃和奔跑，脸上带着像狗脸一样的面具，又或者，他们就长着一张狗脸”。九名船员在战斗中丧生，哗变的领导者帕克和史密斯也死于这场冲突，他们的死亡被视为上帝正义的审判。

欲望号于 12 月 22 日夜幕降临时启航，驶往巴西，船长期盼着能在那里补给到木薯粉。1 月 30 日，舰船登陆里约热内卢附近的普拉森西亚岛，船员们下船在印第安人的园圃里搜寻水果和蔬菜。

六天后，桶匠随同登陆队一起出发去收集制造木桶的铁环。那天天气炎热，当一队印度人和葡萄牙人来袭时，水手们正在洗澡，毫无防备。戴维斯船长派出了一艘小艇，在岸上，他们找到了那十三个人，他们的尸体仰面朝天排成一列，上面竖着一个十字架。

约翰·戴维斯目送小艇驶出里约港，他驾驶着舰船驶向公海。他别无选择，他只剩下八桶水了，而且它们都被污染了。

当他们抵达赤道时，企鹅们的报复到来了，企鹅尸体上繁殖出了每条有一英寸长的“令人讨厌的蠕虫”。这虫子除了铁什么都吃——衣服、床单、靴子、帽子、皮鞭，甚至人肉。蠕虫啃穿了船舷，沉船的危险近在眼前。水手们杀的虫子越多，它们就繁殖得越快。

在北回归线附近，船员们患上了坏血病。他们的脚踝肿胀，胸部肿胀，身体每个部位都肿胀得可怕，“他们既不能站立，也不能躺着，更无法行走”。

船长的悲伤无法言说，他再次祈祷命运能给他个痛快。他让船员们耐心等待，感恩上帝并接受神降的惩罚。但是水手们已经发了狂，而船只也随着人们的呻吟和死亡的诅咒而咆哮。离开普利茅斯时船上有七十六人，但健康的人只剩下戴维斯和一个船员。最后，只剩下五个人可以走动和驾驶舰船了。

于是，破破烂烂的欲望号迷失、徘徊在海面上，它的上帆和斜杠帆都破了，与其说是航行，还不如说是漂流，1593 年 6 月 11 日，船只抵达了班特里湾①的贝惠文港口。船上散发的气味让这个安静的渔村里的人们止不住地恶心。

回到德文郡后，戴维斯发现他的妻子移情别恋了一位“时髦的爱人”。此后的两年间，他坐在桌旁，写就了让他声名鹊起的两本著作:《世界水文描述》，书中证明了美洲是一座岛屿；以及《海员的秘密》，一本天体导航手册，其中介绍了他的发明——反向高度观测仪，用来测量天体的高度。

但最终还是躁动不安的冒险精神占了上风。他与埃塞克斯伯爵②一起去了亚速尔群岛；而后又作为泽兰人③的领航员，前往了

---

① 班特里湾（Bantry Bay）是位于爱尔兰科克郡的一个海湾。海湾从东北向西南延伸约 35 公里，流入大西洋。

② 这里指第二代埃塞克斯伯爵罗伯特·德弗罗（Robert Devereux，1565—1601），伊丽莎白一世女王的宠臣。他政治上雄心勃勃，也是一名忠诚的将军，他是 1597 年的英国对亚速尔群岛远征中的总指挥。

③ 泽兰人（Zeelanders）指荷兰泽兰省的人，该省位于荷兰西南部，主要由岛屿组成，西面靠海，近一半面积是水域。

东印度群岛。1605年12月29日，他在马六甲海峡的英国舰船特盖尔号上去世，他轻信了一群日本海盗，邀请他们共进晚餐，这错误要了他的命。

“约翰·戴维斯的南方航行”收录在了哈克卢特1600年出版的卷宗①里。两个世纪后，另一位德文郡人塞缪尔·泰勒·柯勒律治写下了引发争议的《古代水手之歌》，用六百二十五行诗句铿锵有力地反复吟诵着关于犯罪、流浪与赎罪的故事。

约翰·戴维斯与这些古代水手有着相似之处，他们都向着黑色南方②航行，杀死过一只或好多只鸟，复仇女神③与他们一路相伴，漂流在回归线之间的航行，腐烂的船只，以及垂死之人的诅咒。尤其诗篇的第二百三十六至二百三十九行，满是伊丽莎白大航海时代的共鸣：

俊美的水手啊！
他们撒谎，他们死去，
虚伪黏滑的万物啊，

---

① 指英国地理学家理查德·哈克卢特（Richard Hakluyt）于1589到1600年出版的巨著《英国的主要航海、航行、航线与发现》，文中提到的1600年的版本，是指该书最后一卷——第三卷，这一卷中讲述了英国探险家们探索广阔新世界的航海历险，他们的足迹遍及美洲大陆的几乎每一个角落，其中就包括了卡文迪许与戴维斯的环球航行。

② 黑色南方，社会历史学上又称为“黑带”，黑人奴隶制相关历史中，美国南方弗吉尼亚到北卡罗来纳州海岸线上，肥沃的黑土种植园地区，这个地区经济当年主要依赖棉花与烟草种植，白人占据拥有宝贵的土地因而富有，种植工作则主要由非常贫穷的黑人奴隶完成。

③ 原文中为涅墨西斯（Nemesis），是希腊神话中冷酷无情的复仇女神的名字，也是英文“报应”的意思。

活了下去，而我，也是。

约翰·利文斯通·洛斯[①]在他的《仙纳都之路》[②]中，追溯了水手们的牺牲品，那是被十八世纪的私掠船船长乔治·谢尔沃克[③]的伙伴哈特利所射杀的一只“孤独的黑信天翁”。华兹华斯有一本关于那次航行故事的书，当柯勒律治与他一起试图尝试创作那首诗作时，他把那本航海故事借给了柯勒律治。

柯勒律治自己也是一个“夜游人”，一个被自己的故乡视为外来者的人，一个辗转漂泊在合租公寓中的人，一个无法在任何地方扎根的人。他身体力行了波德莱尔所说的“恶疾：在家的恐惧”。也因而，他认同所有其他饱受折磨的流浪者：该隐、流浪的犹太人，或是十六世纪寻找新大陆的探险家们。因为，他就是水手。

洛斯详述了哈克卢特和普切斯[④]的航海故事如何激发了柯勒律

① 约翰·利文斯通·洛斯（John Livingston Lowes，1867—1945），美国学者和英国文学评论家，他的评论领域专注于柯勒律治和乔叟。

② 全名《仙纳都之路：想象方式的研究》，是一本博学又有侦探风味的书。仙纳都是 Xanadu 的音译，最早出现在马可波罗的自传里，即上都（Shan-Du），西方文学中泛指忽必烈的美丽宫殿。书中考察了柯勒律治的《古代水手之歌》和忽必烈故事的来源。

③ 乔治·谢尔沃克（George Shelvocke，1675—1742），英国皇家海军军官，后来成为了一名私掠者、探险者，1726 年他根据自己的功绩撰写了《由南海航路环游世界》，是《古代水手之歌》的灵感来源。

④ 指塞缪尔·普切斯（Samuel Purchas，1577—1626），英国圣公会神职人员，他发表过几卷前往国外的探险家的故事集。1625 年，普切斯出版了《哈克卢特遗作》，又名《普切斯与他的朝圣》，这是一本四卷航海故事集，可看作哈克卢特的《英国的主要航海、航行、航线与发现》的延续，其中有相当的部分基于哈克卢特 1616 年去世后留存于世的手稿。

治的想象力。约翰·戴维斯早期在格陵兰岛的航行中所目睹的“冰的巨大咆哮”出现在《古老水手之歌》的第六十一行：“它破裂、低吼、咆哮、怒吼”。但显然，他没有考虑到，戴维斯的麦哲伦海峡之旅，也是柯勒律治诗篇的重要基石。

46

我经过了三个无聊的小镇，圣朱利安、圣克鲁斯和里奥加列戈斯。

当你沿着海岸向南走时，草场更绿，牧场更为富裕，英国人也越来越多。他们都是十九世纪九十年代清理土地并圈地建造农场的英国人的子孙，许多人是来自福克兰群岛的“海带”①，登上南美大陆时，除了记忆中的高地大清洗②，他们身无长物，无处可归。世纪之交，他们在羊毛热潮中挣到了大钱，当地源源不绝的廉价劳动力让巴塔哥尼亚羊毛在竞争中脱颖而出。

而今，他们的农场濒临破产，但仍被精心装扮。在防风林的背面，你可以找到草本植物的绿化带、草坪喷雾器、果笼③、温室、黄瓜三明治、成摞的《乡村生活》④，也许还藏着一位来访的副

---

① 音译为开普勒（Kelper），福克兰群岛人的旧时昵称，得名于环绕岛屿生长的一种叫做开普（Kelp）的大型海藻。现代这个昵称被视为带有种族主义歧视，不再普遍使用。

② 高地大清洗（Highland Clearance），是苏格兰历史上发生的大量佃农从高地和群岛被驱逐的事件，主要发生在1750年至1860年间，这一历史事件在苏格兰盖尔语中被称为“盖尔人驱逐”。

③ 用来防治果树上的果实被鸟类破坏的一种笼状工具，一般罩在果树外。

④《乡村生活》是英国出版的精装周刊杂志，创办于1897年，早期的主要内容是高尔夫、赛车以及庄园的地产报道。

主教[①]。

巴塔哥尼亚的牧羊业始于1877年，当时，来自蓬塔阿雷纳斯的英国商人亨利·雷纳德先生从福克兰群岛运来一群羊，并将羊群放在麦哲伦海峡的伊丽莎白岛[②]上放牧。羊群的数量成倍地增长，其他商人从中嗅到了商机，他们中的翘楚是果决的阿斯图里亚斯人[③]何塞·梅南德斯，和他的犹太人女婿莫里茨·布劳恩，最初两人同行竞争，后来却联合起来组建了一个商业帝国，旗下包括了酒店、煤矿、冷库、百货公司、商船和打捞部门。

梅南德斯于1918年去世，将他数百万遗产中的一部分留给了西班牙国王阿方索十三世[④]，他被安葬在蓬塔阿雷纳斯，他的墓地建造得仿佛一个缩小版的维托里亚诺纪念堂[⑤]。但是布劳恩和梅南德斯的公司继续鲸吞蚕食着这片土地，公司通常被简称为“匿名

---

① 副主教（Archdeacon）是圣公会、东正教和其他一些基督教派的高级神职人员职位，《基督教会牛津词典》将副主教定义为“在整个或部分教区，由主教授予他明确的行政权力的神职人员”。在南美的天主教会中，副主教的职位最初是被任命的执事，而不是神父，曾是教区高级官员最重要职位之一。

② 伊丽莎白岛是麦哲伦海峡中的一个岛屿。它位于海峡西岸附近，距离不伦瑞克半岛最狭窄部分以东约3.5公里。

③ 阿斯图里亚斯（Asturian），西班牙北部阿斯图里亚斯自治社区的拉丁语民族。

④ 阿方索十三世（Alfonso XIII），1886年至1931年间在位的西班牙国王。他在位期间的最重要事件是1898年的美西战争，西班牙被新兴强权国家美国彻底击溃，丧失菲律宾和所有美洲领地。

⑤ 维托里亚诺纪念堂位于意大利罗马威尼斯广场附近，用以纪念统一意大利的第一位国王维托里奥·埃马努埃莱二世。1911年开工，直到1935年才完工。纪念堂用纯白大理石建造，设有宏伟的阶梯，高大的科林斯圆柱，喷泉，巨大的埃马努埃莱二世骑马雕像，和两尊双轮战车上的女神维多利亚雕像。

者”。他们从新西兰进口种马，从外岛[1]进口牧羊犬和其他的狗，从英国军队招来农场经理，这些前英国军士将阅兵场上累积的智慧运用到农场的运作中。因而，圣克鲁斯省看起来像大英帝国的前哨，却由一群讲西班牙语的官员管理着。

几乎所有的劳工都是移民，他们来自绿意葱茏、美丽的奇洛埃岛，而今天所见所得与家乡似乎也别无二致：空气柔和，条件原始，农场人满为患；餐餐都有鱼吃，人们无所事事；女人们坚强而精力充沛，男人们则好吃懒做，将收入都花在了赌博上。

奇洛埃人睡在简陋的宿舍里，屁股长了马鞍疮，靠肉食和马黛茶来抵抗寒冷的天气，直到衰老或者胃癌击垮他们。通常，他们对工作毫无热情，在晚上，我总能听见他们抱怨自己的雇主：“他独裁又专横”。但如果你提到阿奇·塔福奈尔的名字，他们会收回前言，说道：“好吧，塔福奈尔先生是个例外。”

---

① 指外赫布里底群岛，又称西部群岛、长岛或埃利安锡尔，是英国苏格兰32个一级行政区之一。文中的“外岛”来自现代苏格兰盖尔语中的称呼，这个叫法主要是苏格兰高地人使用。外赫布里底群岛与大不列颠岛和内赫布里底群岛之间，有风雨多变的明奇海峡和小明奇海峡阻隔，是整个英国乃至欧洲交通最为不便的地区之一，直到今天依然人口稀少，平均每平方公里仅有9人。

47

“你是来找塔福奈尔先生的？”酒保问，“见他可不太容易。首先，去那里的路都不能算是条路，而且这里的铁路也不成样子。”

他个子高大，穿着条纹西装和双排扣马甲，粗大的金链子上挂着印章和钥匙，叮当作响。他的头发抹了发油，像探戈舞者一样乌黑发亮，但发根处能看见白发，他看起来有些病态和虚弱。以前他是个有名的花花公子，但后来他回到了妻子的身边。

他在餐巾纸上画了一张地图，说：“你找的房子在湖边的林子里。”他祝我好运。

天黑时我找到了那里，月光投射在牡蛎化石的贝壳上，闪烁着珍珠般的光泽。银色的涟漪上有几只黑色的影子，那是游弋在湖面上的鸭子。我沿着金黄色的灯光走入了杨树林中，狗叫了起来。房门被打开，那条狗嘴里叼着一块红肉从眼前闪过。妇人指着柳树下的一间小木屋。

“那个老人住在那边。”

这位八十多岁的绅士挺直脊背，穿着卡其色短裤，他透过金属框的眼镜凝视着我，而后咧开嘴笑了，脸庞红润发光。我为自己这么晚前来打扰道了歉，并解释了我到访的理由。

“您认识米尔沃德船长吗？”

“老米尔，我当然认识他。尊敬的智利蓬塔阿雷纳斯领事大人。

那个坏脾气的老混蛋。我记得不多了，他妻子很年轻，他挺敦实，但长得还不赖。瞧瞧，进屋来吧，我给你做晚饭。你能自己找到这个地方可不简单。”

阿奇·塔福奈尔热爱巴塔哥尼亚，并称呼它为“老帕特”。他喜欢离群索居、鸟类、开阔的地形和这里干燥健康的气候。他替一家大型英国土地公司管理一个养羊场长达四十年，当他不得不退休时，他无法忍受英格兰的狭小局促，买下了一片自己的营地，并带了两千五百只羊和“我的朋友戈麦斯”。

阿奇把房子交给了戈麦斯一家，独自住在一间预制安装的小木屋里。他家里的一切都像是禁欲主义的范本：一个淋浴间、一张窄床、一张桌子和两个野营凳子，他的屋子里没有椅子。

“我不想坐在扶手椅上，不适合我的年纪了，我可能永远也无法从椅子上站起来了。”

他的卧室里贴着两张运动版画，还有一个神圣的照片角落，布满了棕褐色的老照片，画面上自信的男士女士，聚集在温室前或是狩猎台上。

他并不聪明，却很睿智。他是个自我中心的单身汉，回避复杂的人际关系，并不伤害任何人。他遵循着爱德华时代的标准，但他明白世界已经变了。如果要走在变化的前头，从而避免改变自己，他的原则很简单：保证手头的资金，永远不要待价而沽，也永远不要向你的劳工炫耀财富。

他会这么说：“他们很骄傲，你必须保持距离，否则他们会认为你是个纨绔子弟。所以我就故意把西班牙语说得乱七八糟。但你得照着他们的样子生活，只要你和他们吃的一样，他们才不在乎你银行里有多少钱。”

“我的朋友戈麦斯”与阿奇形影不离，整个上午，他们都在花园里闲晃，给菠菜除除草，或者种下几株番茄幼苗。戈麦斯太太做了午饭，炎热的天气里，老人打了个盹，而我则坐在蓝色的厨房里听戈麦斯谈论他的主人。

“简直是个奇迹，”他说，“他好聪明！好大方！好帅！我真的无以为报。”

他房子里最荣耀的位置，在某些家庭里，墙上一般挂着庇隆、耶稣或是圣马丁将军的照片的位置，放着一张巨幅的塔福奈尔先生的相片。

48

我站在圣朱利安的岸边，脑海中描绘着德雷克[1]在船上举行晚宴的情形：镀金边的银色餐盘，小提琴和小号正演奏着音乐，举止粗鲁的海军将军和他的豪绅宾客们，以及，叛变者托马斯·道蒂[2]。后来，我借到了一艘漏水的划艇，划船来到绞刑点，在岸边找寻道蒂坟墓上方那块“伟大的磨石”，那上面用拉丁文刻着他的名字，“以便后人都能理解”。在五十八年前，麦哲伦把背叛他的

---

① 指弗朗西斯·德雷克（Francis Drake，1540—1596），是英国著名的私掠船船长和航海家，同时也是伊丽莎白时代的政治家。他是麦哲伦之后第二位完成环球航海的探险家。德雷克在1577年和1580年进行了两次环球航行。1581年4月，女王伊丽莎白一世亲自登船赐予德雷克皇家爵士头衔。1588年德雷克成为海军中将，在军旅中曾击退西班牙无敌舰队的攻击，德雷克由此受封为英格兰勋爵。

② 托马斯·道蒂（Thomas Doughty，1545—1578），英国贵族、士兵、学者。他参与了德雷克1577年的环球航行，最终被德雷克以叛国罪和巫术罪在船上进行了审判并处决。航程中，道蒂曾指挥被俘的葡萄牙船玛丽号，并抓到了德雷克的兄弟托马斯·德雷克在玛丽号上偷盗缴获的财物，由此，他与德雷克的关系一路恶化，德雷克最终将道蒂降级为一艘名为“天鹅”的小型补给船的指挥官。这令道蒂觉得屈辱，也开始对船长产生怨言，后来，在一场风暴中天鹅号与船队走散了，德雷克也因此确信了道蒂在船上学习和实施巫术，于是，再次会面后两人爆发了剧烈的争吵，德雷克袭击并软禁了道蒂直至船上的审判以及处决。后人认为，德雷克指控道蒂叛国罪缺乏确凿的证据，也可能是由于船长与贵族之间的矛盾与夺权。

克萨达[①]和门多萨[②]送上绞架的地方旁边，德雷克将道蒂斩首。巴塔哥尼亚的木材总是保存完好，鹈鹕号[③]的桶匠锯断了绞刑架的柱子，制作成了大酒杯给船员们留作纪念品。

我在酒店吃午餐时，一群牧羊人正在密谋用捆包堵住主干道，以抗议伊莎贝尔·庇隆政府将羊毛的价格打压到远低于国际市场的水品。这座酒店是仿都铎风的建筑，黑色的横梁钉在波纹天花板上，这种风格非常适合关于十六世纪圣朱利安的各种想象。

---

① 指加斯帕·德·克萨达（Gaspar de Quesada），西班牙探险家，他是麦哲伦环球航行团队的五艘舰船中的康塞普西翁号的船长。远征开始大约六个月后，1520 年 4 月，舰队因为寒冷天气堕入圣朱利安港，登陆后不久，克萨达与下文提到的门多萨，以及另一位船长胡安·德·卡塔赫纳发动了复活节兵变，试图推翻麦哲伦，但叛变失败了，后被麦哲伦处决。

② 指路易斯·德·门多萨（Luis de Mendoza），西班牙探险家，他也是麦哲伦舰队五位船长的一位，是维多利亚号的最初船长。

③ 鹈鹕号，德雷克环游世界的舰船，1578 年，在航行途中德雷克将它改名为“金鹿号”，以纪念他的赞助人克里斯托弗·哈顿爵士。

49

伯纳尔·迪亚兹[1]描绘了当征服者看到墨西哥的宝石城市时，不禁怀疑他们是踏入了阿马迪斯之书[2]或是梦中的场景。他的描述有时也被用来作证，历史与神话总是惊人的相似。1520年麦哲伦登陆圣朱利安港的情景，也有相似的传说画面：

从船上，他们看到一个巨人正赤身裸体地在岸上跳舞，他“蹦蹦跳跳，一边唱歌，一边把沙子和尘土撒到自己头上”。随着白人的靠近，他用一根手指指着天空，问他们是否来自天堂。当被带到舰队总司令面前时，巨人用原驼皮的披风遮住了自己赤裸的身躯。

这巨人是一个特维尔切印第安人，他和族人都是赤铜肤色的猎人，他们的体型、力量和嗓门掩盖了他们的温驯（可能是斯威夫特[3]描绘的布罗布丁纳格[4]巨人们，粗野但和蔼可亲的形象为他们

---

① 伯纳尔·迪亚斯（Bernal Díaz del Castillo，1492—1584），西班牙殖民者，参与了西班牙在中美洲的征服战争。晚年曾任危地马拉的安地瓜（当时名叫圣地亚哥）的市政会议成员。在他84岁时，根据亲身经历写出了历史著作《征服新西班牙信史》，描绘了科尔特斯率军征服墨西哥的过程，同时讲述了阿兹特克国王蒙特苏玛的英勇抵抗。

② 指《高卢的阿马迪斯》，骑士文学浪漫故事，是中世纪欧洲最流行的骑士小说之一，原作者不详，于13至15世纪以抄本形式流行于伊比利亚半岛。

③ 指乔纳森·斯威夫特（Jonathan Swift，1667—1745），英国作家、诗人，著有《格列佛游记》《一只桶的故事》等作品。

④ 布罗布丁纳格是乔纳森·斯威夫特在《格列佛游记》中虚构的土地，被巨人们占据，书中将巨人描绘为身高60英尺、步幅10码但文明有礼的人。

树立了榜样)。麦哲伦的书记官皮加费塔是这么形容的:他们跑得比马还快,弓上挂着硅石,吃生肉,住在帐篷里,“像吉普赛人一样”四处游荡。

故事还在继续,麦哲伦说:“哈!巴塔贡(patagon)!”因为巨人脚上的鹿皮鞋,“巴塔贡”被理解为“大脚”的意思,而这也通常被认为,是巴塔哥尼亚这个名字的来源。然而,尽管“巴塔”(pata)在西班牙语中是“一英尺”的意思,但后缀的“贡(gon)”显然毫无意义,而“拉雷尼亚”(rrárayos)在希腊语中是“咆哮”“咬牙切齿”的意思,而且,皮加费塔将巴塔哥尼亚人描绘为“像公牛一样咆哮”,人们进而猜想,也许是麦哲伦的船员中有一名希腊水手,也许是个土耳其难民。

我查阅了船员名单,却找不到任何希腊水手的名字。而后,布宜诺斯艾利斯的冈萨雷斯·迪亚斯教授提醒我关注一下《希腊的原始人》,这是一部关于骑士精神的浪漫主义小说,几乎与《高卢的阿马迪斯》一样荒谬,也同样令人上瘾。它于1512年在卡斯蒂利亚出版,比麦哲伦航行早了七年。我翻阅了1596年的英文译本,在第二册末尾的这段描写,让我相信,麦哲伦的航船上一定也有一本:

骑士普瑞玛雷奥航行到一个偏远的岛屿,遇到了一群残忍而怪癖的人,他们吃生肉,穿着兽皮。岛上住着一个名叫“大巴塔贡”的怪物,长着“狗的脑袋”和鹿的角,但具有人类的智慧且贪恋女色。岛上的首领说服了普瑞玛雷奥,去除掉怪物并解救岛民们。骑士骑马前往,一剑刺倒了巴塔贡,而后用他拴两只宠物狮子的皮带把怪物绑了起来。巴塔贡的鲜血染红了草原,咆哮声“可怕到足以吓坏最强壮的心脏”,但怪物的伤复原了,并“用它宽大的舌头”

舔舐干净自己的伤口。

普瑞玛雷奥随后决定将怪物运回波洛尼亚，作为收藏珍品献给王室。航行途中，巴塔贡在他的新主人面前畏缩而窘迫，而登陆时，格里多尼亚女王就在岸边等着。“这就是个魔鬼，”女王说，“我对它厌恶至极。”而女王的女儿泽菲拉公主却抚摸着怪物，对它唱歌并教它学习她的语言，而怪物也“很高兴地注视着一位美丽女士的脸庞”，并“像只西班牙猎犬一样温柔地”跟随着公主。

在圣朱利安过冬时，麦哲伦打算捉两个巨人献给西班牙国王查理五世和王后。他在巨人们手上放了几样不值钱的东西，他的手下趁机在巨人的脚踝上钉上铁镣铐，麦哲伦向巨人们保证，脚上的镣铐也是一种装饰品。当知道自己被囚禁了的时候，巨人们咆哮着，理查德·伊登①的译本中是这么说的：“如公牛咆哮，哭喊着，祈求他们伟大的恶魔塞特波斯②的解救”。其中一个巨人逃走了，麦哲伦将另外一个带上了船，为他施洗并取名为保罗。

历史可能偶有重复，但并不是每一次都能有相似的结果：巨人保罗在太平洋上死于坏血病，他的身体被抛下船喂了鲨鱼；而麦哲伦的尸体脸朝下地倒在麦克坦岛③的浅滩上，被菲律宾人的剑击败。

---

① 理查德·伊登（Richard Eden，约1520—1576），英国炼金术士和翻译，他对欧洲作家的地理作品的翻译，激发了英国海外探索的热情。

② 塞特波斯（setebos），出自莎士比亚剧作《暴风雨》：荒岛上住着奇丑无比的土著凯列班，而塞特波斯就是凯列班和他已故的母亲西考拉克斯所信仰的恶魔、残酷之神。

③ 麦克坦岛（Mactan）是菲律宾中部的珊瑚岛，邻近宿雾岛东岸。1521年4月27日夜间，麦哲伦带领60多人乘三艘小船前往麦克坦岛，由于水中多礁石，船只不能靠岸，麦哲伦和船员们便涉水登陆，但遇到岛（转下页）

九十年后，1611年11月1日，《暴风雨》在白厅首演。莎士比亚的戏剧通常是辩论的焦点，但显然，他读过皮加费塔关于圣朱利安航行中的卑劣骗局的描述：

凯列班：我不得不服从，他的法术如此强大
便是我老娘所礼拜的神明塞特波斯，也得听他指挥
做他的仆人

莎士比亚在凯列班的嘴里，满载了新世界的怨恨。（“这岛是我的，我老娘西考拉克斯传给我而被你夺了去的！”）他看到白人的语言如何成为战争武器（“但愿血瘟病瘟死了你，因为你要教我说你的那种话！”）；印第安人向对他们承诺自由的每一个混蛋卑躬屈膝（“我会亲吻你的脚……”“让我舐您的靴子……”“凯列班有了一个新主人——找一个别的人”）；他阅读皮加费塔时，比普通人更留心细节：

凯列班：您不是从天上掉下来的吗？

斯丹法诺：从月亮里下来的，实实在在告诉你；从前我是住在月亮里的。

（接上页）民严阵以待的剧烈攻击，尽管麦哲伦带了火炮手和弓箭手，但依然不敌，撤退过程中麦哲伦下令烧毁这个村庄，更引来岛民奋不顾身的攻击，作为船长，麦哲伦成为众矢之的，先是被标枪刺中，后又被追上来的岛民用剑砍死。

还有：

斯丹法诺：我也得给他医治一下子；要是我医好了他，把他驯伏了，带回到那不勒斯去，可不是一桩可以送给随便哪一个脚踏牛皮的皇帝的绝妙礼物！

随之而来的问题是，莎士比亚对引发圣朱利安事件的那本书有了解吗？

我相信他看过那本书。两个角色都是半人的怪物，大巴塔贡是“林中野兽创造的”怪物，凯列班是“被魔鬼亲手抓来的恶毒的怪物”。两个角色都学习了外语，都喜欢上了白人的公主（即便凯列班确实曾试图强奸米兰达[①]）。两者在另一个重要细节上也是一致的：巴塔贡长着“狗一样的脑袋”，而特林鸠罗谈到凯列班则说：“这个狗头狗脑的怪物要把我笑死了。”

“狗头”大约来源于“面具”或者头盔，例如成吉思汗骑兵的头盔，或是特维尔切人在欲望港袭击约翰·戴维斯时所戴面具。莎士比亚也可能是从哈克卢特的手稿中找到的灵感，但无论如何，凯列班的血统都可以追溯到巴塔哥尼亚。

---

① 米兰达与下文提到的特林鸠罗都是莎士比亚《暴风雨》中的人物，米兰达是米兰公爵之女，特林鸠罗则是宫廷小丑。

50

在里奥加列戈斯的英国俱乐部里，没有人说英文，墙上奶油色的油漆斑驳脱落。斯威夫特公司的旧冷柜顶着一对黑色的烟囱，正树立在监狱院子的上方。

那条人行道上风吹得很急，一群牧羊人站在伦敦南美银行的门外。他们在和银行经理谈论羊毛业的衰退。有一家人破产了，他们家的男孩正坐在路虎车里等着，他说："我不介意，这意味着我不用去寄宿学校了。"但一个穿着破旧粗花呢的男人气得跳脚，大声嚷嚷着："肮脏的拉丁黄腹角蛇！该死！该死！该死！"

这家银行以前是伦敦塔拉帕卡银行。我走进去跟柜员打听美国佬的事情。

"你是说卡西迪帮？"他问。

1905 年 1 月的时候，他们在这个地方。他们还去了蓬塔阿雷纳斯，在那里遇到了一个自称米尔沃德船长的冥顽不灵的老水手，他是英国俱乐部的客座成员，在那里教阿奇·塔福奈尔那些年轻人一些游泳技巧。美国佬越过阿根廷边境，住在一个英国农庄里。他们打扮成真正的西部牛仔、亡命之徒的样子，他们骑马来到里奥加列戈斯，朝天开了六枪，以取悦当地人。

"疯狂的外国佬来了！"镇上的人都笑了，"疯狂的外国佬来了！"

和以前一样，他们宣称正在寻找收购土地。他们在银行和经理毕晓普先生商讨贷款的事情，经理要请他们吃饭，美国佬答应了。他们把银行经理和职员们都绑了起来，把两万比索和两百八十英镑都装在一个袋子里，然后骑马出城。

“疯狂的外国佬走了！”

艾塔负责看马。有人告诉我，她四处徘徊，与一群仰慕者闲谈，直到她的男人出现。然后，她从系在脖后的天鹅绒丝带上，拿起了她的珍珠柄左轮手枪，一枪击落了电报线上的玻璃导体，切断了当地与警察哨所的通信，也切断了安第斯山区的安宁。

走在里奥加列戈斯的主道上，我看到书店正在出售左翼历史学家奥斯瓦尔多·拜耳[①]的新书《巴塔哥尼亚悲剧的复仇者》。这本书的主题是1920到1921年间，无政府主义者反抗农场主的那场叛乱。我在布宜诺斯艾利斯买了这本书的全部三卷，读了一遍，深深为之着迷，因为这场革命几乎可以诠释所有革命活动的机制。

我向阿奇·塔福奈尔问起这个事件，他皱起了眉头。

“那时生意不景气，一群布尔什维克煽动者来到这里，挑起了事端，这是一回事。后来，军队来了，那又是另一回事了。军队开枪打死了好人，他们杀了善良、诚实、可靠的人。他们甚至打死了我的朋友。从头到尾，这都是一笔肮脏的买卖。”

起义的领袖叫安东尼奥·索托。

---

① 奥斯瓦尔多·拜耳（Osvaldo Bayer，1927—2018），阿根廷作家和记者，他自认是一个“超级无政府和平主义者”。他出生在圣达菲省的省会，在布宜诺斯艾利斯附近长大，但他的父母住在巴塔哥尼亚的里奥加列戈斯镇，这一经历后来成为他写作《巴塔哥尼亚悲剧的复仇者》的灵感来源。

51

南部的人们依然记得这个瘦高个子、红头发的加利西亚[①]人，他脸上留着鬓毛，眯缝着的蓝眼睛里闪烁着凯尔特人的茫然和狂热。那时他穿马裤和绑腿，帽檐活泼地翘起。他站在泥泞的街道上，风扬起他手中的红旗，他嘴里喊着从蒲鲁东和巴枯宁那里学来的语句——财产就是盗窃[②]，对破坏的热情是一种创造性的热情[③]。

某些西班牙移民甚至还记得他早期的形象，他跟着一些北方来的演员，是个管道具的男孩。他们在西班牙广场空荡荡的礼堂里上演卡尔德隆[④]和洛佩·德·维加[⑤]的作品。偶尔，他也会上台，站在埃斯特雷马杜拉[⑥]村庄的白墙前，充当背景，就像是从帆布的背景画上，掉下来的碎片。

---

① 加利西亚（Galicia），西班牙的 17 个自治区之一，位于伊比利亚半岛西北角，南部与葡萄牙接壤。加利西亚人是古代伊比利亚人与凯尔特人混合的后裔。

② 蒲鲁东 1840 年出版的著作《什么是所有权？》一书中提出的论点——“财产就是窃盗”。

③ 巴枯宁在他 1842 年的文章《德国的反动》中的名言，该文表达了他主张否定的革命性作用。

④ 卡尔德隆（Pedro Calderón de la Barca，1600—1681），西班牙作家、诗人、戏剧家，西班牙文学黄金时期的重要人物。

⑤ 洛佩·德·维加（Lope de Vega，1562—1635），西班牙剧作家、诗人，西班牙黄金时代重要作家。

⑥ 埃斯特雷马杜拉（Extremadura），西班牙西部的一个自治区，是很多西班牙探险家和殖民征服者的故乡。

其他人记得他在行刑队离开里奥加列戈斯的十二年之后，回到这里。他依然扮演着无政府主义者演说家的角色，衬衫的扣子一直敞开到腹部。但这次他的身材真的像个工人了，他炫耀着在智利的硝石矿中被烧伤的累累伤痕。他住在美丽华酒店，滔滔不绝地演讲，而他的听众的家人们，十二年来就埋骨在漂白木做成的十字架下。那是他最后一次到访里奥加列戈斯，所到之处都是空荡荡的屋子。只有几个西班牙人听了他的话会点几下头，最后，州长把他踢回了边境线。

但在绝大多数认识安东尼奥·索托的人印象中，他是那个肌肉松松垮垮的大块头，脸上时而写着好斗，时而又满是无声的绝望。他当时住在蓬塔阿雷纳斯，经营着一家小餐馆。当顾客抱怨餐馆的服务时，他会说："这是家无政府主义餐厅，你得自己为自己服务。"又或者，他坐在其他西班牙流亡者中间，用波洛①玻璃酒壶的长颈中喷流出的液体来怀念西班牙，怀念在西班牙他尊敬的、痛恨的人们，并对那个他在家乡费罗尔港②的街道上看见过一次的年轻人落下特殊的诅咒，那自以为是的年轻人，仕途与索托完全背道而驰，名叫弗朗西斯科·巴哈蒙德·佛朗哥③。

索托是一名在古巴战争④中溺水身亡的海军军官的遗腹子。十岁时，他与继父发生争执，前往费罗尔和一个未婚的姨妈住在一

① 波洛（porró）是一种传统的玻璃酒壶，起源于西班牙的加泰罗尼亚。

② 西班牙加利西亚自治区的一座海港城市，是佛朗哥的家乡。

③ 弗朗西斯科·巴哈蒙德·佛朗哥（Francisco Franco Bahamonde，1892—1975），西班牙内战期间推翻民主共和国的民族主义军队领袖，西班牙国家元首，西班牙长枪党党魁，自 1939 年开始到 1975 年独裁统治西班牙长达 30 多年。

④ 即古巴独立战争，是 1895 年至 1898 年古巴人民反抗西班牙殖民统治追求古巴独立的一场战争。

起。他是个虔诚的清教徒，在宗教仪式中，他是开花车的那个人。十七岁时，他读到了托尔斯泰对服兵役的谴责，然后逃到了布宜诺斯艾利斯来逃避自己的兵役。他浪荡在剧院与无政府主义运动的边缘——布宜诺斯艾利斯不仅有许多无政府主义者，本身也是一个恢宏的剧场。

他加入了塞拉诺·门多萨西班牙戏剧公司，1919年，他搭船来到了巴塔哥尼亚的港口，正巧赶上了里奥加列戈斯的羊毛业的衰退、工人减薪、新税法，以及盎格鲁·撒克逊牧羊人和他们的劳工们之间新的矛盾冲突。在地球的另一边，英国人旁观了红色革命的进程，与被困在草原上的俄罗斯贵族们感同身受。某个星期，当地的报纸《麦哲伦时报》刊登了一张照片，乡间别墅里，房主跪在一个肌肉发达的男人面前，那壮汉赤裸的身上纵横交错地布满了被皮带抽打出的伤痕。标题写着："共产主义者的夜间狂欢，基斯洛多夫斯克庄园。交出五千卢布，不然就要你的命！"

索托在里奥加列戈斯的导师是西班牙律师、花花公子何塞·马利亚·博雷罗，博雷罗四十岁左右，醉醺醺的脸总是有些浮肿，最上面的那个口袋里插着一排钢笔。博雷罗最早是在圣地亚哥·德·孔波斯特拉[①]获得了神学博士学位，后来他来到了遥远的南美，办了一份双周刊的新闻报纸《真理报》，报纸猛烈地抨击了英国富豪阶层。博雷罗的风格让他的同胞们兴奋不已，西班牙人

① 圣地亚哥·德·孔波斯特拉（Santiago de Compostela），西班牙古城，西班牙语的名字意为"繁星原野的圣地亚哥"，是西班牙加利西亚自治区的首府。相传耶稣十二门徒之一的大雅各安葬于此，是天主教朝圣胜地之一。城中同名的圣地亚哥·德·孔波斯特拉大学创建于16世纪，早期以教授神学为主。

都开始模仿他的语言："在这个到处都是犹大和普钦内拉①的社会中，……在那些喋喋不休、咬牙切齿、毫无良心、厚脸皮的人中间，只有博雷罗保持着人类罕见的正直"。

索托折服于博雷罗的良好教育、极具煽动性的话语和爱。博雷罗和他的一个激进分子的同伙，法官维内斯，提醒索托关注智利移民艰难的处境和外国佬大庄园主的不公。他们特别挑出了两个人：亲英派的代理总督 E. 科雷亚·法尔库和他口无遮拦的警察局长，苏格兰人里奇。索托轻而易举地从戏剧转行进入了政治领域。他找了一份搬运工的工作，并在几周之内就当选为工人联盟的秘书长。

他生活的新篇章就此揭幕。对奇洛埃人来说，他的言谈消弭了他们几个世纪以来的怨恨，这个纯真而年轻的救世主，蛊惑他们自我牺牲，进而付诸暴力。也许，在索托的身上，他们看到了传说中那个注定要降临的白人救世主。

他让他们罢工，他们听了他的话；他们甚至蜂拥加入他的队伍，庆祝弗朗西斯科·费雷尔②在巴塞罗那的蒙特惠奇山被枪决的十一周年庆典。（索托说，他的奇洛埃人尊重加泰罗尼亚的教育家，就像天主教徒尊重圣女贞德、穆斯林尊重穆罕默德一样。）他认为

---

① 普钦内拉（Pulcinella），是古典戏剧中的一个典型人物，起源于 17 世纪，或粗鲁、残忍而讽刺，或神经质、愚蠢而又自命不凡。

② 弗朗西斯科·费雷尔（Francisco Ferrer，1859—1909），是一位激进的西班牙自由思想家、无政府主义者和教育家，支持巴塞罗那及其周边地区的世俗、独立、自由主义的学校网络。1909 年 7 月 26 日至 8 月 2 日，西班牙发生了被称为"悲剧周"的叛乱，以巴塞罗那为中心的加泰罗尼亚城市工人阶级在社会主义者、共和主义者和无政府主义者的支持下，与西班牙军队发生了一系列暴力冲突。费雷尔参与了"悲剧周"的活动，但他并没有参与活动的策划和领导，却因此被捕入狱，并在同年被军事法庭判决后，于蒙特惠奇山被处决。

生活就是一场肮脏的经济斗争，他对有产阶级毫不手软。他勒索旅馆老板、商人和牧羊农场主。索托迫使他们卑躬屈膝，只为了解除罢工，但当他们接受了他的条件时，换来的却是索托的得寸进尺和更多的羞辱。

让索托闭嘴的努力也都失败了：他的派系非常强大，监狱关不住他；某天晚上，空荡荡的街道上出现了一把利刃，但那把刀砍中的是他背心口袋里的怀表，受雇而来的杀手逃跑了。索托的死里逃生更坚定了他的使命感。他召集了大罢工，以推翻圣克鲁斯的统治阶层，却没有留意到他的追随者已经开始变少。当地的工团主义者与雇主们达成了和解，并嘲笑索托的不切实际。索托反叱他们为巧克力馆妓院的皮条客。

与温和派决裂后，索托独自继续他的革命征程。他的盟友们是一些彻头彻尾的鼓吹者，他们自称为红色委员会。领导人是个意大利人、托斯卡纳的逃兵；一个皮埃蒙特①人，曾在德累斯顿②一家瓷器厂牧过羊。带着五百名野蛮的骑手，红色委员会冲向了农场，他们掠夺枪支、食物、马匹和酒精，将奇洛埃人从他们的农场主手中解救出来，留下一堆过火后扭曲的金属，然后又消失在草原上。

警察局长里奇派出一个巡逻队前去查探，却中了埋伏。两名警察和一名司机丧生。一个名叫乔治·佩洛·米兰·泰佩里的副官，一个热爱制服的上流社会男孩，被子弹射穿了男性器官。当叛乱者

---

① 皮埃蒙特（Piemonte），意大利西北的一个大区，首府是都灵，三面被阿尔卑斯山山脉包围。

② 德累斯顿（Dresden），德国东部大城市，德累斯顿意为“河边的森林”，是德国重要的文化、政治和经济中心。

迫使他与他们一起骑马时，疼痛逼疯了他。

1921年1月28日，阿根廷第十骑兵团从布宜诺斯艾利斯出发，奉伊里戈延总统之名前往平定圣克鲁斯，军队的指挥官是赫克托·贝尼尼奥·瓦雷拉中校，他是一个爱国主义的小个子军官，崇尚普鲁士军纪，喜欢手下的士兵具有男子气概。起初，瓦雷拉厌恶外国佬的农场主，因为他的平乱计划，包括了无偿赦免所有主动投降的罢工者。但当索托从隐匿中现身，并宣称罢工取得了对私有财产、军队和国家的全面胜利时，上校觉得他被戏弄了，他说："如果罢工再发生，我会回来这里，尽情地开枪射击。"

悲观主义是对的。那年冬天的整个东海岸，罢工者游行、抢劫、焚烧，用尖桩设置路障，并阻止官员登上蒸汽船。当春天到来时，索托正与三名新副手（之前红色委员会曾陷入伏击）计划进行第二次竞选，这三人分别是：社会主义者官员阿尔比诺·阿盖勒斯、巴枯宁主义者和前服务员拉蒙·奥特雷洛，和一个被叫做法孔·格兰德[①]的高乔人，因为他的大刀而得名。索托依然相信政府将秉持中立态度，命令每一个指挥官都去占领一片土地，劫掠并挟持人质。他暗地里梦想着革命从巴塔哥尼开始，席卷全国。他并不是很聪明，个性又冷酷而严肃，晚上，他独自一个人入睡。奇洛埃人需要的是一个与他们分享所有生活细节的领袖，因而，他们渐渐开始不再信任索托。

这一次，博雷罗博士的缺席显得分外扎眼。他与一个农场主的女儿有染，并趁地价低廉时买了自己的农场。人们后来还发现，他

---

① 法孔·格兰德（Facón Grande）这个西班牙语名字的意思是"巨大的牧民腰刀"。

一直都领着布劳恩与梅南德斯的公司“匿名者”的薪水。无政府主义者发现了他的背叛，并嘲讽道：“那些曾经是社会主义者的人，现在堕落了，他们在咖啡馆里挥霍工人们的血汗钱喝着咖啡，如今他们像真正的伪君子一样，叫嚣要谋杀他们的老同志们。”

伊里戈延总统第二次召集了瓦雷拉与他的军队，并允许他采取“极端措施”平息叛乱。1921 年 11 月 11 日，上校在蓬塔洛约拉①下船，并开始征用马匹。他将总统的指示解读为对大屠杀的默许，但由于国会已经废除了死刑，他和他的军官不得不将奇洛埃人夸大为“武装完善、弹药更充备的军队，是本国居民的敌人”。他们宣称智利是罢工叛乱的幕后黑手，他们抓住了一个俄罗斯无政府主义者，并发现了一本满是西里尔字母的笔记本，于是，这就成了莫斯科红色力量参与的证据。

罢工者放弃战斗退缩了，他们没有优良的武器，甚至不会使用他们手上的枪支。军队提交了有关枪战和缴获军火库的报告，但这次，《麦哲伦时报》说出了真相：“各种叛乱分子发现大势已去，纷纷投降，其中的坏分子都被枪杀了。”

在五个不同的地方，五次，士兵们向罢工者保证，只要投降就能保住他们的性命。而这五次，罢工者都是在投降后被射杀的。军队士兵枪杀了奥特雷洛和阿盖勒斯，瓦雷拉在哈拉米洛车站向法孔·格兰德开了枪，两天之后，瓦雷拉报告说法孔·格兰德死在了那场战斗中。有数百人被士兵开枪打死在自己挖好的坟墓里，士兵还曾将罢工者的尸体堆放在黑灌木的篝火上，烧焦的肉味和树脂的

① 蓬塔洛约拉（Punta Loyola），阿根廷圣克鲁斯省的一座市镇，位于加耶戈斯河河口，东临阿根廷海。

气味飘散在潘帕斯草原上。

索托的梦想最后终结在了梅南德斯家族珍贵的安妮塔农场。他劫持了那白绿色相间的房子里的人质，从农场新艺术运动①风格的温室里，能看到莫雷诺冰川②穿过黑色的树林，滑入灰色的湖泊中。他的手下聚集在剪毛棚里，当他们听说军队正打山谷那里过来时，他们开始成群结队地逃离。

以两名德国人为首的强硬派想把羊毛堆成防御工事，把棚屋变成碉堡，战斗到最后一个人。但索托说他要逃跑，说他不能无足轻重地死在这里，他要去山里或是外国继续他的革命。奇洛埃人并不想战斗，与满口空话的承诺相比，他们更愿意相信一个阿根廷军官的话。

索托派两个人去与瓦雷拉上校谈判。“条件？”上校嚷嚷道，“谈什么条件？”而后，他把那两个人送去与耶稣基督谈判了。但是，上校并不想让手下人与罢工者交火，于是派了一个军官去招降。12 月 7 日，叛军眼看着那军官小心翼翼地向他们而来：骑着一匹栗色的马，穿着卡其短裤，举着一面白旗，他黄色的护目镜在阳光下闪闪发光。他带来的条件是：无条件投降，而他们的生命将被尊重。如果投降，叛乱者们应该在第二天的早上，院子里排好队等着。

奇洛埃人决定放索托逃走，那天晚上，他和其他一些领导者带

① 新艺术运动（Art nouveau）是 19 世纪末至 20 世纪初于兴起于欧洲并在欧美广泛发展的“装饰艺术”运动。

② 莫雷诺冰川位于阿根廷圣克鲁斯省冰川国家公园的冰川，是安第斯山脉南巴塔哥尼亚冰原 48 个冰川之一。莫雷诺冰川的成冰带有 250 平方公里，长 30 公里，延伸入阿根廷湖。

走了最好的枪和马，他们骑着马，翻过山脊，来到纳塔莱斯港[①]。承诺封锁边境的智利宪兵队压根就没有任何拦截他的举动。

奇洛埃人排成三列等着军队的到来，他们穿着朴素的衣服，身上散发着牲畜和久远的排泄物的气味，他们将毡帽帽檐拉得很低，把步枪和弹药堆在前面三步远的地方，马鞍、套索和刀具也都交了出来。

他们以为会被驱逐并遣返智利，他们以为自己要回家了。但士兵们将他们赶回了剪毛棚里，当那两个德国人被枪杀之后，剩下的人们已经明白，前方等着他们的是怎样的命运。那天晚上，剪毛棚里大概住了三百多个人，他们躺在羊圈里，房梁上的烛火闪烁，他们中的一些人还打了牌，一点食物也没有。

早上七点，门开了，一名中士耀武扬威地分发着鹤嘴锄，这群人被带走充当工作队。棚子里的人听着他们走开，接着听到了金属敲击石头的声音。

"他们在挖坟。"他们说。

十一点钟的时候，门又开了。军队在院子里排成一排，步枪已经上了膛。之前被挟持的人质在一旁观看。一位哈里邦德先生说，他被偷了三十七匹马，这笔账要用尸体来还——一个人换一匹马。于是，士兵们把叛军成群结队地带出来，为他伸张正义。这正义，就是让一个牧羊人来决定他是否要给眼前这人留一条命。他们像挑选羊只一样，在投降的叛军中挑挑拣拣。

奇洛埃人脸色苍白如纸，耷拉着嘴角，眼睛瞪得大大的。没有

---

① 纳塔莱斯港（Puerto Natales），智利的城镇，位于该国南部。

被挑中的人被士兵带走，经过羊圈，绕过一座低矮的小山。院子里的人听到枪声，看见火鸡扑扇着翅膀飞过峭壁，带起晨间的风。

大约有一百二十个人死在了安妮塔农场。其中一名负责行刑的人说：“他们就那么消极地赴死，这太让人吃惊了。”

英国社区对结果喜出望外，仅有少数人例外。曾被他们质疑懦弱的上校，远超预期地救赎了他们。《麦哲伦时报》盛赞上校“英勇无畏，如阅兵般在火线上奔跑……每个巴塔哥尼亚人都应该感谢阿根廷第十骑兵团，这些异常勇猛的绅士们”。在里奥加列戈斯的某次午餐会上，当地阿根廷爱国联盟①的主席谈及“这些时刻的美好情感”，以及他终于摆脱这场灾难的喜悦之情。瓦雷拉回答说，他只是履行了军人的职责。在场的二十名英国人，几乎都不会说西班牙语，齐齐唱起歌来：“因为他是一个快乐的好人……”②

在结束了圣朱利安的任务后，士兵们前往加泰罗尼亚妓院，但那些三十多岁的女子尖叫着：“刽子手！猪猡！我们绝不接待杀人凶手！”她们因为侮辱军士和国旗而被逮捕，遭难的女士们中有一位莫德·福斯特小姐，她是个“英国人，家境良好，在阿根廷已经住了十年”。愿灵魂安息！

回到首都，瓦雷拉并未获得英雄的待遇，迎接他的是写着“射杀南方同胞”的涂鸦。国会一片哗然，并不是出于对索托和他的智利人的关心，而是因为瓦雷拉犯了一个错误，他枪杀了一名社会主

---

① 阿根廷爱国联盟是一个民族主义准军事组织，于 1919 年 成立，主要成员是富裕的年轻人，他们接受了武装部队的军事训练，并得到教会的支持，该组织后以民族主义、仇外、反共和反犹的宗旨蔓延到整个阿根廷。

② 这句歌词来自同名歌曲《因为他是个快乐的好人》，一般用在庆贺场合，例如晋升、生日、婚礼或体育赛事的胜利等。

义者官员。舆论的焦点并不是上校做了什么，而是谁给他下达的命令——矛头指向了总统，伊里戈延倍感无措，他打发瓦雷拉去管理一所骑兵学校，期盼这事能尽快平息。

1923 年 1 月 27 日，在菲茨罗伊街和圣达菲大道的拐角处①，瓦雷拉上校被来自石勒苏益格-荷尔斯泰因②的库尔特·威尔肯斯枪杀身亡，凶手是一个托尔斯泰式的无政府主义者。一个月后，也就是 2 月 26 日，威尔肯斯在恩考萨德多斯的监狱里，被他的看守乔治·佩洛·米兰·泰佩里开枪打死（尽管没人知道他怎么会在那里）。1925 年 2 月 9 日，星期一，泰佩里在布宜诺斯艾利斯的一家医院里被枪杀，凶手是一个精神病患者，名叫卢基克西维奇的南斯拉夫侏儒。

给卢基克西维奇提供枪的人令这个案子变得复杂了起来，他叫鲍里斯·弗拉基米罗维奇，生物学家，艺术家，有俄罗斯血统，曾在瑞士生活并自称认识列宁。1905 年的革命中他染上了酒瘾，心脏病发作后，他来到阿根廷开始新的生活。可是，为了给无政府主义运动筹集资金，他抢劫了一家外币兑换处，生活又回到了旧日的轨迹。有人丧命，弗拉基米罗维奇被判了二十五年监禁，他在“世界的尽头”乌斯怀亚③的监狱里唱着祖国的歌曲，为了求个清净，总督把他送回了首都。

---

① 布宜诺斯艾利斯的两条街道交汇处，在今天的法鲁乔广场附近。

② 石勒苏益格-荷尔斯泰因（Schleswig-Holstein），德国的历史地理区域，位于日德兰半岛南部和北德低地的北部，介于东边的波罗的海和西边的北海之间。如今是德国 16 个州中最北面的一个州。

③ 乌斯怀亚（Ushuaia），阿根廷火地省的首府，位于大火地岛南岸，坐落在群山环抱之中，远眺比格尔海峡，被认为是世界最南端的城市，故有“世界的尽头”之称。

2 月 18 日，星期日，弗拉基米罗维奇的两个俄罗斯朋友，带着水果篮来探望他，篮子里藏着左轮手枪。这一段情节鲜有证据，但鲍里斯·弗拉基米罗维奇并没有接受庭审，就永远消失在了死亡之屋[①]中。

1930 年，博雷罗死于圣地亚哥·德尔埃斯特罗[②]，他先是与一名记者枪战，导致一个儿子死在交火中，而后，又因肺结核而去世。

1963 年 5 月 11 日，安东尼奥·索托死于中风。革命之后，他一直住在智利，做过矿工、卡车司机、电影放映员、水果贩、农场工人，也经营过餐厅。有人告诉我，1945 年他曾在查尔斯·阿默斯特·米尔沃德船长的铸铁厂工作过。

---

① 死亡之屋（House of the Dead），出自俄罗斯作家陀思妥耶夫斯基的长篇纪实小说《死屋手记》，这里指代监狱以及苦役犯所遭受的野蛮、残暴和极其可怕的牢狱生活。

② 圣地亚哥·德尔埃斯特罗（Santiago del Estero），阿根廷北部杜尔塞河畔的一座城市。

52

在里奥加列戈斯，我住进了一家廉价旅馆，这是一家为奇洛埃来的移民服务的旅馆，屋里的墙都被漆成了仿佛中毒般的绿色。夜深了，男性住客们还在玩多米诺骨牌。当我问起 1920 年的革命时，他们的回答含糊不清；他们的脑海中盘踞着一个更近一点的革命。然后我又问到了在奇洛埃被称为“布鲁赫里亚”的巫术教派①，根据我有限的知识，我觉得巫术才能解释奇洛埃人在 1920 年的行为。

“布鲁赫里亚，”他们笑了，“那只是传说故事。”但有一位老人一听到这个词就神色冰冷地沉默了。

布鲁赫里亚教派就是为了伤害平凡的人而存在的。没有人知道教派总部到底在哪里，它的中央理事会至少有两个分部，一个在布宜诺斯艾利斯，另一个在智利的圣地亚哥。无法确定两个分部哪个级别更高一点，又或者它们都受制于宗派总院牧长②。宗派的地区理事会分散在各省，无条件地执行上级的指令，宗派中的初级官员对高级官员的名字一无所知。

在奇洛埃，这个理事会被称为“洞穴理事会”，他们的洞穴位

---

① 布鲁赫里亚指拉丁美洲文化中存在各种类型的巫术和神秘的宗教习俗，受原住民的宗教、天主教和欧洲巫术的影响，可能包含了白魔法与黑魔法等各种形式。

② 总院牧长（Superior General）是罗马天主教会和其他一些基督教派的宗教机构的领袖或负责人，通常拥有最高行政权力。

于昆卡维以南的森林里，深埋于地下。任何到访的人，事后都会短暂失忆；如果到访者碰巧识字，那他就会失去双手和书写能力。

宗派的新人必须接受为期六年的教化。由于只有中央理事会才有完整的教学大纲，岛上的学校都带点临时的性质。当老师认为他的学生已经毕业可以入教时，洞穴理事会就会召集他们参加一系列的测试。

候选人必须把自己浸泡在特莱根河的瀑布下整整四十个日夜，以祛除基督教洗礼的影响。（在此期间，他可以稍微吃点面包。）接下来，当考官从三角帽的王冠上方朝他抛掷一块头骨时，他必须毫不费力地接住。他必须杀死自己最好的朋友，以证明他已抹去了所有的人类情感。他必须用自己的鲜血签署一份文件。他还必须挖出一具新入土的男性基督徒尸体，剥去尸体胸部的皮，待这块人皮被处理、干燥后，将它缝制成“小偷之甲”的背心。人皮上残留的油脂会散发出柔和的磷光，照亮宗派成员们的夜间探险。

正式的宗派成员有权窃取私人财产，能把自己变成其他动物，能左右别人的思想与梦境，能撬锁开门，能把人逼疯，能改变河流的走向，能传播无药可医的新型疾病。甚至，有时成员会给受害者留下伤疤，让受害者向洞穴理事会提供一些自己的血液（装在海螺壳里），来换取自己的性命。如果有蠢人嘲笑巫术教派，他就会被催眠并剃光头发，在他签署认罪书之前，头发永远也长不出来。

教派拥有的装备中，有一件叫做“查兰科”，这是一块水晶石，中央理事会用查兰科来事无巨细地调查人们的生活。还没有人能准确地描述这块水晶，有人说它像一个玻璃碗，有人说它是一面巨大的圆形镜子，能接收和发射光束。查兰科被尊称为“圣书”或“神圣地图”，除了用来监视各等级的宗派成员意外，查兰科还被认为包含了一份无法被破译的、巫术教派的教义副本。

教派只接收男性会员，但确实会用女性来传递紧急的消息。这些被招募的妇女被称为“沃拉朵拉”[①]。通常，某个值得信赖的成员，会选择家里最漂亮的女孩，并迫使她成为沃拉朵拉。此后，女孩的生活再也无法恢复正常，第一阶段的启蒙是类似的四十天沐浴，而后的一天晚上，她会被叫到森林空地上与考官见面。她只能看见一个闪闪发光的铜盘，听到考官下达指令的声音，却看不到人影。考官让她脱光衣服，抬起双臂，踮起脚尖站立。女孩会尝到一口苦涩的液体，令她恶心呕吐，直到吐出自己的肠子。

“吐到盘子里！”考官咆哮着，“盘子里！”

一旦她从内脏的束缚中解脱，她就轻盈地长出了鸟类的翅膀，歇斯底里地尖叫着飞过人类的栖居地。黎明时分，她飞回盘子里，重新咽下自己的肠子，化回人形。

教派有自己的舰船——“卡卢什”号，与其他船只相比，它独具优势，能在风眼中安然行驶，更能潜入海面之下。船被漆成了白色，桅杆被无数彩灯点亮，甲板上流淌着醉人的乐曲声。人们以为“卡卢什”号总是为最富有的商人运送货物，但其实，这些商人不过都是教派中央理事会的代理人罢了。“卡卢什”号对船员的数量总是贪得无厌，热衷于从群岛上绑架水手——低于上尉军衔的士兵，人人都有可能会被困在孤立的岩礁上。有时，海滩上会出现精神错乱的船员，游荡着，哼唱着教派歌曲。

---

① 沃拉朵拉（Voladora），西班牙语中为“飞翔”的意思。

与巫术教派有关的，最奇异的生物名叫尹弗凯伊，又被称为“洞穴守护者”，这种怪物是通过某种特定的科学手段由人类转变而来的。当教派需要一个新的尹弗凯伊时，洞穴理事会命令一名成员偷来一个六个月到一岁的男孩。洞穴里的驻民即变形者，立即就开始工作了，他先将孩子的手臂、腿、手、脚关节卸了，然后开始进行精细地转变头部位置的工作。日复一日，每次持续数个小时，变形者用止血带扭动孩子的头部，直到头部旋转一百八十度，完全反转——那个孩子低头就能看见自己的脊椎。

到此，只剩下最后一次手术了，另一名专家登场了。满月时，孩子被放在工作台上，头被蒙在袋子里。这个专家在他右肩胛骨的下方深深地切开一个口字，将孩子的右臂插入这个伤口，并用母羊脖子上取下的羊毛线缝合伤口。痊愈后，尹弗凯伊就诞生了。

转变过程中，他们先是以人乳喂养孩子，断奶后，孩子被喂以年轻人的肉，而后是成年男性的肉。当缺乏上述食物时，猫奶、小山羊奶和公山羊也可以替代。一旦被安排成为“洞穴守护者”，尹弗凯伊就此赤裸着身体，身上长满长长的鬃毛。它永远不会说人类的语言，但多年以来，它学习了许多理事会工作程序上的知识，可以用刺耳的喉音指导宗派的新人们。

有时，中央理事会要求尹弗凯伊在某地某处举行某种仪式，因为这种生物无法自行移动，就需要一队专家来搬运它。

如果说人们从一开始就软弱地被巫术教派所控制，那显然是一种误导。人们暗中反抗中央理事会，不断完善自己的情报和防御体系。他们的目的是像恶作剧一样，某天能突袭某个理事会成员。如果反抗被当场抓获，没有人能活过一年。人们希望，有朝一日他们的监听设备能日臻完美，从而渗透到中央理事会的更高层中。

人们已经记不起没有中央理事会的时代了。有人甚至认为，巫术教派在人类出现之前，就已处于萌芽状态了。也许，人类就是通过反抗巫术而进化成人类的。“查兰科”就是“邪眼”[①]，这一点已经人尽皆知，那也许，“中央理事会”就是野兽的代名词。

---

① 邪眼（Evil eye），是一些民间文化中存在的一种迷信力量，是一种对超自然的诅咒的信仰。由他人的妒忌或厌恶而生，可带来噩运或者伤病，据说它的力量强大，所以在地中海和中东各地有着不同的祛除和保护方法。

53

我穿过平原，前往火地岛。在麦哲伦海峡的北岸，一座橙白条纹相间的灯塔矗立在一片由晶莹剔透的鹅卵石、紫色贻贝和猩红色螃蟹碎壳组成的海滩上。海边，牡蛎捕手们在堆积如山的红宝石色的海藻中间用针穿刺贝类。不到两英里之外，就是火地岛灰色的海岸线。

几辆卡车在白铁皮搭建的餐厅外排起了长队，等待潮汐重新将两艘运送车辆的登陆艇带回来。三位年长的苏格兰人站在一旁，他们孩子气的蓝眼睛里布满了血丝，显出了粉红色，他们的牙齿像是一个个磨尖了的小锥子。餐厅里，一个强壮而迷人的女人正坐在长凳上，梳着头发，而她的同伴，一个卡车司机，正把一片意式香肠喂到她的嘴边。

向前涌来的潮汐将连绵的海带推到了海滩的悬崖边。狂风从西边吹来。在一片平静的水面上，一对船鸭正絮叨着它们夫妻情深的对话——“笃笃……笃笃……笃笃……”我朝它们扔了一块石头，却未能引起它们的注意，倒是它们摇摆不定的翅膀开始呼扇了起来。

麦哲伦海峡是另一宗大自然模仿艺术的案例。纽伦堡[①]的制图

① 纽伦堡（Nuremberg），在巴伐利亚州，德国东南部城市，位于慕尼黑西北佩格尼茨河畔小盆地中。

师马丁·贝海姆为麦哲伦绘制了西南航道，他的假设都完全合理。南美洲，无论多么奇特，与未知的南极大陆相比仍是正常的，是毕达哥拉斯学派[①]的“反地球”[②]，在中世纪的地图上用大写标记成了“迷雾”。在这片上下颠倒的土地上，雪花向上飘落，树木向下生长，闪耀的阳光是黑色的，十六指的南半球人在狂喜中翩翩起舞。据说，我们找不到他们，他们也找不到我们。然而，一条水上航路将这个空想中的国度与上帝创造的其他万物区分了开来。

1520年10月21日，在圣乌苏拉日[③]，舰队绕过了一个被船长起名为维尔京岬角[④]的地方，出现在他们眼前的是一个海湾，显然是个内陆湾。夜里，一阵狂风从东北方向吹来，席卷康塞普西翁湾[⑤]和圣安东尼奥[⑥]，穿过第一海峡[⑦]，穿过第二海峡，而后进入西南方向的广阔河段。当水手们看到起伏的潮汐时，他们猜想这个海湾连通着更遥远的大洋。水手们把好消息带回了旗舰上，欢呼声、

---

① 毕达哥拉斯学派（Pythagoreans）指毕达哥拉斯及其追随者所持的秘教和形而上学的思想学说，他们都深受数学影响。

② “反地球”（Antichthon）是太阳系中的假想体，它与地球相对，并共同绕着一团火旋转，最早由前苏格拉底哲学家菲洛劳斯提出，以支持他的非地心说理论。

③ 天主教中的圣乌苏拉日是10月21日。据传乌苏拉是一位笃信基督教的公主，却被许配给一位异教徒王子，她要求婚期延后三年，以达成她前去罗马朝圣的愿望。三年中，她与11000名贵族贞女以及处女侍女一起启航，归途中经过科隆，遭入侵的匈人袭击并杀害。

④ 维尔京（Virgenes），英文为“贞女们”的意思，麦哲伦是以圣乌苏拉与她的11000名贞女来命名的海岬。

⑤ 康塞普西翁湾，智利比奥比奥地区的一个天然海湾。

⑥ 圣安东尼奥，智利中部的一个城镇。

⑦ 第一海峡（Primera Angostura），位于智利境内的麦哲伦海峡的一个峡谷，是大陆和火地岛之间海峡最狭窄的部分，它是船只从东向西驶过海峡时遇到的第一个峡谷。

礼炮声随之响起。

在北岸，登陆队发现了一头搁浅的鲸鱼和一个支柱上插满两百多具尸体的死亡之地。船队没有在南岸登陆。

“火地岛”，西班牙语“火之国度”的意思。麦哲伦看到的火光是火地岛印第安人的篝火。另一个故事版本是这么说的，麦哲伦只看到了烟，并把岛屿命名为“烟雾之岛”，也就是“烟之国度”，但查理五世认为，没有火就不可能会有烟，所以给岛屿改了名。

火地岛印第安人都死了，所有的篝火也被扑灭了。只有石油钻井平台的火焰，给夜空笼上一层阴影。

直到 1619 年，荷兰人斯考滕和勒梅尔的舰队绕过了合恩角，并命名了它。这名字不是因为它的形状，而是因为须德海的合恩镇①。地图绘制师将火地岛画成了安提希顿②的北部海角，并用最合适的怪物填满这片土地：戈尔贡③、美人鱼和大鹏④——那只能抓起大象的巨大秃鹰。

在但丁的描述中，他将炼狱之丘放置在安提希顿的中心。在《地狱》的第二十六篇中，俄底修斯⑤在狂怒中一路南下，眼看着海浪逼近他的船舰——“那海水将我们吞没”——彻底摧毁了他跨越

① 合恩（Hoorn）是位于荷兰的一个小镇，在须德海的海湾附近，位于荷兰西北部，是斯考滕的出生地。

② 安提希顿（Antipodes），地理学的翻译为“对跖点”，指地球同一直径的两个端点，即球面上任一点与球心的连线会交球面于另一点，这两点互称为对跖点。对跖点也可称为地球的相对极，这里泛指南半球的南美大陆。

③ 希腊神话中的蛇发女妖。

④ 阿拉伯神话中的巨鸟，体形巨大，羽呈白色，以象为食，力大无比。

⑤ 即希腊神话中的奥德修斯，荷马史诗《奥德赛》的主角，用木马计攻破特洛伊城。战争结束后，他在海上漂流十年，经历无数艰难险阻终于返回故乡。

人类极限的热情。“火之国度”是撒旦的土地，在那里，火焰仿若夏夜的萤火虫一样闪烁，在地狱的狭窄圆圈中，冰柱将叛徒困在中间，看起来就像悬空在玻璃里的稻草。也许，这就是他们没有登陆的原因。潮水袭上渡船，太阳沉入云层下，给云堤边缘镀上一层金色，而后，没入麦哲伦海峡的中央。一片橙红色的灯光将海浪从油亮的黑色变成了孔雀石绿，也将乳白色的浪花化作了浓稠的金绿色。

……这是我在西南边的发现
每一个为大海疯狂的人啊，
那通往死亡之路的海峡……

又如多恩①的“回光返照”——他临终时的诗句，他的“爆发”，越过岩石与浅滩，进入光明的彼岸：

太平洋是我的家乡吗？
还是富饶的东方？又或是耶路撒冷？
亚泥俺海峡②、麦哲伦海峡、直布罗陀海峡，
所有的海峡，也只有海峡，是通往家乡的路，

① 指约翰·多恩（John Donne，1572—1631），英国玄学派诗人，下文所引诗句出自他的宗教诗《致父神的赞美诗》。

② 亚泥俺海峡（Strait of Anián），白令海峡被正式发现前的名称，当时的欧洲地图学家们相信这是一条分割东北亚洲和西北美洲大陆、连接北冰洋和太平洋的狭窄航道。有关这条神秘海峡的存在早在16世纪就已在欧洲地图家和探险家之间流传，直到1728年丹麦探险家维他斯·白令发现了白令海峡。

雅弗、含，或是闪，[1]魂牵梦萦的地方。

渡轮的闸口打开门，准备迎接卡车进入，但在经过一名智利军官审核前，谁也不准登船。这名军官是个白皙、骄傲的年轻人，身高惊人的高个儿，带着一点老式日耳曼的端庄。他的裤子上，从上至下贯穿着一条红色条纹。翻到我的波兰签证时，他精致的粉色指甲在我的护照上停留了片刻，又继续往下翻去。

渡轮的引擎搅动水面，铺开一层色彩斑斓的水光。羊车的气味吸引了成群结队的海鸟——海鸥、巨鹱[2]和黑眉信天翁[3]，它们盘旋在船的上方，渡轮在浪尖与短暂平静的海面上爬行，横渡潮汐。起飞时，信天翁迎着风展开翅膀，巨大的脚蹼滑动水面，激起浪花，直到翼尖上的风将它们托向空中。

不是十字架，而是信天翁
挂在我的脖子上。

---

① 雅弗、含和闪均为《圣经·创世记》中的人物，挪亚的三个儿子，曾进入方舟躲避洪水。

② 巨鹱，为鹱形目鹱科巨鹱属的一种鸟类。巨鹱身长 95 厘米，体形巨大，近似信天翁，飞行时看起来有些驼背，在陆地上行走灵活；在海里和海岸上争相取食鲸等动物的尸体，或捕杀较小的海鸟；繁殖鸟群栖于岛屿或大陆海岸上。广泛分布于南部海洋和南极洲。

③ 黑眉信天翁是一种分布极广的大型信天翁，眼后为黑色，故名“黑眉”。黑眉信天翁终年累月地在大海上飞行，翼展达 2.3 米，寿命可达 70 岁。信天翁善于滑翔，尤其擅长借助风势飞翔，由于体重较大，它们需要助跑一段，逆风起飞，有时从悬崖边缘起飞。

纳撒尼尔·霍桑①曾在博物馆里看到一只大漂泊信天翁②的标本，它的翼展有十二英尺，如要想象这样一只信天翁缠绕在水手的脖子上，那这首诗又难免显得有些荒谬。但柯勒律治笔下的信天翁是一只要小得多的鸟，下文摘录自谢尔沃克船长的航海日记，它为这首诗提供了行军指南：

> 遥远的阴云持续地遮蔽着天空……看起来没有生物能生存在如此严酷的气候中，我们确实也没看到任何一种鱼、任何一只海鸟，除了一只孤独的黑色信天翁，它总是盘旋在附近，仿佛迷失了自己……哈特利（我的副船长）注意到这只鸟总是围着我们打转，某次他深陷忧郁时，觉得这只鸟的颜色预示着什么不祥之兆，……在几次徒劳无功的尝试后，哈特利终于射中了它，我们深信不疑，此后，海洋将会还我们一个风平浪静。

在火地岛上，我看到了两种信天翁，都可能是诗中描写的那只：一种是灰背信天翁③，生性胆小，全身烟灰色，水手们称为“快艇”或是“先知”；另一种则可能性要小得多——黑眉信天翁，又被叫做“莫利莫克”，它们无所畏惧，喜欢跟着人类。

---

① 纳撒尼尔·霍桑（Nathaniel Hawthorne，1804—1864），美国小说家，代表作为长篇小说《红字》。

② 漂泊信天翁是一种大型的信天翁，生活在南冰洋附近，是体型最大的一种信天翁，也是众多鸟类中翼展最长的一种鸟，平均达 3.1 米，最长可达 3.7 米。

③ 灰背信天翁是羽毛大部分为黑色的小型信天翁，背部为浅灰色，分布于南极洲周围的海洋和岛屿，以及南美洲、澳大利亚和新西兰的南部海岸。

行驶到海峡中间时，一队黑白相间的鸬鹚排成 V 字形一闪而过，一群黑白相间的海豚在金色的海水中翩翩起舞。

前一天，我在维尔京海岬的企鹅栖息地，遇到了正在周六旅游的圣母进教之佑[①]修道院的修女们，一整车的神圣贞女，宛若传说中的一万一千贞女。岛上的一百万只企鹅。黑色与白色，黑色与白色，到处都是黑色与白色。

---

① 圣母进教之佑（Santa Maria Auxilium），源于中世纪时的基督教欧洲。1572 年，奥斯曼帝国打算入侵基督教欧洲。教宗庇护五世呼吁全欧洲的基督教军队保卫欧洲大陆，并要求信徒祈祷圣母马利亚保佑基督徒。土耳其人失败后，便归因于圣母的保佑。

54

两名石油工程师开车带我到岛东边的小镇里奥格兰德。过去，英国人的肉类贸易曾给它带来繁荣，现在，它暂时属于以色列人。

一群年轻的犹太屠夫从特拉维夫飞来执行《利未记》① 的仪式。他们的刀法使他们在工人中很受欢迎，但他们的两种行为令经理们忧心忡忡：他们父系的屠宰方法令生产线堵塞；结束了一天的工作后，他们又赤身裸体地在河里游泳，洗去白皙强壮、肌肉分明的身体沾染的血迹。

在大雨中，我沿着海岸线步行前往慈幼神父学院。一开始，它是用来给印第安人布道（或是监禁）的地方，自从印第安人都消失了以后，这里变成了一所农业学校。

神父们都是专业的动物标本制作师和褶边天竺葵的鉴赏家。负责博物馆的是一位戴着金属框眼镜的教士，他让我坐下，而他在一旁用刀割掉了一只小原驼的眼睛。他血淋淋的双手与他毫无血色的上臂形成了鲜明对比。他一直在给一只巨大的蜘蛛蟹上漆，醋酸盐的气味充满了整个房间。一个鸟笼把墙壁的一角围了起来，里面装满了毛茸茸的鸟类标本，它们被血染红的喉咙，正以恐怖的沉默对着它们的制造者尖叫。

① 《利未记》是《圣经・旧约》中的一卷，有许多律法条文对于子民的生活加以管制，其中包括“食物的洁净”这样的内容。

一位来自维罗纳的年轻教士拿着钥匙赶了过来。这个博物馆就在以前的教会教堂里。火地岛上的奥纳人①和豪什人是印第安人中的徒步猎人，而阿拉卡卢夫人②和雅加人③（又称“雅马纳人”）则是独木舟猎人。所有的印第安人都是不知疲倦的流浪者，他们身上带的就是他们全部的财产。他们的骨头和装备如今正在玻璃架子上腐朽——弓、箭袋、鱼叉、篮子、原驼披风——旁边放着的是上帝带来的先进物品，上帝教导他们不要相信苔藓和石头有灵，并教他们用斜绣针④、钩针和练习本学习刺绣（其中的样品也陈列着）。

神父是个耷拉着眼角的文静青年。他以观察气压计的刻度可以下沉到多低来消磨时间，也在奥纳人的营地里挖掘文物。他带我去了海边一些绿色的鼓包，在那里他用铁锹戳了戳其中一个鼓包，发

---

① 奥纳人（Ona），又名瑟尔柯南人，火地岛上的原住民，过狩猎采集生活。他们被认为起源于南美大陆，数千年前乘坐独木舟通过麦哲伦海峡到达岛上。19 世纪后期欧洲人在火地岛上建立大牧场放牧羊群，剥夺他们的狩猎区，而奥纳人因为没有私人财产概念，经常以羊为猎物，因而与牧场主发生冲突，被认为是偷猎者，因此牧场主招募民兵追捕并杀死奥纳人，使他们几近灭绝。

② 阿拉卡卢夫人（Alacaluf），为南美洲印第安人族群，其中居住于智利南部的族人，主要靠渔猎为生，现已人口锐减，只有几千人居住在伊甸港。

③ 雅加人（Yaghan），火地岛原住民，是生活在世界上最南方的民族。他们的传统领地由大火地岛以南至合恩角，已经存在了超过十万年。他们传统上是狩猎采集者，男人在岛屿间用独木舟捕捉海狮，女人则采集贝类。虽然他们生活的地方十分寒冷，但在与欧洲人接触前很少或几乎不穿衣服。与奥纳人相同，欧洲人以偷猎的名义捕杀他们，同时，欧洲捕鲸者和海豹捕手耗尽了他们最富热量的食物来源，加上欧洲传入的传染病，截至 2019 年，全球仅剩下一位纯正血统的雅加人。

④ 斜绣针，源自法文，是一种小的对角针尖针迹，它的针尖穿过帆布的一根纬线和一根经线的交叉点，形成 45 度角的倾斜针迹。

现了一个紫色的贻贝、一些灰烬和骨头。

“瞧，”他嚷嚷道，“这是奥纳狗[①]的下颌骨。”

博物馆收藏了这个古老品种的标本，它瘦长结实、嘴巴尖尖的，如今，这个品种的基因已经被高地牧羊犬给扼杀了。

① 又名富地犬或雅根犬，是被驯化的南美山狐，已灭绝。20 世纪 20 年代，欧洲移民者认为它们“对人和牲畜有危险”而被灭绝。

55

我在里奥格兰德遇到的一个人把我介绍给了他在智利边境附近经营农场的表弟。

镇外的何塞·梅南德斯农场坐落在一座灰绿色的小山上。油漆斑驳，看起来像是一艘搁浅的游轮。剪毛棚的门上方是金色的何塞·梅南德斯标志，再往上，是精致的公羊头标本。羊肉油脂的味道，从劳工们的厨房里飘散出来。

越过农场建筑群，土路在潘帕斯平原的起伏间蜿蜒曲折。沿着篱笆长着成片的欧蓍草①。我在天色将暗时，来到了劳工们的住处。两条牧羊犬叫了起来，一个智利老人叫住了它们，挥手让我进去。屋子里烧着一个铁炉，一位老妇人正把衣服晾到一根电线上。屋子里空空荡荡的，擦拭得很干净，墙上挂着希特勒和罗萨斯将军的照片，这些照片贴在那儿有年头了，上面布满了烟熏的痕迹。老人让我坐在他的帆布椅上，模糊地用“是”和“否”来回答我的问题。

老妇人去了厨房，回来时端着一盘炖菜。她把盘子放在桌上，开始布置刀叉，她刻意地、慢慢地放着，一把、两把，一把、两把。我向她道谢，她扭头看着墙壁。

一个穿着庞巴恰的年轻高乔人拿着一具刺绣皮革马鞍走了进

---

① 欧蓍草是原产于欧亚大陆的一种菊科蓍属植物，有裂成数片的美丽叶子，生长于林边、路旁、屋边及向阳坡地。

来。他走进自己的房间，把马鞍放在床脚架子上。他宽大的背影填满了整个门框，他开始擦拭他的马鞍。于是，房间里现在交汇着两种声音，炉火劈里啪啦的响声和高乔人擦马鞍的声音。

老人站起身，望向窗外。一个骑手正骑马小跑过路边的草地。

“埃斯特班。”他对妇人喊道。

骑手把马拴在栅栏上，大步走进房间。老太太已经把他的盘子摆好了。骑手的个子很高，满脸通红，他一边吃饭，一边谈论着羊毛业的不景气，说起了他的出生地科连特斯[①]，以及他的父辈们的出生地——德国。

然后，我们聊起了亚历山大·麦克伦南先生，1899 年，他在农庄里当经理，他更广为人知的名字是“红猪”。

① 科连特斯是阿根廷东北部港市，科连特斯省首府，位于巴拉那河和巴拉圭河汇合处附近。

56

十九世纪九十年代，在巴塔哥尼亚萌芽的达尔文理论[①]的雏形，又回到了巴塔哥尼亚，隐约刺激了欧洲移民对印第安人的狩猎。打着“适者生存”的口号，带着温彻斯特步枪和弹夹袋，让一些欧洲人产生了错觉，觉得自己的种族比更健硕的土著民优越。

自从他们的祖先考克斯人将岛上分成三十九个领地，每个领地归属一个家族部落以来，火地岛上的奥纳人一直在猎杀原驼。家族部落之间也有冲突，但主要是为了抢女人，他们从来没有过领地之争。

然后，白人们带着一种新的原驼——绵羊——来了，他们还带了铁丝网编织的新界线。起初，印第安人喜爱烤羊肉的味道，但他们很快就学会了害怕体型更大的棕色原驼和它们的骑手，以及骑手们会带来的死亡阴影。

奥纳人偷盗羊只的行为威胁到了公司的股息（在布宜诺斯艾利

---

① 达尔文在1831年到1836年参加了“小猎犬号”的航行，由于在航行期间对所见生物与化石的地理分布感到困惑，达尔文开始对物种转变进行研究，并且在1838年得出了他的自然选择理论。此次航行期间，船队登陆巴塔哥尼亚进行搜索，达尔文找到了一些庞大的已灭绝哺乳动物的化石，例如一块史前地懒的下颌骨，并先后几次登上火地岛。航行结束后，达尔文将游记以及发现的记录以《小猎犬号航海记》出版，详尽地描述与总结了航行所见，并在书中提到了火地岛的印第安人。

斯，探险家朱利叶斯·波普尔①还谈论起了他们“令人警惕的共产主义倾向”），公认的解决方案是围捕他们，并将他们带到宣教所进行教化——在那里，奥纳人死于污染衣物带来的感染，以及被囚禁的绝望。但亚历山大·麦克伦南瞧不起这种缓慢的折磨：这令他的运动本能感到不适。

小时候，他曾用苏格兰湿漉漉的石板地换来了大英帝国宽广无边的视野。长大后，他成了一个强壮的人，平坦的脸庞总是因为威士忌和热带的气候而泛红，浅红色的头发，蓝绿相间的双眼。他是恩图曼战役②中基钦纳伯爵③麾下的一名中士，两条尼罗河④他都见过，那些圆顶的墓穴里，躺着穿着打补丁的穆斯林长袍的“富吉乌吉”⑤，这些沙漠牧民用羊脂涂抹头发，躺在冲锋骑兵的马蹄下，用短弯刀切开马腹部。也许就是那时，让他认定了野生游牧民族是

---

① 朱利叶斯·波普尔（Julius Popper，1857—1893），罗马尼亚裔阿根廷工程师、冒险家和探险家。他被称为火地岛的现代“征服者”，是一位颇具争议性和影响力的人物，也是对奥纳人进行种族灭绝的肇事者之一。

② 恩图曼战役是1898年英国在马赫迪战争后期远征苏丹恩图曼的一场战役，英军大规模使用机关枪和其他现代武器，大量屠杀手执原始武器的马赫迪军队，造成苏丹士兵大量死伤，该战役摧毁了马赫迪军队的主力，其后英国殖民势力统治了苏丹。

③ 指霍雷肖·赫伯特·基钦纳（Horatio Herbert Kitchener，1850—1916），英国陆军元帅，以镇压苏丹起义、结束布尔战争和一战前组建300万大军而闻名，参与多场英国殖民战争，是第一次世界大战初期的核心人物。1898年，他领导了英国在恩图曼镇压马赫迪起义的战争，后成为苏丹总督。

④ 指尼罗河的两条支流青尼罗河和白尼罗河。

⑤ 指东北非穆斯林民族，又称作“贝扎人”，主要分布在苏丹境内，有少部分居住在埃及和埃塞俄比亚，属黑白混血的埃塞俄比亚人种，主要从事饲养骆驼和牛羊畜牧业。“富吉乌吉”（fuzzy-wuzzy）这种叫法来自英国作家吉卜林的《营房谣》一书，其中收录了一首名叫《富吉乌吉》的诗，描述了马赫迪战争的场面，并将苏丹马赫迪军队的骑兵称为“富吉乌吉”。

无法驯服的。

离开军队后，他被何塞·梅南德斯农场招募而来，在他的前任经理们跌倒的地方，麦克伦南大获成功。他的猎犬、马匹和劳工们都热爱他。有些农场经理为每只印第安人的耳朵悬赏一先令，麦克伦南却不在其列：他更热衷亲手进行杀戮，他不愿意看到任何生物在痛苦中挣扎。

奥纳人的部落里出了叛徒。某天，一个叛徒因为对自己的族人心怀不满，向麦克伦南告密道，有一队印第安人正前往里奥格兰德南部佩纳斯海角的海豹聚集地。猎人们在一个内陆的海湾里屠杀海豹，“红猪”和他的手下站在悬崖上向下望去，看着鲜血染红了海滩，潮水将奥纳人一直逼到他们的射程里。那天，他们至少收获了十四个印第安人的头颅。

“这是人道主义的行为！”“红猪”说，“只要你够胆。”

但奥纳人也有一位敏捷而勇敢的弓箭手，名叫塔佩尔特，他冷酷地追杀白人凶手们，来为族人复仇。某天，塔佩尔特跟踪了“红猪”，正巧遇到他和当地警察局长在一起追捕印第安人。一支塔佩尔特的箭射穿了警察局长的脖子，另一支则深深地扎入了苏格兰人的肩膀，但“红猪”捡回了一条命。后来，他把箭镞做成了一个领带夹。

“红猪”沉迷于来自家乡的烈酒，整天醉醺醺的，梅南德斯家族最终解雇了他。退休后，他和妻子伯莎住在蓬塔阿雷纳斯的一座平房里，四十多岁时，他死于戒酒性谵妄。

57

“但印第安人并没有就这么放过红猪。”

说这话的，是我后来在智利遇到的两位英国单身老太太之一，当时她们正在南方度假，见见老朋友们。她俩都七十多岁了，她们的父亲曾是巴塔哥尼亚一家肉类加工厂的经理，她们住在圣地亚哥的一间公寓里。她们都是和善的女士，说话时带着优雅的淑女口音。

两人都化了浓妆，她们拔掉了眉毛，画得更高一些。姐姐是金发，确切地说，是淡金色的，发根处隐约透出白色，她的嘴唇是饱满的猩红色，眼睑上涂着绿色。年轻一点的那位是褐发，她的头发、眉毛、套装、手提包和斑点丝绸领结都是相得益彰的巧克力色，就连嘴唇都涂成了红棕色。

她们正与一个朋友一起喝茶，太阳从海边照过来，洒满了房间，也照亮了她们布满皱纹与彩妆的脸上。

“噢，我们很了解‘红猪’，”金发老太说，“在蓬塔阿雷纳斯的时候，我们都还是小姑娘呢。他和伯莎住在街角一幢奇怪的小房子里。他的结局很惨！太惨了！印第安人总是出现在他的梦里，带着弓箭，尖叫着血债血偿！某天晚上，他醒过来，看到床边站满了印第安人。他嚷嚷着‘别杀我！别杀我！’，冲出了房子。唉……伯莎跟着他跑到街上，但她跟丢了。他直接跑进了林子里，好几天都不见踪影，后来，一个劳工在草场上发现他和一群牛在一起。全身赤裸！四肢着地！还吃草呢！他像牛一样吼叫，因为他以为自己是头牛。这就是故事的结局了。”

58

过夜时，德国人埃斯特班给了我一张备用的折叠床，然后，我们看到了车灯的光亮，那是一辆出租车，载着一个劳工去我要去的那个农场。他们搭了我一段，把我放在了农场门口。

“嗳，至少我们的客人会说英语。”

声音从起居室里传来，房间里烧着壁炉。

妮塔·斯塔琳小姐是位身材娇小灵巧的英国女士，留着白色的短发，手腕纤细，表情很坚定。农场的主人请她来打理花园，现在，他们离不开她了。在阴晴不定的天气里，她打造出了全新的植物边界和假山，她收获了草莓，在她的照料下，杂草丛生的地方现在成了草坪。

“我一直想在火地岛上种植花木，”她说，第二天的早上下起了小雨，雨水从她的脸颊上滑落，“现在，我想我已经达成心愿了。”

年轻时，斯塔琳小姐是一名摄影师，但她渐渐变得不那么喜欢相机。“那东西总是令人扫兴。”她评价道。而后，她在英国南部一个著名的园艺苗圃中担任园艺师，她尤其喜欢开花灌木。当时，她正照顾着卧床不起的母亲，开始对生活迷茫，是开花灌木帮助她从单调乏味的生活解脱出来。她怜悯那些植物，它们不自然地种在育苗床上，或是种在玻璃罐子里。她喜欢想象它们野生的样子，在山林里，伴随着这些想象，她仿佛也去到了植物标签上的那些地方。

斯塔琳小姐的母亲去世后，她卖掉了房子和里面所有的东西，买了一个轻便的手提箱，将所有不会穿的衣服都送了人。她收拾好行李箱，带着行李在附近走来走去，确保行李足够轻便。斯塔琳小姐不信任搬运工，但她还是打包了晚礼服长裙。

“你永远也不知道你会去到哪里。”她说。

七年来她都在旅行，并且打算一直旅行到自己放弃的那天。开花灌木如今成了她的伙伴，她知道它们何时会开花。她从来不坐飞机，靠教英语和间或的园艺工作挣钱。

她见过鲜花盛开的南非草原、俄勒冈州的百合花和野草莓树林、不列颠哥伦比亚[①]的松木林，还有西澳大利亚不可思议的未杂交植物群，中间隔着沙漠和海洋。澳大利亚人给当地的植物起了很多有趣的名字：袋鼠爪[②]、恐龙树[③]、杰拉德敦蜡花[④]，和黑男孩比利[⑤]。

她见过京都的樱花和枯山水[⑥]，也看过北海道的秋色。她喜欢

---

① 位于加拿大最西部，西临太平洋，是加拿大四大省之一，大部分面积是森林地带，该省南部与美国华盛顿州、爱达荷州及蒙大拿州接壤。

② 澳大利亚西南部特有的几种植物的名字，属于血皮草科，这些根状茎多年生植物以其独特的吸引鸟类的花朵而闻名——管状花被浓密的毛覆盖，顶端开放，有六个爪状结构，因而被叫做“袋鼠爪”（Kangaroo Paw）。

③ 恐龙树（Dinosaur Plant），含生草的一种，又称复活草，能生长在沙漠中，开白色小花。雨季过后，含生草枯死，茎叶卷曲成一个紧密的球形，雨季再次来临时，干燥的枯枝遇水后就舒展开来，仿佛复活了，因而得名。因几乎和恐龙同时期，也被称为“植物活化石”。

④ 杰拉德敦蜡花（Gerardtown Wax Plant）是西澳大利亚特有的开花植物，直立灌木，有点像茶树的花。

⑤ 草树（Xanthorrhoea australis），当地昵称为黑男孩比利（Billy Black Boy），澳大利亚特有的植物，生长十分缓慢，植株要达到成熟需要上百年的时间。

⑥ 枯山水（Zen garden）是一种日式的庭院风格，一般由细沙碎石铺地，再加上一些叠放有致的石块，构成缩微的园林景观，偶尔也包含苔藓、草坪或其他自然元素。

日本和日本人，她住在亲切可爱且干净的青年旅馆里。在某间旅馆里，她与一个年轻得可以当她儿子的男孩恋爱了，她给他上特别的英文辅导课，而且，日本的年轻人都喜爱老年人。

在香港，斯塔琳小姐与一位伍德太太住在一起。

“一个可怕的女人，”斯塔琳小姐说，“装作是英国人。”

伍德太太有一个中国老仆人，名叫阿兴，阿兴一直以为她的主人是个英国人——她不明白，为什么一个英国人会如此待她。

“我把真相告诉了她，”斯塔琳小姐说，“‘阿兴，我跟她说，你的雇主根本不是英国人，她是个俄罗斯籍的犹太人。’”于是，所有的苛待都得到了解释，阿兴也因而心情低落。

斯塔琳小姐和伍德太太还一起经历了一场冒险。某天晚上，当她正在摸索着找钥匙的时候，一个中国男孩用刀抵住了她的喉咙，要她交出自己的手提包。

“你给了他？”我问。

“不，我没有。我咬了他的胳膊一口。我能看出来他比我还要害怕。嗐，他根本不是什么专业的抢劫犯。但有件事我一直很后悔，我应该把刀子从他手里夺过来，我想留作纪念。”

斯塔琳小姐计划着去尼泊尔看杜鹃花。“不是今年五月，是明年。”她很期待她在北美度过的第一个秋天。她热爱火地岛，她曾经漫步在南极山毛榉的树林中，过去在苗圃里，她见过这种树的树苗。

“这里很美，但我不会回来了。”她说。她望向农场远处的黑色地平线，那里是草场的尽头，也是森林的起点。

“我也是。”我说。

59

我来到了世界最南端的小镇——乌斯怀亚，1869年，W. H. 斯特林[①]牧师在印度安人的棚屋旁建立了预制铁皮屋的传教所。此后的十六年间，英国国教“圣公会教”、蔬菜园和印第安人一起在这里蓬勃发展。然后，阿根廷海军来了，印第安人纷纷死于麻疹和肺炎。

定居点摇身一变，成了监狱。监狱总督察设计了一座石头和混凝土的杰作，甚至比西伯利亚更安全。监狱灰色的墙壁上有极细的缝隙，坐落在小镇的东部，现在，这地方是个兵营。

乌斯怀亚的早晨在平静中开始。穿过比格尔海峡[②]，对面霍斯特岛和默里海峡参差不齐的轮廓若隐若现，海面一直延伸到合恩群岛。中午时分，海水沸腾起来，一堵水汽形成的墙，将远处的海岸挡在了外头。

一眼望去，镇子里完全没有孩子的踪迹，脸色发蓝的小镇居民不友善地瞪着外来的陌生人。这些居民在螃蟹罐头厂或海军造船厂

① 指韦特·霍金·斯特林（Waite Hockin Stirling，1829—1923），是19世纪巴塔哥尼亚传教士协会（后改名为南美传教士协会）的传教士。

② 比格尔海峡（Beagle Channel），火地岛岛群中的海峡，以“小猎犬号”（Beagle）的名字命名。1826年至1830年间，小猎犬号被派往南美洲进行其第一次水文调查和探险时，发现此海峡；达尔文参加小猎犬号的第二次探险时，也曾经过此海峡。

里工作，与智利的一场琐碎的冷战，让每个人都很忙碌。最靠近军营的房子是间妓院，当我路过时，一个脸上涂抹了脂粉的女人正在倒垃圾。她披着一条黑色的中式披肩，上面绣着洋红色的牡丹。她用西班牙语对我说“你好”，而后露出了微笑，这是我在乌斯怀亚看到的唯一诚实、愉快的笑容。显然，她对自己的处境很满意。

卫兵把我拦在了军营的外面。我想进去看看监狱旧址的院子，因为我读到过乌斯怀亚最著名的罪犯的故事。

60

无政府主义者的故事结局大同小异，都映射出那个古老的争端：四处流浪的亚伯与有产阶级的该隐的冲突。我怀疑，暗地里，亚伯曾经这么嘲弄过该隐——“该死的资产阶级！”尤其，这个故事的主角是个犹太人，分外切题。

1909年的五朔节[①]，在布宜诺斯艾利斯是一个寒冷的晴天。刚过正午，一排排头戴平顶帽的男人挤满了国会广场，很快，猩红色的旗帜飘扬在广场上，伴随着呼喊的口号声。

穿梭在人群中的年轻人名叫西蒙·拉多维茨基，一头红发，来自基辅。在火车站场的工作，造就了他矮小但是强壮的身材。他长着小胡子，耳朵很大。警察局的档案里记载着，他浑身都散发着贫民窟的气息——肤色“白得有些病态”。他长着方方的下巴和短小的额头，看起来既不太聪明，又有些胆大妄为。

脚下的鹅卵石、人群的呼吸、粉刷的建筑物与人行道上的树木、枪支、马匹，以及警察的头盔，这些都仿佛将拉多维茨基带回了1905年的革命和他家乡的那座城市。沙哑的口号中夹杂着意大利语和西班牙语。“打倒哥萨克人！”的喊声越来越响，暴乱者失控了，他们砸碎商店橱窗，把马从马车上解下来。

---

① 每年的5月1日，欧洲传统民间节日，也是基督教的弥撒庆典日，最早是用以祭祀树神、谷物神、庆祝农业收获及春天的来临的宗教节日。

西蒙·拉多维茨基曾被关进沙皇的监狱，他到阿根廷三个月了，他和其他的俄罗斯犹太无政府主义者一起住在公寓里。他们热烈的讨论冲昏了他的头脑，他有选择地制定了自己的计划。

五月大道对面，一队骑警和一辆警车建立的警戒线，阻止了人群继续往前。警察局长拉蒙·法尔孔上校面无表情地坐在警车内，目光如炬。最前排的人发现了敌人，并开始大声辱骂。局长冷静地算了算人群的数量，后撤了。

紧接着，响起了一阵枪响和马匹冲刺的蹄声，三个人丧了命，还有四十个人受了伤（记者们在现场发现了三十六摊血迹）。警察宣称他们是自卫，还找到了用希伯来语写的煽动性传单，因此将这场骚乱归咎于俄罗斯虚无主义者①——钻了阿根廷移民政策的空子，来污染这个国家。在阿根廷，“俄罗斯人”和“犹太人”两个词是同义词。

第二幕发生在同一个冬天的晚些时候。法尔孔上校对武装警卫不屑一顾，他参加完朋友国家监狱长的葬礼，开车返回，他年轻的秘书阿尔贝托·拉蒂高也在车上，正在学习成为一名绅士。身着深色西装的西蒙·拉多维茨基拿着一个包裹埋伏在金塔纳大道的一个拐角处，他找准时机将包裹扔到了车底，飞快地逃回，躲开了爆炸，然后，跑向了一个建筑工地。

他运气太背了，几个目击者向两个警察报告了他的去向，一颗

---

① 俄罗斯虚无主义运动 19 世纪末和 20 世纪初俄罗斯的一场哲学、文化和革命运动，是更广泛形式的虚无主义哲学的先驱。这场运动起源于对过去的社会改革者失望的一代年轻激进分子，以及上流社会和非上流社会阶层的知识分子之间日益扩大的分歧。

子弹击中了他胸，他气急败坏地跌倒在地。“无政府主义万岁！”他磕磕绊绊地冲着追捕者喊道，“我一无所有，可对你们每个人来说，我都是一颗炸弹。”

法尔孔上校血肉模糊，但依然清醒。“没事，”他说，“先救那个男孩。”他在医院里死于失血过多和休克。晚上，截肢后的拉蒂高活了下来。全国各地的警察都派出代表来参加上校的葬礼。

“西蒙·拉多维茨基就是在俄罗斯草原上做农活的黑劳士[①]阶级，最恶劣的气候以及低微的生活，令他过着痛苦而悲惨的生活。”检察官还指出了拉多维茨基身体上的某些特征作为他犯罪人格的证据。出于良知和人性，检察官要求法官判处他死刑，但在弄明白刺客的年龄之前，法官无法作出判决。

于是，犹太人学者、旧衣商人摩西·拉多维茨基带着他堂弟的出生证明现身了。破译了出生证上奇怪的字符后，法庭发现犯人当时是十八岁零七个月，对死刑而言，这个年纪太小了，于是他被判了终身监禁。此后的每年，在犯下罪行的那天前后，法官都会下令将拉多维茨基单独监禁二十天，每天只提供面包和水。

西蒙·拉多维茨基消失在了满是老鼠的钢筋混凝土搭建的迷宫中。两年后，他被转狱到乌斯怀亚（首都的监狱太不安全了）。某个晚上，六十二名囚犯被剥光了衣服进行体检，他们的腿上戴上了铁质的镣铐，码头的反光照亮了海军运输船的舷梯，囚犯们排着队

---

① 源自古希腊斯巴达城邦的一种国有奴隶制度。黑劳士指被斯巴达人就地奴役的拉哥尼亚和美塞尼亚地区原有居民，他们被称为“最苦的奴隶”。这些奴隶需要为主人耕种田地，交纳地租，负担劳役，没有政治权利，还经常遭到主人的杀害而主人不受惩罚，曾经多次发动起义。

伍上了船。航行在平静中开始，在巴塔哥尼亚的暴风中结束。船上，犯人们睡在煤仓里，抵达时，他们全身都染着煤尘的黑色，脚踝也被镣铐磨破了皮。

对落魄折磨的特殊爱好，以及对于自己民族的热切盼望，支撑着拉多维茨基捱过了以泔水与土豆度日的许多个年头。他唯一的财产是一些家人的照片。他笑着迎接每次全新的侮辱，并发掘出了自身的领导能力。囚犯都敬仰他，有问题就来找他，他还带领他们发起了绝食抗议。

当他的号召力被发现后，狱官们对他愈发深恶痛绝。看守们有一个约定俗成的命令——在他睡觉的时候，每隔半个小时，在他的面前摇晃灯光。1918 年，时任副总督的格雷戈里奥・帕拉西奥斯想要他白皙的肉体，还想要更甚地侮辱他，于是，对他进行了鸡奸，三名看守将他按住，轮番上阵。他们打他的脑袋，还用刀和鞭子将他的后背打得遍体鳞伤。

拉多维茨基在首都的朋友们听说了这件事，并以《索多玛[①]的火地岛人》的题目发表了他们的故事版本。那时，俄国革命正如火如荼。写着“释放拉多维茨基！”的涂鸦出现在布宜诺斯艾利斯的每个角落。一些更为激进的无政府主义者，开始计划帮助他们最热爱的殉道者离开监狱。

能胜任这一任务的人选只有一个——帕斯夸利诺・里斯波利，“火地岛上最后一个海盗”。他是那不勒斯人，追着他叛国的父亲一路来到蓬塔阿雷纳斯的阿尔罕布拉酒吧，并在此定居了下来。帕斯

① 索多玛（Sodoma）是《圣经》中提到的一个城市，城里的居民违反了戒律，耽溺男色而淫乱，后被天火摧毁。

夸利诺有艘小艇，明面上用于猎捕海豹和海獭，暗地里用来走私和运送赃物。无论什么天气他都能出航，他会把口无遮拦的船员扔海里，常常在牌桌上输得精光，所以什么活儿都接。

1918 年 10 月间，两名阿根廷无政府主义者出钱雇了帕斯夸利诺，来执行越狱计划。11 月 14 日，小艇在乌斯怀亚附近抛锚停船。三天后的黎明，拉多维茨基穿着监狱协警的制服，走出了监狱的大门。一艘小船将他载到艇上，在警报响起之前，小艇就已经消失在迷宫般的航道中，这里，正是四年前，德国巡洋舰德累斯顿号①躲避英国海军的地方。

那不勒斯人本打算给逃犯留些食物，将他送到外围的岛屿上暂避风头。但拉多维茨基对城镇生活的向往，令他对热带雨林望而却步，他坚持要去蓬塔阿雷纳斯。

与此同时，智利海军同意与阿根廷警方合作，海军的拖船亚涅兹号在小艇最后尝试返航时，截住了他们，但帕斯夸利诺已经提前让拉多维茨基下船，游向岸边的树林了。警方一无所获，但依然疑心重重，他们将一部分船员带回蓬塔阿雷纳斯，在那里他们对船员严刑逼供。亚涅兹号沿着海岸线返航时，当场抓获了正在转移拉多维茨基的帕斯夸利诺，他把逃犯绑在了一大堆木桶中，拖在小艇的背风面，但一支骑兵一直在附近巡逻，拉多维茨基一直没能脱身。

---

① 德累斯顿号（Dresden），德意志帝国所建造的两艘德累斯顿级小巡洋舰的首舰，以萨克森首府德累斯顿命名。1907 年下水、1908 年完工。1914 年 7 月，德累斯顿号本该返回德国进行定期维修，但第一次世界大战爆发了，德累斯顿号受命在大西洋的南美海域执行通商破坏任务，12 月爆发福克兰群岛海战，德累斯顿号成为唯一幸免于难的德国军舰。它躲避了英国追击者达数月之久，直至 1915 年 3 月驶入马斯地岛。

他快冻僵了，又筋疲力尽，于是放弃逃亡，投降后被送回了乌斯怀亚。

十二年后的1930年，为了向工人阶级示好，伊里戈延总统释放了拉多维茨基。那年5月的某个晚上，这位前重刑犯站在军用运输艇的甲板上，望着布宜诺斯艾利斯的灯光，但他不被允许上岸，警卫们最后将他送到了前往蒙得维的亚[①]的渡轮上。伊里戈延总统私下向他的警察局长承诺，允许警方秘密地将拉多维茨基驱逐出阿根廷的国土。

身上既没有证件也没有钱，这位“资产阶级的受害者”——拉多维茨基穿着一件从乌斯怀亚的一个土耳其人那里拿来的不合身的衣服，在一群无政府主义支持者的欢呼声中走下了舷梯。等待他的人群期待着领袖般的言行，但这位眉头紧皱、面色青白、似笑非笑、看起来温文尔雅又手足无措的男子，令他们倍感失望。

他的新朋友们拥抱了他，并把他送上了一辆出租车。他试着回答他们的问题，但一直回想起他在乌斯怀亚的朋友们。他说，与他们分开令他痛苦非常。当被问及在乌斯怀亚遭受的折磨时，他吞吞吐吐地拿出一张纸，上面写着他以国际无产阶级的名义，感谢伊里戈延总统的文字。当他说起他想回俄罗斯时，无政府主义者们都笑了，这个人甚至都没有听说过喀琅施塔得事件[②]。

重获自由后，拉多维茨基又陷入了默默无闻且神经衰弱的境

① 蒙得维的亚（Montevideo），乌拉圭首都，濒临南大西洋，也是乌拉圭最大的港口。

② 1921年2月喀琅施塔得水兵反对布尔什维克党和苏维埃政权的大规模武装暴动。

地。他的朋友让他给巴西的革命者传递消息，他与乌拉圭警察发生冲突并被软禁，但他居无定所，在监狱里反倒好像回到了家。

1936年，他乘船前往西班牙。三年后，他加入了支离破碎的队伍，翻过比利牛斯山脉，跋涉前往法国。他还去了墨西哥，一位诗人帮他在乌拉圭领事馆找了份文员的工作。他给发行量很小的油印报纸写些社评文章，和一个女人分享他的退休金，这大概是他认识的唯一一个女人了。有时他会去美国探望他的家人，他们在那里过得挺好的。

1956年，西蒙·拉多维茨基死于心脏病。

61

那一年，欧洲各国正在滑铁卢平原上推进十九世纪的历史进程，一个男孩出生在默里海峡，他也将为推动二十世纪的历史作出自己微薄的贡献。

他出生在一个满眼都是绿色树林、草场、空气中弥漫着海豹皮的腐臭味的地方。他的母亲用锋利的贝壳割断了他的脐带，将他的脑袋放在她古铜色的胸脯上。头两年，母亲的胸脯就是他宇宙的中心，他一边喝奶一边跟着母亲去往各处——去钓鱼、采浆果、划独木舟、拜访表亲，并学习所有会游泳、发芽、爬行或飞行的东西的名字，这语言就像林奈拉丁语一样复杂而精确。

某天，母乳的味道突然变得很可怕，因为他母亲在乳头上涂上了腐臭的油脂，她将他赶去和同龄的男孩子们一起玩耍，现在，他应该要吃海豹肉排了。而后，他父亲接管了他的教育，开始教他如何绞杀鸬鹚、用棒子杀死企鹅、用尖刺抓螃蟹，以及用鱼叉猎杀海豹。男孩认识了瓦塔维伊佤，天上年迈的神，永不改变且痛恨改变；他还认识了黑暗之神耶泰塔，一个长着长毛的怪物，它会扑向懒惰的人并攻击他们，跳舞可以将他甩掉摆脱。他还了解了一些所有人类共通的传说，那些在人类的脑海中徘徊的故事：多情的海豹、火的诞生、长着阿喀琉斯之踵的巨人，以及哼鸣着、为沉闷的水域带去活力的鸟。

男孩长大成为了一个勇敢的人，他忠于自己部落的习俗，遵循季节的周而复始：鸟类产卵的时节，小海鸥开始展翅飞翔，南极山毛榉的树叶变成了红色，太阳开始与人们玩起捉迷藏；蓝色的海葵预示着春天的到来，红鹳鸟则昭示着春天的风暴即将到来。有人降生，也有人死去，他们对于时间几乎没有什么感觉。

1830 年 5 月 11 日的早晨，天气晴朗而凛冽（对火地人来说，那天的日期是光秃秃的树枝和海獭的返巢）。雪线下的山岭是蓝色的，森林呈现出紫色和红褐色。黑色的海浪沿着海岸拍打出白色的线条。当异象出现时，男孩和他的叔叔正在捕鱼。

多年来，南方的土著中一直流传着怪物到访的说法，起初，他们以为那是一种鲸鱼，但更熟知情况的人们发现，那是一艘长着翅膀的巨大的独木舟，船上都是些粉红色的生物，脸上长满着不祥的毛发。但这些生物至少已经被证实是半人，因为他们懂得以物易物，海边友好的人们曾用一只狗换来了一把非常有用的刀——上面镶满了坚硬、冰冷、闪闪发光的石头。

男孩毫不畏惧，他说服叔叔将独木舟划到大船旁边，一个身着盛装、个子高大的人朝他招了招手，男孩就跳上了船。那个粉色皮肤的男人递给他叔叔一个像月亮一样闪闪发光的小圆盘，然后，巨大的独木舟展开了它的翅膀，沿着海峡向着珍珠纽扣的故乡飞去。

绑架男孩的，是英国皇家海军小猎犬号的船长罗伯特·菲茨罗伊上尉，他正要结束小猎犬号对南方水域的首次探险调查。在巴塔哥尼亚的海滩上，他见到了长满牡蛎化石的海床，越发坚定了他对于大洪水理论[1]的信念，同理，他也坚信所有的人类都是亚当的子孙，而所有的人类同样都能教化成长。因此，他很高兴能在他已经收集的三个当地人的藏品中，加上这个眼睛明亮的男孩。船员们给他取名为杰米·巴顿。

男孩人生的下一篇章有着明确的记录，他和另两个火地人去了伦敦（第四个火地人因为感染天花死于普利茅斯）。他在诺森伯兰宫[2]的台阶上见到了石头做的狮子，而后又在沃尔瑟姆斯托[3]的寄宿学校安顿下来，在这里学习了英语、园艺、木工和基督教更浅显的真理。他还学会了在镜子前打扮自己，并一度为自己的手套而大惊小怪。临行前，他拜见了威廉四世和阿德莱德王后。更甚者，如果我们相信马克吐温的说法——他的朋友约克大主教穿着自己民族的服饰参加了皮卡迪利圣雅各教堂的宫廷舞会，两分钟内，舞会大厅就空了。

如果没有小猎犬号第二次探险中的博物学家，我们可能就无法更多地了解火地人的归乡之旅了。这位友善的博物学家，长着一个短而翘的鼻子，拥有杰出的观察力，还在行李箱里带了一本莱尔的《地质学》[4]。达尔文非常喜欢杰米·巴顿，但土著火地

---

① 大洪水理论是一种神创论伪科学，源于《圣经》中的大洪水神话，旨在证明这种全球性洪水确实发生了，尽管《圣经》神话中的全球洪水与地质学、古生物学和全球物种分布的发现不一致。

② 诺森伯兰宫（Northumberland House），又名萨福克宫（Suffolk House），这座建筑曾是诺森伯兰公爵在伦敦的居所。下文提到的石狮子名为珀西狮子，是仿照米开朗基罗的模型建造的。

③ 沃尔瑟姆斯托（Walthamstow），位于英国伦敦东部的一个地区。

④ 该书全名为《地质学原理》(*Principles of Geology*)，是英国地质学家查尔斯·莱尔（Charles Lyell，1797—1875）的名著，1830年至（转下页）

人令他震惊。他读到过德雷克的教士对于这群“英俊而无害的民族”的描述，他们的独木舟比例适中，“造型和用途都能令任何一位王子满意”，但他并未放在心上。他和所有博物学家一样，都有一个弱点——惊叹于其他生物的复杂完美，并因人类肮脏的行径而退缩不前。达尔文认为火地人是他所见过的“最可怜和最悲惨的生物”，他们“仿若《自由射手》① 剧中的那些魔鬼”，像动物园里的猩猩一样对他白人的肤色着迷。他鄙视他们的独木舟，他也鄙视他们的语言（“几乎无法称之为明确表达的语言”），并且，他也承认，他几乎无法相信自己和他们是“同一个世界的生物和居民”。

当小猎犬号向着他在乌莱亚的家驶去时，杰米·巴顿站在甲板上，指着岸边站着的成群结队的他部落的敌人。“雅泼！”他喊道，“猴子、肮脏的、愚蠢的！不是人类！”也许，这帮助达尔文萌生他伟大的理论最初的想法，仅仅因为亲眼见到了火地人，便激发出这样一种理论——人类是从类猿的动物进化而来的，而有些人类比其他的进化得更为先进一些。杰米·巴顿几乎一夜之间就回到了原始的土著样子，这也成了佐证。

1836 年 10 月，菲茨罗伊和达尔文回到英国，都开始编辑他们的探险日记，并准备出版。（五年来共用一张杂乱的书桌，两人形成了背道而驰的理念，并愈发坚持己见。）菲茨罗伊和达尔文一样，

（接上页）1833 年间分三卷先后出版，莱尔在书中阐述了均变论的观点，认为山川河流的形成都是长时间积累的结果。

① 指德国作曲家卡尔·马利亚·冯·韦伯的歌剧《自由射手》，1821 年首演，歌剧脚本是韦伯的朋友金特根据德国作家阿佩尔的故事集里关于恶毒猎人的古代民间传说改写而成。

都对这些划着树状独木舟、游荡在合恩角附近、长着“德文郡牛一般”肤色的生物感到不解。如果他们也是挪亚的后裔，那么他们为何从阿勒山[①]迁移？又是怎么走了这么远的？作为他探险叙述的附录，他发表了一个迁移理论，似乎预示了弗洛伊德在“原始部落”理论[②]里描述的神秘现象：

在小亚细亚的某个地方，苍穹之下，闪和雅弗的后代爱上了黑人女奴——她们身上流淌着一些受诅咒的含和库什[③]的血统，生下了赤色肌肤的混血儿，而后，他们成为亚洲和美洲的居民。毫无疑问，他们的父辈更偏爱血统纯粹的合法后裔，而不是这些混血的种族，这些受到奴役的后代愤怒地出走，他们对于自由的渴望令他们向西面八方迁移，“这种浪迹天涯的激情长存了下来，并最终成为了我们今天看到的阿拉伯人、流浪的马来人、游牧的鞑靼人[④]，和永远躁动的南美洲印第安人”。

菲茨罗伊认为，这些部落迁徙时是穿衣服且识字的，但陌生的土地上的气候令他们变得野蛮，并杀死了自己的牲畜。他们忘记了如何书写，衣衫褴褛之后，只能剥猎物的皮来蔽体。在世界的尽头，他们学会了制作独木舟和长矛，但已经退化成了身上长着毛的

---

① 阿勒山（Mount Ararat），坐落在土耳其厄德尔省的东北边界附近，为土耳其的最高峰。在《圣经·创世记》的记载中，大洪水后，挪亚方舟停泊在阿勒山上。

② 弗洛伊德在《图腾与禁忌》中提出的理论，前文明社会时期，“原始部落”的组织架构令在人群中整体共享的情感体验恢复到最小共同特征，催生出情感表达的原始水平。

③ 库什（Cush），与上文提到的雅弗、含和闪一样，都是挪亚的儿子。

④ 鞑靼（Tartar），并不是一个国家，而是中世纪至20世纪初欧洲人对于中亚的里海至东北亚鞑靼海峡一带的称呼，尤指蒙古帝国没落后泛突厥人和蒙古人等游牧民族。

狡诈生物，仿佛是一种“对人类的讽刺“，他们的牙齿“像马的一样扁平”。

在小猎犬号的船舱里，菲茨罗伊携带的藏书中，有一本詹姆斯·威德尔船长①的《南极航行》，记录了他的双桅横帆船“简”号和小艇“比佛利”号的航行。1822年底到1823年初的那个夏天，这两艘船从合恩角起航，向南踏上捕猎海豹的航程。他们穿越了浮冰（一块覆盖着黑土的浮冰），在2月8日，南纬74° 15′ 的地方，在前人所到达过的最南端更南的地方，他们看到了鲸鱼和类似蓝鳠的海鸟，和一大片开阔的公开水域，而且“一粒冰都没有见到”。

威德尔在他的海图上标注上了“乔治四世海②——可以航行”，这令当时的人们相信，临近地极的地方，海水反而变暖了。而后，他转而向北航行，寻找一些传说中的岛屿——奥罗拉群岛③。他的记录里描述了，在南设得兰群岛④时，一名船员看到了一只“无法

① 詹姆斯·威德尔（James Weddell，1787—1834），出生于荷兰的英国航海探险家。他于1823年早春，成为首位航行在南冰洋海域的探险家，后来这里的部分海域被称为威德尔海。

② 詹姆斯·威德尔发现了南冰洋海域后，给这片海域的命名为乔治四世海。

③ 奥罗拉群岛（Aurora Islands），1762年由西班牙商船“奥罗拉”号在利马至加的斯航行途中所记录的幽灵群岛，此后数次被其他船队所记录，方位都在南纬52º与53º之间，最后的目视纪录是在1856年，并持续标注于南大西洋的地图上直到19世纪70年代。人们曾认为这座岛屿是后来被发现的福克兰群岛，但并不符合描述。后来，人们认为大面积的冰山、已沉没岛屿可能是这座幽灵群岛的科学解释，但都无法令人信服，所以成了这片海域的一个未解之谜。

④ 南设得兰群岛（South Shetland Islands）是南极海的一组群岛，位于南极半岛以北约120公里。

形容的生物”，它长着一张红色的人脸，绿色的头发垂在肩头。而后，在合恩角旁边的赫米特岛[①]上，那个生物带着一大群独木舟向他们冲来，一度险些占领了他们的船舰。船长给来犯者朗读了一章《圣经》，土著民用严肃的表情听着，其中一个人将耳朵贴在《圣经》上，相信书本会说话。船长还记下了他们的一些词汇：

Sayam 是“水”的意思

Abaish——女人

Shevoo——赞许

Nosh——不满意

他得出结论，这是一种希伯来语，但他也承认，这语言是如何到达火地岛的，是“语言学家会感兴趣的难题”。他最后一段文字，赞扬了他的同胞对于土著的慈善行为，很可能鼓舞了菲茨罗伊后来的所作所为。

正当达尔文和菲茨罗伊在安心写作时，另一本威德尔船长著作出现在弗吉尼亚州的里士满，放在了《南方文学信使》的编辑埃德加·爱伦坡的办公桌上，而他，正在撰写另一篇全然不同的著作。与他的偶像柯勒律治一样，爱伦坡也是一个夜游人，他痴迷于遥远的南方，和充满了湮灭与新生的航行，——他的这种热情，后来也传染了波德莱尔。爱伦坡最近正在研究来自圣路易斯市的前骑兵队

① 赫米特岛（Hermit Island）是南极洲的岛屿，位于帕默群岛的昂韦尔岛西南岸，波拿巴角东南面 2.4 公里。

军官 J. C. 希姆斯[①]的理论，希姆斯在 1818 年发表的理论，声称地球的两极都是空心的，且气候条件温和。

在爱伦坡的《阿瑟·戈登·皮姆的故事》一书里，海难中，主人公被“简·盖伊”号海豹猎船的盖伊船长所救（威德尔的记录显然是盖伊船长的原型）。他们向南航行寻找奥罗拉群岛，穿过冰原，见到了一只长着柔滑白发和红色牙齿的“奇异的动物”，而后，他们在一个叫做“塔萨拉”的温暖的小岛上登陆，岛上的一切都是黑色的。塔萨拉人从头到脚都黑黝黝的，他们长着乌黑的头发，身上也毛茸茸的。爱伦坡深深厌恶弗吉尼亚的黑人，因而将塔萨拉人描绘成了兽性与低劣诡诈的代表。他们的首领被称为“雅姆普”（既与雷米尔·格列佛[②]的“雅虎”相似，又与杰米·巴顿的“雅泼”类似），他们的大酋长的名字叫做“睿智”。

表面上，“睿智”酋长看起来很友好，但暗中，他正密谋着掠夺。塔萨拉人的独木舟包围了“简·盖伊”号，土著野蛮人在船上烧杀抢掠，只有皮姆和一个同伴逃脱了。他们两人的独木舟向南漂流，被吸进了一个摧枯拉朽的漩涡中，当他们掉入瀑布中时，就像俄底修斯见到炼狱之山一样，他们见到了一个巨大的阴影——“这

① 全名为约翰·克利夫斯·希姆斯（John Cleves Symmes），1780 年 11 月 5 日—1829 年 5 月 28 日，美国陆军军官上尉、商人和讲师。1818 年，希姆斯发表空心地球理论，他的理论引入了地球两极是个开口，通往内部世界的概念，他认为地球两极是两个巨大的开口，边缘足够平缓，由于地球自转的离心力，开口会在航船没有意识到的情况下，形成进入地球内部的巨大通道。他还认为，空心地球内部是温暖而富饶的土地，是适宜人类居住的。

② 雷米尔·格列佛是乔纳森·斯威夫特的小说《格列佛游记》中的主人公，该书中描写的“雅虎”是一种传奇原始生物，痴迷于他们通过挖掘泥浆找到的“漂亮石头”，意为“粗鲁、野蛮或下流粗鲁的人”。

巨人的皮肤完美呈现出雪一般的白”，而这一形象也出现在兰波的诗篇《美之存在》[①]中。

爱伦坡的塔萨拉人是塔斯马尼亚黑人[②]（来自库克船长）和美国南方黑人（来自他自己的童年）的混合体，但威德尔的火地人也在其中占据了一席之地。因为塔萨拉人也是含的后裔，他们皮肤黝黑，使用希伯来语（“塔萨拉”是黑暗的意思，而“睿智”显然是对诡诈的嘲讽）。爱伦坡和达尔文并未拜读过彼此的作品，但他们都用了相似的细节作了类似的描述，确实是智者所见略同的又一实例了。

杰米·巴顿后来的故事并未能挽回他族人的声誉。1855 年，巴塔哥尼亚传教士协会的帆船“艾伦·加德纳”[③]号停泊在默里海峡并升起了联合王国国旗。一时冲动的船长帕克·斯诺对着水面喊道：“杰米·巴顿！”而后，一声声叫喊从海峡那边传来：“是的！是的！杰米·巴顿！杰米·巴顿！”一个粗壮的男人划着独木舟来到了船边，问他们要衣服穿。他看起来“像是一只为了重要场合而特地打扮的狒狒”，他与船长在船舱里共进下午茶，仿佛中间

---

① 《美之存在》（*Being Beauteous*）是兰波的散文诗集《灵光集》（*Illuminations*）中的一首诗，诗中第一句：“雪色前一个身材高挑的美的造物。”

② 即塔斯马尼亚的原住民，1803 年英国入侵塔斯马尼亚前，该地的原住民约有 3000 至 15000 人。1804 年至 1830 年间，“黑色战争”发生在塔斯马尼亚岛上，以英国人为主的欧洲移民和士兵与塔斯马尼亚原住民之间的冲突，这场力量悬殊的所谓战争，实为对塔斯马尼亚原住民有计划的屠杀，历史学家将“黑色战争”看作有记录以来最早的种族屠杀行为。1876 年最后一名女性塔斯马尼亚人去世，塔斯马尼亚原住民作为民族已经灭绝，目前仅存一些原住民的混血后裔生活在塔斯马尼亚岛上，而其语言和多数文化已经失传。

③ 艾伦·加德纳（Allen Gardiner）是英国人，巴塔哥尼亚传教士协会创建者，1852 年因缺少补给，与其他传教士一起饿死在火地岛主岛东南海岸。这艘帆船就是以他的名字命名的。

二十一年的分隔从不曾存在过。

又过去了四年，杰米·巴顿策划了一场本可以让爱伦坡为他大书特书的屠杀。1869 年 11 月 6 日，在乌莱亚的第一座圣公会教堂举行的早祷仪式被一群火地人破坏了，他们以棍棒和石头为武器，打死了八名白人信徒。只有留在船上做午餐的厨师阿尔弗雷德·科尔斯侥幸逃脱。在后来的官方调查中，他发誓杰米·巴顿策划了这场杀戮，只是因为他对英国带来的寒酸的礼物感到不满，而大屠杀发生之后，他还霸占了船长的船舱。

杰米·巴顿一直活到了十九世纪七十年代，他亲眼见证了乌斯怀亚建立起第一座正式的传教所，并眼睁睁地看着他的第一批族人死于瘟疫。当冯·毛奇元帅①正在引用达尔文主义为普鲁士军国主义辩护的时候，帮助这一理论形成的火地人倒在了一堆海豹皮上，在睡梦中死去。他的女人们哭泣着，试图从此忘记他。我们无从知晓，在生命最后的时刻，杰米·巴顿脑海中的景象是什么——是母亲古铜色的胸脯？是一个叫“陛下”的人的肚子？还是诺森伯兰宫台阶上那只吃人的狮子？

我离开了乌斯怀亚，仿佛离开一个不欢迎我的墓地。而后，我穿过海峡，前往威廉姆斯港②，那是智利纳瓦里诺岛③上的海军基地。

---

① 全名赫尔穆特·卡尔·贝恩哈特·冯·毛奇（Helmuth Karl Bernhard von Moltke，1800—1891），又被称为老毛奇，普鲁士和德意志名将，撰写了相当数量的军事理论著作。

② 威廉斯港（Puerto Williams），智利的城镇，位于火地群岛的纳瓦里诺岛北侧。

③ 纳瓦里诺岛（Isla Navarino），火地群岛中的一个岛屿，北面以比格尔海峡与大火地岛分隔，南面是隔纳索湾相望的伍拉斯顿群岛，西面则是奥斯特岛，是距离南极洲最近的陆地。

62

“去找费利佩爷爷，”中尉说，“他是最后一个血统纯粹的后裔了。”

最后一个雅加人住在海军基地远端的一排木板棚屋里。政府将他们安顿在这里，好离医生们近一些。天空下起了毛毛雨，在这盛夏的季节里，雪花飘落在海边。雅加人的定居点后面是成排的树木，树木的顶端消失在云层中。黑色的水面光滑如镜，海峡的对面就是盖博岛灰色嶙峋的悬崖。

老人让我进屋，屋子里烟雾缭绕，刺痛了我的眼睛。他坐在一堆鱼箱、蟹笼、篮子和船上用具的中间，他异常矮小，身高几乎与肩宽差不多，双腿蜷曲着。他戴着一顶油腻腻的帽子，长着一张蒙古人般坚韧的脸，黑色的双眼一动不动，没有任何情绪表情。

只有他的手在动。那是一双灵巧纤细的手，上面布满了深灰色的血管。他靠制作独木舟卖给游客来赚点钱，独木舟是用树皮和树干做的，用羊筋缝合。在过去，父亲会制作这样的独木舟给自己的儿子，可现在，没有孩子了，游客也很少。我看着他削出一根微型鱼叉的竿子，并在上面绑上一根细小的鱼骨。

“我以前做过大鱼叉，”他打破了沉默，“用鲸鱼骨做的。从前所有的海滩上都有鲸鱼的骨头，现在看不见了。我用鲸鱼脑袋里的骨头做鱼叉。”

“下巴那里的骨头？”

“不是下巴，脑袋里面。在鲸鱼的脑袋里，两个脑腔中间，有一根骨头，最厉害的鱼叉就是那根骨头做的。用下颚骨做的鱼叉可没有那么坚固。”

“你是英国人。”他第一次看着我，似乎努力想要露出一个微笑。

“你怎么看出来的？”

“我了解我的同胞。以前我英语说得很好，有两个英国水手，查理和杰基，他们很高大，皮肤又白，他们都是我的朋友。在学校里我们都说英文，我们把自己的语言都给忘了。劳伦斯先生比我们更懂我们的语言，他还教我们说自己的语言。”

费利佩爷爷出生在圣公会的传教所里，他可能是杰米·巴顿的血脉。还是一个男孩时，他看着自己的族人死去，他亲眼看着自己所有的孩子都死去了，只剩下一个女儿，后来，他的妻子也去世了。

“她怎么死的？她抱着双臂在睡梦里死了。我也不知道怎么回事。”

他说，他病了，病了一辈子。他的身体没有力气，永远也无法工作。

“是瘟疫，瘟疫来了，我们亲眼看着族人死去。他们死了以后，劳伦斯先生在石头上刻上文字。我们可不懂什么叫瘟疫，我们怎么会知道这些呢？以前我们的身体都很健康，从来也没有什么瘟疫。”

在返回乌斯怀亚的渡轮上，我遇到了一个大个子，他满脸通红，留着上翘的小胡子，长着一双奥斯曼帝国的帕夏一样糖浆般的眼眸。他戴着一顶阿斯特拉罕帽子[①]，从圣地亚哥来这里参观磷虾加工厂。鲸鱼不见了，但这里还有大量的磷虾。我和他聊起了费利佩爷爷，以及查理和杰基。

“他可能把那俩都吃了。”胖子这么说道。

---

① 又名卡拉库尔帽，是一种用卡拉库尔绵羊羔羊皮制作制成的帽子，是中亚和南亚穆斯林男子常佩戴的帽子。

63

从乌斯怀亚出发，沿着比格尔海峡步行三十五英里，才能到达布里奇斯的哈伯顿庄园。

最初的几英里路，森林一直延伸到海岸边，透过树枝的缝隙往下，能看见深绿色的海水和紫色的海带，随着潮汐的起落而漂浮摇摆。再往后，山丘上是一片绿意盎然的草场，雏菊和蘑菇零星点缀其中。

沿着潮汐水位线，是一层层海白色的浮木碎片，有时，里头还夹杂着一段船用木材，或是鲸鱼的脊骨。岩石因为鸟粪而呈现出粉白色，这一带有鸬鹚和白草雁①，起飞时，闪烁着黑白相间的光芒。近海的地方有鸊鷉②和船鸭，在海峡那里，乌黑的信天翁毫不费力地盘旋着，就像飞翔在空中的刀刃。

当我一瘸一拐地走进阿尔曼扎③的阿根廷海军哨所时，天已经黑了。两个水兵被困在那里，他们一整天都在用双筒望远镜观察智利人，但他们的无线电坏了，无法报告他们所侦查到的情况。其中

---

① 白草雁是雁形目鸭科的鸟类，雄雁白色，雌雁黑色，胸腹部有白色横斑纹。它们的解剖特征虽与雁相似，但不是真正的雁，而是陆栖性较强的鹅类，分布于南美洲。

② 鸊鷉（pì tī），是一类潜水性水鸟，分布广泛，几乎遍及全球。平时栖息于水草丛生的湖泊，在水边筑巢，是游泳和潜水的好手，以鱼为食。

③ 阿尔曼扎港是火地岛上的一个小村庄，位于比格尔海峡北岸，与智利的波多黎各港口遥遥相对。

一个水兵来自布宜诺斯艾利斯，总是讲些不堪入耳的笑话。而另一个则是查科印第安人[①]，他一言不发，只是弯着腰看着火堆。

由陆路进入哈伯顿庄园，你可能会误以为自己走进了一座苏格兰高地上的大型农庄，这里有羊栏、坚固的大门和泥棕色的鳟鱼溪流。托马斯·布里奇斯牧师[②]设立的定居点，沿着哈伯顿农庄的小河湾的西岸延伸，一座低矮山丘挡住了海风。他的雅加朋友们选择了这里作为自己的定居点，牧师用他妻子的故乡，那个德文郡的小镇的名字为定居点命名。

农场的建筑是很久以前从英国进口的，以波纹铁制成，刷了白漆，有绿色的窗户以及柔和的红色屋顶。屋子里面，保留了坚固的红木家具、管道，以及正式的、维多利亚式的牧师圣俸所的风格。

牧师的孙女克拉丽塔·古道尔独自一人在家。当她还是个小女孩的时候，她曾坐在米尔沃德船长的膝头，听他讲海上航行的故事。她给了我一本《托马斯·布里奇斯的雅加语词典》，我坐在阳台读了起来。英式花园的花朵似乎散发着内在的光彩，一条小路穿过一个用鲸鱼颚骨搭建的拱门，木烟飘过黑色的水面，远处，雁鸟在鸣叫。

---

① 指大查科地区的土著印第安人，大查科是位于南美洲中部的冲积平原，位于安第斯山脉以东，巴拉圭河与巴拉那河以西，亚马孙盆地以南，潘帕斯草原以北。查科印第安人由该地区大约35个部落的群体组成。

② 托马斯·布里奇斯（Thomas Bridges，1842—1898），英国圣公会传教士和语言学家，第一个在火地岛设立传教所。年轻时，布里奇斯学习了雅加人的土著语言，并穷其一生研究雅加文化与语言，他花了十多年撰写了雅加语–英语词典。

64

托马斯·布里奇斯是个身材矮小、相貌端正的男子，他信奉上帝，从不畏惧冒险。他原本是个孤儿，被诺丁汉郡的牧师、巴塔哥尼亚传教士协会的秘书乔治·帕肯纳姆·德斯帕德收养后，养父将他带到了福克兰群岛上。当杰米·巴顿屠杀传教士的时候，他就住在福克兰群岛上。后来，他继承了他们的事业，在一次尴尬的英国之旅之后，他定居在了火地岛上。然而 1886 年间，随着印第安人族群的消亡，他意识到传教士协会剩下的日子已经不多了，而他在英国没有前景，又有一个七口之家要养活，于是，他向罗卡总统[①]申请了哈伯顿庄园的土地所有权。这一举动，在自以为是的人们眼中，成了他的罪过。

年轻时的托马斯·布里奇斯耳聪目明，而且很有耐心地向一个名叫乔治·奥科科的印第安人学习了达尔文所嘲笑的土著语言。令他惊讶的是，他发现这是一个词汇量丰富、语法结构复杂的语言体系，远超人们想象中的“原始”部落语言。十八岁时，他决定编写一本词典，以便他“与他们对话，为了我自己的成就感，也为了他们对上帝坚定的爱”。1898 年，他去世时，这项宏大的工程还未完成，他列出了大约三万两千个单词，还没来得及开始列举它们所表

① 指胡利奥·阿根蒂诺·罗卡（Julio Argentino Roca，1843—1914），阿根廷陆军将军，两任阿根廷总统（1880—1886；1898—1904）。

达的意思。

这本词典作为雅加印第安文化的一部分保存了下来，成为了他们的纪念碑。我曾在大英博物馆里亲手翻阅过布里奇斯的原始手稿，在我的想象中，这位牧师正红着双眼一直工作到深夜，屋外狂风呼啸，他用蜿蜒如蜘蛛般的笔迹填满了这本蓝色大理石底纹的手记。我们知道，他对在这语言的迷宫中找到“福音”恰当的表述而感到绝望；我们也知道，他痛恨印第安人的迷信，也从未试着理解过那些传说；同僚们被杀害的危险，也同样近在他的眼前。印第安人发现了他厌恶的态度，因而将他们最深切的信仰隐藏了起来。

布里奇斯的困境并不罕见，许多人都发现，在“原始”的语言体系中，描绘道德观念的词汇是很罕见的，因而，通常认为原始群落中不存在道德的观念。但是，西方哲学中至关重要的“善”与“美”的概念，若非植根于具体的事物，否则也毫无意义。最古老的语言，是使用者将周遭环境中的事物浓缩在隐喻中并提炼出抽象的概念。雅加语言，和其他所有的语言一样，都宛若一种导航系统——事物的命名是锚点，用来类比或比较，然后，言语者就可以进一步表述想法。假若布里奇斯不能发现雅加人的隐喻范畴，他的工作恐怕永远也无法完成。然而，这本词典已经足以让我们清楚地窥见雅加人的智慧。

我们应该如何看待，他们用“单调”来定义“没有朋友的人”？我们又该如何理解，他们用“抑郁”来描述螃蟹周期性的脆弱——当它们的旧壳脱落，而新甲壳还未长成？又或者，他们为什么会从公驴企鹅身上提炼出了“懒惰”这个词语？他们还将到处飞来飞去的燕隼，一种小型的鹰隼，称为“不贞”，因为它们总是悬停在空中，等待下一个猎物。

以下是雅加人的一些词汇：

雨夹雪——鱼鳞

一群鲱鱼——黏糊糊的黏液

一堆倒下的树木挡住了前进的道路——打嗝

燃料——燃烧的东西——癌症

不应季的贻贝 —— 干瘪的皮肤 —— 年老

他们有些联想超出了我的想象：

海狗——一个被谋杀的人的亲人

其他一些似乎有些晦涩难懂，但细想之后隐喻又清晰起来：

融化（的雪）——伤疤——教学

他们的思路是这样的：

积雪覆盖了地面，就像结痂覆盖了伤口。当积雪一块块地融化时，露出光滑、平坦的表面，也就是疤痕。积雪消融预示着春天的到来，那是人们开始搬家、学习的时候。

还有一个例子：

沼泽——致命的伤口（或是身受重伤）

火地岛上的沼泽地是一块块起伏的苔藓地，渗出泥水，颜色通常是暗黄色的，夹杂着红色的泥泞，就像化脓流血的开放性伤口。而且沼泽一般都在谷底，就像是一个受伤躺倒的人一样。

这种语言中，动词至关重要。雅加人用每一个戏剧性的动词，来捕捉肌肉的每一次微小的运动，来描述自然或者人类每一种动作。动词“īya”的意思是“把独木舟停在海带上方”；“ōkon”的意思是“睡在漂浮的独木舟里”（这和“睡在小屋里”“睡在海滩上”或是“和妻子一起睡”完全不同）；“ukōmona”的意思是“将长矛头掷向鱼群，却没有瞄准任何一条鱼”；“wejna”意味着“像断了的骨头或是刀刃一样松散、轻易地移动”——“像无家可归或是迷路的孩子一样四处游荡或闲晃”——“像眼睛或骨头一样不牢固地连在关节处”——“摇摆、移动或旅行”——或干脆就意味着“生存或存在”。

与动词相比，其他词性的表现就显得有些逊色。名词就依附于动词的词根上。“骨架”一词来自动词“彻底啃干净”。“Aiapi”是“带上一种特殊的长矛，放在独木舟上，准备打猎”；“aiapux”则是被猎杀的动物，也就是“海獭”。

雅加人是天生的流浪者，尽管他们很少去很远的地方。民族志学家马丁·古辛德[①]神父曾写道：“他们就像不安的候鸟，只有在移动时才会感到快乐、获得内心的平静。”他们的语言也完全显

① 马丁·古辛德（Martin Gusinde，1886—1969），奥地利人，20 世纪上半叶智利最著名的人类学家之一，因其对火地岛土著群体的研究而闻名。

现出对于空间和时间的痴迷，虽然他们甚至无法数到五，却能以细微差别定义罗盘方位[①]，并像精确的计时器一样解读着季节的变化。这里有四个例子：

"Iūan"——小螃蟹的季节（当螃蟹父母带着它们的孩子行动时）

"Cūiūa"——放手让年轻人独立的季节（来自动词"停止噬咬"）

"Hakūreum"——树皮松动，树液上升的时节

"Čekana"——建造独木舟和丘鹬[②]鸣啭的季节（"ček-ček"是模仿了独木舟工匠从树干上撕下山毛榉树皮时的声响和丘鹬的叫声）

托马斯·布里奇斯根据地名"雅加"（Yagha）创造出了"雅加人"（Yaghan）这个词语，其实，印第安人自称为"雅马纳人"（Yámana）。用作动词的话，"雅马纳"的意思是"生活""呼吸""快乐""从疾病中康复"，以及"保持清醒"。作为名词，它代表着"人"，而不是动物。后缀为"yámana"的手是人类的手，是代表友善的手，而不是夺人性命的爪子。

构成印第安人精神家园的层层隐喻联想，将他们牢牢束缚在家乡，这种纽带牢不可破。部落的领地，无论多么不适，永远是族人

① 罗盘方位，或叫三十二方位，是现代罗盘上使用的方位系统。

② 鹬科的一种鸟类，躯体短粗、喙长，栖息于潮湿稠密林地的猎禽，雄鸟在求偶时会发出悦耳而多变的叫声。

的天堂——永远也无法被改良。相比之下，外面的世界就是地狱，而外来的人也与野兽无异。

那年的 11 月，也许，杰米·巴顿误将传教士们当作了黑暗力量的使者。也许，后来他表现出悔意时，是他记起了，那些粉红色皮肤的，也是人类。

65

卢卡斯·布里奇斯在他的自传《地球最远端》中，讲述了1898年到1899年间的比利时南极探险队里那位油嘴滑舌的美国医生弗雷德里克·A.库克是如何偷窃了他父亲的手稿并试图将其当作自己的作品发表的。库克是一个来自《瑞普·凡·温克尔》[①]中的神话国度的旅行者，他从常规的探险路线开始，后来声称自己是第一个登顶麦金利山[②]的人，并比罗伯特·皮里[③]更早到达北极。在因出售伪造的石油股份而服刑后，他于1940年在新罗谢尔[④]去世。

布里奇斯词典的手稿在第二次世界大战中，遗失在德国。后又

① 《瑞普·凡·温克尔》是19世纪美国小说家华盛顿·欧文的短篇小说，故事描述一位荷兰裔美国村民瑞普·凡·温克尔在一次上山打猎时，因为喝了穿着荷兰时代服装的矮人的酒，在山上睡着，醒来后却发现物是人非，他才恍然大悟，那些荷兰时代服装的矮人是山上的地精灵，他喝的是地精灵酿的仙酒，所以才一睡二十年。

② 又名“迪纳利山”，北美洲最高峰，阿拉斯加州东南部、阿拉斯加山脉中段。“麦金利峰”是1917年至2015年间美国给予该峰的官方名称，后又改回原名“迪纳利山”，以表示对当地原住民传统的尊重。

③ 指罗伯特·埃德温·皮里（Robert Edwin Peary，1856—1920），美国极地探险家，1909年4月率队从埃尔斯米尔岛北岸的哥伦比亚角出发，乘雪橇向北极点进发，4月6日到达北极点，成为首位徒步抵达北极点的探险者。

④ 美国纽约州的一座城市，位于长岛海峡的北岸。

被乌尔[①]的挖掘者伦纳德·伍利[②]爵士找回，并由布里奇斯的家人捐赠给了大英博物馆。

卢卡斯·布里奇斯是第一个与奥纳人交朋友的白种人，当“红猪”那些人正在屠杀他们的亲人时，奥纳人却唯独信任卢卡斯·布里奇斯。《地球最远端》是我小时候最喜欢的书之一，书中描述了他从斯皮翁科普山上俯瞰卡米湖的景象，以及后来，印第安人如何帮他开辟出一条连通哈伯顿庄园与布里奇斯家族在维亚蒙特的另一个农场的小径的故事。

我一直想走一走那条路。

---

① 乌尔（Ur），又译作吾珥，是美索不达米亚的一座古城，位于底格里斯河与幼发拉底河注入波斯湾的入海口。它的遗址位于今天伊拉克的内地，巴格达以南纳西里耶附近，幼发拉底河的南部。

② 伦纳德·伍利（Leonard Woolley，1880—1960），英国考古学家，因发掘美索不达米亚的乌尔而知名，伍利被视作现代首位考古学家之一，1935年因在考古学上的贡献而获得爵位。

66

但克拉丽塔·古道尔不想让我去，这里离卡米湖大约有二十五英里，但沿途河流泛滥，桥梁也已经倒塌了。

“你会摔断腿的，”她说，“也可能会迷路，那我们就得派搜救队去找你。以前，骑马的话，我们一天就可以到那里了，但现在这里已经没有马了。”

这一切都是河狸造成的。岛上的一位官员从加拿大进口了河狸，如今河狸筑的水坝堵在河谷里，那些曾经水流开阔的地方。但是，我还是想走一下这条路。

一大清早，她就把我叫醒了。我听见她在厨房里泡茶，她给了我几块面包和黑醋栗做的果酱，又给我的保温瓶里灌满了咖啡。她把浸泡在煤油中的木棍小心地装进一个防水袋里——万一我不小心掉进河里，至少我有生火的东西。她对我说：“小心点！”然后，就站在门口半明半暗的灯光下，穿着一件长长的粉红色家居服，带着平静而悲伤的微笑，慢慢地挥手与我告别。

河湾上笼罩着一层薄雾。一群红头雁在水面上掀起涟漪，在小径的第一道门那里，更多的雁鸟站在一个水塘旁。我沿着小径走进山区，面前就是哈伯顿山，林木茂盛，朦胧的阳光从山肩处洒落下来。河的这一侧是一片连绵起伏的草场，森林被大火烧毁，草地上满是烧焦的树干。

小路起起伏伏，原木平台被放置在山谷的凹陷处。最后一道栅栏外面，是一个枯树围绕着的黑色水池，由那里开始，山路蜿蜒而上，穿梭在一片高大的林木中。

河流在视线内出现之前，我先听到了谷底咆哮的水流声。小径沿着峭壁而下，在一片空地上，卢卡斯·布里奇斯的旧羊圈腐烂得没剩下多少了。桥没了，但在河流上游约一百码处，河道变得开阔，河水流过光滑的棕色石头。我砍了两棵树苗并修剪了一下，脱下靴子和裤子，慢慢地走入水中，用左手的拐杖试探着每一个落脚点，用右手的拐杖稳定住我的身形。在河水最深的地方，我的臀部都浸入了水里。上岸后，我在远离河岸的地方，找了一片阳光充足的地方晒干我自己。我的脚被河水冻得通红。一只湍鸭[①]逆流飞翔，我认出了它带条纹的脑袋和拍打着的纤细翅膀。

小径很快就消失在林木中，我检查了指南针，继续向北寻找第二条河流。但那里已经没有河了，取而代之的是一片黄色的泥炭藓[②]沼泽，沿着沼泽的边缘，小树沿着锋利的斜切断口倒下，仿佛是被弯刀砍倒的。这里是河狸的地盘，这就是河狸对河流所做的一切。

我又走了三个小时，抵达了斯皮翁科普山的山肩处。我面前就是瓦尔德河谷，半圆柱的河谷向北十二英里，一直延伸到卡米湖纤

---

① 湍鸭是鸭科的一种长体鸭，见于安第斯山脉的水流湍急的河流中，能用坚挺的尾把住溜滑的石块，潜入水中用狭窄柔软的喙在石下探挖昆虫幼虫。

② 泥炭藓是一种水藓，一般呈黄白色或灰白色，常有各种锈斑。泥炭藓能在沼泽地上大片丛生，遗体逐年堆积成泥炭，并使沼泽地、湖泊逐渐淤积成陆地，又因为泥炭藓不断吸收空气中的湿气，扩大其生长范围，使森林地带沼泽化，所以会破坏森林。

细的蓝色水线。

一道阴影掠过太阳，鸟类拍打翅膀的嗖嗖声混杂在风声里。两只南美秃鹫[①]向我俯冲下来，当它们掠过时，我看见它们通红的双眼，它们向下飞过山坳，露出灰色的脊背。接着，秃鹫滑翔着弯过山谷尽头，而后在顶风的悬崖处，再次盘旋着飞起，直到它们成为了乳白色天空中的两个黑点。

黑点又变大了，它们回来了。秃鹫迎着风飞了回来，像锁定了攻击目标的雷达，它们黑色的脑袋周围环绕着白色的羽毛，双翼毫不畏缩，尾巴向下张开，像是空中的刹车，它们的爪子下探并张开了五指。它们来回向我俯冲了四次，最后，我们双方都失去了兴趣。

下午的时候，我还是在河里摔倒了。穿过河狸水坝的时候，我踩到了一根感觉很结实但实际上是漂浮着的原木。我一头栽进了黑色的淤泥里，挣扎了很久才脱身。这下，我必须在天黑前到达公路那里了。

小径又出现了，仿佛一条走廊，径直地穿过漆黑的森林。我跟着新鲜的原驼脚印走着，一会儿我看到它在我的前头，在倒下的卡车上晃来晃去，又过了一会儿，我缩短了与它的距离。这是一只单身的雄性原驼，身上满是泥泞，前额上满是伤疤。它应该是打了一架，打输了，现在，成了一个孤独的流浪者。

之后，森林消失了，河流缓缓地流过牧牛的草场。沿着小路，我反反复复过了不下二十次河。在某个路口，我看到了靴子脚印，

---

① 又名安第斯神鹫，是世界上最大的飞禽，体长 130 厘米，体重达 10 千克，翼展可超过 3 米。

猛地高兴和轻松了起来，以为自己马上就要抵达公路边，或是某个劳工的小木屋了。然而，没多久，脚印消失了，河流奔腾着冲下一片云母片岩峡谷。我穿越过森林，但天色已经变暗了，在黑暗中攀爬枯树太不安全了。

我找了个平坦的地方铺开睡袋。我打开防水袋拿出木棍，一半埋进苔藓和树枝堆里。火点着了，即便是潮湿的树枝也燃烧起来，火焰照亮了树上垂下的苔藓，就像是绿色的帘子。睡袋里又湿又热。雨云，遮住了月亮。

后来，我听见了引擎声，我坐了起来。车头灯的光亮透过树木照了过来。我离马路只有十分钟的路，但我太困了，懒得过去，于是，我接着睡了下去。甚至，当下起暴雨的时候，我依然在熟睡。

第二天下午，我洗漱完毕，吃饱喝足，坐在维亚蒙特的客厅里，全身酸痛僵硬，动弹不得。之后的两天里，我一直躺在沙发里看书。除了比特叔叔，一家人都去露营了。我们聊起了飞碟，前几天，他在客厅里看到过一个，绕着一张肖像画飞来飞去。

我从维亚蒙特出发，穿过隶属智利的那一半岛，来到了波韦尼尔。然后，再从这里坐船去蓬塔阿雷纳斯。

67

阅兵广场上，一场仪式正在举行。距离唐·何塞·梅南德斯踏上蓬塔阿雷纳斯的土地，已经一百年过去了。一群他富有的后裔，来到南方为他的纪念碑揭幕。女士们穿着黑色连衣裙、皮草和漆皮皮鞋，戴着珍珠饰品。而男人们则因为保护他们过度扩张的农田而神采奕奕。因为土地改革，他们在智利的产业都消失了，但他们依然牢牢掌握着他们在阿根廷的大农庄和庄园，尽管英国经理和温驯的劳工的美好旧时光已经一去不复返了。

唐·何塞青铜像的脑袋光秃秃的像一颗炸弹，这尊半身像曾经装饰在圣格雷戈里的家族庄园里，但在阿连德①政权时期，劳工们将它塞进了厕所里。如今，雕像重新树立在广场上，象征着自由企业的回归，但这个家族不太可能拿回失去的财产。不真诚的悼词像葬礼的钟声一样响起。

风吹过南极山毛榉树林，广场四周矗立着大教堂、旅馆和旧财阀的宫殿——如今大多改建为军官俱乐部了。麦哲伦的雕像昂首阔

① 阿连德指萨尔瓦多·阿连德（Salvador Allende，1908—1973），智利政治家、医师，拉丁美洲第一位通过直接选举上任总统的马克思主义者和社会主义者，1970 年就任智利总统，1973 年 9 月 11 日在由美国中央情报局支持的军事政变中身亡。阿连德在总统任内推行被称为“智利社会主义之路”的规划，包括进行大型工业（铜矿、银行等）的国有化，彻底改造医疗卫生系统，改革教育系统，深化土地改革。

步地站着，脚下是两个按照“垂死的高卢人”① 塑造的印第安人。

顶尖的铜管乐队出现在了仪式现场，乐队的苏萨进行曲② 淹没在了风里。一位脸色红润的空军将军作为市长代表，正要为纪念碑揭幕。西班牙代办目光呆滞，一脸严肃地紧盯着这一幕。美国大使看起来则要和蔼可亲一些。只要有铜管乐队出现就会聚集起来的人群，在仪式场地周围面无表情地晃悠。蓬塔阿雷纳斯是一个左翼小镇，这些居民曾经给萨尔瓦多·阿连德投过票。

一个街区外有一座宫殿，这是 1902 年莫里茨·布劳恩与唐·何塞的女儿结婚时，一点一点从欧洲运来并建造起来的。黑色柏树林的上方，宫殿的双层斜坡屋顶矗立着。不知何故，这座宫殿在土改的充公中幸存了下来，在干净的大理石雕像和切斯特菲尔德式沙发的点缀下，爱德华时代③ 平和的家庭氛围，得以保存。

餐厅里，仆人们正在为晚上的宴会做准备。午后的阳光穿过天鹅绒的窗帘，照在过道里铺着的白色织锦缎上，反射在科尔瓦多④ 皮革打造的墙壁上一幅多情的大雁的画作上，那是毕加索的父亲路伊兹·布拉斯可绘制的。

仪式结束后，老一辈人在花园暖房里休息，一个穿着黑白制

---

① “垂死的高卢人”是一尊古罗马时的大理石雕像，是罗马人仿希腊化时代的雕像，原作品已失落。雕像表现的是一位垂死的加拉太人战士坐在他的盾牌上，他的剑和其他物件散落在身旁，他手撑着地，似乎想要站起来再战，表现出一位不甘屈服的战士形象。

② 指约翰·菲利普·苏萨（John Philip Sousa，1854—1932），美国作曲家及指挥家，其作品是美国军队和爱国进行曲，被称为“进行曲之王”。

③ 指 1901 年至 1910 年英王爱德华七世在位时期，介于维多利亚时代和第一次世界大战之间，被公认为大英帝国的黄金时代。爱德华时代虽短，却有独特的建筑风格、时尚和生活方式。

④ 科尔多瓦，西班牙南部的一个省。

服的女仆端着司康松饼和淡茶，为他们服务。当话题转向印第安人时，这家人里的“英国人”说道：“那些屠杀印第安人的做法有些过头了。你看，这些印第安人都是些挺低级的印第安人，我是说，他们又不像是阿兹特克人或印加人，又没建立什么文明、帝国。总的来说，他们就是一群贫穷的人。”

68

蓬塔阿雷纳斯慈幼会的神父，有一间比里奥格兰德更大的博物馆，馆藏的珍品放在一个玻璃展示柜里，柜子里是一张看起来不太好相处的意大利年轻教士的照片，一块加工处理过的海獭皮，以及一段解释两者关联的文字：

> 1889 年 9 月 9 日，三名来自运河流域的阿拉卡卢夫人来找皮斯通神父，并给了他现在博物馆里陈列的这块海獭皮。当神父检查海獭皮时，其中一个印第安人扬起了砍刀，砍伤了他的左上颌骨，另两个印第安人也开始攻击他。神父奋力与这些丛林猎人搏斗，但他伤得太重了。他痛苦地挣扎了几天，死了。
>
> 这几个凶犯曾在传教区生活了七个月，被慈幼会当作收养的孩子一般，受到关爱和照顾。但返祖的野蛮、野心和嫉妒，驱使他们犯下了罪行。行凶后，他们就逃跑了。一段时间之后，他们又回来了，在接触了我们的宗教之后，他们被教化了，成为了良善的信徒。

真人大小的印第安人彩绘石膏像陈列在红木展架中，雕塑家赋予了他们猿猴般的特征，与来自道森岛[①]教堂礼拜堂的圣母像的宁静柔美形成鲜明的对比。博物馆里最可悲的展品，是两本练习册，以及一张看起来很聪明的男孩的照片——就是他书写了这些册子：

> 救世主就在这里，我却不知道。你头上的汗水，你要吃面包。

所以，慈幼会确实注意到了《创世记》第三章十九节[②]的重要性——黄金时代结束了，人们不再打猎，住进了屋子里，开始每天劳作。

---

① 道森岛（Isla Dawson）是智利的岛屿，位于蓬塔阿雷纳斯以南 100 公里的麦哲伦海峡，属于火地群岛的一部分。

② 《创世记》这一篇章中写的是："因你额头的汗水，你会吃你的食物。直到你回到地面，回到你来时的地方；你是尘埃，你必归于尘土。"

69

梅南德斯家族的那个“英国人”带我去看比赛。那是夏天阳光最明媚的一天。海峡是一片平坦、平静的蓝色，可以望见萨缅托山两座白色的山顶。看台刚刷过一层白漆，上面站满了将军、海军上将，还有年轻的军官。

“英国人”穿上了麂皮的靴子，戴上了粗花呢礼帽。

“比赛日，对吧？没有比比赛日更适合会面的了。来，跟着我，来吧，我们去贵宾包厢。”

“我穿得不合适。”

“我知道你穿得不合适。没关系，他们都很开明，跟我一起来。我得介绍你认识一下市长。”但市长无暇顾及，他正忙着和苏格兰飞行员俱乐部的会长还有苏格兰公主交谈。于是，我们和一位凝视着大海的海军上尉聊了起来：

“听说过西班牙女王的故事吗？”那位“英国人”试着活跃气氛，“如果你没听过，那记着这几句：

> 片刻的欢愉
>
> 九个月的痛苦
>
> 三个月的闲暇
>
> 而后，从头再来。”

上尉点了点头："你是说西班牙波旁王朝[1]？"

"英国人"说，他在牛津读的历史。

① 西班牙波旁王朝源于法国的波旁家族，是西班牙现今的王室，自1700年至今断续地统治西班牙。其家族分支还统治过那不勒斯、西西里等位于今日意大利境内的领地。

70

老太太拿起银质的茶壶倒茶，她看着暴风雨席卷过道森岛。她脖子上的链子上装饰着三块天然金块，以前，她付钱给劳工们，在溪流中为她淘金。暴风雨就快要来到海峡的这一边了。

“哦，整个过程都干得很漂亮，”她说，“当然，我们之前就听到过风声，但一直也没事发生。后来，我们看到飞机在空中盘旋，那天早上，我们听到了枪击声，下午的时候，他们就把所有的马克思主义者都围了起来。干得特别漂亮。”

她家的农场曾是麦哲伦市①著名的景点之一，她父亲在苏格兰也有一处房产。他们会留在苏格兰寻找松鸡、进行围猎，而后在十月份的时候，坐船返回智利。

1973年，政府只给了她两周的时间，上交并离开他们家七十年来拥有的庄园。22日的时候，他们收到了书面的通知，言辞粗鲁地让她在15日之前打包走人。她从未像那两周里那样辛苦，她把房子肢解分割了，带走了所有的东西，每一样东西，包括电灯开关、浴缸旁边的大理石，她把所有的东西都运回了家乡。她不会让那些人得到任何东西，她一分一毫也不会留给他们。

确实，暗箭难防。最坏的是一个为她工作了三十年的男人，一

---

① 麦哲伦市，是1927年至1938年间智利蓬塔阿雷纳斯市的旧称。

直那么努力工作，而且，也一直那么有礼貌。她甚至在他生病的时候亲自照顾过他。可是，当马克思主义者来到这里之后，他就开始变得傲慢了。他不让其他人把牛装车，那些她已经卖掉了的牛，这样，留下来的牛他们就能占为己有。再后来，他关掉了她的燃油暖气，她的燃气，她付钱买来的燃气。

太可怕了，革命把她的“忠犬”变成了杀人的凶手。整个冬天，劳工们都在那里磨着刀等待，等待命令然后把他们在睡梦中杀死。当那些革命者把农庄占为己有之后，他们又做了什么？他们毁了这个地方！水管爆裂了，羊只跑到了菜园里、花园里！他们对蔬菜一无所知，甚至不知道如何处理蔬菜。

他们抱怨没有牛奶喝，说因为她没有供给他们牛奶，害他们得了肺结核。于是，她给他们准备了牛奶，他们却把牛奶倒进了下水道。他们不喜欢新鲜的牛奶，他们只要罐装的牛奶！当他们把奶牛群占为己有之后，他们又干了什么！他们把奶牛宰杀，做成了牛排！他们大快朵颐！他们甚至都懒得去挤牛奶，他们经常喝得烂醉，站都站不起来。

还有公牛，唉，公牛的故事，简直让人哭笑不得。政府去新西兰进口了这头极品公牛——毫无必要，因为邻国的阿根廷就盛产公牛，但政府不能向阿根廷开口，因为这太丢脸了。于是，他们将新西兰的公牛空运到圣地亚哥，又空运到蓬塔阿雷纳斯，送到在这里的农场——他们信口雌黄地在公告中说，他们建立了现代化的农场。这公牛活了多久？他们坚持了几天没把它宰了吃了？就三天！这就是他们想要的，什么都不会剩下。

她把家具从农场搬到了城里的房子里，这房子她已经买下五十年了，是蓬塔阿雷纳斯最漂亮的屋子——他们当然也想据为己有。政府派当地的老大布朗索维奇先生到她家里来了三次，他心意已决，那是一个毫不尊重私有财产的年代。布朗索维奇说，他的政党想要把她的房子变作他们的总部。她回答道："除非我死了！"

第二次的时候，布朗索维奇是和他妻子一起来的，他太太摸过她的每一个柜子，甚至还躺在床上试了一下。最后一次，他和他的红色暴徒们站在客厅里，说："这屋子的东西都太英国化了。想想，就她一个人住在这里。你一个人住着难道不害怕吗？"

是的，她很害怕，但她绝不能让他们看出来。后来，她把房子卖给了一个智利的朋友，分文未取，反正比索[①]也已经不值钱了。但她不能让他们得到这房子，至少，不能从她手上。猜猜布朗索维奇夫人得知房子已经卖了之后，干了什么？她发来了一条消息："那套擦光印花棉布装饰的家具，她想要多少钱？"

那天早上，布朗索维奇在自己的店里被逮捕。他们把他带回他家，剃光了他的头发，然后把他打发到了道森岛上。后来，布朗索维奇的一些朋友去找市长，想要把他救出来："你们真让我吃惊，"市长说，"你们认识他的笔迹吗？"朋友们说认识，市长把布朗索维奇的猎杀名单拿给他们看——他们的名字都赫然在列。于是。朋友们说："他最好还是待在岛上。"

暴风雨来了，雨水冲刷这花园里盛放的花朵。这件新屋子虽然

① 指 1817 年到 1960 年期间的智利比索，1960 年 1 月 1 日智利发行了新货币埃斯库多，收回比索。现代的智利比索是 1975 年重新发行的。

小一些，却很温馨，屋子里有绿色的地毯和齐彭代尔式[①]的家具。

“我不会走的，除非他们杀了我，”老太太说，“我属于这里。而且，我还能去哪儿呢？”

① 指托马斯·齐彭代尔（Thomas Chippendale，1718—1779），英国的家具设计师和制作家，被誉为“欧洲家具之父”，其设计的家具结构稳固、线条细腻优雅、宽敞舒适，基本风格有法国洛可可式、中国式、哥特式、新古典式等。

71

在蓬塔阿雷纳斯市的广场街 182 号，有一扇漆成绿色的铁门，女性雕像与前拉斐尔派[①]的百合花交缠在一起，通向一个阴暗的花园，那里仍然生长着我祖母那一代的植物：血红色的玫瑰和黄色的月桂树。房子有高高的山墙和哥特式窗户，靠街边的那一侧是一座方形塔楼，靠河边的那一面则是一座八角塔。邻居们常说："关于这房子，老米尔沃德在教堂和城堡之间犹豫不决"，或是，"我猜他觉得住在那里，能更快上天堂"。

现在，房子的主人是一位医生，他的妻子带我走进一条圣公会风格的阴暗走廊。从塔楼的房间里，我眺望着这座城市：圣詹姆斯教堂的白色尖顶，漆成斯拉夫手巾般红色的金属房子，码头旁的银行大楼和仓库。阳光自西而来，照射在汽车渡轮猩红色的船头上。远处是道森岛上黑色的山峰，和一直延伸到弗罗厄德角的悬崖。

我的表亲查理在塔上放了一个望远镜，作为一个年迈的病人，他常常在这里眺望海峡。有时，他会坐在书桌前，回忆的思绪翻腾，重温驰骋于海洋上的兴奋之情。

---

① 前拉斐尔派（Pre-Raphaelite）是 1848 年在英国兴起的艺术改革运动，作品基本上以写实的风格为主，画风审慎而细致，用色较清新，有的作品呈现忧郁的情调。

72

1870年，刮着大风的秋天里的某一天，一艘蒸汽船从默西河[①]的洛克港[②]启航，驶向皇家康威号——这是一艘历史悠久的船，停泊在海峡中，作为海军商船[③]的训练营。船上有两名乘客，一个十二岁的男孩，和一位憔悴但和蔼可亲的牧师，脸上布满了在印度传教留下的痕迹。那个男孩“个子矮小而结实，面无表情而显得有些丑，但长相却不令人讨厌”，他看起来就像曾真的“把鼻子放在磨刀石上”[④]。

亨利·米尔沃德牧师，认命了他再怎么用拖鞋抽打，他儿子也野性难驯，于是决定把他送到大海上去。

“答应我一件事，”黑白相间的炮筒越来越近了，牧师说，“答应我，你不会偷东西。”

“我保证！”

男孩信守了自己的诺言。他父亲的未雨绸缪是正确的，因为他自己的兄弟就手脚不太干净。

---

① 是英格兰西北部的河流，源头在史托克波特（Stockport），河口在利物浦，注入爱尔兰海。

② 洛克港（Rock Ferry）是英格兰威勒尔半岛上的一个郡县。

③ 海军商船是在特定国家注册的商船舰队，这一做法起源于英国的乔治五世，他在第一次世界大战结束后，给战争中服役的英国商船队授予“海军商船”称号。

④ 英语俚语，意思是勤奋努力、辛劳工作。

查理跑上舷梯，与父亲挥手告别。但船上一个叫戴利的恶霸男孩，拦住了他的去路，让他交出自己的小折刀和银质的铅笔盒。戴利手臂上的文身图案永远铭刻在查理的记忆中。

两年后，当结束了自己的基础培训后，他加入了一家叫巴尔弗·威廉姆森的公司。他的第一艘船，叫罗克比庄园号，运输煤炭和铁轨到美国西海岸，然后从智利运回硝酸盐。关于这段学徒生涯，他留下了两份记录，一份是航海日志，记录都很简短，而且字迹都歪歪扭扭的："拿了 640 袋硝酸钠""巴德西岛[①]在正横向位置""海员雷诺兹撞上了舵轮，船停了"，或是，他对于合恩角唯一的描述——"航向从东南方向变为北东北"。

另一份记录，是他年老时在蓬塔阿雷纳斯撰写的、未能出版的航海故事集。有些故事有些混乱和重复，也许是因为病重，也可能是由于其他人的打击，他没有能写完。但我觉得这些故事棒极了。

他把所有能记得的事情都写了下来：不管是有关海洋还是人；无论是发生在海上的，还是发生在港口里的；火车之旅；英国北部惨淡的港口——"利物浦和米德尔斯伯勒堡[②]都不是能让人振奋精神的地方"；湿漉漉的鹅卵石、简易房里的臭虫，以及喝得醉醺醺回到船上的船员们。还有，后来出海前往热带地区的记录，操控船首的斜桅，平静的航程中，白色的海浪划破漆黑的海面；又或是，在倾斜的桅杆高处，绿色的海水淹没了甲板，拖着湿透或者冻得僵硬的船帆；还有，在瓦尔帕莱索的狂风中，夜里醒来发现船身已经

---

① 巴德西岛（Bardsey Island），威尔士的一个岛屿，中世纪时期这个岛屿是朝圣地，后来成为海盗出没之地。

② 米德尔斯伯勒（Middlesbrough），位于英国东北部的一座城市。

倾斜，他的朋友对他说："去睡吧，丑小子，傻孩子，你察觉到之前，就溺死了"，而后，在船用水泵抽了三十六个小时后，终于抽干了积水，以及当时船员们的欢呼声。

食物是他当时的精神寄托。他记录了"豌豆像五颜六色的水中的弹珠""象鼻饼干[①]，先是像象鼻虫，后来就变成了蛆"，还有咸牛肉——"更像红木而不是肉"。他写下了男孩们自己创造的各种食物的名字，饼干、豌豆、糖蜜和咸猪肉，分别被叫做——上等的臭味、碎饼干、死狗和贫民窟，还有他们吃撑了之后长出的疖子。他心怀感激地记得那些多给他食物的朋友，一个老管事还有一位智利港口的德国糕点师。他还记得男孩们偷偷去船长的储物柜里偷东西，而后带回来了枕头套、罐头龙虾、牛舌、三文鱼还有果酱。因为他对父亲的承诺，他没有吃那些东西，但当船长发现失窃之后，就取消了他们圣诞节的布丁供应——为此，他哭得很惨；他还记下了，厨师还是偷偷塞给了他们李子布丁，当船长突然出现时，他把他那份布丁塞进了衬衫里，逃到院子里，但肚子上烫出了水泡。

他写下了旧金山柏柏里海岸的故事：旅馆的主人给饥饿的水手提供下了药的食物，然后把他们送到船员挨饿的船上去。萨米·永利是这些人中最坏的，一艘奥地利战舰上有三名学员住在他那儿，当他发现赏金比他的酬劳高时，他把他们告发了，军事法庭最后把三个人都判了死刑。

---

① 象鼻饼干是一种航海中常见的食物，一种坚韧的饼干，这种饼干历史悠久，一直是航船、海军的重要食物，如果存储得当，可以放很久。"象鼻饼干"的说法来自航海小说和航海笔记，据说水手们选择在黑暗中吃以避免看到蛆虫。

他记录了友善的加州女孩、粗暴执法的治安法庭，还有比尔街黑帮，他们把西班牙酒从酒桶倒到一艘船里，而查理和船上的看守当时正在码头一起吃南瓜派；还有打着白色领结穿着白色燕尾服洗劫了货船的洪堡国王队①，还有，他送这位绅士下船时，得到的那块银表。

他也记得洗衣工中国人阿兴，嘴里吐出面粉，还有那些中国人船员，身着华丽的丝绸，当钓钩在他们头顶飞来飞去的时候，点香向着太阳朝拜的样子。还有智利的硝酸盐港口、皮斯可②酒酒商、鲸鱼肋骨和麻袋搭成的棚屋、从悬崖上蜿蜒而下的骡车，还有笨拙滑倒的骡子，掉下六百英尺高的悬崖摔死在海滩上。

还有一级水手兰伯特，因为在牌桌上赢了钱而被打得鼻青脸肿。还有从被诅咒的船上逃离的老鼠，和在海里竞速的鲨鱼群。男孩们用他们最好的鲨鱼鱼钩抓住了一条十八英尺长的巨兽，但大副不肯让他们把战利品弄上船，因为船上刚刷了新漆，于是他们就把鱼挂在船尾，查理绑着一根绳子跳下船，把它的心脏掏了出来："此后，我骑过许多不寻常的动物，但那条鲨鱼绝对是最难站稳的。"

他记录下了墨尔本的最后一包羊毛、仰光的最后一袋大米、伊

---

① 洪堡国王队（King of the Hoodlums），是1954年在美国芝加哥洪堡公园地区成立的组织，原来的宗旨是帮助波多黎各移民对抗种族歧视，但随着拉丁裔社区不断面临来自希腊和意大利黑帮团伙的暴力侵扰，这一组织与其他各种波多黎各人以及墨西哥的街头帮派合并形成了"拉丁国王"黑帮，后来演变为在美国各地进行犯罪活动的黑帮组织。

② 皮斯可酒（Pisco）是秘鲁和智利一种由葡萄发酵蒸馏而成的传统烈酒，堪称秘鲁和智利的国酒。

基克[①]的最后一袋硝酸盐——那些他亲手卸载的货物。当船缓缓驶出海港，船舱里的人齐声高呼“启程回家”，而船长却喊着：“管事！他们都喝醉了！”那是老乔迪船长，查理也写下了关于他的记录——穿着黑白格子的长裤和绿色的大衣，在海上时戴柔软的白帽子，而在港口时却戴一顶白色的硬帽子。

这就是他学徒时代的故事。

① 伊基克（Iquique），是智利北部塔拉帕卡大区的首府，位于阿他加马沙漠和塔马鲁加尔大草原以西。

73

我们离合恩角已经很近了，右舷处吹来一阵疾风，船舰顺风平稳地航行着。那是一个星期天的早晨，我和木匠奇普斯一起在主舱附近闲逛，他说："家乡的姑娘们正用双手拉着呢。"

这是一句古老的水手谚语——每艘船的船头上都拴着一根绳子，绳子的另一端握在家乡的爱人手中。当船顺风而行时，水手们会说姑娘们正在用力拉绳子；但当遇上大逆风时，有人说，那是绳子打了结，无法顺利拉动，也有人会说，那是姑娘们正和士兵们鬼混，忘了自己的水手爱人。

就在这时，钟敲响了四声，那是上午十点，轮到我掌舵了。我几乎才刚刚碰到舵轮，还没来得及高兴，风向就往北转了几度，船首和船尾的横帆也随之收起了几分。当船开始向着港口方向猛地转向时，木匠还在走来走去。主顶桅交索帆上没有风，船帆松松垮垮地挂在甲板上的绳圈里。在颠簸中，木匠失去了平衡，又一不小心把脚缠进了船帆里。然后，紧接着风向又变了，风帆鼓满，像绷紧的小提琴弦一样拉起了船帆，船帆击中了奇普斯的鼠蹊部，把他掀翻抛进了海里。

我眼睁睁看着他落水，我只能飞快地松开舵轮，抓紧时间扔给他一个救生圈。而后，我们把舵轮放下，让船随风飘荡，上桅帆和吊索都在随风飞扬。当一些船员忙着放下救生艇时，另外一些水手已经开始登上这种被称作“风筝”的小帆船了，不到十分钟的时间里，那船就下水去救木匠了，我们能看见他正在拼命游着。

在“有人落水了！”的呼喊声中，所有休班的船员都赶到了甲板上。第一个跳进救生艇的是学徒沃尔特·佩顿，二副斯宾塞先生知道佩顿并不擅长游泳，把他赶下了船。另一个学徒菲利普·艾迪也跳上了船，但沃尔特不愿退缩，他绕过船头又爬上了船。在斯宾塞先生看见并阻止之前，小船已经下水了，当他们经过船尾时，我听到船上的水手嘀咕了几句。而后，他们就消失在了汹涌的海面上。

救生艇是十点十五分离开主舰的，艇上所有的船员都绑好了救生衣。我们忙活了一阵，才缩短了船舰与他们方向的距离。船长爬上了后桅的桅顶横杆，寻找救生艇的踪影。他们离我们有一段很长的迎风的距离，一直到十一点半，我们才看到他们出现在附近的水面。但我们看不清，他们是否救起了木匠。

船长下令“扬舵”，风帆升起，吊艇架从船的背风侧放了下去，准备将救生艇拉上主舰，我们都看见斯宾塞先生站起来挥舞着手臂，可我们不知道，他是在告诉我们他们救起了木匠，还是以为我们没有看见他们。真相将永远无从知晓了，就在那生死攸关的一刻，他的注意力并没有在小艇上，小船突然横转，翻了。救生艇离我们很近了，也就两条绳索的距离，我们能看到他们都在海水里挣扎地游着。

我们再次放下舵，让船跟着风走。和第一艘救生艇完全不同，在船上，要准备第二艘救生艇下水要困难得多。第一艘救生艇是随时就绪的，但其他的小船都底朝上地堆叠在滑道上，而且船里面还塞满了东西——船长的家禽装在其中一艘船上，这次航行所有的卷心菜装在另一艘上，还要防止被颠簸抛到船外，救火桶和架子也都堆在那里。

船员们先把装波特酒的小船吊了起来，但就在他们把小船翻过身来的时候，一个巨浪袭来，其中两个船员滑倒了，被小艇压在了下面。与此同时，我正用望远镜寻找水里的幸存者，我看到他们有几个人互相帮助着爬上了翻覆过来的小艇船底，他们游得离我们很近了，不需要望远镜我们就能看清他们的脸。但主舰漂流的速度比他们游泳可快多了，他们只能往回游向小艇那里。

在右舷把救生艇翻过来之后，我们只能在主桅帆后面按上一个滑索，好把主帆抬起来移到另一侧的船舷。但不知道负责主桅帆滑索的那个人是没有力气还是太着急了，索带一次又一次地滑脱，而海面上的小船也一点一点沉了下去。大船随着风，向下风口飘去，我们已经看不到那艘小艇，也看不到爬在小艇龙骨上的可怜的水手们了。但盘旋在出事海面上方的海鸟，给我们指明了他们的方向——信天翁、乌信天翁①、灰背海燕、巨鹱，都在海面上转圈圈。

弗林先生带着第二艘救生艇出发了，但那已经是下午一点十分了。当那艘小艇经过船尾时，迎面而来的风更强劲了，船员们都牢牢得绑着他们的救生衣。但由于主舰已经顺风漂出了一段距离，这艘小艇要往回行驶更远的路程。

---

① 乌信天翁属信天翁科、乌信天翁属，是中型信天翁，栖息于南极，大部分时间飞翔在南大西洋和印度洋亚热带海域。

二十分钟后，他们消失在了我们的视线中，我们开始了漫长的等待——期望我们的五个伙计能尽力扒住小艇的龙骨坚持下来。船长一次又一次地调整航线，蜿蜒航行，但最后，还是决定继续沿着原航线行进，免得迷失在海面上。于是，我们仰面躺在甲板上，瞪着双眼，等候小艇的返航。

下午三点半，小艇回来了，他们向着船尾的方向驶来，但风浪又起，小艇挣扎了一会才能靠近主舰。那会儿，我们已经意识到，最糟的情况发生了，我们默默地将滑轨安放好，把小艇吊到了船上。其中有两三个人的头上都流着血，他们的帽子和防风雨帽也都松开了。当主舰重新回到航线上后，我们开始问起事情的经过，他们叙述了几个要点：

他们找到了那艘小艇，他们把我扔给木匠的救生圈和船上五件救生衣里的三件都带回来了，而另外两件救生衣漂浮在海面上，他们却没有看到任何人。之后，海鸟对他们发动了袭击，他们不得不用担架将海鸟击退，海鸟俯冲下来的时候弄掉了他们的帽子，那几个流血的人是被信天翁锋利的喙给击伤的。他们检查救生衣的时候，发现所有的绳子都解开了，他们猜到了当时的情况。海鸟也攻击了掉进海里的水手们，而且是冲着他们的眼睛去的，这些可怜的人看不到救援的到来，心灰意冷地解开了绳子，沉入了水底，因为他们知道，他们是无法战胜大群的海鸟的。船上的救生圈也证明，在小船出事之前，他们已经救回了木匠，知道他们完成了原本的救援任务，反而让我们更难过了。

六个半小时之后，我从舵轮上被换了下来。那是我掌舵时间最长的一个班次。我到船舱里去找点东西吃，但当我看到沃尔特和菲利普的床上被掀开的被子、丢在床上的裤子，还有地板上的靴子，一切都还是他们听到“有人落水了”时的样子时，我崩溃了，一点也感觉不到饥饿，只能无助地哭泣。后来，船长让三副把我带去他的舱房里睡觉。

“这都快把这孩子逼疯了，船舱里一下子就多出了那么多空铺位。”

74

1877 年，查理被“孩子号”雇用，成了那艘开往俄勒冈州波特兰市[1]的全桅帆船的二副。但这艘船简直乱七八糟，船长总是咒骂自己的母亲、船员哗变，来自阿伯丁[2]的大副拿着斧头来找查理的麻烦。一趟航程他就受够了，他离开了这艘船，加入了新西兰航运公司，并在那里待了二十年，经历了从货运到客轮、从帆船到蒸汽的时代。

十九世纪八十年代后期的某个晚上，他正在阿尔德门[3]的土耳其浴场的第一个蒸汽浴室里，旁边是一个黑胡子子的大汉，正坐在帆布椅上打盹。他的脸没有透露任何信息，但手臂上的文身让查理认出了他——这是戴利。查理偷偷地溜到背后，掀翻了椅子，并且在大汉的背上留下了一个猩红的手印。戴利嚎叫着，赤身裸体地追着查理在浴池间奔跑，直到浴室的工作人员制止了他们。查理很快平息了戴利的怒火，他们聊起了“亲爱的老康威号”，他们一块儿离开了浴室，去了剧院，还在克莱梯利

---

① 波特兰（Portland），位于美国西北部的城市，俄勒冈州人口最多的城市。

② 阿伯丁（Aberdeen）是英国苏格兰地区的主要城市之一，是北海海滨的主要海港。

③ 阿尔德门（Aldgate）在历史上曾是伦敦城墙上最东面的城门，从伦敦市通往白教堂和伦敦东区。现在它是伦敦的一个区域，包括两条伦敦市的主要交通要道利德贺街和芬丘奇街。

安[1]吃了饭。

“确实，”查理写道，“我们就像黑夜中经过的船只。”

他并不太聪明，又总是笨嘴笨舌，不讨上司喜欢，但慢慢地，他还是升职了。1888年，查理成了一艘带大型冷冻舱的邮轮的二副。当这艘邮轮停在里约时，佩德罗二世[2]问船方他能否上船看看：

“走到舷梯最上方时，皇帝伸出了他高贵的手，在场的形形色色的葡萄牙人和西班牙人都行了吻手礼，每次吻手礼后，皇帝就把手递给秘书擦拭干净，而后再将手伸给下一个人，而每一次，秘书都会拿出一块崭新的手帕，这毫无疑问是非常安全卫生的一种做法……但船长并不习惯吻手礼，他热情地握住了皇帝的手，并用力地摇晃起来，说：‘万分荣幸，皇帝亲临我的船。’说皇帝陛下大吃一惊还有些保守了，大概从幼年起，就没有人这样握过他的手。他盯着自己的手，仿佛在说：‘好吧，老家伙，算你走运我不和你计较。’而后，他又把手伸给秘书擦拭干净。”

查理带佩德罗二世去参观冷库，并把一只冷冻的野鸡展示给皇帝——这是陛下第一次见到冷冻的东西。佩德罗二世对他的秘书说：“我们一定要在里约搞一个冷库。”但查理记得，在皇帝陛下搞

① 克莱梯利安（Criterion）餐厅是位于伦敦市中心的一家豪华餐厅综合体，面向皮卡迪利广场，餐厅的建筑是二级保护建筑，也是世界上历史最悠久的餐厅之一。

② 巴西的佩德罗二世（1825—1891），巴西帝国末代皇帝、语言学学者，自1831年至1889年共在位58年。佩德罗二世理性、温和的统治，使其受到巴西社会各阶层的尊敬，其改革有力地开启了巴西现代化的历程。

到一个冷库之前，他就被“忘恩负义的王八蛋丰塞卡将军[①]”给罢免了。

① 指德奥多罗·达·丰塞卡（Deodoro da Fonseca，1827—1892），巴西联邦共和国第一任总统、陆军元帅。1889年传闻佩德罗二世将让位于女儿，丰塞卡与佩德罗二世的女婿德沃公爵素有矛盾，因而谋划了军事政变。1889年11月，佩德罗二世在外交宴会后回到了夏宫，丰塞卡趁机发动军事政变，将起义部队开入里约热内卢，包围了内阁会议厅，宣布废除帝制，确立共和政体。当丰塞卡向佩德罗二世宣布共和临时政府已经成立后，为避免内战，佩德罗二世同意带着全家离开巴西。巴西帝国灭亡。1891年2月，丰塞卡正式当选总统，主张集权，倾向独裁，同年被迫辞职。

75

查理喜欢业余的喜剧表演，在升任大副后，他下令举行戏剧、猜字谜、舞台剧和马铃薯比赛①——任何可以打发海上无聊的十周时间的事情。

而有些娱乐项目则不同寻常：

“那时，我在皇家邮政的‘汤加里罗’号上当大副，我们在开普敦停船时，有一位教授带着三个来自卡拉哈里沙漠②的布须曼族③的俾格米人④，一对老夫妻和他们的儿子，上了我们的船。他们个子矮小，最年轻的个子最高，大概六英尺四英寸⑤。我不知道他们是不是有自己的名字，我们管他们叫老安德鲁·旋转木马、旋转木马太太，还有小安德鲁·旋转木马。

---

① 马铃薯比赛是在英联邦国家和美国很受欢迎的一种游戏比赛，有步行和骑马两种方式，比赛规则时参赛者要彼此竞争，快速收集马铃薯，步行的马铃薯比赛一般是儿童活动，常在学校进行，具体方式是画出几条跑道，跑道上沿途放上一些马铃薯，跑道尽头是篮子，赛跑者一个个地拿回土豆，最先拿回全部土豆的人获胜。

② 卡拉哈里沙漠（Kalahari Desert）是非洲南部的平原沙漠，处于卡拉哈里盆地中央，总面积约 90 万平方公里。

③ 布须曼人（Bushman），生活于南非、博茨瓦纳、纳米比亚与安哥拉的一个以狩猎采集为生的原住民族。

④ 俾格米人（Pygmies）泛指所有全族成年男子平均身高都少于 150 厘米的种族，一般被用来指在非洲的相关人种。

⑤ 换算成公制大约不到 140 厘米。

“那对老夫妻确实年纪很大了，医生说，从他瞳孔周围的白色浑浊看，他应该有一百多岁了。他自称已经一百一十五岁了，这当然不过是我们的臆测，他们都不会说荷兰语，只有小安德鲁能说上一两句，实际上，他父母说的语言，没有人能听得懂。

“这个老人看起来很奇怪，他的脑袋光秃秃的，他的脸像猴子一样干瘪而皱巴巴的。但他的妻子和儿子对他卑躬屈膝，所以我们猜想，他们的部落也许有点像鞑靼人。

“我们邀请教授举行有关俾格米人的演讲，但教授说，他们要先跳支舞。每个人都迫不及待，八点半的时候，沙龙里就挤满了穿着晚礼服的男男女女，还有穿着礼服制服[①]的船长和船员们。表演开始时，老人拨弄着他的弓弦，旋转木马太太和小安德鲁诡异地蹦来跳去。很快，老旋转木马激动了起来，加倍快速地敲打着他的弓弦，而后，他解开弓弦，像鞭子一样挥舞着，开始抽打他的妻儿，他们只能堪堪避过。我们猜想，他是觉得他们的舞步还不够快，令他不满。但没过几分钟，教授阻止了他，停止了表演。

“教授展示了许多不同人种的头骨——欧洲人、亚洲人、美洲印第安人、中国人、黑人、澳大利亚土著，最后，他拿出了布须曼人的头骨。他说，从头盖骨的尺寸和大小来看，很多方面，布须曼的俾格米人都不是各人种中最差的，最低劣的是澳大利亚土著。

“讲座很有趣，但我注意到老旋转木马看起来有些不安。而后，他溜到桌子底下，从宾客的腿间爬过，一直跑到了门口。一到外面，他就站起来跑了。我把他抓了回来，但他拼命挣扎，我好不容

① 礼服制服是所有穿制服的人员的最正式的礼服。

易才把他弄回座位上坐好。

“后来，通过翻译，我问小安德鲁：‘你父亲为什么在演讲中间跑出去？’他是这么回答的：‘我父亲参加过很多次这样的会议，他很清楚什么时候是杀戮的时刻。他相信那个时刻就要来了，所以他就跑了。他逃跑是因为他是这里最年长的那个，所以，他会第一个被杀。’”

76

1890 年，查理与新西兰姑娘女孩珍妮塔·卢瑟福结了婚，在航行的间隙，生了两个男孩和一个女孩。珍妮塔是个悲剧人物，孤独和英国的气候令她饱受折磨。下面这段我在随记本中找到的文字，可以侧面印证她丈夫对婚姻的态度，题目叫做《自由》：

> 耕种和游牧是男人的职责，就像孕育是女人的工作，她珍视她因此而得到的东西，并深深镌刻在心。身体上，这种功能是她的荣耀，心灵上，这也是她精神的里程碑。男人骑马离开，以帐篷为家，正如骑着马的阿拉伯人，置身于荒野之中。而女人则安顿在城墙围起的城镇中，居家为安，所有的财产都在身边，与它们共在，绝不分开。

1896 年时，珍妮塔的健康状况无法再适应英格兰的气候，她带着孩子们搬到了开普敦。1897 年 3 月 3 日，她因髋部的骨关节结核症而去世。查理带着孩子们回到了什鲁斯伯里[①]，和他未婚的妹妹一起生活。

---

① 什鲁斯伯里（Shrewsbury）是英国塞文河畔的城镇，是什罗普郡的郡治和文化商业中心。

77

六个月后，他第一次成为船长，他的船舰是“马陶拉”[①]号，是一艘在克莱德河[②]上全新建造的7584吨的单螺旋客货船。船上装载了两万包羊毛和两万匹冷冻羊肉。这艘船逆流而上试航了几次，以稳定船身，也确保它能经历海面上的历练，但船上并没有安装无线电。

离境的航程平安无事，乘客们都很喧闹，他们是从刚参加完科尔普拉杯的新西兰射击队。他们抵达惠灵顿的当晚，市长在阅兵大厅举行了晚会。查理正在拉肚子，又弄丢了自己的晚礼服，就安静低调地坐在晚宴的后排，直到他的乘客们邀请他致辞说两句。

“长官，先生们，”他说，“我很荣幸，能在上帝的指引庇佑下，将这些勇敢的新西兰战士带回他们的家乡和心灵的归宿。”然后，他就坐下了。

没人鼓掌，只有一个瘦小干瘪的法国人说：“船长，您的致辞是今晚最棒的。”

“如果简洁是智慧之魂的话。”查理回道。

第二天早上，这个名叫亨利·格里恩的法国人登上了“马陶

---

① 马陶拉（Mataura）是新西兰南岛南部地区一个小镇的名字。

② 克莱德河（Clyde），苏格兰境内的主要河流之一，发源于南拉纳克郡，汇入克莱德湾，入海口附近的造船业非常发达。

拉”号，想要免费搭船回家，作为回报，他愿意把卖给英国海军部的潜水服的专利费，分给查理一半。他宣称，潜水服的原理是铜质的蒸汽软管，穿着它谁都能非常安全地潜到六十英寻[①]，尽管最早在悉尼海岬尝试这潜水服的丹麦潜水员，被拉到水面时，已经死了。

“你为什么没自己下水？”

“别傻了，”亨利说，“如果我穿着潜水服下水，而事情出了岔子，那谁还能来研究到底问题出在哪里呢？”

查理同意了让他上船，与其说是为了潜水服，还不如说是为了找点乐子。

“我一直在和神明交流，”某天早上，亨利宣布道，“这艘船会沉没，但所有的船员都会被救起。”

“闭嘴吧，亨利。谢谢。”

差不多同一时候，查理收到了岸上某位女士的来信，她也梦到这艘船会沉。

启航前半小时，查理的朋友，“怀卡托”[②]号蒸汽船的克劳彻船长来到了他的船上，要找个人帮他代笔写文。

“我得找个男人，给我个带把儿的，我来教他就行。”

“如果你乐意，你就带他走吧，”查理指着那个蹲在地上擦自己船舱地板的法国人，说，“亨利，收拾行李，你去怀卡托号上。”

“不。”

---

① 1英寻等于1.8288米。

② 怀卡托（Waikato）是新西兰北岛的一个行政区，也是该地一条河流的名字。

“你听不懂吗？你坐怀卡托号回家。”

查理抓着他的领子，把他从舷梯上赶了下去，他在亨利的屁股上踹了一脚，把他的行李扔到了码头上。亨利去城里找警察以袭击的罪名逮捕查理，但正巧地方治安官在吃午饭，他又跑回了码头。马陶拉号驶离皇后码头时，他登上了栈桥，站在一根系船柱上，喊道：

“船长，记住，东边有麻烦。”

查理看到甲板上散落着一些煤块，便对水手长喊道：“水手长，来试试，看看你能不能把他从柱子上打下来。”

水手长扔过去一个煤块，“差一点点就打中了”，亨利又跑到拐角处，站在柱子上，继续嚷嚷：

“记着，东边有麻烦。”

“水手长，再来一次。”

但水手长没能打中。他们看见亨利最后的样子，是远处一个小小的、挥舞着手臂的人影，依然站在系船柱上。

78

第二周的星期天，船长、船员和乘客正要结束礼拜，当总工程师正在演奏最后一首赞美诗的时候，一声“砰”的巨响传来，随着船身的一阵颤栗，发动机转了半圈然后停了下来。许多人都摔倒了。

查理冲到舰桥上，总工程师也跟了上来。

“这船……它完全……它再也发动不了了。”

“胡扯！它必须得发动起来。”

但总工程师耸了耸肩，放弃了，回到自己的船舱喝一杯去了。

查理解除了他的职务并下楼检查损坏情况。机舱里“满目疮痍”——泵从十字联杆器上掉了下来，摇杆和活塞杆都弯了，泵的叶片和链条也全都断了。设计上一定是有什么瑕疵，甚至连贸易调查委员会，也弄不清问题到底出在哪里。显然，循环水没有排出去，而引擎泵就直接砸在了一大片水体上，而“众所周知，水是无法被压缩的”。

第二工程师不是一个宿命论者，他成功地拉直了一些扭曲的金属，让引擎运转了起来。查理在船上装了一些方帆，三周以来，马陶拉号以四节的速度，踉踉跄跄地向前航行，将咆哮 40 度[①]抛在

① 咆哮 40 度（Roaring Forties），又称咆哮西风带，是水手对南纬 40 度到 50 度间海域的俗称。

身后。

这艘船的计划是要绕过合恩角的，但要是引擎在航线上罢工，那它就会被卷入南大西洋的洋流中。于是，查理决定冒险沿着世界上最糟糕的下风海岸航行，从麦哲伦海峡的西侧进入。一旦进入了德索拉西翁岛北侧的皮拉尔角海岬，他就有大把机会拯救这艘船。

1月12日的早上8点，他叫来了重新述职的总工程师，他解释说他们正行驶在背风岸边，并要求他收紧引擎的泵链。但总工程师说："不行，我能听得出来，引擎最多还能撑二十四个小时。"

11点45分，在一阵西北狂风带来的浓雾和大雨中，查理在半英里之外，看见了士师岩，马陶拉号比预定的位置向南偏离了十二英里。查理迎着风调转航向，驶向海角外的使徒岩[①]。但狂风在身后拍打着马陶拉号，随着岩石越来越近，查理不知道自己能不能平安地穿越这一片海域。

下午2点的时候，总工程师来到了甲板上，说："泵链松了，我们得停下来了。"

"我们不能停！"查理嚷嚷道。

"这船最多还能走二十分钟，最多了。"

查理叫来了他的船员们："如果它能走二十分钟，它就能再走三十分钟！如果到达使徒岩那里的时候，我们能赶上顺风，我们就能在引擎熄火之前绕过海角。我知道这很危险，任何小于二十六英尺的岩礁都会露出水面，但这里的海面很开阔。"

他改变航道，向使徒岩的中间驶了过去。十分钟后，船尾向下

① 皮拉尔角附近的海中有三块海中岩石，被称为使徒岩。

撞在了一小块尖锐的岩礁上。他能感觉到船板被撕扯掉了，知道这船受了重创。他吹响了哨音让水手们关闭防水舱的隔板，但总工程师弄错了扳手，没有能关上防水壁的舱门。水淹没了机舱，很快，引擎就熄火了。

德索拉西翁岛的海岸线上有许多狭小的海湾，查理在双筒望远镜里看到了悬崖上的一处裂口，他以为是地图上的海豹湾。风帆给了他一些掌舵的可能，他向着峡湾的入口航行。当海湾在面前展开时，他看到了一条避风的水道，水域的尽头是一片鹅卵石海滩。"我要把船开进去，"他想着，"然后，把船救回来。"但是船尾已经完全进水，船舵并没能调转航向，她的航向偏向一边，卡在了水道的一侧。

那并不是海豹湾，而是另一个截然不同的海湾（现代航海图上，它被命名为马陶拉湾，那块岩石则叫米尔沃德礁）。他们转乘了小船，驶入内港，当晚就睡在了小船上，头顶上，狂风正在呼啸。黎明时分，大副带领一队人去船骸上拿食物，却空手而回。查理只好亲自去拿，他带回来了 十一只羊、两百只兔子和五英担[①]面粉。

"你是怎么做到的，先生？"大副问。

"嗨，先生，"查理说，"你就是那个做不到的原因，你，是个懦夫。"由此，船长和他的士官们的关系，开始变得紧张。

早上，他们划船出海，但狂风依旧，水手们的手上都起了水泡。他们意识到，他们不可能在那天绕过海角。于是，他们回到了

① 英担是英制质量单位，1 英担等于 100 英磅，文中的 5 英担约等于 250 千克。

马陶拉湾，开始用镀锌的桶子煮羊肉和兔肉。查利和管事一起检查了他们的库存，发现了两箱果酱，是船上的小伙子们偷偷带上船的。

“你觉得这种情况下，我们要果酱有什么呢？”

“但，没什么东西比果酱更好了，先生。”

“管家，”查理喃喃地说，“我想，你得做果酱卷了。”

雨下得很大，他们只能用防水油布盖住自己，不然面团就会变得太稀。

他们有两位女性乘客，她们的行李都丢在了沉船上，于是，查理给她们穿上了他自己的小羊毛衬裤、毛衫，还有外套。第二天早上，小船第二次尝试绕过海岬，但依然失败了。在战时委员会会议上，查理说他要再试一次，沿着德索拉西翁岛的海岸线向南，而后通过阿布拉海峡①进入麦哲伦海峡。士官们都觉得这无异于自杀。

天气变得更糟糕了，查理挥舞着女士衬裙，表示他要向南航行。他摇起船桨，夹在士师岩和海岸线之间的暴风雨中拼命航行。水手和士官们没有跟上来，查理船上的外科医生说，他们的船一艘接着一艘地倾覆了。查理留下他们听天由命，继续往前航行，小船在漫过坐板的海水中前行。

在孩子岛的背风面，他们在一个有遮蔽的海滩上停了船，因为查理答应女士们，要在第一个合适的地方让她们停下喝杯茶。但当水手们上岸找柴火时，风向又变了，碎浪冲入了海湾。船长和水手们不得不脱光了衣服，把船推进海里。“啊，天太冷了，所有人都

---

① 阿布拉海峡是连接麦哲伦海峡和太平洋的三个海峡之一，位于圣伊内斯岛和雅克岛之间。

赤裸上身的样子还真是可笑。我们冻得通红，像是煮熟的龙虾，却又冷得牙齿打战。”

女士们躲在船底的防水油布下，而男人们则只能晾干自己，赤身裸体地撞来撞去，中间夹着船帆。忽然，下面传来了一身呼喊：“停下！有人坐在我妈妈头上了！她不能呼吸了！”

第二天中午，他们驶入了海峡里。他们感谢万能的主的拯救，并安顿下来吃了一顿午餐，包括汤、三文鱼罐头、煮羊肉和兔肉，还有水煮的“只有一点点馅”的果酱卷和咖啡。下午，他们看到一艘扬基[①]纵帆船穿过海峡，帆船的船长提议将女士们捎去旧金山，但他们拒绝了。查利拿两条毯子作三角帆，小船沿着航道向弗罗厄德角驶去。

绕过海角时，风又变大了，所有的人都开始轮流划桨，朝着不远处的最终目的地蓬塔阿雷纳斯前进。第三天下午，中国同盟公司的海森号蒸汽船救起了他们，他们在下午六点半靠港上岸。查理把他的乘客安置进了科斯莫斯酒店，并告诉酒店的德国经理满足乘客们的所有需求，钱不是问题。他找智利海军派拖船亚涅兹号去搜救他的水手们，他还和打捞商讨价还价到半夜，却没能达成交易。

回到旅馆，他去探访两位女士。

“我是来祝贺你们终于安全了的。”他说。

但女士们不为所动。

“不握握手吗？”

---

① 扬基（Yankee）原指美国北部新英格兰地区居民的后裔，其民俗意义则延伸为美国东北部地区的居民、美国北方人，甚至全部美国人。在这里，英国人的船长和乘客眼中的扬基船，就是美国人的船。

慢慢地，一只手从被单底下伸了出来。

查理心生疑虑，拽了一下那只手。他在日记中写道：

> 天呐！那里头是一条赤裸的手臂。酒店什么都没有给她们准备！她们只能脱下湿衣服，钻进被子里。
>
> “求你了，船长，”那位年长的女士说，“请别惹麻烦，我们现在又暖和又舒服，挺好的。”
>
> “我当然得找他们算账。”

他知道经理住在哪里，他粗暴地吵醒了他：“你怎么能这样！你怎么敢让那两位可怜的女士，没有睡衣就上床睡觉！”

“滚。我和我太太正要睡觉。你怎么敢来打扰？滚出去！”

“我不管你在哪儿和谁在一起。如果你不马上照我说的做，我可以告诉你几秒钟后你们俩都会出现在哪里。我可把脚放在你的门上了，我数到三十，如果我没拿到睡衣，我就进来剥光你和你老婆的衣服。一、二、三、四……”

查理数到二十五的时候，经理回过神来，到门口递给他两件女士睡衣。他带着他的战利品回去送给他的乘客，而后，他回到房间，睡了这一生最安稳的一觉。

第二天早上，打捞商把分账的比例降到了 80%，剩下的 20% 则归劳合社[①]。查理拒绝了，到了中午十二点，他们说，这 80% 里面包含了给查理的 5%。

---

① 劳合社（Lloyd’s）是英国的一个保险组织，为其会员提供了一个分摊风险并进行联营的市场。

“好的，”查理说，“那么你们拿 75%，剩下的 25% 归承保人。”

他们的头头唐·何塞·梅南德斯走过来，说：“船长，你这该死的傻瓜。你为什么不拿那 5% 呢？”

“我是为承保人工作的，他们会付钱给我的。”

“好吧，随便您，船长。我再说一次，总有一天，你会得到教训的。”

79

在查理没能平安绕过皮拉尔角的三百零五年前，约翰·戴维斯曾驾驶着欲望号，从它狭窄的水道中驶过：

> 第二天是10月11日，我们看到南岸的海角欲望角（北岸只有一些危险的岩礁和浅滩）。这岬角在离我们两英里外的背风处，我们的船长很担忧，我们能不能安全绕过去。船长说：你看，我们别无退路，要么我们绕过海角，要么，中午之前，我们就都去见上帝。所以，放开风帆，让我们把命运交给上帝来庇佑吧。
>
> 船长是个好心人，他心意已决，扬帆起航了。但我们的风帆才挂上半个小时，前帆的脚绳也断了，所以船上除了防水孔之外，什么控制也没有了。海水不断地撞击船尾，猛烈地拍打着船帆，我们总以为我们的船帆会被大风撕裂，或者船会被掀翻，在我们极度的惊恐中，我们意识到，我们越来越靠近下风口了，我们绕不过这个岬角了。我们已经离海岸太近了，海浪会反弹到船身的另一侧，而我们为眼前可怕的结局沮丧不已。
>
> 就在这生死攸关的紧要关头，狂风和海水肆虐，我们的船长把主帆绳索套在了身上，也许是巧合，也许是遇上了洋

流，又或者像我们相信的那样，是伟大上帝的庇护，我们的船加快了速度，越过了那块我们以为要撞上的岩礁。然后，海角和岩礁之间有个小小的海湾，于是，我们离岸边的距离又远了一点：就在我们离海角那么近的地方，我们几乎都已经向死神屈服了，但我们仁慈的天父拯救了我们——在离岬角大概只有一船身多一点点的地方，我们绕过了海角。一绕过海角，我们就把上帝留给我们的唯一的船帆给收了起来，船夹在两岸的高地间，海风轻拂，船上一面帆都没有挂，我们在大海面前是那么渺小，三个人完全不够掌舵，但我们在六个小时内就在麦哲伦海峡里航行了二十五里格①，然后，我们发现了通往太平洋的海域。

摘自《约翰·戴维斯的航海故事及作品》，阿尔伯特·黑斯廷斯·马卡姆编辑，1880年，第115—116页。

① 里格（League）是欧洲和拉丁美洲一个古老的长度单位，在英语世界通常定义为3海里。

80

查理的水手们并没有淹死。他们的桅杆被风刮走了，但船并没有翻。他们划船回到了马陶拉湾，在之后的一个天气晴好的日子绕过了海角，然后遇上了拖船亚涅兹号。

查利在德索拉西翁岛花了两个月打捞沉船，然后返航英国接受官方的调查。他知道他会丢了工作——新西兰航运公司不会给失事的船长第二次机会的。但是南方奇特的吸引力已经把他迷住了，他满脑子都是挣大钱的计划。

他的第一个计划是在麦哲伦海峡树立起蓝白色的瓷釉广告牌，来宣传英国和美国的产品。这显然也不是为了招揽轮船上乘客的注意力。他打算由此在国际媒体上发布些插图文章，呼吁公众注意“广告牌对美丽风景的亵渎”。

但这个计划，应者寥寥。

某个春天的早上，查理从双轮马车上下来，来到位于利登霍尔街[①]的办公室，事先没有通知任何人。法国人亨利就站在人行道上。

“嘿，船长，我说得对吗？东边是不是有麻烦？”

查理没有搭理他，快步走上了台阶。

---

① 利登霍尔街（Leadenhall）是伦敦市内一条主要街道，历史上曾是劳合社和英国东印度公司的所在地。

“那人在那儿站了多久了？”他问门卫领队莫蒂默。

“大约十分钟，先生。”

“我不是说今天，我的意思是，他在附近闲逛了几天？”

“就今天早上，先生，今天我第一次见到他。”

查理掐住了亨利的喉咙，摇晃他。

“你怎么知道我今天回英国？”

“就像我跟你说东边有麻烦一样——神明指路。”

“我无法解释这一点，”查理写道，“我只能记下发生了什么。和经理谈了几分钟后，我离开了办公室，被解雇了——在长达二十年的服务之后，我被解雇了，就因为我的引擎坏了。”

他还向伦敦打捞协会的劳里先生报告，要求协会支付他在科斯莫斯酒店的三英镑账单。

“船长，我想你从沉船的残骸中赚到的钱，应该足够付你的旅馆账单了。”

这会儿，他明白何塞·梅南德斯的意思了。

“我差点告诉那人我本来可以赚两千英镑的，但我很诚实，我没有这么做。然后，我发现，和那种人谈诚实是没有用的，他压根不明白这个词的意思。”

81

那年夏天的八月，查理正在什鲁斯伯里生闷气，他收到了《大千世界》[①]杂志的威廉·菲茨杰拉德先生的一封信，表示愿意购买头等舱的票让他前往伦敦。在杂志社的办公室里，查理环顾四周想找个人出示自己的名片，他敲了敲标着“编辑办公室”的门，然后走了进去。亨利·格里恩穿着时髦的西装，在地板上踱步，旁边，一个年轻人正在听候他的差遣。

“嘿，亨利，你过得怎么样？”

“我不认识你。”

年轻人从办公桌旁跳了起来。

“你这见鬼的是什么意思，先生？你没敲门就走进我的房间，并叫这位先生为亨利，他明明是路易·德·鲁日蒙先生。”

“小伙子，冷静点。门口没有可以接待的人。我不过是叫了亨利·格里恩他正式的名字。先生，你自己邀请我来的，我本期待一

---

① 《大千世界》(*The Wide World Magazine*) 是英国 1898 年到 1965 年间发行的月刊。这本杂志自称“一本真实叙事的插图杂志”，并且每个月都声称以收集来自世界各地的“真实生活”冒险和旅行故事为特色，杂志的座右铭是“真相比小说更奇怪”，柯南道尔就曾为该杂志撰稿，该杂志也因为 1913 年首个报道了上文提到的“屠夫”卡西迪的死亡而知名。文中提到的路易·德·鲁日蒙在澳大利亚内陆的历险故事，就是该杂志著名的篇章之一，当时被誉为“活人讲述的最令人震惊的故事”，后来整个故事被揭露为谎言和骗局。

些恰当的待客之道，但既然你这么无礼，那么，我希望你今早过得愉快。”

查理朝门口走去，但法国人用双臂搂住他的脖子，并亲吻了他。

“哦，是我的小船长！原谅我，你刮了胡子，我没认出你来。”

查理仍然很愤怒，他大步往外走去，法国人紧紧地跟在他身后。

“你现在不能走，德·鲁日蒙先生，”编辑在后面喊道，“我们得为周五的英国协会的演讲做准备。”

“我才不在乎什么演讲呢！我要和我的小船长一起走。”

他们俩都不怕大雨，一起去了河岸街的一家 A.B.C.[1] 餐厅。菲茨杰拉德先生是第一次听说亨利·格里恩这个名字。

---

① A.B.C. 是艾雷德面包公司（Aerated Bread Company）的缩写，这是一家咖啡馆、茶室和面包房的经营大型连锁公司，成立于 1862 年，以顾客自助服务的方式，成为维多利亚时代的潮流，因为女性可以独自或与女性朋友一起用餐而无需男性陪同，也因而出现在许多英国文学艺术作品中，例如阿加莎·克里斯蒂就曾在作品中提到过 A.B.C. 餐厅。

82

亨利·格里恩出生在纳沙泰尔湖[①]畔的格拉西特，父亲是一位脾气暴躁、邋邋遢遢的瑞士农民。十六岁时，他逃离了家里世代流传下来的破破烂烂的篷车，投靠了年迈的女演员范妮·肯布尔，做了她的男仆，之后的七年间，肯布尔带着他走入了舞台灯光和油彩的世界。他的表演天赋并不出众，于是在 1870 年，随着戏剧事业的败北，他转投了另一条命运之路——家政服务，他成为了西澳大利亚总督威廉·克利弗·罗宾逊爵士的管家。总督热爱音乐和诗歌，他的一位法国朋友，名叫路易斯·德·鲁日蒙，是一部贞操论著作的作者。

离开总督后，亨利颠沛流离。他在一艘捞珍珠的小帆船上当厨子，后来船沉了。他在酒店做过洗碗工，也在某个淘金小镇做过街头摄影师。1882 年，他娶了个年轻漂亮的妻子，生了四个孩子。他成了一位风景画家，照着照片绘画，后来走上了销售伪造的矿业股票的路子，还在悉尼的一家餐馆当过服务员。他其中一位客户是剑桥湾[②]地区的探险家，亨利借来了他的日记并抄写了一份。后来，他就开始制作那让丹麦人溺水而亡的潜水服了。

---

① 纳沙泰尔湖（Lake Neuchâtel）是瑞士西部的一个湖泊，湖畔最早的考古学遗迹可以追溯到史前人类的行迹。

② 剑桥湾（Cambridge Gulf）是西澳大利亚金伯利地区北海岸的一个海湾。

他逃离澳大利亚，为了躲避警察和他妻子的赡养令。在新西兰的惠灵顿，他遇到了一些通灵的人，他们认为他是绝佳的灵媒。他向一位记者讲述了自己的人生故事，记者说，这如果能写成小说一定会成为畅销书。但亨利不喜欢记者的说法，至此，梦想和现实已经在他的生命里融为一体了。他借来了一套礼服，混进了阅兵大厅，在那里，他遇到了查尔斯·阿默斯特·米尔沃德船长。

他确实是搭乘“怀卡托”号回到英国的，而且，他似乎也诅咒了这条船。（不久之后，在好望角，“怀卡托”号的螺旋桨轴断裂，船被阿古拉斯洋流①推向了南方的海面，漂流了四个月，打破了轮船漂流时间的纪录。后来，康拉德②在他的《福尔克》中借用了这个故事。）春天快要结束的时候，亨利穿得破破烂烂的来到了《大千世界》杂志社，带着一封来自保守党国会议员的信：“这人有一个故事，如果是真的，将会震惊世界。”

亨利告诉菲茨杰拉德，他是巴黎富商德·鲁日蒙的儿子。小时候，他把他带去了瑞士，在那里，他培养出了对地质学的兴趣以及摔跤的技巧。为了逃避法国的兵役，他去东方旅行，与来自荷属巴达维亚③的荷兰珍珠商人一起航行，当他们的小帆船遇难时，唯有他幸存了下来。他被困在珊瑚礁上，只能骑着海龟玩耍，还用珍珠

---

① 阿古拉斯洋流（Agulhas current）是印度洋西南部的西边界流，沿南非东岸流动。

② 约瑟夫·康拉德（Joseph Conrad，1857—1924），波兰裔英国小说家，他有二十余年的航海生涯，擅长写海洋冒险小说。后文提到的《福尔克》是他 1903 年发表的中篇小说，讲述了一名年轻水手在船长去世后负责一艘远东航轮的故事。

③ 巴达维亚（Batavia），即今天的雅加达。1619 年，荷兰人在此建立了殖民地，巴达维亚成为荷兰东印度公司在亚洲贸易网络的中心。

贝壳搭了一间房子，他还造了一艘独木舟（就像《鲁滨逊漂流记》一样，独木舟太重了，没办法拖到海滩上）。

经过多次尝试，他最终在澳大利亚的剑桥湾登陆，娶了一位叫扬巴的黑人女子，并与原住民一起生活了三十年，吃山药、蛇和飞蛾幼虫过活（但他从未吃过人肉），与他们一起徒步、狩猎、战斗，以及歌舞祭祀。他的摔跤技巧令他成了部落的英雄，并成了酋长。扬巴过世后，他才出发寻找白种人的文明，并在金伯利[①]遇到了一些矿工工人。

菲茨杰拉德先生一直自豪于自己辨别真伪的第六感，当他听到德·鲁日蒙“像描述搭乘公共汽车”一样讲述自己的故事时，他对故事的真实性确信不疑。那年夏天，一位记者和一队速记员将故事整理出来，准备出版。关键证人米尔沃德船长三缄其口，他还记得，他上次反驳亨利·格里恩后发生的一切。

《路易·德·鲁日蒙历险记》的第一篇于七月完成，并立刻刊登于《大千世界》杂志上。故事被媒体大肆报道，世界各地的电报飞来飞去，争相为联合出版出价。电台女主持人争相邀请法国人上节目，杜莎夫人为他的脸做了一个蜡质面具，而英国科学促进会则邀请他在布里斯托[②]的年度大会上做两场演讲。

第一次的讲座令听众觉得很无聊。在第二次讲座上，亨利试图讲述他与扬巴一起时过的食人族生活的细节来取悦听众，但就在同

---

① 金伯利（Kimberley）是澳大利亚西部地区，位于西澳州的北部，西临印度洋，北临帝汶海，南为大沙沙漠和塔纳米沙漠。

② 布里斯托（Bristol），英国西南地区的城市，西临爱尔兰海，历史上一直是重要港口。

一天，他的名声遭到了毁灭性打击。《每日纪事》发掘到了独家新闻，发布了头条宣称德·鲁日蒙是个骗子。更多的谴责随之而来，一群学者也加入了声讨。整个秋天，随着大英帝国的崛起，德·鲁日蒙历险和恩图曼战役、法绍达事件①、德雷福斯事件②一起，占据了报纸的头条。《每日纪事》在格拉西特找到了他年迈的母亲，10月21日，悉尼新镇的亨利·格里恩夫人认定德·鲁日蒙就是拖欠她每周二十先令五便士生活费的男人。

但旅行者面不改色地顶住了非议，以曾经的亨利·格里恩式的演技继续了下去。伦敦跑马场③进口了一批海龟，并且在舞台上放置了一个橡胶罐，但不知道是伦敦的气候还是骑手令它们不快，海龟都陷入了冬眠。而后，他把自己的演出"世上最大的谎言"从德班④巡演到了墨尔本，观众总是嘘声不断，让他住口。

1921年6月9日，改名为路易·雷德蒙的他，死于肯辛顿济贫院的医疗室里。

---

① 指1898年英、法两国为争夺非洲殖民地而在尼罗河上游的苏丹小镇法绍达（今科多克）发生的冲突。1898年7月，法国远征队到达法绍达，同年9月，英军征服苏丹后沿尼罗河南下，也到达了法绍达，双方相持不下，形势异常严峻。后法国考虑到自身兵力限制，向英军妥协，法国远征队于11月撤退。

② 德雷福斯事件是19世纪90年代法国军事法庭对犹太裔军官阿尔弗雷德·德雷福斯的诬告案。1894年德雷福斯被诬陷向德国武官出卖军事机密，因间谍罪被捕，当年12月22日军事法庭在证据不足的情况下，判处他终身监禁。直到1898年1月，在新的调查处长发现的新证据下，军事法庭秘密审讯真正的罪犯埃斯特哈齐，却宣告无罪，因而激起了社会公愤，1月14日，作家左拉在报纸上发表《我控诉！》，推动了要求重审德雷福斯案件的社会运动。

③ 伦敦跑马场是位于伦敦市克兰伯恩街和查令十字路拐角处的一座建筑，历史上曾是很多剧院和音乐厅的所在地。

④ 德班（Durban），仅次于约翰内斯堡和开普敦的南非第三大城市。

83

当记者们忙于揭穿德·鲁日蒙的骗局时，查理乘船回到了蓬塔阿雷纳斯。他身上的野性还在熊熊燃烧着。

他的第二段职业生涯因时间和距离而蒙尘。我只能从褪色的棕褐色相片、紫色的碳、一些非常古老的遗物和记忆中重新勾勒那些画面。首先出现的，是一位精力充沛的先驱者，他对自己的全新的八字胡非常满意——他在南乔治亚①捕猎象海豹②；帮助德国淘金者在米洛登洞穴③进行爆破；或是和他的生意伙伴，德国人莱恩先生一起在铸造厂里来回巡视，检视他们从多特蒙德④和格平根⑤进口的水轮机或车床。莱恩是个有条不紊的人，当查理忙着和客户聊天时，他兢兢业业地经营着工厂。当时，巴拿马运河还没有通航，生

① 南乔治亚（South Georgia），指南大西洋的一片海域，现在是英属南乔治亚和南桑威奇群岛的一部分。

② 象海豹，是鳍足类海豹科的一属，体型巨大，成年雄性有大鼻子，区别于海象，象海豹没有发达的獠牙。雄性南象海豹体长 4 至 6 米，可重达 4 吨，是地球上最大的食肉目动物。

③ 米洛登洞穴（Milodón Cave），即“大地懒洞穴”，位于智利巴塔哥尼亚地区的一座自然遗址。1895 年德国探险家赫尔曼·埃伯哈德发现这个洞穴时，在洞里找到了一块不明的动物皮，后被证实为史前动物大地懒。

④ 多特蒙德（Dortmund），德国西部重要城市，重要的运河港口，历史上以钢铁、煤炭业著名。

⑤ 格平根（Göppingen），德国西南部城市，19 世纪早期进入工业化的德国城市之一。

意还不错。

第二组画面里，他是大英帝国在地球最南端的领事、一名蓬塔阿雷纳斯的老人、当地银行的董事。他赚了不少钱，但从来都不够花，腰腿僵硬，对家乡来的消息“有点厌倦了”。英国俱乐部的老牌会员们还记得他，我坐在俱乐部里，高高的墙都刷成了深海一般的绿色，墙上挂着爱德华七世的运动照片和石版画像。我听到威士忌酒杯碰杯的声音，以及台球撞击的声响，我能想象，他坐在一张古典风格的水洗皮革沙发上，伸展着他的伤腿，谈论着海上的故事。

在他那些年的书信中，我找到了一封写给我祖父的信，信里说，希望泰坦尼克号的悲剧没有让他对游艇运动丧失兴趣；还有一封给沃尔特·罗斯柴尔德男爵①的，关于运送“达尔文三趾鸵②”的便条；以及一封写在领事馆信笺上的报告，是给一个死去的苏格兰人的雇主的：“从他来到这里的那一刻起，就是对英国人名声的一种羞辱……他把脸盆当作便盆，他的房间乱得任何动物都无法忍受，他的箱子里装着十五个威士忌空酒瓶。我很抱歉，但他的死确实是件好事。”

---

① 指第二代罗斯柴尔德男爵（Walter Rothschild，2nd Baron Rothschild，1868—1937），英国政治家和银行家，他在剑桥的抹大拉学院学习动物学，对于鸟类和蝴蝶分类学有着浓厚兴趣，他的藏品包括种类数以万计、百万计的鸟皮、鸟蛋、蝴蝶、甲虫等，还有各类标本，是最大的动物学私人收藏。

② 指小美洲鸵，身高92—100厘米，体重15—25千克，有发达的翅膀，但不会飞行。分布于阿根廷、玻利维亚、智利及秘鲁。在小猎犬号第二次旅程中，达尔文于1833年在巴塔哥尼亚北部的里奥内格罗地区发现了这种稀有的美洲鸟类。

他绝望的情绪蔓延到了这些书信中，因为他所有的计划都遭遇了挫折。他参与火地岛的石油钻探，但钻探钻头坏了。休姆勒山谷的农场本来承诺会有丰厚的回报，但偷羊贼、美洲狮、擅自占用土地的人，还有那些肆无忌惮的陆上鲨鱼毁了一切——“我们在阿根廷农场碰到了些麻烦，政府把地送给了一个犹太人，他发誓说我所有的羊群和建筑物都是属于他的。”他倒不至于空手而回，他向布劳恩和梅南德斯家族求助，可他们只分给了他 15% 的份额。

1913 年，他把刚从英国学校毕业的儿子弄到了南美，这是训练他成为男子汉的计划之一。哈利·米尔沃德在休姆勒山谷度过了一个大雪纷飞的漫长寒冬，从此厌恶农场、农场经理，甚至他的父亲。毫不意外，他在写给儿子的信的结尾这么写道：“现在，再见了，我的孩子。虽然你离主的恩赐都那么遥远，但别忘了上帝，他与你同在，就像与我同在。你永远慈爱的父亲……”哈利此后的职业生涯也毫不出奇，他参军打仗，和一群浪荡子鬼混在一起，结了三次婚，最后在英国一家高尔夫球俱乐部当了秘书。

在查理的相册中，我找到了建造中的新房子的照片，那是在麦哲伦海峡地区，一座复刻维多利亚时代的牧师圣俸所的建筑。他提供了圣詹姆斯的圣公会教堂所需的一半土地，并成为了教堂的教会委员[①]和主要捐赠人。在那里，他自豪地打开了亚历山德拉王后[②]赠送的圣水池，也自豪地欢迎过福克兰群岛的主教前来参礼。但教会也成了麻烦的源泉。他指责牧师选择的赞美诗太晦涩，只为

① 教会委员（Churchwarden）是圣公会教会的非专业官员，通常作为兼职、志愿工作。

② 指爱德华七世的妻子亚历山德拉王后。

了凸显自己的声音。他坚持认为，教会成员有权利选择“与我同在”“常于危难中”或者“常陷险境”这样的赞美诗。牧师卡特私下里传言，米尔沃德船长人后是个酒鬼。

但战争猝不及防地来了，他正在布宜诺斯艾利斯的医院接受肠道手术，战争就切实地发生在了他身上。克拉多克少将①到访时的名片，还钉在英国俱乐部的粗呢绿色告示板上，提醒着人们，地球最南端的英国领事，是他生前见到的最后一个平民。英国舰队启航前，查理还在“好望角”号上用餐，而两小时后，英国舰队就在科罗内尔不幸遭遇了德国人。在一份备忘录中，他记录了海军少将英勇但疲倦地授命于丘吉尔：“我要去寻找冯·斯佩②的舰队，但如果我找到他，我的军舰数量可远不如他。”

查理痛恨战争：“许多人生死相搏，却不知道是为了什么。”他也不愿屈服于众人的战争情绪，他拒绝与自己的德国生意伙伴决裂，他写道：“莱恩不是主战派，他是一个可爱、善良、诚实的白人。”因此，他被英国社区而痛恨，说他作为领事，政治立场却不

---

① 指英国海军少将克里斯托弗·克拉多克（Christopher Cradock，1862—1914），在第一次世界大战之前，被任命为北美和西印度群岛总司令。1914 年末，他被授命在南美洲最南端寻找并摧毁德国海军返航中的舰队，11 月 1 日德国舰队抵达智利港口科罗内尔，克拉多克海军少将在舰队数量和战术上都处于劣势的情况下仍坚持战斗，德军在此大败英国海军，最终他所在的旗舰被击沉，克拉多克战死，英国海军 1600 多名水兵丧生，这次战役也是英国海军自拿破仑战争结束以来近百年来的首次失利。

② 指马克西米利安·冯·斯佩（Maximilian von Spee，1861—1914），德国海军中将，于第一次世界大战期间担任德国东亚分舰队司令。1914 年战争爆发时，他于科罗内尔海战中击败英国舰队，此战后遭到英军海军派遣大批舰队围歼，后于福克兰群岛海战中战死，德国东亚分舰队也被全歼。

可靠。布宜诺斯艾利斯的《先驱报》上刊登了一封匿名信，其中写到“英国领事馆——显然，因为领事很乐意这么称呼它”。

另一件来自战争年代的遗物，是英国海军部为表彰忠诚服务而赠送给查理的金表。在斯塔迪上将①在福克兰群岛击沉了冯·斯佩的舰队后，德累斯顿号巡洋舰逃走并躲藏在比格尔海峡的西侧，用树枝伪装舰船，而蓬塔阿雷纳斯的德国人，则偷偷给他们提供补给。（镇上的英国人发现镇上的狗的数量在减少，还开玩笑说它们都被德国士兵抓走做成了香肠。）查理发现了德累斯顿号的位置，并拍电报给伦敦报信。但海军部并没有采纳他的建议，而是反其道而行之。

原因很简单，一些“真正的英国人”让海军部相信，这位领事其实是德国人的间谍，并且解雇了他。直到他们意识到自己犯了错，才向查理致歉，并把手表作为他长久以来遭受的诽谤的补偿。这一补偿查理等了很久——“我一直以为，我躺到坟墓里时，都不会听到有关那块手表的消息”。

第三件遗物是塞西尔·奥尔丁②的彩色版画作品，画面上一只狗正在食盆前进食。这不禁令人想起欧内斯特·沙克尔顿爵士③，

---

① 指海军上将多夫顿·斯塔迪（Doveton Sturdee，1859—1925），英国皇家海军军官。第一次世界大战前，斯塔迪成为了海军部的参谋长，科罗内尔战役后，他被派往南大西洋寻找由马克西米利安·冯·施佩伯爵指挥的德国舰队。

② 塞西尔·奥尔丁（Cecil Aldin，1870—1935），英国艺术家和插画家，以动物、运动和乡村生活的绘画和素描而闻名。

③ 指欧内斯特·亨利·沙克尔顿爵士（Sir Ernest Henry Shackleton，1874—1922），爱尔兰人、南极探险家，他以两次探险南极的经历而闻名：1907年到1909年的“宁录号”探险和1914年到1916年带领“坚忍号”以及英国南极探险队的探险。

他在查理的客厅里踱着步，向报纸编辑查尔斯·里斯科先生讲述他和手下被困在象岛①的惊险情景。《麦哲伦时报》的文章是这么描述的："深邃的灰色双眼""伟大与谦虚并存""我们民族中的佼佼者"，诸如此类。可你永远也料想不到实际上发生了什么：

当探险家挥舞着左轮手枪强调他叙述中的重点时，查理躺在一张高背椅上正佯装打瞌睡。第一颗子弹擦着查理的耳边飞过，击中了墙壁。他站起身，拿走了客人手里的枪，放到了壁炉架上。沙克尔顿也受到了惊吓，他道了歉，并咕哝着那是屋子里最后一颗子弹了。查理坐了回去，但没有枪，沙克尔顿无法用心描绘他的故事。第二颗子弹也没打到人，它射中了那幅版画，弹孔就在画面的右下角。

与此同时，前领事的生活有了新的方向。他遇到了一位名叫伊莎贝尔的年轻苏格兰女人，她在圣克鲁斯的一家庄园工作后，被困在了蓬塔阿雷纳斯，身无分文。查理照顾她并为她支付了返回苏格兰的旅费。她走后，他又陷入了孤单。他们彼此通信，在其中一封信里，查理求婚了。

伊莎贝尔回到蓬塔阿雷纳斯，他们结了婚。1919 年，查理统计了自己的资产，总计三万英镑，就此退休也足够他供养所有的孩

① 象岛（Elephant Island）是南极洲南极半岛东北的一座岛屿，属南设得兰群岛外围岛屿，距合恩角东南 890 千米。1914—1916 年沙克尔顿爵士带领英国探险队探险南极的旅程中，"坚忍号"沉没，船员在浮冰上旅行了 5 个月，后登上了荒无人烟且远离商船航线的象岛，沙克尔顿没有坐以待毙，他挑选了另外 5 名船员乘上最大的救生艇，以 16 天航行了 1300 公里来到南乔治亚岛寻求救援。之后，经过数次尝试，他们终于在浮冰上找到一条返回的路，发现他的所有的 22 个同伴都安然无恙地留在岛上，探险队的每个人都获救了。

子了。他把米尔沃德铸造厂卖给了法国人莱斯科内兹先生，和他的合伙人科尔特斯先生，并答应他们可以延期付款，直到战后的生意从低迷中恢复过来。他们一家人收拾行李，乘船返回苏格兰，在佩恩顿[①]附近买了一座乡间别墅，命名为“榆树”。

水手查理从海上回到了家里，先驱者查理也不再躁动了。他在花园里做陶艺，在汤顿花展[②]上拿奖，与年轻的妻子一起，在英国的乡下慢慢变老；他教导儿子，和两个女儿玩耍，其中一个女儿长得越来越漂亮，另一个，却继承了他直率的个性。然而，我很遗憾地说，这幅和谐美好的画面并不真的存在。

巴拿马运河通航了，蓬塔阿雷纳斯再次陷入了绝境。羊毛价格大跌，圣克鲁斯闹了一场革命。铸铁厂撑不下去了。

在两个或更多个“真正的英国人”的鼓励下，工厂的新主人恶意满满地打算榨干这个工厂，他们债台高筑，以米尔沃德的名义签署了支票，然后，跑了。

查理被毁了。

他吻别了孩子们，他吻别了伊莎贝尔。他和英格兰的绿色草场永别了。他买了一张去蓬塔阿雷纳斯的单程票，三等舱。头等舱的朋友看到他悲伤地凝望着大海，他们提议由他们支付舱位的差价，但查理有自己的骄傲。这次航行，甲板上没有他的位置，他更宁愿和牧羊人睡在一起。

伊莎贝尔卖掉了“榆树”，紧跟着查理的步伐回来了，他们花

---

① 佩恩顿（Paignton），英国德文郡的一座城市。

② 汤顿花展是在英国萨默塞特郡汤顿镇一年一度举行的花展，参展者众多，在英国颇具影响力。

了六年的时间收拾残局。照片上，一个驼背弓腰的老人，戴着小礼帽，留着大胡子，一只眼睛瞎了。他会一瘸一拐地走到铸造厂，对着工人咆哮，他们笑起来时，他也跟着大笑。伊莎贝尔保管着他的书籍，她一直保管了将近四十年。如果不是她的节俭，他们早就破产了，而最终，他们一一还清了债务。

我手上最后一张查理的照片，拍摄于1928年左右，他正拿着望远镜坐在塔上，竭力追赶着视线中的蒸汽船，他儿子正搭乘那艘船去英国念书。当船向东驶去，淹没在夜色中时，他说："我再也见不到那个小伙子了。"

84

某个星期天的早上，我来到蓬塔阿雷纳斯，去了圣詹姆斯教堂做礼拜。我坐在查理的长椅上，知道他曾经把手杖上的黄铜套圈搁在这。一位美国浸礼宗的牧师正在致祷告词，他的讲道里提到了建造韦拉札诺海峡大桥[①]的技术困难，又转向了"通往上帝的桥梁"，而后，以雷鸣般的喊叫结尾："你们得去看看那座桥！"他让我们为皮诺切特总统祈祷，但我们不能确定该祷告些什么。教友中有一位年迈的苏格兰牧羊人，名叫黑鲍勃·麦克唐纳，他曾为"红猪"工作。他说："大人！"

我还遇到了一位美国女性鸟类学家，来这里研究"达尔文三趾鸵"的攻击性行为。她说，两只雄鸟会将脖子锁在一起，一起转圈——最先头晕的那只，就是失败者。

① 韦拉札诺海峡大桥（Verrazzano-Narrows Bridge），位于美国纽约市，连接纽约市的史泰登岛与布鲁克林，以意大利探险家乔凡尼·达·韦拉札诺命名，韦拉札诺是有纪录以来第一个进入纽约港以及哈德逊河的欧洲探险家。此桥最长跨距为 1290 米，是一座双层结构的悬索桥，在 1964 年完工时为全世界最长的悬索桥。

85

一个英国人建议我乘空中出租[①]小飞机前往火地岛的波韦尼尔，去参观查理同时期的一个农场。

霍布斯先生的小屋位于火烈鸟湖和麦哲伦海峡的一个狭长港湾海峡之间，建造在一片平原上，看起来像是一间绅士的狩猎小屋，护墙板被漆成柔和的赭红色，有白色的飘窗和陶瓦盖的屋顶。白色的攀缘蔷薇爬满了绕着小花园的防风林，英国人离开之后，这些最讨人喜欢的英伦花草被保留了下来。

土地改革以后，一个南斯拉夫[②]的寡妇成了这里的主人，她留了一个劳工在这里，而后就不闻不问了。但房子里的松木地板，弯曲的扶手栏杆和威廉·莫里斯[③]的墙纸碎片，留在了这个林地上。

从照片上看，霍布斯先生身材粗壮，一头鬈发，长着一张率直的、红扑扑的英国人的脸。他把自己的农场命名为“大个子”——葡萄牙语“大人物”的意思，灵感来自他刚到这里时，在

---

① 空中出租是一种小型商用飞机，可按需进行短途飞行。

② 指南斯拉夫王国（1918—1945），一战后成立于巴尔干半岛的君主制国家，其领土大致包括今天斯洛文尼亚、克罗地亚、波斯尼亚和黑塞哥维那、塞尔维亚、黑山，以及北马其顿和科索沃等地。

③ 威廉·莫里斯（William Morris，1834—1896），英国纺织设计师、诗人、艺术家、小说家、建筑保护主义者、印刷商和翻译家，也是英国工艺美术运动的创始人，他的壁纸和纺织品设计对英国的室内设计产生了重大影响，继而影响了欧洲和美国的新艺术运动。

这片土地上狩猎的奥纳人。直到今天，这个农场依然彰显着他对精湛工艺的追求——狗舍、羊圈上的尖顶装饰，甚至猪圈都漆成了和房子一样的颜色。1900年查理拜访此地之后，农场并没有太大的变化。

在查理到访前大约一个月，智利战舰埃拉苏里号在火地岛北部勘测，他们的士兵坐小艇上岸，其中有两位船员和其他人走散了，被印第安人杀死并剥光了衣服。

第二天早上，他们派出了一个搜查队去寻找，但直到几天之后，他们才找到这两个士兵的遗体残骸。船长派出一队士兵去惩治凶手，但奥纳人预见到了报复的到来，逃到山上去了。

“霍布斯，跟我说说，”查理问，“你打算怎么对待印第安人？他们杀死了两个水手，这会儿正得意着，其他人就要遭罪了。你的田产可是个显眼的目标，这里还有你的妻子、孩子、护士和仆人，我想，接下来，你就该得到他们的关照了。”

“我不确定该怎么办，”霍布斯说，“即便你是自卫，杀了个印第安人，现在的政府也能整死你。我只能等等看，看我能怎么做。”

几个月后，查理再次到访，霍布斯邀请他来岛上帮忙看看他从英国进口的几头猪。猪圈的上头摆着一个新鲜的人类骷髅头骨。

“你还记得印第安人杀死埃拉苏里号水手的时候吗？”霍布斯说，

“我记得，我还问过你打算怎么办。”

“我说我会等等看，好吧，现在我已经把活儿干完了——结果就在这儿摆着呢。”

查理恳请他讲讲这个故事的细节，但霍布斯守口如瓶。直到两天之后的晚上，吃过晚饭后，他们坐在吸烟室里，霍布斯突然开口，道：“你问的印第安人的事，其实真没什么可多说的。他们开始靠近我的农庄，一开始是偷一只羊，后来，他们的胆子越来越大，偷了三四十只羊，我的一个牧羊人骑着马才勉强逃走保住了性命。所以，我决定，我得采取点行动了。

“我派了些人出去查看他们的人手数量还有确切的位置。我听说他们一共是十三个男人，还有女人和小孩。某一天，女人们都不在，我召集了那些被教化的印第安人，一共八个，说我们要去捕猎原驼。我给了他们旧的猎枪和左轮手枪，刚出去的时候我们人挺多的，但后来我渐渐地把自己人都派回家了。当我们靠近奥纳人的营地的时候，除了我和另一个人，剩下的就都是印第安人了。

“我们能看见奥纳人的营地了，我就让我这边的印第安人过去问问，他们有没有看到原驼在哪里。但那些奥纳人看到我的人带着枪过去的时候，他们就冲着我们放箭了。那些教化了的印第安人被这么迎接，就拿起步枪开始反击，当场就打死了一个奥纳人。那之后，双方毫不留情地打了起来。野蛮人那边输了，死的人里头，就有那个杀死埃拉苏里水手的凶犯，猪圈上摆的就是他的头骨。

“我作为这里的地方官，当然要向政府报告这事儿。我是这么写的，教化了的印第安人和野蛮的印第安人打了起来，死了些印第安人，里头刚好就有那个被通缉的凶手。”

86

空中出租的飞行员给我介绍了一个南斯拉夫人，他运送货物飞往道森岛，他捎上了我。我想参观曾经关押阿连德政府阁僚们的集中营，但士兵们不让我下飞机。

查理的笔记里，有关于岛上的监狱雏形的记录：

慈幼会的神父们在道森岛上建立了一个传教所，要求智利政府将被捕的印第安人都送到那里。神父们很快就在此聚集了很多印第安人，并教给他们有关文明教化的基础知识。但印第安人无法适应，即便供给了食物和棚屋，他们依然渴望回到流浪的生活。

到我提到的这个时候，瘟疫已经令传教所里的印第安人数量减少到大约四十个了。他们总是在制造麻烦，试图逃跑、叛变、拒绝工作。然而，他们突然就变得安静和听话了。神父们留意到这反常，他们发现印第安人白天总是很累，还会在工作时偷偷打盹。神父们偷偷观察，然后发现印第安人在晚上回到小屋之后，就偷偷跑进了森林。神父们试着跟踪他们，但印第安人总能轻易发现他们，然后在返回小屋前，带着他们在林子里连续乱转几个小时。

这情形持续了数月，神父们始终未能解开这个谜团。终于，某天，一个神父从岛上偏远处回来时迷了路，夜幕降临后，他躺下来休息，而后，听到了树林里传来的声音。他意识到他发现了那些失踪的印第安人，他蹑手蹑脚地靠近，发现隐藏在树丛下的是一艘结构精巧的独木舟，用整根坚固的树干打造而成。印第安人把独木舟打磨得很薄，因而即便这是艘很大的船，分量也不会太重——印第安人打算把船拖到大约四百码外的海滩上，神父发现，他们已经清理出一条几乎已经到达海边的小道。

他带着这个消息回到了传教所。神父们召开了战时会议，决定保持警惕，时不时地过去检查一下独木舟，观察他们的进展。日子一天天地过去，毫不知情的印第安人开始把他们的独木舟拖向海边，这是一个大工程，因为夏夜很短暂，他们每晚只能移动几码。

神父们猜想，印第安人会等到圣诞节之后才采取行动，因为那天他们会得到额外的食物。因此，当印第安人在传教所享受圣诞庆典时，神父们派了两个人带着锯子和报纸前去。他们把独木舟从中间锯开，把报纸垫在下方接住了木屑，这样那些可怜的野蛮人得把独木舟载满食物后，才会发现真相。

经过好几个月的辛苦和等待，那个美好的夜晚到来了。印第安人都聚集在独木舟旁，试图将它拖进海里，然而，独木舟断成了两截。

这是我听过对待印第安人最卑劣的伎俩，他们本想坐着独木舟逃离可恶的监狱，却发现它毫无用处。如果神父们第一次发现独木舟的时候就毁了这船，那也许还好一点。但他们放任印第安人造完了这艘船，直到他们装满了船准备把它拖到海里，悲剧才发生，我觉得这实在是太残忍了。

我问他们，印第安人对此的反应，他们告诉我，他们回到了自己的小屋，一切照旧，仿佛什么都没有发生过。

87

我在巴塔哥尼亚还有一件要完成的事：为失去的雷龙皮，找个替代品。

纳塔莱斯港的镇子上阳光灿烂，“最后的希望”海峡的远端却堆积起紫色的云层。屋顶大多锈迹斑斑，在风中咔咔作响。花园里长着花楸树，树上红色的果子衬得树叶黑漆漆的。大部分的花园都长满了蓼草和野芹菜。

雨滴砸在人行道上，宽阔的街道上，老妇人们像黑色的斑点，急急忙忙地奔走着，寻找避雨处。我躲进了一家散发着猫和大海的气息的店，店主正用抹了油的羊毛织袜子。她周围，摆放着一串串烟熏的海贝、卷心菜、一块块的干海白菜，还有一捆捆的海带，像粗大的管子一样盘绕起来。

自从开设了肉类加工厂以后，纳塔莱斯港就成了一座革命的小镇。第一次世界大战期间，沿着海湾的四英里海岸线上，水较深的地方，英国人建造起肉类加工厂。他们还修建了一条铁路，好让工人们上下班。当这个地方闹起革命时，市民们把火车引擎涂上漆，放在广场上，成了一个不伦不类的纪念碑。

以前，杀戮季节要持续整整三个月。奇洛埃人在杀戮季节第一次品尝到了机械化屠宰的滋味，这有点像他们对于地狱的想象：很多很多血，被血染红的地板冒着热气；许多动物都在垂死挣扎，然后慢慢变得僵硬；许多白色的尸体堆在那里，还有满地都是的内脏——肠、脑、心、肺、肝，还有舌头。这简直有些令人疯狂。

在 1919 年的杀戮季节，一些共产主义者从蓬塔阿雷纳斯来到这里，他们讲起了俄罗斯的兄弟们是如何干掉了管理者，而后过上了现在的幸福生活。一月份的某一天，英国人副经理雇了两个男人来做油漆的活，但因为油漆活的质量不好，他拒绝付钱。那天下午，那两个人冲他胸口开了一枪，然后其他人就随之丧失了理智。他们占领了铁路，要求火车司机加大蒸汽的量，可蒸汽没法增加，于是，他们开枪把司机也打死了。他们私刑处死了三名骑警，抢劫完商店还放火烧毁。

麦哲伦地区的总督派出了一艘满是士兵的军舰，船上还有一名法官。他们逮捕了二十八名领头人，肉类加工厂恢复到了共产主义者到来之前的样子，继续生产。

在“殖民地”酒店，我向老板的妻子问起这场骚乱。她说：“那是很久以前了。”

“那你还记得一个叫安东尼奥·索托的人吗？他领导了阿根廷的罢工，而且曾在这里的自由电影公司工作过。”

“索托？我没听过这个名字。索托？你是说何塞·马西亚斯吧？他参加了罢工，和那帮领头的一起。”

“他住这里？”

“他以前是住在这里。”

“我能见见他吗？”

“他刚刚开枪自杀了。”

88

何塞·马西亚斯是在他自己的理发店里坐在镜子前的理发椅上开枪自杀的。

生前看到他的最后一个人，是一个八岁的女学生，当时她穿着有宽大白领子的黑色连衣裙，正沿着博里街走着，她的影子落在身旁波纹状的墙面上，随着她的步伐跃动。理发店的窗户被漆成了北极蓝，她透过窗子往里看，就像每天早上一样，她看到理发师正从白色的百叶窗后面盯着她。她瑟瑟发抖，快步走开了。

中午，理发师的厨娘康奇塔·马林走出她位于镇子边缘的破旧屋子，走到巴奎诺街上，去给她的雇主准备午餐。她在街角的小店买了些蔬菜，然后顺道去了法兰西玫瑰餐厅，给自己买了两个肉馅卷饼。当她看到理发店的白色百叶窗被拉上了时，她觉得事情有些不对劲。

理发师是个极有规律的人，而且如果他打算出门，都会告诉她一声。她敲了敲门，如她料想的，并没有人来应门。她又去问了周围的邻居，可他们也没有看到理发师。

康奇塔·马林放下她的篮子，她爬过栅栏进了花园，然后打开厨房窗户有问题的那个搭扣，爬进了屋子。

理发师用一把老旧的温彻斯特步枪射穿了自己右侧的太阳穴。中枪后，神经反射还在运作，他开了第二枪，但没打中，子弹击中了一本以当地冰川为画面的日历。椅子朝左转动，他的身体倒在了地上，死鱼一样的眼睛瞪着天花板。蓝色的油毡地毯上洇出一摊血迹，他硬挺的印第安人式的头发上，血液已经凝固了。

马西亚斯以一贯的精心细心布置了自己的死亡。他刮了胡子，修剪了胡须，喝了马黛茶，还把绿色的残渣倒进了垃圾桶。他擦亮了皮鞋，穿上他最好的精纺条纹西装——布宜诺斯艾利斯的款式。

理发厅的前厅是白色的，一片光秃秃。平板玻璃镜的两侧是两个浅色的木柜，里面装着润发油和染发膏。在脸盆上方的架子上，摆放着剃须刷、剪刀和剃须刀。两瓶发胶面对面地摆着，喷嘴朝内，红色橡胶的按钮朝外。

枪击的冲击力破坏了理发师人生最后画面的对称构图。

马西亚斯以吝啬著称，但他的每一笔交易都准确无误。他没有留下遗嘱，也没剩下多少钱，但他有三间房子，里面还住着房客，但房客们对房东毫无怨言——他一直为自己的健康状况而忧心，是个固执的素食主义者，而且沉迷于各种草药茶。他起得很早，习惯在人们出现之前就把街道收拾干净。他的邻居们称他为“阿根廷人”，因为他高傲冷漠、衣着精致、喝马黛茶，以及某次冲动之下，他优雅的探戈舞姿也令人印象深刻。

他来自奇洛埃岛的南部，小时候就离开了岛上，跟着一群巴塔哥尼亚牧场的剪羊毛工做学徒。1921 年的劳工起义，他也卷了进去，和反叛头目关系密切，并和他们一起逃到了智利。在纳塔莱斯港定居后，他成为了一名理发师，因为，这和剪羊毛差不多，只是要高级一些。他结婚并有了一个女儿，但他的妻子离开了他，和一名机械师再婚，并去了瓦尔帕莱索。这么些年来，他放弃了革命，成为了耶和华见证会的教徒。

他自杀的那天是星期一。星期天的时候，人们还看到他在镇上骑自行车，人人都说他是为了健康。这位老人戴着贝雷帽，披着雨衣，在风中弯着腰，骑行在蜿蜒曲折的街道上，而后，他沿着海湾踩着自行车，直到身影消失在海边无边无际的地平线上。

关于他的自杀，镇上的居民有三种主要推论：要么是军政府政变以来，他的被迫害妄想症终于击垮了他；要么是星期天的时候，他已经为世界末日做好了准备，而在星期一的早上因为失望而自杀；第三种理论则是有关动脉硬化的，因为有人曾听到他说："我会在它弄死我之前，了结我自己。"

康奇塔·马林是个精力充沛、大大咧咧的丰满女人，她有两个儿子，没有丈夫。她的情人们从海上捕鱼归来，身上还带着鱼鳞。我去拜访她的那天早上，她穿着一件粉红色的套头衫，戴着叮当响的耳环，涂着浓厚的绿色眼影，黑色的头发中隐约还能看到几个塑料卷发器。

是的，她喜欢理发师。他的话很有道理，总是很矜持，而且，也是个奇怪的人！她说："知识分子嘛，你想象一下，他以前常常仰面躺在花园里凝望星空。"

她指着一幅彩色蜡笔画，说：

"马西亚斯先生给我画的。这是太阳，红色的；这是月亮，黄色的。这是地球，绿色的。还有，这是那著名的彗星……"

她指向了画面上方角落里，放大了的橙色条纹。

"我瞧瞧上面写了什么……彗星……新的……泰克……好吧，马西亚斯先生说这颗彗星来自上帝，因我们的罪孽而来杀死我们的。但后来，彗星又消失了。”

“他有什么政治倾向吗？”我问。

“他是社会主义者，我觉得，他是社会主义者。”

“那他有社会主义者的朋友吗？”

“没有朋友。但他读社会主义的书籍，他有很多书！他在厨房里给我念过那些书，但我听不太懂。”

“什么书？”

“我记不清了。他念的时候我没听清，但我记得一个名字……等等，一个很有名的作家，一个北方人。非常社会主义的作家！”

“前总统阿连德？”

“不不不，马西亚斯先生一点也不喜欢这位阿连德总统。他说他就是废物，他说所有的政府官员都是白痴。政府里都是傻子！你想想！不，不，作者的名字是M开头的……马克思！有这么个作家马克思吗？”

“有的，可能就是马克思。”

“是马克思！太好了，马西亚斯先生说这位马克思先生书里写的一切都很真实，但其他人篡改了他的话。他说这是曲解，对真相的扭曲。”

康奇塔·马林为自己能记得马克思先生的名字而感到高兴。

“你想看看马西亚斯先生的遗嘱吗？”她问，并找出了一张长毛腊肠犬的彩色照片，理发师在上面写了标注：“人类唯一的朋友（对人类毫无怨恨的朋友）”。在照片的背面，我读到了以下内容：

真正的传教士传承圣保罗[1]的权威和专注
没有救赎就没有社会学
没有福音书著者就没有政治经济学
没有救赎就没有改革
没有信仰归附就没有文化
没有宽恕就没有进步
没有新生就没有社会秩序
没有新人[2]就没有新的组织
没有神的话语就没有民主
没有基督就没有文明
我们准备好依主人的命令行事了吗?
(根据他所表达的意愿)

是的，康奇塔·马林说，理发师确实病了，病得很重，他有动脉硬化，但也还有别的疾病，正在他的脑袋里作怪。不，他从没有谈起过阿根廷的罢工，他一直非常谨慎。但，有时候，她也会怀疑他脖子底部伤疤的来历。她说，那看起来是枪伤，想象一下，一颗子弹干净利落地穿透了过去！他一直把伤疤藏得很好，总是穿着硬领戴着领带。但某次他生病时，她看到了那道伤疤，他还试着避开她呢。

---

① 圣保罗（Apostle Paul），早期基督教会最具有影响力的传教士之一，在诸多参与基督信仰传播活动的使徒和传教士之中，保罗通常被认为是除了耶稣之外，整个基督教历史上最重要的人。

② 新人（New Creation），在《圣经·新约》中指基督徒重生得救后其生命所迎来的新样式。

理发师的女儿艾尔莎是位生活困苦的老处女，皮肤粗糙，头发稀疏。她靠裁缝谋生，住在一栋两间屋子的房子里，房子的颜色是水洗过的矢车菊色。过去的一年里，她只见过她父亲一次，过去的两年里，两人都没说过话。她说，他年轻时是个冒险家："是的，先生，他那时非常淘气。"她记得，小时候，他会弹着吉他唱歌。

"但他唱的歌都很悲伤。我的父亲是个忧郁悲伤的人。他没受过教育，他没学习过，这让他很难过。他读了很多书，但弄不明白书里的意思。"她的眼神里充盈着她父亲和她自己所遭受的苦难，因而断定，他不快乐。

她给我看了一张照片，照片上的男人头发向后梳拢，五官轮廓分明，长着一双惊恐的眼睛。他穿着布宜诺斯艾利斯风格的西服，尖翻领、高浆领子，戴着领结。当我问起他脖子上的疤痕时，她很是吃惊，说："她怎么会跟你说这个？"

广场那里的药剂师，是马西亚斯的老主顾了，他给我介绍了一位理发师在阿根廷罢工中认识的劳工。老人和一位经营着冰淇淋店的寡妇住在一起，他的眼睛因白内障而混浊，眼睑上青筋突起，双手的关节因关节炎而突起变形。他蜷缩在一个木制的火炉旁，他的监护人狐疑地看着我，她在搅拌冰淇淋，手臂直到手肘那里都成了粉红色。

老人一开始还挺健谈，在科伊尔河那里，当叛乱者向瓦雷拉上校的前锋队投降时，他就在其中。"军队可以杀死所有人。"他斩钉截铁地说，就好像人们从不指望军队能有什么不同一样。但当我问起叛乱的领导人，并提到了马西亚斯的名字时，他开始语无伦次。

"叛徒！"他气喘吁吁地说，"酒吧老板！美发师！杂技演员！

艺术家！”而后就开始剧烈地咳嗽和喘息。那个女人洗干净了手上和胳膊上的冰淇淋，走过来轻拍他的背。

“求求你，先生，你走吧。他年纪已经很大了，你还是别打扰他了。”

何塞·马西亚斯可能没什么朋友，但他有时也和顾客聊聊天，其中有一位是浸礼宗教徒迪亚兹·洛。他与理发师同岁，来自奇洛埃的同一个地区。当他们厌倦了用不寻常的语言互相攻击时，他们也会坐在一起，怀念奇洛埃岛。

浸礼宗教徒的祖先里有西班牙人、印第安人和英国人的血统。他母亲的祖父是威廉·洛船长，是一名私掠船船长和海豹捕猎者，他曾为菲茨罗伊和达尔文掌舵，驶过麦哲伦海峡。船长的曾孙个子矮小敦实，笑起来有点可笑，他把自己强壮如钢铁的身躯和好战的头脑，都归咎于自己的英国血统。

七十年的拳打脚踢弄塌了他的鼻子，但他仍然能把任何人都喝趴下，而他还能宣扬他宏大的正义，以及讲述他更为宏大的人生故事。然而，有照片为证，十六岁时他驯服了一匹无人能驾驭的种马，他曾是一名优秀的斗士和罢工领袖，也曾与工会的暴徒发生争吵，并逃过了他们的陷害追杀。在此过程中，他发明了一套理论——一旦你杀人，甚至即便只是计划想要杀人，那你已经注定要失败了。

“拳头是唯一合法的武器。哈！所有阴谋反对我的人都倒下了。没有什么上帝，只有正义！”

资本家和工人两方都与他为敌，最后，他只能撤退到“最后的希望”海峡的远端，并从一片荒野中开拓出了自己的庄园。我在那里找到了他，在他亲手建造的蓝色木瓦房子里，我们坐在颜色古怪的翠绿色厨房里，和两个劳工还有一个海豹猎手一起，一边喝酒，一边谈笑，彻夜不眠。

每隔两周，浸礼宗教徒就会开着他的红色切割机到纳塔莱斯港来补充供给，并和他的妻子一起住上一两个晚上。他妻子情愿他待在遥远的地方，她自己则留在镇上抚育他们的五个儿子。

“五个醉鬼儿子！太可怕了！我造了什么孽会生出五个醉鬼！他们的母亲说他们有工作，但叫我说，他们就是几个醉鬼。”

当我问起理发师自杀的事情时，他的拳头重重地砸在桌子上。

“何塞·马西亚斯一直在读《圣经》，而《圣经》是一本让人发狂的书。而且，问题是：他读的是什么《圣经》？”

我告诉他，我所知道的关于马西亚斯的故事，他参与了罢工，还有显然令他羞耻的脖子上的伤疤。我也谈起了叛乱领导人是如何逃脱的，还把劳工们抛下留给了行刑队，我猜想，马西亚斯脖子上的枪伤是不是和这些有着某种联系。

浸礼宗教徒认真地听着，并说道：“我觉得马西亚斯是因为女人才自杀的。男人，哪怕到了他那个年纪，都是非常好色的。而且，善妒！他不让他的女人和别人说话，甚至和别的女人说话也不行。好吧，她们当然都离开了他，这大概就是他陷入宗教狂热的缘由。但你提到了罢工，这有点意思，我认识的所有参加过那次罢工的人，都冤魂缠身。也许，老马西亚斯开枪自杀，是为了还清他欠下的债。”

我回到了纳塔莱斯港，重新审视我已知的情况：开枪之前，何塞·马西亚斯解开了衬衫前襟的扣子，对着镜子露出了脖子。

89

在“殖民地”酒店的酒吧里，一位校长和一位退休的牧羊人正在享用午餐时分的白兰地，他们小声地抱怨着军政府。牧羊人对米洛登洞穴非常熟悉，他建议我先去拜访埃伯哈德勋爵，就是勋爵的祖父发现了洞穴。

我走出小镇，向着肉类加工厂的烟囱的方向走去。红色的渔船绕着系泊处不规则地打转。有一个人正在把海藻铲到一辆马车上。他做了含义模糊的手势，就好像是看到了一个疯子。而后，一辆卡车停下来，捎了我一段路。

当我到达孔苏埃洛港时，天已经黑了。靠近岸边的地方，一群白色的扁嘴天鹅正在游泳。一座德国庄园的山墙从松树林上方露了出来，但房子的窗户紧闭，大门也被铁栏闩上了。就在那时，我听到了发动机启动的声音，并看到，大约半英里外，有一盏灯亮起来了。

我走进院子时，德国牧羊犬嚎叫了起来，我很高兴它们都被拴起来了。一个高大的男子来到门口，他一头白发，长着一张鹰一般的脸，举止高贵。我很紧张地用西班牙语解释了起来，提到了查理·米尔沃德和大树懒。

“所以，”他用英语说，“你是那个强盗的亲戚。进来吧。”

他带我走进一座二十年代的、光秃秃的白色德国房子，房子里有密斯·凡德罗[1]设计的玻璃桌面的桌子，还有钢管腿的椅子。晚餐时，他讲起了他的祖父，我们拼凑出了这个故事。

① 密斯·凡德罗（Ludwig Mies Van der Rohe，1886—1969），德国建筑师，与赖特、勒·柯布西耶、格罗皮乌斯并称四大现代建筑大师。密斯坚持“少就是多”的建筑设计哲学，在处理手法上主张流动空间的新概念。

90

赫尔曼·埃伯哈德当年是个富有男子气概、爱好广泛的男孩。他的父亲曾是普鲁士皇家陆军的上校，仕途从罗腾堡开始，一路成为了选帝侯[①]的军士。他父亲把他送去了一所军事学院，一个夏天的早晨，他从那里逃走了。他说他要去河里游泳，并在岸边留了一套备用的衣物，然后，他就这么消失了五年——他去了内布拉斯加州[②]的养猪场、阿留申群岛[③]的捕鲸站，还到了北京。

在北京，德国军队绑架了他，并将他遣送回国。他父亲亲自担任了审判他的军事法庭的法官，并以逃兵罪判处他二十年苦役。赫尔曼的朋友们上诉他父亲抱有偏见，并成功地将他的刑期减至十八个月——他服满了这十八个月的刑期。

他与德国永别，前往福克兰群岛担任领航员。某一年，布宜诺斯艾利斯的英国大使馆邀请他掌舵达德利伯爵的游艇“侯爵”号，通过海峡前往瓦尔帕莱索。对钱没什么概念的赫尔曼说他很乐意免

---

① 选帝侯（Elector），即德意志诸侯中有权选举神圣罗马皇帝的诸侯。选帝侯制度从 13 世纪中期实行，到 1806 年为止。

② 内布拉斯加州（Nebraska）是美国中西部大平原区的州，普拉特河贯穿整州，曾是美国大荒野的一部分。

③ 阿留申群岛（Aleutian Islands），位于白令海与北太平洋之间，自阿拉斯加半岛向西伸延至堪察加半岛。由超过三百个小型的火山岛组成，绝大部分属于美国阿拉斯加州，通常被视为阿拉斯加荒野的范围，只有极西部属俄罗斯。

费掌舵并搭乘这艘船。但当他离开游艇时，达德利伯爵往他手里塞了一个信封，并告诉他先不要打开。信封里是一张一千英镑的支票：在那个年代，勋爵们都是十足的绅士。

支票金额太大，不能挥霍，于是，埃伯哈德成了一个牧羊人。1893 年，为了给新的牧场选址，他和两名英国海军的逃兵来到了“最后的希望”海峡，抵达孔苏埃洛港的时候，他说：“我们就在这里干点什么吧。”

1895 年 2 月，埃伯哈德去调查了他的定居点后面，深山中的洞穴。与他同行的还有他的姐夫恩斯特·冯·海因茨、格林希尔德先生、瑞典人克朗代克·汉斯，他们还带上了几条猎犬。他们在洞穴的地上，发现了一个人类的头骨，还有一块动物的皮。这块皮大概四英尺长，两英尺宽，一侧长了毛，覆盖着盐壳，另一侧嵌着白色的小块骨骼。格林希尔德先生认为这是一块粘着鹅卵石的牛皮。埃伯哈德则说这里没有牛，所以这应该是一种不知名的海洋哺乳动物的皮。他把它挂在一棵树上，让雨水把它冲洗干净。

一年后，瑞典探险家奥托·诺登舍尔德参观了这个洞穴，又发现了一块皮——也可能是从埃伯哈德的那块皮上剪了一块。他还发现了一只巨大哺乳动物的眼窝骨、一只爪子、一块巨大的人类大腿骨，还有一些石器。他将这些发现寄给了乌普萨拉博物馆[①]的艾纳尔·伦伯格博士，博士觉得这些发现神秘而又令人兴奋，但在没有更多信息的情况下，不敢贸然发布消息。

孔苏埃洛港发生的这些奇异事件的消息，引来了拉普拉塔博物

① 乌普萨拉博物馆（Uppsala Museum）是位于瑞典乌普萨拉北部的一座博物馆。

馆的弗朗西斯科·莫雷诺博士。1897 年 11 月，博士来到当地，并没有什么其他有趣的发现，埃伯哈德的那块皮依然挂在树上，只是尺寸小了一半。德国人把这块皮送给了他，他把这块皮连同自己旅行中的其他发现，一并打包寄回了拉普拉塔。

板条箱到达后的一个月里，莫雷诺的同事和劲敌、南美古生物学家的元老弗洛伦蒂诺·阿梅吉诺发表了一篇轰动一时的论文：关于磨齿兽的第一篇笔记——阿根廷古代异关节类[①]真兽类化石的鲜活代表。

但首先，我们来了解一下背景。

① 异关节类（Edentates），又称贫齿总目，是现存最原始的真兽类，是一个历史极为悠久的哺乳动物类别，由有甲目的犰狳、披毛目的树懒和食蚁兽组成。

91

磨齿兽是一种巨型的地懒，比公牛还大，是南美洲独有的一种地懒。1789 年，巴托洛梅·德·穆诺兹博士将磨齿兽体型更大的堂兄——大地懒的骨头，从布宜诺斯艾利斯送往了西班牙国王在马德里的珍品阁。国王随后要求订购第二只，无论死活。

这具骨骼震惊了居维叶①那一辈的博物学家。歌德为它写了一篇散文，隐约预示着《进化论》的诞生。动物学家开始想象一种古老的哺乳动物，身高十五英尺，就像是倒挂在树上的普通食虫类的树懒的巨大化版本。居维叶将它命名为大地懒，暗示大自然创造了“不完美和怪诞的生物”来自娱自乐。

在蓬塔阿尔塔②的布兰卡港附近的海滩上，达尔文发现了一头磨齿兽的骨头，并把它列入了自己的“九只巨大的四足动物”的发现之中，并将这些发现送给了皇家外科学院③的理查德·欧文博

---

① 指乔治·居维叶（Georges Cuvier，1769—1832），法国博物学家、比较解剖学家与动物学家，被尊称为“古生物学之父”。

② 蓬塔阿尔塔（Punta Alta），阿根廷布兰卡湾畔的一座港口城市，位于阿根廷海军最大的基地贝尔格拉诺港附近。

③ 皇家外科学院（Royal College of Surgeons）是一所古老的学院，成立于英国，旨在规范外科医生的活动。

士[①]。欧文对大洪水前巨型树懒爬上巨树的想法嗤之以鼻。他将磨齿兽重构为一种笨重的动物，把腿和尾巴竖起来，作为三脚架支撑身体，它不是爬树，而是用爪子把树弄倒。磨齿兽有一条长长的可伸缩的舌头，就像长颈鹿，可以用来卷走叶子和毛毛虫。

整个十九世纪，磨齿兽的骨头陆陆续续地在巴塔哥尼亚地区的峭壁间浮出水面，科学家对这些骨骼中的许多块骨头深感困惑，直到阿梅吉诺将这些骨头准确地描述为类似装甲的骨片，就像犰狳的骨质甲一样。

而后，已灭绝的动物、现存活着的动物与想象中的动物融合在了一起。印第安人的传说、旅行者的故事，让一些动物学家相信，有一种巨大的哺乳动物从冰河时代的灾难中幸存下来，徘徊在南安第斯山脉地区。有五种可能：

a. 耶米什，一种食尸鬼。

b. 苏卡拉，或者又叫苏。早在1558年就有报道称，它生活在巴塔哥尼亚地区的河流沿岸。这种生物长着狮子的头，"通一些人性"，耳朵之间长着短短的胡须，尾巴上有锋利的鬃毛，用来保护幼崽。苏卡拉是猎手，但不仅仅是为了吃肉，它猎杀动物还为了获取动物的皮，用来在寒冷的天气里保暖。

c. 雅库阿，又叫"水虎"（常与苏卡拉混淆），十八世纪，英国耶稣会教士托马斯·福克纳在巴拉那平原看到过一只。这

① 指理查德·欧文爵士（Richard Owen，1804—1892），英国生物学家、比较解剖学家与古生物学家，曾对许多脊椎动物进行命名与分类，1842年创造了"恐龙"一词。

是一种生活在水涡中的邪恶生物，当它把牛吃掉后，牛肺和内脏都会浮出水面（很可能是凯门鳄干的）。乔治·查沃斯·穆斯特斯[①]在他的回忆录《家，与巴塔哥尼亚人同在》中，也出现了“水虎”，作者记述了他的特维尔切人向导，拒绝穿越森格尔河，因为惧怕“黄色的比美洲狮还大的四足动物”。

d. 埃伦加森，巴塔哥尼亚的一个酋长，在1879年向莫雷诺博士描述了一种怪物，它长着人类的脑袋，身上满是装甲一样的甲壳，它会用石头砸向接近它巢穴的陌生人。杀死这种怪物的唯一方法，是刺穿它腹部的缝隙。

e. 关于无法解释的动物群的第五份也是最有说服力的报告，是十九世纪八十年代后期，当时的圣克鲁斯州长拉蒙·利斯塔射杀了一只“类似巨型的穿山甲”的大型动物。

这就是弗洛伦蒂诺·阿梅吉诺那本小册子的背景故事。多年以来，他一直告诉记者，他的弟弟卡洛斯一直听到印第安人谈论耶米什。起初，他们以为这不过是一种土著恐怖传说，是他们支离破碎的神学的产物。但现在，他们有了全新的、令人震惊的证据，来证明这是一种活生生的哺乳动物：

他说，1895年，一个叫霍穆彭的特维尔切人正要穿越森格尔

① 乔治·查沃斯·穆斯特斯（George Chaworth Musters，1841—1879），是英国皇家海军指挥官和旅行家，被称为“巴塔哥尼亚国王”。1861年起，他随海军在南美洲海岸服役，直到1866年退役，此后在南美购买了土地成为一名牧羊农场主。1869年—1870年间，他在南美地区旅行，与土著特维尔切人相处融洽，一群人从麦哲伦海峡一直徒步到里奥内格罗河，然后自东向西穿越了巴塔哥尼亚北部，共旅行了超过1400英里。

河，但那天水流湍急，他的马不肯下河。下马后，霍穆彭涉水过河，试图拉着他的马一起走，但这匹马嘶鸣着，直立起来，狂奔向沙漠。就在那一刻，霍穆彭看到耶米什向他袭来。

他冷冷地注视着这头怪物，把他的博拉斯和投掷球扔了过去，这“在印第安人手里异常高效的武器”缠住了它，霍穆彭杀死了这动物并剥了它的皮，还留了一小块给他的白人探险家朋友。卡洛斯把这块皮寄给了弗洛伦蒂诺，当弗洛伦蒂诺看到这块皮上附着的白色小块骨骼时，他就知道，“耶米什和磨齿兽是一体的”。这一发现佐证了拉蒙·利斯塔的狩猎故事。弗洛伦蒂诺将这种动物命名为“新磨齿兽”，以纪念被刺杀身亡的前州长。

“那骨骼呢？”记者问。

“我弟弟正在调查那副骨骼，我想很快就会送到我手上了。”

不，阿梅吉诺博士并不认为这种动物能随着冰山从南极漂来南美。

然而，是的，他确实向公共工程部申请了一大笔钱，用来抓捕磨齿兽。

是的，特维尔切人在捕猎磨齿兽，他们搭建陷阱，然后用树枝和树叶隐藏起来。

是的，他相信他们最终会抓住磨齿兽的，尽管它的甲壳无懈可击，而且富有攻击性。但这动物最终还是会沦为人类的俘虏。

不，莫雷诺博士在埃伯哈德的洞穴里的发现并没有给他留下什么深刻的印象。如果莫雷诺博士认为他发现的是磨齿兽的皮，他为什么不向科学界报告呢？

阿梅吉诺博士的新闻发布会又一次轰动全球。大英博物馆央求他剪一块皮给他们。德国人想要一张死去动物的照片。而在整个阿根廷，发生了越来越多的目击事件：巴拉那河上的一个农场主，他的一个劳工被“水虎”抓走了，他听到树枝的噼啪声和动物“啪啦啪啦”游水的声音，还有“啊……呜……”的嚎叫声。

莫雷诺回到拉普拉塔，带着那块动物的皮去了伦敦，并把那块皮留在大英博物馆妥善保存，至今，它仍在那里。在 1899 年 1 月 17 日的一次皇家学会的演讲中，他说，他一直都知道那是一块磨齿兽的皮，而这种动物早已灭绝，这块皮是和新西兰的恐鸟①羽毛一样，在特殊条件下，被保存下来的。

“古生物学的守护者”亚瑟·史密斯·伍德沃德②博士对这观点将信将疑。他处理过恐鸟的羽毛，在圣彼得堡，他还处理过帕拉斯③的披毛犀④的碎片和来自雅库特⑤的被冷冻的猛犸象。他说，

---

① 恐鸟，又称摩亚鸟（毛利语：moa），是曾生活于新西兰的一种体形高大、外形近似现今的鸸鹋而不能飞行的平胸鸟类的总称。恐鸟是现今已发现最高的鸟类，高度可达 3 米，重量约 250 千克。

② 亚瑟·史密斯·伍德沃德（Arthur Smith Woodward，1864—1944），英国古生物学家，世界鱼类化石专家。

③ 指彼得·西蒙·帕拉斯（Peter Simon Pallas，1741—1811），德国博物学家，1767 年受叶卡捷琳娜二世之邀前往俄罗斯，担任圣彼得堡科学院教授。帕拉斯长时间在西伯利亚和中亚地区进行科学考察，收集生物和地质标本。

④ 披毛犀（woolly rhinoceros），是一种已灭绝的犀牛，生存于更新世，并在冰河时期存活了下来。披毛犀生活在欧亚大陆北部，有两只扁平的角，可以推开雪来吃草，有一层厚厚的毛皮及脂肪，用来在寒冷环境里保温。

⑤ 雅库特（Yakutia）这一地区，最初是狩猎采集和放牧驯鹿的通古斯人和古西伯利亚人的家园。从贝加尔湖周边地区迁徙而来的突厥萨哈人最早在 9 世纪至 16 世纪之间的某个时间沿勒拿河中游定居，可能经历了几波浪潮，带来了中亚的畜牧经济体系。俄罗斯人在 17 世纪中叶将该地区作为雅库茨克州殖民而并入俄罗斯。

与那些动物残骸相比，磨齿兽的皮“非常新鲜”，血块鲜红，如果不是莫雷诺博士，他会“毫不犹豫地宣布这是指新近被捕杀的动物”。

显然，在英国，有不少质疑的声音，因而，《每日快报》筹集了资金邀请赫斯克思·普里查德[①]先生远赴南美来寻找磨齿兽。普里查德没有发现磨齿兽的踪迹，但他写的《穿越巴塔哥尼亚核心地区》一书，似乎构成了柯南·道尔的《失落的世界》的某个章节。

与此同时，两名考古学家继续在洞穴中进行挖掘，瑞典人厄兰·诺登舍尔德更有条理一些，他发现了三层地层：上层是人类聚居地的遗址；中间一层是一些已经灭绝的动物的骨头——包括“曙马”[②]；一直到最下面一层，他才发现了磨齿兽的残骸。

第二个挖掘者，是来自拉普拉塔的霍索尔博士，他则完全是印象派的做派，显然连地层学[③]的基本原理都不懂。他发现了一层保存完好的树懒粪便，夹杂着树叶和草，覆盖了地上一米的厚度。他还指向了洞穴后部的石墙，而后，他宣称洞穴这里是一个磨齿兽的畜栏，早期人类已经驯化了磨齿兽，并把它们圈养起来留作冬天的口粮。他说他要再次更改这种动物的名字，从“新磨齿兽”改为“家养雕齿兽”。

---

① 赫斯克思·普里查德（Hesketh Prichard，1876—1922），英国少校、探险家、冒险家、作家、猎手、射手和板球运动员。

② 即始祖马（Hyracotherium），属于古兽马科，大小如狗一般，生存于北半球，分布在始新世早期至中期（距今约 6 千万至 4 千 5 百万年前）的亚洲、欧洲及北美洲。1876 年，在美国发现始祖马完整骨骼的奥塞内尔·查利斯·马什给这个动物取名为曙马（Eohippus）。

③ 地层学（Stratigraphy），是地质学的基础学科，主要研究包括地层的时代和地理分布、地层的分类、各种岩石之间的关系等。

厄兰·诺登舍尔德的助手里，有一个德国淘金者阿尔伯特·康拉德。考古学家们离开后，他在洞口搭起了一个铁皮棚屋，开始将地层炸开。查理去给他帮忙，带走了好几码长的磨齿兽皮、成堆的骨头和爪子，到那个时候，这些已经是公开销售的商品了。他把这些藏品打包送到了大英博物馆，与亚瑟·史密斯·伍德沃德博士进行了激烈的讨价还价后（博士以为查理得知是沃尔特·罗斯柴尔德付钱时，打算故意提价），以四百英镑出售了这些东西。

我的祖父母的婚礼就在差不多同时期，我想，查理一定是送给了他们一小块磨齿兽皮作为结婚礼物。

阿梅吉诺在整个事件中的角色最令人起疑，最终，他也没能拿出霍穆彭的那块磨齿兽皮。他很有可能是在莫雷诺的箱子里看到了那块磨齿兽皮，但又不敢偷走。至少有一件事很确定——他的小册子和他描述的那种怪物一样，越来越鲜见了。

现代科学基于放射性碳定年法的结论是，磨齿兽在距今一万年以前就已经存在了，但那之后，就灭绝了。

92

早上，我和埃伯哈德一起在大雨中散步。他穿着一件毛皮衬里的大衣，戴着一顶哥萨克式样的帽子，坚毅地凝视着暴风雨。他说，他最喜欢的作家是蒙古探险家斯文·赫定[①]。

蒙古——巴塔哥尼亚、仙纳都和水手。

我们看到了他的德式谷仓，如今已经成了一片废墟。他在土地改革中失去了绝大多数的土地，但以禁欲主义的隐忍接受了这个结果。年轻的时候，他曾经在开发协会[②]里做学徒：

“就像身在英国军队中，像训练有素的精锐团一样被训练。每天早上，都会用两种语言发布命令。你一定猜不到是哪两种语言。”

“英语和西班牙语。”我说。

“错。”

“英语和德语？”我有些疑惑了。

“再试试。”

---

① 斯文·赫定（Sven Hedin，1865—1952），瑞典地理学家、探险家、旅行作家，在中亚的四次探险考察中，他发现了雅鲁藏布江、印度河和象泉河的发源地，罗布泊及塔里木盆地沙漠中的楼兰遗迹，等等。

② 指火地岛开发协会，是一家在巴塔哥尼亚地区运营的公司，成立于 1893 年。

“西班牙语和……”

“错。是英语和盖尔语①。”

“开发协会的总经理，莱斯利·格里尔先生，”他接着说道，“是个暴君，彻头彻尾的暴君。但他是个出色的管理者，每个人都知道他在哪里，他敢和董事会叫板，董事会就解雇了他。董事们只想要个应声虫，于是就找了个这样的人。然后，他们开始焦虑，为什么利润总是下滑，他们请来了技术人员，那些拥有高学历、趾高气扬的技术人员。技术人员取消了经理们的指示，经理们又取消了技术人员的指示。于是，整个公司辉煌的事业就这么被他们自己搞砸了。

“我来给你说说格里尔先生：他常常去布宜诺斯艾利斯，在俱乐部或者赫林厄姆②之类的地方吃午餐。有次餐厅坐满了，他问两位英国绅士：‘我可以和你们同桌吗？’。英国人说：‘当然。’他说：‘我得自我介绍一下，我叫莱斯利·格里尔，火地岛开发协会的总经理。’其中一个英国人说：‘我是上帝，这是我的同事，耶稣。’”

我向他打听掘金者阿尔伯特·康拉德的事情。

“我亲眼见过阿尔伯特·康拉德。呸！我记得1920年，他牵着骡子来到这里。你要知道，这个阿尔伯特·康拉德在智利非常惹人憎恶，因为他卖掉了磨齿兽的残骸。所以，他只能翻过智利边

---

① 苏格兰盖尔语（Gaelic），简称盖尔语，属于凯尔特语族盖尔亚支的一种语言，也称为高地盖尔语或高地苏格兰语。

② 指赫林厄姆（Hurlingham）俱乐部，一家位于布宜诺斯艾利斯赫林厄姆市的阿根廷体育和社交俱乐部。俱乐部举办各种活动，如板球、体操、高尔夫、骑马、马球、壁球和网球，还设有优雅的多功能厅、餐厅和酒吧以及可供会员使用的酒店客房。

界，住在奥德拉斯维尔塔斯[①]。总之，他牵着骡子来到蓬塔阿雷纳斯。我父亲问他：‘嘿！阿尔伯特。你那些骡子上驼了些什么？石头吗？’‘不是石头，’他说，‘那是像金子一样值钱的石头。’可实际上，那就是石头，普通的石头。”

在二十世纪三十年代的某个事件，一名高乔人沿着拉斯维尔塔斯河骑行时，路过了康拉德的小屋，听到门的铰链正吱吱作响。这个德国人抱着他的毛瑟枪[②]蜷身倒在地上，整个冬天他的尸体就躺在那儿，小屋里到处都是灰色的石头。

---

① 奥德拉斯维尔塔斯（Río de las Vueltas），靠近南巴塔哥尼亚冰原的一个地区，同名的拉斯维尔塔斯河附近，这条河和地区的名字，就是西班牙语的“转弯之河的意思”，位于智利和阿根廷之间。

② 毛瑟（Mauser）是一个德国的枪械制造商，是 1874 年 5 月 23 日开始生产旋转后拉式枪机步枪的著名品牌毛瑟步枪。

93

从孔苏埃洛港出发，我步行了四英里来到洞穴。天上正下着雨，但阳光从云层间洒下，闪闪发光地落在灌木丛上。洞口仿佛张开的大口，四百英尺宽，一直延伸到灰色砾石的悬崖深处。大块的石头掉落在地上，堆在入口处。

洞穴里干燥得好像沙漠，洞穴顶上毛茸茸的，布满了白色的钟乳石，两侧的石壁上闪烁着结晶盐。动物们用舌头舔舐过的石壁，光滑无比。那堵用来分隔洞穴的石墙上方的石块，从缝隙中掉下，落在地上。洞穴的入口处，是一座小型的圣母供奉殿。

我试着想象树懒出现在洞穴里，但我无法抹去脑海中与战时英格兰黑漆漆的卧室紧密不可分的长着獠牙的怪兽。洞穴的地上满是粪便——树懒的粪便、超大的黑色革质粪便，全都是消化不良的草，看起来就像上周才被排泄在这里。

我在阿尔伯特·康拉德用炸药炸出的洞里摸索着，想找到另外一块皮。可我一无所获。

“嗯，”我想着，“就算没有皮，至少这里有一堆屎。”

然后，在地上某处，我看到一丛非常熟悉的粗红毛发露出地面。我把它拿了起来，装进了信封，然后坐下来，心里非常高兴。我终于完成了这趟荒唐旅行的目的了。然后，我听到了声音，女人的声音，吟唱的声音：“马利亚……马利亚……马利亚……”

现在，轮到我疯了。

我从掉落的岩块上方望过去，看到七个黑色的影子正面对着圣母供奉殿。

圣母进教之佑修道院的修女们又开始她们非凡的探险了。院长问我："你一个人在这里不害怕吗？"

我本来打算在山洞里过夜的，但这会儿我有了更好的主意。修女们让我搭了顺风车，前往火地岛开发协会的一个古老农场。

94

他快要死了。他的眼睑肿胀而沉重，他不得不用力阻止眼睑落下，闭上眼睛。他的鼻子很细，就像鸟喙一样，他的呼吸散发出浓浓的恶臭。他的咳嗽声在走廊里响起，其他人一听到他的声音就走开了。

他从钱包里拿出一张皱巴巴的照片，那是他自己，很久很久以前，在瓦尔帕莱索棕榈丛生的花园里拍的，那时候他正要结束兵役。照片中的男孩与眼前的男人毫不相关：他一脸傲慢的笑容，穿着收腰夹克，背着牛津包，光滑的黑发在阳光下闪闪发光。

他在农庄工作了二十年，现在他快要死了。他还记得农场经理桑达尔斯先生，他去世后就被海葬了。他不喜欢桑达尔斯先生，那是一个严厉、独断专行的人，但自从他死了之后，这个地方就完全垮掉了。马克思主义者的统治下的农场很糟，军政府的统治下，农场变得更糟了。咳嗽停下来的时候，他喘着粗气，又咳了起来。

“工人们会为这场马克思主义运动付出代价的，”他说，“但我觉得，这运动进行不下去了。”

我留下他在那里继续苟延残喘，出发去蓬塔阿雷纳斯坐船。

95

丽兹住宅酒店是一座白色混凝土的建筑，横跨了海军军官俱乐部和海滩之间的半个街区。酒店的管理者为其一尘不染的白色锦缎桌布而自豪。

在五点解除宵禁之前，圣地亚哥的女士内衣推销员在酒店大厅里来回踱着步。如果他在宵禁结束前出去散步的话，卫兵很可能会开枪打死他。他回来酒店吃早餐，口袋里装满了石头。餐厅的墙壁是深蓝色的，地板上铺着蓝色的塑料瓷砖，令桌布看起来像漂浮在水面上的冰块一样。

推销员坐了下来，掏空口袋，开始把玩那些石块，还对着石头说说笑笑。他跟厨房里那个胖胖的、说话带着鼻音的姑娘点了咖啡和烤面包。他是不太健康的胖子，脖子后面的肉堆成了褶子，突在领子外面。他穿着一件米色的粗花呢西装，和一件带翻领的手工针织毛衣。

他看着我的方向笑了笑，露出肿胀的粉红色牙龈。而后，他收回了笑容，低头又继续玩他的石块。

“今天早上的云朵呈现出多么绚丽的玫瑰色！”突然，他打破了沉默，爆发了，“请允许我问您一个问题，先生。这种现象是怎么出现的？我听说，是因为冷空气上升？”

“也许吧。”我答道。

“我走在沙滩上，一直凝望着造物主在天空中描绘出的形状。我看到烈火战车[①]变成了天鹅弯曲的脖颈。太美了！造物主的手！应该把那景象画下来或者拍下来，可我不会画画，手上也没有相机。”

姑娘给他端来了早餐，他在石块中间空出一块地方，来放杯子和盘子。

“先生，也许您对世界诗歌，”他说，“有些了解？”

“一点点。”我说。

他的前额因专注而皱起，他缓慢而深沉地朗诵起诗节。每段的末尾，他都握紧拳头，慢慢地敲打在桌上。女孩一直拿着咖啡壶站在桌边，她放下咖啡壶，把脸埋在围裙里，笑着跑到厨房里去了。

“这是什么诗？”

“我不知道。”

“贡戈拉的孤独。”说着，他又接着开始念，努力从诗句中提取每一分情感，将双手移到一侧，用力张开手指。

“下午五点，

那是下午五点……”

“洛尔卡。”我答道。

“费德里戈·加西亚·洛尔卡[②]，”他低声说，仿佛朗诵已令他筋疲力尽，“《悼念伊格纳西奥·桑切斯·梅亚斯[③]》。你是我的朋

① 指《圣经》人物以利亚的战车，他乘坐这辆战车前往天堂。

② 费德里戈·加西亚·洛尔卡（Federico García Lorca，1898—1936），西班牙诗人、剧作家，被誉为西班牙最杰出的作家之一。

③ 伊格纳西奥·桑切斯·梅亚斯（Ignacio Sánchez Mejías，1891—1934），西班牙斗牛士，死于曼萨纳雷斯广场的异常斗牛，许多诗人在诗歌中纪念过他。

友，我看你对我们西班牙文学也有些了解。那这又是什么诗？”

他猛地回过头，继续朗诵更多的诗句。

“我不知道。”

“委内瑞拉国歌。”

那天的晚些时候，我又见到了他。他在细雨中耷拉着肩膀，戴着他的黑白格帽子和内衣样品箱在街上踉踉跄跄地走着。身穿粉色紧身胸衣和胸罩的模特们站在橱窗里，瞪着空洞的蓝色塑料眼睛，望着外面的街道。这些内衣店，属于印度教徒们所有。

夜里，他的胶鞋底发出的声音吵醒了我。他五点就出门去了，我听到他中间还回来了好几次。早餐时，我路过厨房，看到姑娘们正笑得咯咯不停。

他站在餐桌中间，胡须凌乱的脸上挂着无助的笑容。餐厅里的每一张桌子上都摆着一堆石头。

“这些都是我的朋友，”他用嘶哑而激动的声音说，“瞧，这是一条鲸鱼！多么精彩！万能的上帝啊！这是一条被鱼叉刺中的鲸鱼，这里是嘴巴，这里是尾巴。”

“那这个呢？”

“史前动物的头颅，这里还有一只猴子。”

“这个？”

“另一种史前动物，可能是恐龙。还有这个，”他指向一个坑坑洼洼的淡黄色土块，“这是原始人的头颅，眼睛在这儿，你看，这里是鼻子，还有下巴。瞧，这就是低平的额头，智力不发达的象征。”

“是这么回事。”我说。

“还有这个，”他捡起一块灰色的圆形鹅卵石，“这是我最喜欢的一个。从这儿看，是一只海豚。倒过来，就是伟大的圣母马利亚。多么了不起！上帝在一块不起眼的石头上留下了他的印记！”

丽兹酒店的经理讨厌在九点前被吵醒，但其他客户要吃早餐，酒店必须把餐桌清理干净。那天早上，我把一些东西放回了我的房里，他们把他送到了医院。

“太疯狂了，”经理说，“他就是个疯子。”

96

蓬塔阿雷纳斯有这么一个人，他的梦里都是松树林，歌谣的哼唱声，每天早上醒来，就能看到黑色的海峡。他开车去那家充满大海味道的工厂，四周都是猩红色的螃蟹，爬行着，而后被送进了蒸锅。他听到蟹壳裂开、蟹钳断裂的声音，然后看着甜美的白色蟹肉被紧紧地填入金属罐子里。他是一个有效率的人，之前有过一些生产线上的经验。他还记得那个味道吗？那个声音？那低沉的歌声？

沃尔特·劳夫[①]是移动毒气卡车的发明者。

---

① 沃尔特·劳夫（Walther Rauff，1906—1984），纳粹德国的一名中级党卫军指挥官。他曾在安全局任海德里希的助理，后来在帝国安全总局担任助理。二战后的1958年至1962年，他为西德联邦情报局工作，后受雇于以色列特工机构摩萨德。劳夫被认为在二战期间造成了近10万人的死亡，他在纳粹通过移动毒气室实施的种族灭绝中发挥了重要作用。他于1945年被捕，但随后逃脱，从未受审。在20世纪70年代后期和80年代，他是被通缉的纳粹逃犯。

97

等了一周之后，我们终于听到船的汽笛声在体育馆的背后响起（这体育馆完全是帕台农神庙[①]的混凝土复制品）。在码头，我们看到的是装卸工在搬运板条箱，而不是这一周以来，邮轮公司游荡在码头的员工——戴着黑色扁平的帽子，站在粉色的墙前。过去的一周里，当我们问起船在哪里时，订票员总是皱着眉头耸耸肩，船即便是沉没了，他仿佛也毫不关心。但现在，他开始胡乱地写着票据，咒骂着，比画着手势，大声地发号施令。而后，我们穿过绿色棚子的海关，沿着轮船生锈的船板，来到船舷的跳板旁。奇洛埃人排队等着，每个人的脸上仿佛都写着整整四百年的等待。

这艘蒸汽船曾叫“海防市[②]”号，三等舱和亚洲的监狱差不多，封闭的舱壁似乎更像是为了阻止苦工逃走，而不是为了预防漏水。奇洛埃人挤在公共船舱里，地板上满是被踩扁了的蟑螂，在他们把那里弄得脏乱之前和之后，那船舱里都散发着炖贻贝的味道。头等舱的风扇坏了，在镶板墙的沙龙里，我们和一群高岭土矿的工作人员一起喝酒，午夜时分，他们会在大海中央那个全都是男人的白色

---

① 帕台农神庙（Parthenon）是供奉雅典娜女神的最大神殿，位于希腊雅典卫城最高处的石灰岩山冈上，是卫城最重要的主体建筑。

② 海防市是越南北部的中央直辖市，是仅次于河内市和胡志明市的越南第三大城，拥有越南北方最大的港口。

岛屿那里下船。当我们的船缓缓驶出港口时，一个智利商人在一架白色的钢琴上弹奏了一曲《大海》，还弹错了好几个音。

船长是一个时髦的人，对铆钉有着执着的热爱和信心。他吃得比我们好，我们看到管家一脸狡黠，从我们的桌上拿走了康乃馨花，端上猪蹄。而后，船开始颠簸，不断地撞击在三角形的海浪上。

早上，黑色的海燕在涌动的海浪间滑翔，透过薄雾，我们能看到悬崖上流下的水流。圣地亚哥的女士内衣推销员已经出院了，正在前甲板上踱步，咬着嘴唇，喃喃地念着诗。有一个来自福克兰群岛的男孩，他戴着海豹皮帽子，长着一口诡异锋利的牙齿。“是时候让阿根廷人接管我们了，”他说，“我们血缘上可是近亲。”他笑着从口袋里掏出一块石头：“看看他给了我什么，一块该死的石头！”当我们驶入太平洋时，那位商人还是在弹奏《大海》，也许，这是他唯一会弹的曲子。

参考资料

巴塔哥尼亚的史前动物

《与奇迹同席》，作者乔治·盖尔兰·辛普森（George Gaylord Simpson），1934年出版于纽约；以及纽约美国自然历史博物馆出版的同一作者的论文。关于磨齿兽的历史的部分，我还引用了大英（自然历史）博物馆的蒂姆·可兰特（Tim Currant）先生收集的一系列文件和剪报。

里奥内格罗省

《巴塔哥尼亚的闲散度日》，作者W. H. 赫德森（W. H. Hudson），1893年出版于伦敦。

阿劳坎尼亚和巴塔哥尼亚王国

《在智利加冕与囚禁》，作者奥雷利耶-安托万·德·图龙（Orélie-Antoine de Tounens），1865年出版于巴黎。

《阿劳坎尼亚与巴塔哥尼亚王国》，第五版，作者埃尔雷德蒙·巴伦·曼宁德（Armando Braun Menendez），1967年出版于布宜诺斯艾利斯。

《奥雷利耶–安托万·德·图龙的非凡冒险》，作者雷欧·马格尼（Léo Magne），1950年出版于巴黎。

威尔士人

《巴塔哥尼亚的威尔士人》，作者约翰·E. 巴纳（John E. Baurer），刊登于《拉丁裔美国人评论》，第34期第4卷，1954年。

《记在特雷维林造访约翰·埃文斯的一次经历》，刊登于A.F. 斯奇福林（A. F. Tschiffeley）的《由此向南》，1940年出版于纽约。

屠夫卡西迪

《狂野帮派》，艾伦·斯瓦罗（Alan Swallow）编撰，1966年出版于丹佛。

《我的兄弟屠夫卡西迪》，作者卢拉·帕克·本特森（Lula Parker Betenson），1975年出版于普洛佛，犹他州。

犹他州历史学会在当事人许可下重印的屠夫卡西迪给戴维斯夫人的书信。以及犹他州马尼拉市的犯罪历史学家，凯利·罗斯·博伦（Kerry Ross Boren），没有他的帮助，我无法完成这个部分的写作。

巴塔哥尼亚的不法之徒

《卡雷罗·巴塔哥尼亚的回忆》，两卷，作者阿森西奥·阿贝乔

（Asencio Abeijón），1973—1975 年，写于布宜诺斯艾利斯。

恺撒之城

《恺撒之城》，作者曼纽尔·罗哈斯（Manuel Rojas），1936 年出版于圣地亚哥。

巴塔哥尼亚巨人

《巴塔哥尼亚巨人》，作者海伦·瓦里斯（Helen Wallis），收录于《拜伦的环球航行》，哈克鲁伊特学会 1964 年出版于伦敦。

《那些有巨人的日子》，作者 R.T. 古尔德（R.T. Gould），收录于《解密》，1946 年出版于伦敦。

在确定“巴塔哥尼亚”这个词的起源的过程中，我要特别感谢布宜诺斯艾利斯的琼·圣乔治·桑德斯（Joan St. George Saunders）和埃米利奥·甘沙里斯·迪亚兹（Emilio Gonzáles Díaz）教授。

革命

《从巴塔哥尼亚的复仇者到悲剧》，作者奥斯瓦多·拜耳（Osvaldo Bayer），三卷，1972—1974 年，出版于布宜诺斯艾利斯。

《巴塔哥尼亚的悲剧》，作者约瑟·马利亚·博雷诺（José María Borrero），1967 年重印版，出版于布宜诺斯艾利斯。

现代重印版本的《麦哲伦时报》，于蓬塔阿雷纳斯出版。

奇洛埃岛的民俗

《奇洛埃岛的神话宝藏》，作者纳西斯科·加西亚·巴里（Narcisco Garcia Barria），1968 年出版 .

火地岛的印第安人

《世界的尽头》，作者卢卡斯·布里奇斯（Lucas Bridges），1948 年出版于伦敦。

《火地岛的印第安人》，作者萨缪尔·柯克兰·洛斯鲁普（Samuel Kirkland Lothrop），1928 年出版于纽约。

《雅马纳人》，作者马丁·古辛德（Martin Gusinde），F. 斯古茨（F.Schütze）译版，1961 年出版于纽黑文市。

埃德加·爱伦坡

《阿瑟·戈登·皮姆的故事》简介，作者：哈罗德·比弗（Harold Beaver），企鹅丛书，1975 年出版于伦敦。

西蒙·莱德韦斯基

《无政府主义侵占者》，作者奥斯瓦多·拜耳（Osvaldo Bayer），1975 年出版于布宜诺斯艾利斯。

词典

《雅马纳语英语词典》，牧师托马斯·布里奇斯（Thomas Bridges）著，教授T. 赫斯特曼（T. Hesterman）编撰，1933年出版于奥地利莫德林，限量发行300册版本。

世界的尽头

文中未提及的是儒勒·凡尔纳（Jules Verne）代表性的遗著小说《天边灯塔》（*The Lighthouse at the End of the World*），以及W. 奥拉夫·斯塔普雷顿（W. Olaf Stapledon）1930年出版于伦敦的《最后和最初的人》（*Last and First Men*）。在这令人难忘的幻想中，现已完全被美国化了的“人类”，因自相残杀以及肺部和神经疾病的流行而灭亡。然而，一些流浪者在布兰卡港的南部幸存下来，一个全新的文明出现在南美洲的南方地区，该文明受到一个充满惊人的性能力的青少年的影响，他被称为“一个拒绝长大的男孩”。这个文明在全球各地殖民，但并没有比之前的文明高明多少，最后因为核灾难而灭绝。

查尔斯·阿默斯特·米尔沃德船长

没有查尔斯·米尔沃德船长的女儿、利马的莫妮卡·巴内特（Monica Barnett）的帮助，也就没有我的这本书。她允许我翻阅她保存的她父亲的论文和未经发表的手稿，这些资料同时也会完整地出现在她正在撰写的传记中，因而，这一举动显得特别慷慨。书中的第 73、75 和 86 节是从手稿上直接打印出来的，只做了少量的调整。船长的其他故事，从第 72 节到第 85 节，都是自原版改编而来。